PROLOG

DAS LEBEN DER HONEY PIE

Von allen verräucherten Bars in Seattle musste er ausgerechnet die Lockere Schraube *aufsuchen, die Kaschemme, in der ich fünf Nächte in der Woche arbeite, Bier zapfe und an Rauch ersticke. Eine schwarze Haarlocke fiel ihm lässig in die Stirn, als er ein Päckchen Camels und ein Zippo auf den Tresen legte.*

»Ein Henry's, bitte«, sagte er mit einer Stimme so rau wie Cordsamt, »und leg einen Zahn zu, Baby. Ich habe nicht den ganzen Tag Zeit.«

Ich stand schon immer auf dunkle Typen mit schlechten Manieren. Ein Blick und ich wusste, dieser Mann ist so dunkel und so schlimm wie ein Gewittersturm. »Flasche oder vom Fass?«, fragte ich.

Er zündete sich eine Zigarette an und sah mich durch eine Rauchwolke hindurch an. Seine himmelblauen Augen waren randvoll mit Sünde, als er den Blick auf mein Top senkte. Angesichts meiner 75er Körbchengröße zog er wohlgefällig einen Mundwinkel hoch. »Flasche«, antwortete er.

Ich holte ein Henry's aus dem Kühlschrank, öffnete die Flasche und schob sie über den Tresen. »Drei fünfzig.«

Er ergriff die Flasche mit seiner großen Hand und hob sie an die Lippen, und ohne mich aus den Augen zu lassen, trank er ein paar tiefe Züge. Schaum stieg im Flaschenhals auf, als er sie absetzte, und er leckte einen Tropfen Bier von seiner Unterlippe. Ich spürte es in den Kniekehlen.

»Wie heißt du?«, fragte er, griff in die Gesäßtasche seiner abgetragenen Jeans und zückte seine Brieftasche.

»Honey«, antwortete ich. »Honey Pie.«

Er zog auch den anderen Mundwinkel hoch und reichte mir einen Fünfer. »Bist du Stripperin?«

Das höre ich ziemlich oft. »Kommt darauf an.«

»Worauf?«

Ich händigte ihm das Rückgeld aus und strich dabei mit den Fingern über seine warme Handfläche. Ein Schaudern kitzelte den Puls an meinem Handgelenk, und ich lächelte. Ich ließ den Blick an seinen kräftigen Armen und seiner Brust hinauf zu seinen Schultern wandern. Wer mich kennt, weiß auch, dass ich mich in Bezug auf Männer nur an sehr wenige Regeln halte. Ich mag sie groß und schlecht, und sie müssen saubere Zähne und Hände haben. Das ist schon beinahe alles. Oh, ja, und ich bevorzuge eine schmutzige Fantasie, wenngleich die nicht unbedingt Voraussetzung ist, denn meine eigene reicht für zwei. Immer schon. Selbst als Kind hat sich in meinem Kopf alles um Sex gedreht. Während die Barbie-Puppen der anderen Mädchen Schule spielten, spielte meine Barbie Doktor. Und zwar so, dass Dr. Barbie Kens Gemächt untersuchte, um ihn dann in ein schweißnasses Koma zu versetzen.

Jetzt, im Alter von achtundzwanzig, während andere Frauen Golf spielen oder töpfern, sind Männer mein Hobby, und ich sammle sie wie billige Elvis-Souvenirs. Als ich in die sexy blauen Augen von Mr. Unmanierlich blickte, beschloss ich unter Berücksichtigung meines rasenden Pulses und des Pochens zwischen meinen Schenkeln, vielleicht auch ihn in meine Sammlung aufzunehmen. Vielleicht würde ich ihn mit zu mir nach Hause nehmen. Oder ich nahm ihn auf dem Rücksitz meines Wagens oder in einer Kabine der Damentoilette.

»Was du dir so vorstellst«, antwortete ich schließlich, verschränkte die Arme auf dem Tresen und beugte mich vor, um ihm den Anblick meiner perfekten Brüste zu gewähren.

Er hob den Blick aus meinem Dekolleté, und seine Augen waren heiß und hungrig. Dann klappte er seine Brieftasche auf und zeigte mir seine Dienstmarke. »Ich suche Eddie Cordova. Ich habe gehört, dass du ihn kennst.«

Persönliches Pech. Ein Bulle. »Ja, ich kenne Eddie.« Ich war einmal mit ihm ausgegangen, wenn man das, was wir getrieben haben, so umschreiben möchte. Als ich Eddie das letzte Mal sah, lag er in der Toilette bei Jimmy Woo im Koma. Ich musste auf sein Handgelenk treten, damit er endlich meinen Knöchel losließ.

»Weißt du, wo ich ihn finden kann?«

Eddie war ein drittklassiger Dieb, und schlimmer noch, im Bett war er miserabel, und ich hatte nicht die Spur eines schlechten Gewissens, als ich sagte: »Kann sein.« Ja, vielleicht würde ich diesem Typen helfen, und so, wie er mich ansah, war klar, dass er mehr wollte, als …

Das Telefon neben Jane Alcotts Computer klingelte und lenkte ihre Aufmerksamkeit vom Bildschirm und von der neuesten Episode aus dem *Leben der Honey Pie* ab.

»Verdammt«, fluchte sie. Sie schob die Finger unter ihre Brillengläser und rieb sich die müden Augen. Zwischen den Fingern hindurch spähte sie auf die Nummer auf dem Display und hob ab.

»Jane«, begann der Chefredakteur der *Seattle Times*, Leonard Callaway, ohne ein Wort der Begrüßung. »Virgil Duffy redet heute Abend mit den Trainern und dem Geschäftsführer. Du hast den Job jetzt offiziell.«

Virgil Duffys Unternehmen war Mitglied der Fortune 500, und ihm gehörte das Hockeyteam der Seattle Chinooks. »Wann fange ich an?«, fragte Jane und erhob sich. Sie griff nach ihrem Kaffee und verschüttete etwas auf ihren alten Flanellpyjama, als sie den Becher an die Lippen hob.

»Am Ersten.«

Am ersten Januar. Dann blieben ihr nur noch zwei Wochen für die Vorbereitung. Vor zwei Tagen war Leonard mit der Frage an sie herangetreten, ob sie Lust hätte, den Sportreporter Chris Evans, der sich der Behandlung eines Non-Hodgkin-Lymphoms unterzog, zu vertreten. Chris' Prognose war gut, aber für die Zeit seiner Abwesenheit brauchte die Zeitung jemanden, der über das Hockeyteam der Seattle Chinooks berichtete. Jane hatte sich nie träumen lassen, dass sie dieser Jemand sein würde.

Unter anderem schrieb sie Artikel für die *Seattle Times* und war bekannt für ihre monatliche Kolumne *Als Singlefrau in der Stadt*. Von Hockey hatte sie nicht die geringste Ahnung.

»Am Zweiten gehst du mit ihnen auf Tour«, fuhr Leonard fort. »Virgil will die Einzelheiten noch mit den Trainern absprechen, und am Montag vor der Abreise stellt er dich dann dem Team vor.«

Als man ihr in der vergangenen Woche den Job angeboten hatte, war sie erschrocken und ziemlich verdutzt gewesen. Mr. Duffy würde doch sicher verlangen, dass ein anderer Sportreporter über die Spiele berichtete. Doch wie sich herausstellte, war das Angebot die Idee des Besitzers selbst gewesen.

»Wie finden die Trainer das denn?« Sie stellte den Becher neben einem mit Post-it-Zetteln in verschiedenen Farben gespickten Terminplaner auf dem Schreibtisch ab.

»Das ist relativ unwichtig. Seit John Kowalsky und Hugh Miner sich zur Ruhe gesetzt haben, hat die Arena kein nennenswertes Publikum mehr gesehen. Duffy muss diesen Spitzentorwart bezahlen, den er letztes Jahr eingekauft hat. Virgil ist ein glühender Hockeyfan, aber in erster Linie ist er Geschäftsmann. Er tut, was er kann, um die Fans auf die Tribüne zu holen. Das ist auch der Hauptgrund dafür, dass er auf dich verfallen ist. Er will mehr Frauen zu den Spielen locken.«

Leonard Callaway sagte jedoch nichts darüber, dass Duffy glaubte, sie würde locker-flockigen Frauenkram schreiben. Was Jane nicht störte; immerhin half dieser Frauenkram ihr, ihre Rechnungen zu bezahlen, und war außerdem hochgradig beliebt bei den Leserinnen der *Seattle Times*. Aber Frauenkram reichte nicht für sämtliche Rechnungen. Nicht einmal annähernd. Die meisten bezahlte sie mithilfe von Pornos. Und die Pornoserie *Das Leben der Honey Pie*, die sie für die Zeitschrift *Him* schrieb, war hochgradig beliebt bei Männern.

Während Leonard über Duffy und sein Hockeyteam berichtete, griff Jane nach einem Kuli und kritzelte auf einen pinkfarbenen Zettel: Bücher über Hockey kaufen. Sie riss das Zettelchen vom Block, schlug eine Seite im Terminplaner um und klebte es unter einigen anderen ein.

»... und du darfst nie vergessen, dass du es mit Hockeyspielern zu tun hast. Weißt du, die sind manchmal furchtbar abergläubisch. Wenn die Chinooks anfangen, Spiele zu verlieren, geben sie dir die Schuld und jagen dich zum Teufel.«

Prima. Ihr Job war abhängig von abergläubischen Machos. Sie riss eine alte Notiz mit der Aufschrift »Termin Honey« aus dem Planer und warf sie in den Papierkorb.

Nach ein paar Gesprächsminuten legte sie den Hörer auf und griff nach ihrem Kaffeebecher. Wie die meisten Einwohner von Seattle kannte auch sie die Namen und sogar ein paar Gesichter von Hockeyspielern. Die Saison war lang, und beinahe jeden Abend wurde Hockey in den King-5-Nachrichten erwähnt, aber wirklich kennen gelernt hatte sie bisher nur einen von den Chinooks, den Torhüter, den Leonard erwähnt hatte, Luc Martineau.

Sie war dem Mann mit dem Dreiunddreißig-Millionen-Dollar-Vertrag kurz nach seinem Wechsel zu den Chinooks im letzten Sommer auf einer Party des Presseclubs vorgestellt worden. Wie der Inbegriff kraftstrotzender Gesundheit stand er in der Mitte des Raums, ein König, der Hof hielt. Er war kleiner, als Jane ihn sich vorgestellt hatte. Etwa einsachtzig, aber Muskeln pur. Dunkelblondes Haar wuchs ihm über die Ohren und in den Hemdkragen, leicht zerzaust und wie mit den Fingern gekämmt.

Er hatte eine kleine, weiße Narbe auf dem linken Wangenknochen und eine weitere am Kinn. Sie schmälerten allerdings nicht den ungeheuren Eindruck, den er machte. Sie ließen ihn vielmehr so gefährlich erscheinen, dass wohl keine einzige Frau im Raum sich nicht fragte, wie gefährlich er wirklich werden konnte.

Zum unauffälligen anthrazitfarbenen Anzug trug er eine rote Seidenkrawatte. Das Handgelenk zierte eine goldene Rolex, und an seiner Seite klebte wie ein Saugnapf eine verblühte Blondine.

Der Mann legte eindeutig Wert auf Accessoires.

Jane und der Torhüter hatten Begrüßungsfloskeln und einen Handschlag ausgetauscht. Der Blick seiner blauen Augen hatte sie kaum gestreift, bevor er mit seiner Blondine weiterging. In weniger als einer Sekunde fand sie sich gewogen und für zu leicht befunden. Doch daran war sie gewöhnt. Männer wie Luc beachteten Frauen wie Jane gewöhnlich nicht. Kaum größer als einssechzig, dunkelbraunes Haar, grüne Augen und A-Körbchen. Solche Männer blieben nicht stehen, um zu hören, ob sie vielleicht etwas Interessantes zu sagen hatte.

Falls die übrigen Chinooks sie genauso rasch abtaten wie Luc Martineau, standen ihr ein paar beschwerliche Monate bevor, aber die Gelegenheit, mit dem Team von Spiel zu Spiel zu reisen, war zu gut, als dass sie darauf hätte verzichten mögen. Sie würde ihre Artikel über den Hockeysport aus dem Blickwinkel einer Frau verfassen. Sie würde natürlich über die Höhepunkte des Spiels berichten, aber ihr Hauptaugenmerk wollte sie auf das lenken, was im Umkleideraum geschah. Nicht auf Penisgröße und sexuelle Vorlieben – das war ihr gleichgültig. Sie wollte in Erfahrung bringen, ob Frauen auch im einundzwanzigsten Jahrhundert noch diskriminiert wurden.

Jane nahm den Platz vor ihrem Laptop wieder ein und widmete sich wieder der *Honey-Pie*-Episode, die sie morgen abliefern müsste, wenn sie noch im Februar erscheinen sollte. Während viele Männer ihre *Singlefrau*-Kolumne für einen Schmachtfetzen hielten und nicht zugaben, dass sie sie lasen, fanden doch viele von ebendiesen Männern an Janes *Honey-Pie*-Serie großen Gefallen. Niemand außer Eddie Goldman, der Chefredakteur der Zeitschrift, und Caroline Mason, ihre beste Freundin seit der dritten Klasse, wusste, dass sie diese lukrativen monatlichen Artikel schrieb. Und so sollte es auch bleiben.

Honey war Janes Alter Ego. Umwerfend. Hemmungslos. Der Traum eines jeden Mannes. Eine Hedonistin, die Männer in ganz Seattle in ein verschwitztes Koma versetzte, ausgelaugt und der Sprache beraubt, was sie aber nicht daran hinderte, um mehr zu betteln. Honey hatte einen riesigen Fan-Club, und auch im Internet waren ihr ein halbes Dutzend Fan-Sites gewidmet. Einige waren traurig, andere witzig. Auf einer dieser Websites wurde spekuliert, dass der Autor von *Honey Pie* in Wahrheit ein Mann sei.

Dieses Gerücht gefiel Jane am besten. Ein Lächeln spielte um ihre Lippen, als sie die letzten Zeilen las, die sie vor Leonards Anruf geschrieben hatte. Dann machte sie sich wieder an ihre Arbeit – Männer zum Betteln zu bringen.

1. KAPITEL

Die Rasur: Einführung der Anfänger

Der Umkleideraum hallte wider von Blödeleien, als Luc »Lucky« Martineau seine Montur anlegte. Die meisten seiner Teamkameraden scharten sich um Daniel Holstrom, den Neuling aus Schweden, und boten ihm zwei verschiedene Möglichkeiten der Initiation an. Daniel konnte sich entweder von den Jungs einen Irokesen rasieren lassen, oder er musste das gesamte Team zum Essen einladen. Da Neulingsgelage zwischen zehn- und zwölftausend Dollar kosteten, vermutete Luc, dass der junge Verteidiger wohl eine Zeit lang wie ein Punker herumlaufen würde.

Daniel suchte mit großen, blauen Augen den Raum nach einem Hinweis darauf ab, dass die Jungs ihn hochnahmen. Er fand keinen. Alle waren einmal Anfänger gewesen, und jeder hatte irgendwelche Schikanen über sich ergehen lassen müssen. In Lucs Anfängersaison waren öfter mal die Schnürsenkel seiner Schlittschuhe verschwunden, und oft genug waren die Laken in seinem Hotelzimmer gekürzt worden.

Luc ergriff seinen Schläger und machte sich auf den Weg zum Tunnel. Er kam an ein paar Jungs vorüber, die ihre Schläger mit Schweißgeräten bearbeiteten. Kurz vor dem Tunnel standen Coach Larry Nystrom und Geschäftsführer Clark Gamache und sprachen mit einer kleinen, ganz in Schwarz gekleideten Frau. Die Männer hatten die Arme vor der Brust verschränkt und blickten finster auf die Frau, die auf sie einredete. Ihr dunkles Haar war am Hinterkopf mit einem dieser komischen Gummiteile zusammengefasst, die auch seine Schwester benutzte.

Luc nahm kaum Notiz von ihr und hatte sie bereits vergessen, als er zum Trainieren aufs Eis glitt. Er horchte auf das erfrischende Sch-sch, das er nach stundenlangem Schleifen der Kufen freudig erwartet hatte. Durch das Gitter seiner Maske streifte kühle Luft seine Wangen und füllte seine Lungen, während er verschiedene Aufwärmübungen absolvierte.

Wie alle Torhüter war er zwar Mitglied des Teams, trotzdem durch die typische Einsamkeit seines Jobs ein Außenseiter. Für Männer wie Luc gab es niemanden, hinter dem sie sich verstecken konnten. Wenn er einen Puck durchgehen ließ, blinkten die Alarmzeichen wie riesige in Neon geschriebene Versager-Zeichen, und es bedurfte immer wieder aller Entschlossenheit und großen Muts, sich für ein neues Spiel zwischen die Pfosten zu stellen. Ein Torhüter musste ein Mann sein, der ehrgeizig und arrogant genug war, sich selbst für unbesiegbar zu halten.

Der Torhüter-Coach, Don Boclair, schob einen Behälter voller Pucks aufs Eis, während Luc das gleiche Ritual wie seit elf Jahren absolvierte, sei es vor einem Spiel oder zum Training. Er lief dreimal im Uhrzeigersinn um das Tor herum und einmal in der Gegenrichtung. Er nahm seinen Platz zwischen den Pfosten ein und haute mit seinem Schläger links und rechts dagegen. Dann bekreuzigte er sich wie ein Priester und blickte Don, der an der blauen Linie stand, fest in die Augen. In der folgenden halben Stunde schlitterte der Coach um ihn herum, schoss wie ein Scharfschütze auf alle sieben Löcher und feuerte vom Punkt aus.

Luc war zufrieden. Zufrieden mit dem Spiel, zufrieden mit seiner körperlichen Kondition. Inzwischen war er einigermaßen schmerzfrei und nahm keine Tabletten, die stärker waren als Advil. Er erlebte die beste Saison seiner Karriere, und jetzt, da es aufs Finale der Sportvereinigung zuging, war er mit seinen zweiunddreißig Jahren in Höchstform. Sein Berufsleben hätte nicht besser aussehen können.

Schade nur, dass sein Privatleben schwer zu wünschen übrig ließ.

Der Torhüter-Coach feuerte einen Puck ins obere Drittel, und Luc fing ihn mit einem dumpfen »Pock« im Handschuh. Durch die dicke Polsterung hindurch brannte das halbe Pfund vulkanisierten Gummis in seiner Handfläche. Er ließ sich auf die Knie fallen, als der nächste Puck sein Fünfer-Loch bedrohte und gegen seine Beinschützer knallte. Er spürte den vertrauten, stechenden Schmerz in den Sehnen und Bändern, aber es war nichts, was er nicht hätte verkraften können. Nichts, was er nicht verkraftet *hätte*, und nichts, von dem er je laut zugegeben hätte, dass er es überhaupt spürte.

Manch einer hatte ihn schon abgeschrieben. Einen Strich unter seine Karriere gezogen. Vor zwei Jahren, als er noch für die Red Wings spielte, hatte er sich beide Knie kaputtgemacht. Nach mehreren Operationen, zahllosen Stunden Krankengymnastik, einer Stippvisite in der Betty-Ford-Stiftung, um die Abhängigkeit von Schmerzmitteln loszuwerden, und einem Wechsel zu den Seattle Chinooks war Luc wieder da und spielte besser denn je.

In dieser Saison musste er etwas beweisen. Sich selbst. Denen, die ihn abgeschrieben hatten. Er hatte die Eigenschaften wiedererlangt, die ihn immer zu einem der Besten gemacht hatten. Luc hatte einen unheimlichen Puckverstand und konnte einen Spielverlauf geradezu voraussehen. Und wenn er die Gefahr nicht mit einer flinken Parade abwehren konnte, hatte er immer noch rohe Gewalt und einen gefährlichen Haken in Reserve.

Nach dem Training zog Luc Shorts und ein T-Shirt an und ging zum Übungsraum. Er strampelte sich eine Dreiviertelstunde auf dem Trainingsfahrrad ab, bevor er zu den Gewichten wechselte. Anderthalb Stunden lang trainierte er Arm-, Brust- und Bauchmuskeln. Die Muskeln an Beinen und Rücken brannten, und der Schweiß tropfte ihm von den Schläfen, während er die Schmerzen wegatmete.

Er duschte ausgiebig, schlang ein Handtuch um seine Hüften und ging zum Umkleideraum. Die anderen Jungs waren schon dort, lümmelten auf Stühlen und Bänken und lauschten auf das, was Gamache von sich gab. Virgil Duffy stand ebenfalls mitten im Raum und redete über Kartenverkäufe. Kartenverkäufe waren nicht Lucs Angelegenheit. Er hatte Tore zu halten und Spiele zu gewinnen. Bisher machte er seinen Job gut.

Luc lehnte sich mit einer bloßen Schulter an den Türrahmen. Er verschränkte die Arme vor der Brust, und sein Blick fiel auf die kleine Frau, die er schon vor Trainingsbeginn gesehen hatte. Sie stand neben Duffy, und Luc hatte Muße, sie eingehender zu betrachten. Sie war eine von diesen naturbelassenen Frauen, die keine Spur von Make-up tragen. Die beiden Striche ihrer Augenbrauen waren die einzige Farbe in ihrem blassen Gesicht. Die schwarze Jacke und die schwarze Hose waren unförmig und verbargen jeden noch so kleinen Hinweis auf Kurven. Über einer Schulter hing eine Ledertasche, in der Hand hielt sie einen Pappbecher.

Sie war nicht hässlich – nur nichts sagend. Manche Männer mochten die naturbelassene Sorte Frau. Luc nicht. Ihm gefielen Frauen, die roten Lippenstift trugen, nach Puder dufteten und ihre Beine rasierten. Ihm gefielen Frauen, die sich Mühe gaben, gut auszusehen. Diese Frau gab sich eindeutig nicht die geringste Mühe.

»Ihr wisst sicher alle längst, dass Chris Evans wegen Krankheit für eine Weile ausfällt. An seiner Stelle wird Jane Alcott über unsere Spiele berichten«, erklärte der Besitzer. »Sie wird uns während der restlichen Saison begleiten und mit uns reisen.«

Die Spieler saßen in verblüfftem Schweigen da. Keiner sagte etwas, doch Luc wusste, was sie dachten. Sie dachten das Gleiche wie er, nämlich, dass er lieber einen Puck an den Schädel bekam, als mit einem Reporter, geschweige denn mit einer Reporterin zu reisen.

Die Spieler sahen den Mannschaftskapitän, Mark »der Hitman« Bressler, an, richteten dann ihre Aufmerksamkeit auf die Trainer, die ebenfalls in frostigem Schweigen verharrten. Sie warteten darauf, dass jemand etwas sagte. Sie vor dem zu klein geratenen, dunkelhaarigen Albtraum bewahrte, der ihnen aufgezwungen werden sollte.

»Tja, ich weiß nicht, ob das eine gute Idee ist«, hub der Hitman an, doch ein Blick aus Virgil Duffys eisigen, grauen Augen ließ den Kapitän verstummen. Niemand wagte es, noch einmal das Wort zu ergreifen.

Niemand außer Luc Martineau. Er hatte Respekt vor Virgil. Er mochte ihn sogar ein wenig. Aber Luc erlebte die beste Saison seines Lebens. Die Chinooks hatten wirklich gute Chancen auf den Pokal, und er wollte verflucht sein, wenn er nicht alles tat, um zu verhindern, dass irgendeine dahergelaufene Reporterin ihnen diese Chancen verdarb. Ihm diese Chance verdarb. Seiner Meinung nach war die Katastrophe vorprogrammiert.

»Bei allem Respekt, Mr. Duffy, haben Sie den Verstand verloren, verdammt noch mal?«, fragte er und stieß sich von der Wand ab. Auf Tour passierten nun mal Dinge, von denen der Rest des Landes nicht unbedingt beim Frühstück lesen musste. Luc war in der Beziehung diskreter als seine Teamkameraden, trotzdem war eine Reporterin, die sie auf ihren Reisen begleitete, das Letzte, was sie brauchen konnten.

Außerdem durfte man den Pechsträhnenfaktor nicht außer Acht lassen. Alles, was der Norm widersprach, konnte das Glück ganz schnell ins Gegenteil verkehren. Und eine Frau, die mit ihnen reiste, wich ganz eindeutig stark von der Norm ab.

»Wir haben ja durchaus Verständnis für eure Sorgen, Jungs«, entgegnete Duffy. »Aber nach gründlicher Überlegung und der Zusicherung seitens der *Times* und auch Ms. Alcotts können wir euch allen die Wahrung eurer Intimsphäre garantieren. Die Berichterstattung wird euer Privatleben in keiner Weise verletzen.«

Blödsinn, dachte Luc, doch er vergeudete keinen Atemzug für weiteren Widerstand. Luc sah die Entschlossenheit in der Miene des Besitzers und wusste, dass Einwände sinnlos waren. Virgil Duffy bezahlte die Rechnungen. Aber das bedeutete nicht, dass es Luc gefallen musste.

»Tja, dann sollten Sie sie schnellstens auf echt grobe Sprache vorbereiten«, warnte er.

Ms. Alcott wandte sich Luc zu. Ihr Blick war offen und fest. Sie zog einen Mundwinkel hoch, als wäre sie leicht amüsiert. »Ich bin Journalistin, Mr. Martineau«, sagte sie, und ihre Stimme war dezenter als ihr Blick, eine verblüffende Mischung aus weicher Weiblichkeit und scharfer Entschlossenheit. »Ihre Sprache kann mich nicht schockieren.«

Er schenkte ihr ein herausforderndes Lächeln und begab sich auf seinen Umkleideplatz am Ende des Raums.

»Ist sie die Frau, die schreibt Kolumne über Partnerfinden?«, fragte Vlad »der Pfähler« Fetisov.

»Ich schreibe die Kolumne *Als Singlefrau in der Stadt* für die *Times*«, antwortete sie.

»Ich dachte, die Frau wäre Orientalin«, bemerkte Bruce Fish.

»Nein, der Eindruck entsteht nur durch ihren schlechten Lidstrich«, klärte ihn Ms. Alcott auf.

Himmel, sie war nicht mal eine richtige Sportreporterin. Luc hatte ihre Kolumne ein paarmal gelesen, das heißt, er hatte versucht, sie zu lesen. Sie war die Frau, die über ihre Männerprobleme und die ihrer Freundinnen schrieb. Sie gehörte zu den Frauen, die gern über »Beziehungskisten und Probleme« redeten, als ob das alles zu Tode analysiert werden müsste. Als ob die meisten Probleme zwischen Männern und Frauen nicht ohnehin reine Erfindung von Frauen wären.

»Mit wem teilt sie das Zimmer?«, fragte jemand von links her, und das darauf folgende Gelächter löste die Spannung ein wenig. Die Unterhaltung wechselte von Ms. Alcott zu den nächsten vier Spielen, die ihnen in einem Acht-Tage-Marathon bevorstanden.

Luc ließ sein Handtuch zu Boden fallen und kramte in seiner Sporttasche. Virgil Duffy ist inzwischen offenbar senil, dachte Luc und warf seine weiße Unterhose und das T-Shirt auf die Bank. Senil, oder die Scheidung, die er gerade durchstand, machte ihn verrückt. Diese Frau hatte nicht die geringste Ahnung von Hockey. Am Ende wollte sie nur über Gefühle und Beziehungsprobleme reden. Nun, sie konnte ihm Fragen stellen, bis sie schwarz wurde, von ihm würde sie keine einzige Antwort erhalten. Nach seinen Erfahrungen in den letzten Jahren redete Luc nicht mehr mit Reportern. *Nie mehr.* Daran änderte sich auch nichts, wenn eine Reporterin sie auf ihren Reisen begleitete.

Er zog sich die Unterhose übers Gesäß, warf einen Blick über die Schulter auf Ms. Alcott und schlüpfte in sein T-Shirt. Er sah, dass sie auf ihre Schuhe starrte. Weibliche Sportreporter im Umkleideraum waren nichts Neues. Falls eine Frau sich an einem Raum voller nacktärschiger Männer nicht störte, wurde sie seines Wissens kaum anders behandelt als ihre männlichen Gegenstücke. Doch Ms. Alcott wirkte so verklemmt wie eine altjüngferliche Tante. Was nicht hieß, dass Luc irgendetwas von Jungfrauen verstand.

Er komplettierte sein Outfit mit einer ausgebleichten Levi's und einem blauen Rippenpullover. Dann stieg er in seine schwarzen Stiefel und schnallte sich die goldene Rolex ums Handgelenk. Die Uhr hatte er bei der Vertragsunterzeichnung von Virgil Duffy geschenkt bekommen. Ein kleiner Bonus zum Abschluss des Handels.

Luc schnappte sich seine lederne Bomberjacke und die Sporttasche und begab sich ins Büro. Dort holte er sich die Reiseroute für die nächsten acht Tage ab und überzeugte sich, dass nicht vergessen worden war, ihm ein Einzelzimmer zu geben. Beim letzten Mal war es in Toronto zu einer Panne gekommen, und sie hatten Rob Sutter zu ihm ins Zimmer gesteckt. Gewöhnlich schlief Luc ein, sobald sein Kopf das Kissen berührte, aber Rob hatte wie eine Motorsäge geschnarcht.

Es war kurz nach Mittag, als Luc das Gebäude verließ. Das dumpfe Knallen seiner Stiefelabsätze hallte auf dem Weg zum Ausgang von den Betonwänden wider. Als er hinaustrat, schlug ihm grauer Nebel ins Gesicht und sickerte in den Kragen seiner Jacke. Es war diese Art von Dunst, die noch nicht ganz Regen, aber trotzdem unheimlich melancholisch war. Die Art, an die er sich noch gewöhnen musste. Dieses Wetter war einer der Gründe, warum er gern reiste und die Stadt verließ, allerdings nicht der Hauptgrund. Der Hauptgrund war die Ruhe, die er unterwegs fand. Doch er hatte so eine Vorahnung, dass diese Ruhe wohl von der Frau gestört werden würde, die jetzt ein paar Schritte entfernt von ihm stand und in ihrer Schultertasche kramte.

Ms. Alcott hatte sich in einen glänzenden Regenmantel gewickelt, der in der Taille gegürtet war. Er war lang und schwarz, und der Wind, der von der Bucht her wehte, blähte ihn auf, sodass es aussah, als hätte Ballast ihr Hinterteil aufgepolstert. In einer Hand hielt sie noch immer den Pappbecher.

»Der Flug nach Phoenix um sechs Uhr morgens ist die Härte«, sagte er, als er auf dem Weg zum Parkhaus auf sie zuging. »Kommen Sie nicht zu spät. Es wäre schade, wenn Sie ihn verpassen würden.«

»Ich werde pünktlich da sein«, versicherte sie, als er an ihr vorbeiging. »Sie wollen nicht, dass ich mit dem Team reise. Liegt es daran, dass ich eine Frau bin?«

Er blieb stehen und drehte sich zu ihr um. Eine frische Brise zerrte an den Aufschlägen ihres Mantels und blies ein paar Strähnen aus ihrem Pferdeschwanz über ihre rosigen Wangen. Auch bei näherer Betrachtung wurde sie nicht unbedingt schöner. »Nein. Ich kann Reporter nicht ausstehen.«

»Das ist angesichts Ihrer Vergangenheit nicht weiter verwunderlich, möchte ich meinen.« Sie hatte sich augenscheinlich über ihn informiert.

»Welcher Vergangenheit?« Er fragte sich, ob sie dieses Scheißbuch *Die Schlimmen Finger des Hockeysports* gelesen hatte, in dem ihm allein fünf Kapitel gewidmet waren, mit Fotos. Etwa die Hälfte von allem, was der Autor in diesem Buch behauptete, war Klatsch und pure Erfindung. Und der einzige Grund, warum Luc ihn nicht verklagt hatte, war der, dass er nicht noch mehr Medienrummel um sich haben wollte.

»Ihre Vergangenheit in der Presse.« Sie nahm einen Schluck aus ihrem Pappbecher und zuckte mit den Schultern. »Die allgegenwärtige Berichterstattung über Ihre Probleme mit Drogen und Frauen.«

Ja, sie hatte es gelesen. Und, zum Kuckuck, was für Leute waren das, die Wörter wie *allgegenwärtig* benutzten? Reporter, wer sonst. »Um eines klarzustellen: Ich hatte noch nie Probleme mit Frauen. Weder allgegenwärtig noch sonst wie. Sie sollten nicht alles glauben, was Sie lesen.«

Zumindest hängte sie ihm keine kriminelle Vergangenheit an. Und seine Abhängigkeit von Schmerzmitteln lag in der Vergangenheit. Wo sie auch bleiben sollte.

Er ließ den Blick von ihrem zurückgekämmten Haar über die makellose Haut ihres Gesichts und am Rest ihrer in diesen scheußlichen Mantel gewickelten Gestalt hinabwandern. Wenn sie ihr Haar offen trug, würde sie vielleicht nicht so furchtbar klemmärschig aussehen. »Ich habe Ihre Kolumne in der Zeitung gelesen«, sagte er und sah in ihre grünen Augen. »Sie sind die Singlefrau, die ständig über Beziehungen schwafelt und keinen Mann findet.« Sie zog die dunklen Brauen zusammen, ihr Blick wurde hart. »Nachdem ich Sie jetzt kennen gelernt habe, verstehe ich Ihr Problem.« Er hatte ihren wunden Punkt getroffen. Gut. Vielleicht ließ sie ihn jetzt in Ruhe.

»Sind Sie noch clean und trocken?«, fragte sie.

Er vermutete, dass sie, wenn er jetzt nicht antwortete, irgendwas erfinden würde. So machten sie es immer. »Absolut.«

»Tatsächlich?« Ihre zusammengezogenen Brauen hoben sich zu perfekten Bögen, als würde sie ihm nicht so recht glauben.

Er machte einen Schritt auf sie zu. »Soll ich in Ihren Becher pissen, Süße?«, fragte er die verklemmte Frau mit den harten Augen, die bestimmt seit fünf Jahren keinen Sex mehr gehabt hatte.

»Nein danke. Ich trinke meinen Kaffee schwarz.«

Er hätte sich vielleicht die Zeit genommen, ihre Retourkutsche gebührend zu würdigen, wäre sie nicht Reporterin gewesen und hätte er nicht das Gefühl gehabt, dass sie ihm aufgezwungen wurde. »Lassen Sie es mich wissen, wenn Sie's sich mal anders überlegen sollten. Und glauben Sie bloß nicht, die Tatsache, dass Duffy Sie den Jungs aufgehalst hat, könnte Ihnen den Job in irgendeiner Weise erleichtern.«

»Und das bedeutet?«

»Überlegen Sie doch mal«, sagte er und ging weiter.

Er legte das kurze Stück zum Parkhaus zurück und fand seine graue Ducati, die neben dem Behindertenparkplatz aufgebockt stand. Die Farbe des Motorrads entsprach haargenau der der düsteren Garage und den dicken Wolken, die über der Stadt hingen. Er klemmte seine Tasche auf den Gepäckträger und schwang ein Bein über den schwarzen Sitz. Mit dem Stiefelabsatz trat er den Ständer hoch, dann ließ er die Zwei-Zylinder-Maschine an. Er verschwendete keinen Gedanken mehr an Ms. Alcott, als er aus dem Parkhaus fuhr, das dumpfe Dröhnen des Motors hinter sich herziehend. Er passierte die Tini Bigs Bar, fuhr die Broad hinauf bis zur Second Avenue, bog nach ein paar Häuserblocks in die Gemeinschaftsgarage seines Wohnkomplexes ein und stellte das Motorrad neben seinem Landcruiser ab.

Mit zwei Fingern zog er die Manschette seiner Jacke zurück und warf einen Blick auf die Uhr. Er griff in seine Tasche und rechnete aus, dass ihm noch drei Stunden der Ruhe blieben. Er konnte eine Spielekassette in den Videorekorder schieben und vor seinem Großbildschirmfernseher entspannen. Oder er konnte eine Freundin anrufen und sie zum Mittagessen zu sich einladen. Eine gewisse langbeinige Rothaarige kam ihm in den Sinn.

Im neunzehnten Stock verließ Luc den Aufzug und ging den Flur entlang zu seinem nach Nordosten gelegenen Eckapartment. Er hatte es im letzten Sommer kurz nach seinem Wechsel zu den Chinooks gekauft. Von der Einrichtung – die ihn mit viel Chrom und Stein und abgerundeten Ecken an den alten Cartoon *The Jetsons* erinnerte – war er nicht sonderlich begeistert, aber die Aussicht ... die Aussicht war umwerfend.

Er öffnete die Tür, und seine Pläne für den Tag fielen in sich zusammen, als er über einen blauen North-Face-Rucksack auf dem hellen Teppich stolperte. Eine rote Snowboarder-Jacke lag auf dem marineblauen Ledersofa, Ringe und Armreifen stapelten sich auf einem der Beistelltischchen aus Schmiedeeisen und Glas. Rap-Musik dröhnte aus seiner Stereoanlage, und auf dem Großbildschirm führte Shaggy seine Verrenkungen vor.

Marie. Marie war schon zu Hause.

Auf dem Weg durch den Flur warf Luc im Vorbeigehen den Rucksack und seine Tasche auf das Sofa. Er klopfte an eine der drei Schlafzimmertüren und öffnete sie einen Spalt. Marie lag auf ihrem Bett, das kurze, dunkle Haar wie einen gekappten schwarzen Flederwisch auf dem Kopf zusammengenommen. Die Wimperntusche war unter ihren Augen verlaufen, ihre Wangen waren blass. Sie drückte einen zottigen blauen Teddybär an ihre Brust.

»Wieso bist du zu Hause?«

»Die Schule hat versucht, dich anzurufen. Mir geht's nicht gut.«

Luc trat näher, um seine sechzehnjährige Schwester, die zusammengerollt auf ihrer Spitzenbettdecke lag, genauer in Augenschein zu nehmen. Vermutlich weinte sie wieder einmal um ihre Mutter. Seit der Beerdigung war erst ein Monat vergangen, und er glaubte, etwas sagen zu müssen, um Marie zu trösten, wusste aber beim besten Willen nicht, was; er hatte es ein paarmal versucht, damit aber alles noch schlimmer gemacht.

»Hast du die Grippe?«, fragte er stattdessen. Sie sah ihrer Mutter so ähnlich, dass es schon unheimlich war. Oder zumindest sah sie ihrer Mutter, wie er sie in Erinnerung hatte, sehr ähnlich.

»Nein.«

»Brütest du eine Erkältung aus? Was fehlt dir denn?«

»Ich fühl mich einfach nicht gut.«

Luc selbst war sechzehn gewesen, als seine Schwester geboren wurde, als Kind seines Vaters und der vierten Frau seines Vaters. Abgesehen von ein paar Feiertagsbesuchen hatte Luc nie etwas mit Marie zu tun gehabt. Sie hatten in Los Angeles gewohnt; er lebte auf der anderen Seite des Landes. Er hatte mit seinem eigenen Leben zu tun gehabt, und bevor sie im vergangenen Monat bei ihm eingezogen war, hatte er sie zuletzt auf dem Begräbnis ihres Vaters vor zehn Jahren gesehen. Und jetzt trug er plötzlich die Verantwortung für eine Schwester, die er gar nicht kannte. Er war ihr einziger lebender Verwandter, der noch nicht das Rentenalter erreicht hatte. Er war Hockeyspieler. Junggeselle. Männlich. Und er hatte nicht die geringste Ahnung, was zum Teufel er mit ihr anfangen sollte.

»Möchtest du eine Suppe?«, fragte er.

Sie zuckte mit den Schultern, und wieder wurden ihre Augen nass. »Ja, vielleicht«, schniefte sie.

Erleichtert zog Luc sich zurück und ging in die Küche. Er holte eine große Dose Hühnersuppe mit Nudeln aus dem Schrank und schob sie unter den Büchsenöffner auf der Arbeitsplatte aus schwarzem Marmor. Ihm war bewusst, dass sie eine schwierige Phase durchlebte, aber, Herrgott, sie trieb ihn in den Wahnsinn. Wenn sie nicht heulte, dann schmollte sie. Wenn sie nicht schmollte, behandelte sie ihn wie einen Schwachsinnigen.

Luc füllte die Suppe in zwei Schalen und gab Wasser hinzu. Er hatte versucht, sie zu einer Therapie zu schicken, aber sie war während der Krankheit ihrer Mutter schon in einer Therapie gewesen und wehrte sich mit Händen und Füßen gegen eine weitere, war der Meinung, dass es genug sei.

Er schob sein und Maries Mittagessen in die Mikrowelle und stellte die Zeit ein. Abgesehen davon, dass es ihn in den Wahnsinn trieb, schränkte der Umstand, dass eine launische Sechzehnjährige bei ihm wohnte, auch sein gesellschaftliches Leben empfindlich ein. Er hatte nur noch Zeit für sich selbst, wenn er unterwegs war. Irgendetwas musste sich ändern. Die Situation, wie sie jetzt war, tat ihnen beiden nicht gut. Er hatte eine verantwortungsbewusste Frau eingestellt, die mit Marie in seiner Wohnung wohnte, wenn er nicht in der Stadt war. Sie hieß Gloria Jackson und war wahrscheinlich über sechzig Jahre alt. Marie mochte sie nicht, aber es gab offenbar kaum einen Menschen, den Marie mochte.

Das Beste, was er tun konnte, war wohl, ein gutes Internat für Marie zu finden. Dort wäre sie bestimmt glücklicher, unter lauter Mädchen in ihrem Alter, die sich mit Frisuren und Make-up auskannten und gern Rap-Musik hörten. Natürlich waren seine Gründe, Marie in ein Internat zu schicken, keineswegs selbstlos. Er wünschte sich sein altes Leben zurück. Vielleicht war er ein egoistischer Mistkerl, aber er hatte so hart für dieses Leben gearbeitet. Er hatte sich aus dem Chaos befreit, um ein gewisses Maß an Ruhe zu finden.

»Ich brauche Geld.«

Luc unterbrach die Beobachtung der Suppentassen, die sich in der Mikrowelle drehten, und wandte sich seiner Schwester an der Küchentür zu. Sie hatten bereits über ein eigenes Konto für Marie gesprochen. »Wenn wir das Haus deiner Mutter verkauft haben und deine Waisenrente kommt …«

»Ich brauche aber heute Geld«, fiel sie ihm ins Wort. »Jetzt gleich.«

Er griff nach dem Portemonnaie in seiner Gesäßtasche. »Wie viel brauchst du?«

Sie zog leicht die Stirn kraus. »Sieben oder acht Dollar, glaube ich.«

»Du weißt es nicht genau?«

»Gib mir sicherheitshalber zehn.«

Neugierig geworden und auch, weil er sich verpflichtet glaubte, fragen zu müssen, erkundigte er sich: »Wofür brauchst du das Geld?«

Ihre Wangen röteten sich. »Ich habe nicht die Grippe.«

»Was hast du dann?«

»Ich habe Krämpfe und nichts dagegen im Haus.« Sie senkte den Blick auf ihre bestrumpften Füße. »Ich kenne keine Mädchen, die ich fragen könnte, und als ich zur Schulsanitäterin kam, war es schon zu spät. Deswegen musste ich früher nach Hause gehen.«

»Wozu war es zu spät? Wovon redest du überhaupt?«

»Ich habe Krämpfe, und ich habe keine …« Sie wurde hochrot im Gesicht und platzte heraus: »Tampons. Ich habe im Bad nachgesehen, weil ich dachte, vielleicht hat eine von deinen Freundinnen welche hier gelassen. Aber da sind keine.«

In dem Moment, als Luc Maries Problem endlich begriff, klingelte die Mikrowelle. Er öffnete die Klappe und verbrannte sich die Daumen, als er die Suppentassen auf die Arbeitsplatte stellte. »Oh.« Einer Schublade entnahm er zwei Löffel, und weil er nicht wusste, was er sagen sollte, fragte er einfach: »Willst du Cracker dazu?«

»Ja.«

Irgendwie erschien sie ihm nicht alt genug dafür. Hatten Mädchen schon mit sechzehn ihre Periode? Anscheinend ja, aber Luc hatte sich noch nie Gedanken darüber gemacht. Er war als Einzelkind aufgewachsen und hatte nie etwas anderes als Hockey im Kopf gehabt.

»Möchtest du vielleicht ein Aspirin?« Eine seiner früheren Freundinnen hatte immer ein Schmerzmittel genommen, wenn sie Krämpfe hatte. Wenn er rückblickend darüber nachdachte, waren sein Geld und ihrer beider Abhängigkeit das Einzige, was sie gemeinsam gehabt hatten.

»Nein.«

»Nach dem Essen gehen wir einkaufen«, sagte er. »Ich brauche ein neues Deodorant.«

Schließlich hob sie den Blick, rührte sich jedoch nicht vom Fleck.

»Oder soll ich gleich gehen?«

»Ja.«

Er sah sie an, wie sie da stand, peinlich berührt und genauso verlegen wie er selbst. Das schlechte Gewissen, das ihn kurz vorher noch geplagt hatte, war wie weggeblasen. Es war bestimmt richtig, sie in ein Internat zu schicken, wo sie unter gleichaltrigen Mädchen lebte. In einem Mädcheninternat würde man über Krämpfe und andere Frauengeschichten Bescheid wissen.

»Ich hole meine Schlüssel«, sagte er. Jetzt musste er sich

nur noch überlegen, wie er ihr seinen Entschluss beibrachte, ohne den Eindruck zu erwecken, dass er sie loswerden wollte.

2. KAPITEL

Austausch von Höflichkeitsfloskeln: Ein Kampf

»Sag das noch mal?« Caroline Masons Gabel verhielt auf halbem Weg zum Mund, ein Blättchen Salat und ein Stück Hühnchen blieben in der Schwebe.

»Ich berichte über die Spiele der Chinooks und begleite sie auf ihren Reisen«, wiederholte Jane ihrer Sandkastenfreundin zuliebe.

»Das Hockeyteam?« Caroline arbeitete bei Nordstrom und verkaufte ihre Lieblingssuchtmittel: Schuhe. Was ihr Äußeres betraf, bewegten sie und Jane sich an entgegengesetzten Enden der Skala. Sie war groß, blond und blauäugig, eine wandelnde Reklame für Schönheit und guten Geschmack. Und ihre Temperamente waren einander auch nicht ähnlicher. Jane war introvertiert, während Caroline jeden Gedanken und jedes Gefühl heraussprudeln musste. Jane bestellte aus Katalogen. Caroline hielt Kataloge für Werkzeuge des Satans.

»Ja, deshalb bin ich in der Gegend. Ich komme gerade von einem Treffen mit dem Besitzer und dem Team.« Die beiden Freundinnen waren wie Feuer und Eis, Nacht und Tag, waren jedoch durch Herkunft und Werdegang zusammengeschweißt.

Carolines Mutter war mit einem Brummifahrer durchgebrannt und hatte sich nur sporadisch blicken lassen. Jane war völlig ohne Mutter aufgewachsen. Sie hatten in Tacoma Tür an Tür gewohnt, im selben tristen Häuserblock. Arm. Die Habenichtse. Sie wussten beide, was es hieß, in Segeltuchturnschuhen zur Schule zu gehen, wenn fast alle anderen welche aus Leder trugen.

Als Erwachsene wurden sie auf unterschiedliche Weise mit der Vergangenheit fertig. Jane sparte ihr Geld, als wäre jede Gehaltsabrechnung die letzte, während Caroline enorme Summen für Designerschuhe ausgab, als wäre sie Imelda Marcos.

Caroline deponierte ihre Gabel auf dem Tellerrand und legte eine Hand auf die Brust. »Du darfst mit den Chinooks reisen und sie interviewen, wenn sie nackt sind?«

Jane nickte und hieb in ihr Spezialgericht, Makkaroni mit Käse und Räucherschinken, überbacken mit Croutons. Angesichts des Wetters, das draußen herrschte, war es eindeutig ein Makkaroni-Käse-Tag. »Ich kann nur hoffen, dass sie die Hosen erst runterlassen, wenn ich aus dem Umkleideraum raus bin.«

»Das soll ein Witz sein, oder? Welchen Grund hat man denn, einen stinkenden Umkleideraum zu betreten, wenn nicht den, nackte Männer zu sehen?«

»Zum Beispiel, um sie zu interviewen.« Nachdem sie alle an diesem Morgen kennen gelernt hatte, bekam sie es doch ein bisschen mit der Angst zu tun. Im Vergleich zu ihren knapp einssechzig waren sie riesig.

»Glaubst du, sie würden es merken, wenn du ein paar Schnappschüsse machst?«

»Könnte sein.« Jane lachte. »Sie wirkten gar nicht so dumm, wie man erwarten würde.«

»Schade. Ich hätte nicht übel Lust, ein paar nackte Hockeyspieler anzugucken.«

Nun, da Jane sie alle gesehen hatte, machte die Vorstellung, sie nackt zu sehen, ihr doch ein wenig Angst. Sie musste mit diesen Männern zusammen reisen. Mit ihnen im Flugzeug sitzen. Sie wollte nicht wissen, wie sie unbekleidet aussahen. Mit einem nackten Mann wollte sie nur dann zusammen sein, wenn sie selbst nackt war. Und wenn sie auch ausgefeilte Sexfantasien zur Sicherung ihres Lebensunterhalts schrieb, fühlte sie sich im wirklichen Leben beim Anblick unverhohlener Nacktheit doch ziemlich befangen. Sie war nicht wie die Frau, die in der Kolumne der *Times* über Dates und Beziehungen schrieb. Und wie *Honey Pie* war sie schon ganz und gar nicht.

Jane Alcott war eine Schwindlerin.

»Wenn du keine Fotos machen kannst«, sagte Caroline, griff wieder zur Gabel und pickte die Hühnchenstücke aus ihrem orientalischen Salat, »dann mach wenigstens Notizen für mich.«

»Das ist in vielerlei Hinsicht unethisch«, erklärte sie ihrer Freundin. Dann fiel ihr Luc Martineaus Angebot, in ihren Kaffee zu pissen, wieder ein, und sie entschied, dass sie in diesem Fall ein wenig von ihren Ethikbegriffen abweichen konnte. »Ich habe Luc Martineaus Hintern gesehen.«

»Au naturel?«

»Wie Gott ihn geschaffen hat.«

Caroline beugte sich vor. »Wie war er?«

»Gut.« Jane stellte sich Lucs muskulöse Schultern und seinen Rücken vor, die Rinne seiner Wirbelsäule und das Handtuch, das von seinen perfekt gerundeten Hinterbacken rutschte. »Wirklich schön.« Es ließ sich nicht leugnen, Luc war ein schöner Mann. Schade nur, dass sein Charakter schwer zu wünschen übrig ließ.

»Himmel«, seufzte Caroline, »warum habe ich keinen College-Abschluss gemacht und einen Job wie deinen gekriegt?«

»Zu viele Partys.«

»Oh, ja.« Caroline zögerte einen Moment, dann lächelte sie. »Du brauchst eine Assistentin. Nimm mich.«

»Die Zeitung bezahlt mir keine Assistentin.«

»Schade.« Ihr Lächeln erstarb, und ihr Blick senkte sich auf Janes Blazer. »Du solltest dir neue Klamotten besorgen.«

»Ich habe neue Klamotten«, sagte Jane, den Mund voll Schinken und Käse.

»Ich rede von neu, sprich: attraktiv. Du trägst zu viel Schwarz und Grau. Man wird sich fragen, ob du depressiv bist.«

»Ich bin nicht depressiv.«

»Vielleicht nicht, aber du solltest trotzdem Farben tragen. Besonders Rot- und Grüntöne. Du wirst die ganze Saison über mit großen, starken, testosterongesteuerten Männern auf Reisen sein. Das ist die perfekte Gelegenheit, das Interesse eines Kerls an dir zu wecken.«

Janes Reisen mit dem Team waren rein geschäftlicher Art. Sie hatte nicht die Absicht, das Interesse eines Mannes zu wecken. Schon gar nicht das eines Hockeyspielers. Schon gar nicht eines Hockeyspielers wie Luc Martineau. Als sie sein Angebot, ihren Kaffee betreffend, abgelehnt hatte, hätte er um ein Haar gelächelt. Um ein Haar. Stattdessen hatte er gesagt: *Lassen Sie es mich wissen, wenn Sie's sich mal anders überlegen sollten.* Und wie er es gesagt hatte. Er war ein Angeber, der noch nicht mal seinen kanadischen Akzent abgelegt hatte. Das Letzte, was sie wollte oder brauchte, war, das Interesse von Männern wie ihm zu wecken. Sie ließ den Blick über ihren schwarzen Blazer, ihre schwarze Hose und die graue Bluse gleiten. Ihrer Meinung nach war sie gut angezogen. »Das ist J. Crew.«

Caroline kniff die blauen Augen zusammen, und Jane wusste, was jetzt kommen würde. J. Crew war eben *nicht* Donna Karan. »Genau. Aus dem Katalog?«

»Natürlich.«

»Und schwarz.«

»Du weißt doch, dass ich nicht farbenblind bin.«

»Nein, farbenblind bist du nicht. Du siehst nur nicht, wenn Farben nicht harmonieren.«

»Stimmt.« Deswegen mochte sie Schwarz. Schwarz kleidete sie. Mit Schwarz konnte sie keinen Mode-Fauxpas begehen.

»Du hast so eine süße Figur, Jane. Die solltest du herzeigen. Komm mit mir zu Nordy, und wir suchen ein paar hübsche Sachen für dich aus.«

»Ausgeschlossen. Als ich mich das letzte Mal darauf eingelassen habe, sah ich hinterher aus wie Greg Brady. Nur nicht so groovy.«

»Das war in der sechsten Klasse, und da mussten wir zu Goodwill gehen. Jetzt sind wir älter und haben mehr Geld. Du zumindest.«

Ja, und so sollte es auch bleiben. Sie hatte Pläne für ihren Sparstrumpf. Sie würde sich ein Haus kaufen, keine Designerklamotten. »Mir gefällt mein Kleidungsstil«, sagte sie, als hätten sie dieses Gespräch nicht schon tausendmal geführt.

Caroline verdrehte die Augen und wechselte das Thema. »Ich habe einen Typen kennen gelernt.«

Natürlich. Seit sie beide im letzten Frühjahr dreißig geworden waren, tickte Carolines biologische Uhr, und sie konnte an nichts anderes mehr denken als daran, dass ihre Eierstöcke verschrumpelten. Es war Zeit zu heiraten, und da sie Jane von dem Spaß nicht ausschließen wollte, hatte sie beschlossen, es wäre an der Zeit, dass sie *beide* heirateten. Doch bei der Umsetzung des Plans gab es ein Problem. Jane war zu der Einsicht gelangt, dass sie nur Männer anzog, die ihr das Herz brachen und sie schlecht behandelten. Und da der gemeine Mistkerl so ziemlich der einzige Typ war, der sie schwach machte, überlegte sie, sich eine Katze anzuschaffen und zu Hause zu bleiben. Aber da saß sie in der Falle. Wenn sie zu Hause blieb, erhielt sie kein neues Material für ihre *Singlefrau*-Kolumne.

»Er hat einen Freund.«

»Der letzte ›Freund‹, den du mir angedreht hast, fuhr einen Serienmörder-Van mit einer Couch im Laderaum.«

»Ich weiß, und er war nicht sehr erfreut, als er in deiner *Times*-Kolumne über sich las.«

»Pech für ihn. Er war einer von den Typen, die wegen dieser Kolumne annehmen, ich wäre völlig verzweifelt und scharf auf jeden Typen.«

»Dieser ist anders.«

»Nein.«

»Vielleicht gefällt er dir ja.«

»Das ist ja das Problem. Wenn er mir gefällt, behandelt er mich wie ein Stück Dreck und lässt mich dann fallen.«

»Jane, du gibst doch einem Mann nicht einmal die Chance, dich fallen zu lassen. Du bist immer mit einem Fuß draußen und wartest auf einen Vorwand.«

Caroline hatte gut reden. Sie servierte Typen ab, weil sie ihr zu perfekt waren. »Du hast seit Vinny keinen Freund mehr gehabt«, bemerkte Caroline.

»Ja, und du weißt selbst, was daraus geworden ist.« Er hatte sich Geld von ihr geliehen, um anderen Frauen Geschenke zu machen. Vor allem billige Dessous. Jane hasste billige Dessous.

»Sieh es doch mal von der anderen Seite. Nachdem du ihn loshattest, warst du so betrübt, dass du dein Badezimmer renoviert hast.«

Es war eine der traurigen Tatsachen in Janes Leben, dass sie, wenn sie unter Depressionen und gebrochenem Herzen litt, wie eine Besessene putzte.

Nach dem Mittagessen setzte Jane Caroline bei Nordstrom

ab und fuhr dann zur *Seattle Times*. Weil sie eine monatliche Kolumne schrieb, hatte sie kein eigenes Büro in der Redaktion. Im Grunde betrat sie das Gebäude nur äußerst selten.

Sie traf sich mit dem Sportredakteur Kirk Thornton, und er musste ihr nicht erst erklären, dass er keineswegs erfreut war, sie als Vertretung für Chris zu sehen. Er empfing sie mit einer solchen Kälte, dass er ein Glas an seiner Stirn hätte kühlen können. Er stellte sie den anderen drei Sportreportern vor, und deren Begrüßung fiel auch nicht wärmer aus als Kirks. Abgesehen von Jeff Noonan.

Obwohl Jane sich nur selten im *Seattle-Times*-Gebäude sehen ließ, hatte sie schon von Jeff Noonan gehört. Die gesamte weibliche Belegschaft konnte ein Lied von ihm singen; er war die wandelnde Klage wegen sexueller Belästigung, die nur noch auf ihren Gerichtstermin wartete. Er glaubte nicht nur, dass Frauen in die Küche gehörten, sondern vielmehr, dass sie auf dem Rücken liegend auf den Küchentisch gehörten. Der Blick, mit dem er sie maß, verriet, dass er sie sich nackt vorstellte, und er lächelte, als müsste sie sich deswegen geschmeichelt fühlen oder so.

Der Blick, mit dem sie ihm antwortete, verriet, dass sie lieber Rattengift nehmen würde.

Die BAC-111 hob um 6:23 Uhr vom Flughafen Seattle ab. Binnen Minuten durchbrach der Jet die Wolkendecke und neigte sich nach links. Die Morgensonne schoss durch die ovalen Fenster wie Spotlight. Beinahe gleichzeitig wurden sämtliche Fensterklappen zum Schutz vor dem erbarmungslos grellen Licht geschlossen, und eine ganze Reihe von Hockeyspielern klappte die Sitze zurück, um zu schlafen. Eine Mischung aus Aftershave und Parfüm füllte die Kabine, als der Jet den Aufstieg beendete und seine Flughöhe erreichte.

Ohne den Blick zu heben, streckte Jane die Hand nach oben und schaltete die Lüftung ein. Sie richtete das Gebläse auf ihr Gesicht und studierte den Zeitplan des Teams. Ihr fiel auf, dass einige Flüge direkt nach einem Spiel starteten, andere erst am darauf folgenden Morgen. Doch abgesehen von den Flugzeiten war die Tagesplanung immer die gleiche. Das Team trainierte am Tag vor dem Spiel und absolvierte eine »Light«-Version des Trainingsprogramms am Spieltag selbst. Abweichungen gab es nicht.

Sie legte den Zeitplan zur Seite und griff nach den *Hockey News*. Die Morgensonne fiel auf einen NHL-Team-Artikel. Der Untertitel lautete: »Chinooks' Torhüter – der Schlüssel zum Erfolg«.

In den letzten Wochen hatte Jane sich den Kopf voll gestopft mit NHL-Statistiken. Sie hatte die Namen der Chinooks auswendig gelernt und ihre Spielpositionen. Sie hatte alle Zeitungsartikel über das Team gelesen, die sie nur finden konnte, doch sie hatte das Spiel selbst und auch die Spieler noch immer nicht richtig im Kopf. Sie würde ins kalte Wasser springen müssen und hoffen, dass sie nicht unterging. Dazu brauchte sie die Achtung und das Vertrauen dieser Männer. Sie sollten sie genauso behandeln wie jeden anderen – männlichen – Sportjournalisten.

In ihrer Aktentasche befanden sich zwei unverzichtbare Bücher: *Hockey für Dumme* und *Die Schlimmen Finger des Hockeysports*. Das erste vermittelte die rudimentären Begriffe und die Spielregeln, während das zweite über die dunklen Seiten des Spiels und der Spieler informierte.

Ohne den Kopf zu heben, spähte sie über den Gang hinweg und die Sitzreihe entlang. Ihr Blick folgte der Notbeleuchtung längs des blauen Teppichbodens und blieb an Luc Martineaus polierten Slippern und anthrazitfarbenen Hosenbeinen hängen. Seit ihrem Gespräch vor der Key Arena hatte sie über ihn bedeutend mehr Informationen eingeholt als über die restlichen Spieler.

Geboren und aufgewachsen war er in Edmonton, Alberta, in Kanada. Sein Vater war Frankokanadier und hatte sich von Lucs Mutter scheiden lassen, als der Junge fünf Jahre alt war. Mit neunzehn war Luc von den Oilers in die NHL geholt worden. Er war nach Detroit und schließlich nach Seattle ausgewechselt worden. Das interessanteste Lesefutter bot *Die Schlimmen Finger des Hockeysports*; das Buch widmete Luc fünf ganze Kapitel. Detailliert wurde über das schwarze Schaf unter den Torhütern berichtet und behauptet, er hätte die flinksten Hände, nicht nur auf dem Eis. Die Fotos zeigten eine Reihe von Schauspielerinnen und Models an seinem Arm, und wenn auch keine von ihnen öffentlich behauptete, mit ihm geschlafen zu haben, hatte es doch auch keine geleugnet.

Janes Blick wanderte zu seinen großen Händen und langen Fingern, die auf die Armlehne trommelten. Unter der Manschette seines blauweiß gestreiften Hemdes war ein Schimmer seiner goldenen Rolex zu sehen. Sie betrachtete seine Schultern, sein Profil mit den hohen Wangenknochen und der geraden Nase. Sein Haar war kurz geschnitten wie das eines kampfbereiten Gladiators. Vorausgesetzt, die saftigen Einzelheiten aus dem Schlimme-Finger-Buch entsprachen der Wahrheit, hatte Luc Martineau in jeder Stadt, die das Team besuchte, eine Frau. Jane wunderte sich, dass er nicht vor Erschöpfung auf dem Zahnfleisch kroch.

Wie alle Spieler sah auch Luc an diesem Morgen eher wie ein Geschäftsmann oder Investmentbanker aus, nicht wie ein Hockeyspieler. Schon am Flughafen war Jane überrascht gewesen, dass sämtliche Spieler in Anzug und Krawatte auftauchten, als wären sie auf dem Weg ins Büro.

Plötzlich war ihr die Sicht verstellt; Jane hob den Blick und sah in das verwitterte Gesicht des Außenstürmers Rob »der Hammer« Sutter. Vornübergebeugt aufgrund der niedrigen Decke wirkte er noch furchteinflößender als gewöhnlich. Sie kannte noch nicht alle Gesichter der Chinooks, aber Rob gehörte zu den Typen, die man sich leicht merken konnte. Er war etwa einsneunzig groß, ein einschüchterndes Muskelpaket von 115 Kilogramm. Zurzeit trug er einen ausgefransten Ziegenbart am Kinn und ein herrliches Veilchen unter einem grünen Auge. Er hatte sein Jackett ausgezogen, die Hemdsärmel hochgekrempelt und die Krawatte gelockert. Sein braunes Haar schrie nach einem Friseur, über seiner Nasenwurzel klebte ein weißes Pflaster. Er warf einen Blick auf die Aktentasche in dem Sitz neben Jane.

»Darf ich mich einen Moment zu dir setzen?«

Jane gab es nur äußerst ungern zu, aber große, kräftige Kerle machten sie schon immer ein bisschen nervös. Sie nahmen so viel Platz ein und gaben ihr das Gefühl, klein und verletzlich zu sein. »Äh, klar.« Sie griff nach den Lederriemen ihrer Tasche und stellte sie vor ihre Füße.

Rob rammte seinen mächtigen Körper in den Sitz neben ihr und deutete auf die Zeitung in ihrer Hand. »Hast du den Artikel gelesen, den ich geschrieben habe? Auf Seite sechs.«

»Noch nicht.« Jane fühlte sich ein wenig beengt, als sie Seite sechs aufschlug. Ein Foto von Rob Sutter sprang ihr ins Auge. Er hielt irgendeinen Typen im Schwitzkasten und boxte ihn ins Gesicht.

»Das bin ich, wie ich Rasmussen in seiner ersten Saison die Fresse poliere.«

Sie warf Rob einen Seitenblick zu und betrachtete sein Veilchen und seine gebrochene Nase. »Warum?«

»Hatte 'nen Hattrick gemacht.«

»Ist das denn nicht seine Aufgabe?«

»Klar, aber *meine* Aufgabe ist es, ihm das Leben schwer zu machen.« Rob zuckte mit den Schultern. »Damit er ein bisschen nervös wird, wenn er mich kommen sieht.«

Jane hielt es für klüger, ihre Meinung über seine Aufgabe für sich zu behalten. »Was ist mit deiner Nase?«

»Bin einem Hockeyschläger zu nahe gekommen.« Er wies auf die Zeitung. »Was sagst du dazu?«

Sie überflog den Artikel, der gar nicht schlecht geschrieben war.

»Meinst du, ich hab im ersten Graf das Leserinteresse geweckt?«

»Graf?«

»Das ist Journalistensprache für Paragraf oder Absatz.«

Sie kannte die Journalistensprache. »›Ich bin nicht nur der Punching Ball‹«, las sie laut vor. »Das hat mein Interesse geweckt.«

Rob lächelte und zeigte dabei eine Reihe schöner weißer Zähne. Jane hätte gern gewusst, wie oft sie ihm schon ausgeschlagen und neu eingesetzt worden waren. »Hat mir großen Spaß gemacht, das zu schreiben«, sagte er. »Wenn ich mich zur Ruhe setze, schreibe ich vielleicht hauptberuflich Zeitungsartikel. Vielleicht kannst du mir ein paar Tipps geben.«

Einen Fuß in die Tür zu kriegen war leichter gesagt als getan. Ihr eigener Einfluss war alles andere als groß, aber sie wollte Rob nicht den Spaß verderben, indem sie ihm die Wahrheit sagte. »Wenn ich kann, helfe ich dir gerne.«

»Danke.« Er zog eine Brieftasche aus der Gesäßtasche, öffnete sie und zog ein Foto heraus. »Das ist Amelia«, sagte er und gab ihr die Aufnahme, die ein an seiner Brust ruhendes Baby zeigte.

»Sie ist ja winzig! Wie alt ist sie?«

»Einen Monat. Ist sie nicht das süßeste Ding, das du je gesehen hast?«

Jane dachte nicht daran, dem Hammer zu widersprechen. »Sie ist hinreißend.«

»Lassen wir wieder mal Babyfotos herumgehen?«

Jane hob den Kopf und blickte in ein Paar brauner Augen, das sie über die Sitzlehne vor ihnen beobachtete. Der Mann reichte ihr ebenfalls ein Foto. »Das ist Taylor Lee«, sagte er. »Sie ist zwei Jahre alt.«

Jane betrachtete das Bild eines Kleinkinds, so kahlköpfig wie der Typ, der es ihr gegeben hatte, und sie fragte sich, wieso manche Leute glaubten, alle Welt wäre ganz versessen darauf, Bilder von ihren Kindern zu betrachten. Die Augen, die sie über den Sitz hinweg musterten, erkannte sie erst, als Rob ihr einen Hinweis zukommen ließ.

»Sie hat eine entsetzliche Glatze, Fishy. Wann kriegt sie denn endlich Haare?«

Bruce Fish, der zweite Verteidiger, erhob sich halb und nahm sein Foto wieder an sich. Auf seiner Glatze spiegelte sich das Licht, während ein zottiger Bart seine untere Gesichtshälfte bedeckte. »Ich war bis zu meinem fünften Lebensjahr glatzköpfig und bin dann doch noch ganz süß geworden.«

Jane schaffte es, keine Miene zu verziehen. Bruce Fish war vielleicht ein geschickter Puckschießer, aber kein schöner Mann.

»Hast du Kinder?«, fragte er sie.

»Nein, ich bin nicht verheiratet«, antwortete sie, und dann drehte sich die Unterhaltung darum, welcher von den Chinooks verheiratet war und wer wie viele Kinder hatte. Es war nicht unbedingt ein anregendes Gespräch, aber es nahm Jane die Angst, dass die Spieler sie schneiden könnten.

Sie gab Rob das Foto zurück und beschloss, Ernst zu machen. Sie mit den Ergebnissen ihrer Recherche zu blenden oder ihnen wenigstens zu zeigen, dass sie nicht völlig orientierungslos war. »Angesichts ihres Alters und ihres Mangels an konzessionierten Spielern spielen die Coyotes dieses Jahr besser als erwartet«, rezitierte sie, was sie gerade gelesen hatte. »Was sind eure größten Sorgen im Hinblick auf das Spiel am Mittwoch?«

Beide starrten sie an, als hätte sie in einer Fremdsprache mit ihnen geredet. Lateinisch vielleicht.

Bruce Fish drehte sich um und verschwand hinter seiner Sitzlehne. Rob verstaute das Babyfoto in seiner Brieftasche. »Hier kommt unser Frühstück«, sagte er und stand auf. Der Hammer verabschiedete sich eilig und ließ deutlich durchscheinen, dass er zwar gerne mit ihr über Journalismus und Babys redete, aber nicht über Hockey. Im weiteren Verlauf des vierstündigen Flugs wurde Jane immer deutlicher bewusst, dass die Spieler sie jetzt ignorierten. Abgesehen von ihrem kurzen Gespräch mit Bruce und Rob ergab sich keine weitere Unterhaltung mehr. Niemand sprach mit ihr. Nun, sie konnten sie nicht auf ewig ignorieren. Sie mussten ihr Zugang zum Umkleideraum gewähren und ihre Fragen beantworten. Dann mussten sie mit ihr reden oder sich wegen Diskriminierung vor Gericht verantworten.

Sie lehnte Muffins und Orangensaft ab und stellte die Armlehne zwischen den Sitzen hoch. Sie rückte auf den Sitzplatz neben dem Gang, breitete ihre Artikel und Bücher aus und entledigte sich ihres grauen Wollblazers. So machte sie sich an die Arbeit und versuchte zu verstehen, was Punkte waren und was Tore. Welche Strafe für welche Regelverletzung verhängt wurde und was es mit dem unverständlichen unerlaubten Weitschuss auf sich hatte. Sie kramte ein Blöckchen Haftnotizen aus ihrer Tasche, kritzelte ein paar Stichpunkte und klebte sie in ihre Bücher.

Arbeit und Leben mithilfe von Haftnotizen zu organisieren war bestimmt nicht die effizienteste Methode, und sie hatte es auch schon mit übersichtlicheren Vorgehensweisen versucht. Sie hatte ein Programm auf ihrem Laptop ausprobiert, was damit endete, dass sie auf Haftzettelchen notierte, wie sie es anwenden musste. Sie hatte sich den Tagesplaner gekauft, den sie zurzeit benutzte, wenn auch nur, um Haftnotizen auf die Kalenderspalten zu kleben. Im letzten Jahr hatte sie sich einen Palm Pilot gekauft, doch sie konnte sich nicht an ihn gewöhnen. Ohne ihre Haftnotizen war sie Angstattacken ausgesetzt, und letztendlich hatte sie das handliche Gerät einer Freundin verkauft.

Sie kritzelte Notizen über Hockeyterminologie, die sie nicht verstand, klebte sie in das Buch und ließ dann den Blick die Sitzreihe entlang bis zu Luc wandern. Seine Hand ruhte neben einem Glas Orangensaft auf dem Tablett. Seine langen Finger zupften an einer Cocktailserviette, er zwirbelte kleine Papierfetzchen zwischen Daumen und Zeigefinger.

Jemand rief seinen Namen, und er beugte sich vor und sah nach hinten. Der Blick seiner blauen Augen blieb irgendwo hinter Jane hängen, und er lachte über irgendeinen Witz, den sie nicht mitbekam. Seine Zähne waren weiß und regelmäßig, und er hatte ein Lächeln, das in einer Frau heiße, sündige Gedanken wecken konnte. Dann senkte er den Blick auf Jane, und sie vergaß seine schönen Zähne. Er sah sie an, als wäre ihm nicht ganz klar, wie sie hierher geraten sein könnte – wie ein Fleck auf seiner Krawatte –, dann verlagerte sich seine Musterung über ihr Gesicht und ihren Hals zur Mitte ihrer schlichten weißen Bluse hin. Aus irgendeinem beunruhigenden Grund stockte ihr der Atem in der Brust, genau dort, wo sein Blick ruhte. Der Augenblick dehnte sich aus. Endlos. Blieb zwischen ihnen hängen, bis er die Brauen zu einer geraden Linie zusammenzog. Dann, ohne den Kopf zu heben, wandte er sich ab. Endlich konnte sie die Atemluft entlassen, und wieder einmal hatte sie das Gefühl, von Luc Martineau gewogen und für zu leicht befunden worden zu sein.

Als das Flugzeug schließlich in Phoenix landete, schien die Sonne bei etwa 11° Celsius. Die Hockeyspieler rückten ihre Krawatten zurecht, zogen ihre Jacketts an und begaben sich zum Bus. Luc wartete, bis Jane Alcott an ihm vorbeigegangen war, bevor er hinter ihr in den Gang trat. Während er in sein Hugo-Boss-Jackett schlüpfte, musterte er sie von hinten.

Sie trug ihre große Aktentasche voller Bücher und Zeitungen, den Wollblazer hatte sie über den Arm gelegt. Das Haar hatte sie wieder zu einem Pferdeschwanz zusammengefasst, dessen lockige Spitzen ihre Schultern streiften, während sie vor ihm herschritt. Sie war so klein, dass ihr Scheitel gerade bis an sein Kinn reichte, und durch den Dunst von Aftershave und Herrenparfüm bemerkte er einen blumigen Hauch.

Die Ecke ihrer Aktentasche stieß gegen eine Sitzlehne, und sie stolperte. Luc packte ihren Arm, um zu verhindern, dass sie stürzte, während Zeitungen, Bücher und tausend Notizzettel auf den Kabinenboden segelten. Er ließ ihren Arm los und kniete sich neben sie in den engen Gang. Er hob ein Buch über die offiziellen NHL-Regeln hoch und eines mit dem Titel *Hockey für Dumme*.

»Du verstehst wohl nicht viel von dem Spiel, wie?«, fragte er und reichte ihr die Bücher. Ihre Fingerspitzen berührten sich, und sie hob den Blick zu ihm auf.

Ihr Gesicht war nur ein paar Zentimeter von seinem entfernt, und er nahm die Gelegenheit wahr, um sie eingehend zu mustern. Ihr Teint war makellos, und ihre weichen Wangen waren sanft gerötet. Ihre Augen hatten die Farbe von Gras im Sommer, und an den Rändern ihrer Iris bemerkte er kaum wahrnehmbar Hinweise auf Kontaktlinsen. Wäre sie nicht Reporterin gewesen und hätte sie ihn nicht schon bei ihrer ersten Begegnung gefragt, ob er noch clean sei, hätte er vielleicht gedacht, dass sie gar nicht mal so übel aussah. Vielleicht hätte er sie sogar ganz süß gefunden. Vielleicht.

»Ich weiß eine ganze Menge«, sagte sie, zog ihre Hand weg und stopfte die Bücher in die Tasche.

»Klar doch, Ass.« Er löste eine Haftnotiz von seinem Hosenknie. Darauf stand: Was zum Teufel ist ein Bodycheck? Er packte ihr Handgelenk und klatschte ihr die Haftnotiz in die Handfläche. »Du kennst dich wohl wirklich aus.«

Sie standen da, und er nahm ihr die Aktentasche aus der Hand.

»Die kann ich selbst tragen«, protestierte sie und schob die Haftnotiz in ihre Hosentasche.

»Lass nur.«

»Falls du nett sein willst, dafür ist es zu spät.«

»Ich will nicht nett sein. Ich will hier raus sein, bevor der Bus abfährt.«

»Oh.« Sie öffnete den Mund, um noch etwas einzuwenden, schloss ihn aber unverrichteter Dinge wieder. Sie schoben sich den Gang entlang; ihr heftig schwingender Pferdeschwanz verriet ihm, wie erregt sie war. Im Bus angekommen, setzte sie sich auf den Platz neben dem Geschäftsführer, und Luc warf ihr die Aktentasche auf den Schoß und ging weiter nach hinten durch.

Rob Sutter beugte sich vor, als Luc sich auf den Sitz vor dem Außenstürmer fallen ließ. »Hey, Lucky«, sagte Rob. »Findest du nicht auch, dass sie irgendwie niedlich ist?«

Luc ließ den Blick über die Sitzreihen bis zu Janes Hinterkopf und den Locken ihres straffen Pferdeschwanzes wandern. Sie sah nicht übel aus, aber sie war nicht sein Typ. Er mochte Barbie-Frauen. Lange Beine und große Brüste. Üppiges Haar und rote Lippen. Frauen, denen es Spaß machte, den Männern zu gefallen, und die als Gegenleistung nichts anderes verlangten, als ihrerseits ihren Spaß zu haben. Er wusste wohl, was diese Einstellung über ihn aussagte, und es war ihm ziemlich egal. Jane hatte schöne Haut, und ihr Haar wäre vielleicht auch nicht schlecht, wenn sie es nicht so straff zurückgekämmt tragen würde, aber sie hatte kleine Brüste.

Vor seinem inneren Auge sah er ihre Bluse. Er hatte sich umgedreht, um auf eine Frage zu antworten, die Vlad Fetisov an ihn gerichtet hatte, und da hatte er sie nach dem Start der Maschine zum ersten Mal gesehen. Und da waren ihm auch die zwei deutlichen Punkte auf ihrer Seidenbluse aufgefallen. Einen Moment lang hatte er sich gefragt, ob sie fror oder ob sie erregt war.

»Nicht sonderlich«, antwortete er auf Robs Frage.

»Glaubst du, es stimmt, dass sie mit Duffy geschlafen hat, um diesen Auftrag zu kriegen?«

»Haben die Jungs das behauptet?«

»Entweder mit ihm oder mit seinem Freund von der *Seattle Times*.«

Die Vorstellung, dass eine junge Frau wie Jane es mit zwei alten Knackern trieb, um einen Auftrag zu ergattern, verursachte Luc Übelkeit. Er wusste nicht, warum er überhaupt einen Gedanken daran verschwendete, und mit einem Schulterzucken verbannte er Jane und die Frage, mit wem sie geschlafen hatte oder auch nicht, aus seinem Bewusstsein.

Er erwartete einen Anruf von seinem Manager, Howie. Howie lebte in L. A. und schickte seine drei Kinder in ein Internat in Südkalifornien. Je länger Luc darüber nachdachte, desto fester wurde seine Überzeugung, dass ein Internat in Kalifornien die perfekte Lösung für Marie wäre. Marie hatte den größten Teil ihres Lebens in Kalifornien verbracht. Für sie wäre es wie eine Heimkehr. Dort würde sie glücklicher sein, und er hätte wieder ein Privatleben. Eine Lösung, die für alle Beteiligten gut war.

Gegen elf Uhr checkten die Chinooks im Hotel ein, verzehrten ein eiliges Mittagessen und waren um zwei zum planmäßigen Training auf dem Eis in der America West Arena. Das Team hatte zwei Wochen lang kein Spiel verloren, und Luc hatte in dieser Saison bereits fünf Nullspiele zu verzeichnen. Seit der frühere Mannschaftskapitän, John Kowalsky, ausgeschieden war, war das Team für niemanden mehr eine Bedrohung gewesen. In diesem Jahr war es anders. In diesem Jahr waren sie Spitze.

Um vier Uhr waren die Chinooks zurück im Hotel, Luc fuhr im Aufzug zu seinem Zimmer hinauf und meldete ein Telefongespräch mit einer Freundin an. Zwei Stunden später trat er abermals aus dem Aufzug, bereit, sein Leben zu leben, solange es ihm möglich war.

Er hatte Jenny Davis auf einem United-Flug nach Denver kennen gelernt. Sie hatte ihm ein Mineralwasser mit Limone, eine Tüte Nüsse und eine Cocktailserviette mit ihrem Namen und ihrer Telefonnummer serviert. Das lag jetzt drei Jahre zurück, und sie trafen sich immer, wenn er in Phoenix war oder sie sich zufällig in Seattle aufhielt. Diese Regelung war für beide Seiten zufrieden stellend. Er befriedigte sie. Sie befriedigte ihn.

An diesem Abend traf er Jenny im Hotelfoyer, und sie fuhren zusammen zu Durant's, wo Luc sein Spiel-Vorabends-

Gericht verzehrte, Lammkoteletts, Caesar-Salat und Wildreis.

Nach dem Essen fuhr er mit Jenny nach Hause nach Scottsdale, wo sie ihm seinen Nachtisch servierte. Noch vor dem Zapfenstreich lieferte sie ihn wieder im Hotel ab. Er liebte sein Leben, wenn er mit dem Team unterwegs war. Als er ins Hotel kam, war er ruhig und entspannt, bereit, sich am folgenden Abend den Coyotes zu stellen.

Er unterhielt sich noch ein wenig mit seinen Kameraden in der Hotelbar und ging dann in sein Zimmer. Sein rechtes Knie machte ihm ein wenig zu schaffen, und so griff er nach dem leeren Eiskübel auf dem Fernseher und ging den Flur entlang in Richtung Eismaschine. Beinahe hätte er auf dem Absatz kehrtgemacht, als er Jane Alcott vor dem Automaten stehen und ihn mit Münzen füttern sah. Ihr Haar war oben auf dem Kopf zusammengenommen und fiel von dort in einem Lockengewirr herab. Sie drückte die Auswahltaste, und eine Tüte Erdnuss-M&Ms fiel in den Ausgabeschacht.

Sie beugte sich vor, und dabei fiel ihm ihr hübscher, runder, mit Kühen bedeckter Po auf. Tatsächlich, sie trug einen über und über mit Kühen bedruckten Flanellpyjama. Es war ein Einteiler und erinnerte, von hinten betrachtet, an durchgehende Männerunterwäsche. Sie drehte sich um, und er sah sich mit einem Horror konfrontiert, der ihren Pyjama noch übertraf. Eine schwarz gerahmte Brille saß auf ihrer Nase. Die Gläser waren klein und viereckig, und er vermutete, dass solche Brillen in militanten Frauengruppen Mode waren. Sie war schlicht und ergreifend hässlich.

Als sie ihn erblickte, weiteten sich ihre Augen, und sie schnappte erschrocken nach Luft. »Ich dachte, ihr wärt längst alle im Bett«, sagte sie.

Verdammt, er glaubte nicht, dass eine Frau noch geschlechtsloser aussehen konnte. »Was ist denn das?«, fragte er und wies mit dem Kübel auf ihren Pyjama. »Der absolute Anti-Bums-Look?«

Sie krauste die Stirn. »Auf die Gefahr hin, dass du schockiert bist: Ich bin hier, um zu arbeiten. Nicht, um zu bumsen.«

»Gut so.« Er dachte an sein Gespräch mit Sutter und fragte sich erneut, ob sie wohl mit dem alten Virgil Duffy geschlafen hatte, um den Auftrag zu kriegen. Er hatte Geschichten gehört, dass Virgil eine Vorliebe für Mädchen hatte, die seine Enkeltöchter hätten sein können. Als Luc nach Seattle gezogen war, hatte Sutter ihm erzählt, dass Virgil 1998 drauf und dran gewesen wäre, eine sehr junge Frau zu heiraten, doch diese Frau war gerade noch rechtzeitig zu Verstand gekommen und hatte ihn vor dem Altar verlassen. Luc gab nichts auf Klatschgeschichten und hatte keine Ahnung, wie viel davon der Wahrheit entsprach. Allerdings konnte er sich Virgil auch nicht in der Rolle eines Schürzenjägers vorstellen. »Ich wage zu bezweifeln, dass du in diesem Aufzug Gelegenheit dazu findest.«

Jane riss ihre M&M-Tüte auf. »Wohingegen es dir an Gelegenheiten ja nicht zu mangeln scheint, *Lucky*.« Luc gefiel nicht, wie sie *Lucky* sagte, und er forderte sie auch nicht auf zu erklären, wie sie es meinte. Sie tat es trotzdem. »Ich habe dich mit der Blondine gesehen. Wenn ich raten sollte, würde ich sagen, sie ist Stewardess. Sie hatte diesen herausfordernden Komm-flieg-mich-Blick an sich.«

Luc ging zur Eismaschine und hob den Deckel. »Sie ist eine Cousine zweiten Grades.« Jane sah nicht aus, als ob sie ihm glaubte, aber es war ihm reichlich gleichgültig. Sollte sie doch glauben, was sie wollte, und schreiben, was die Auflage ihrer Zeitung erhöhte.

»Was willst du mit dem Eis? Hast du Probleme mit den Knien?«

»Nein.« Sie war klüger, als gut für sie war, verdammt.

»Wer ist Gump Worsley?«, fragte sie.

Gump war eine Hockeygröße und hatte mehr Spiele bestritten als jeder andere Torhüter. Luc bewunderte ihn. Vor Jahren hatte er Gumps Nummer übernommen, als Glücksbringer. Das hatte nicht viel zu bedeuten. Und war auch kein Geheimnis.

»Hast du wieder über mich gelesen?«, fragte er, während er Eis in seinen Kübel schöpfte. »Ich fühle mich geschmeichelt«, sagte er, gab sich jedoch nicht die geringste Mühe, überzeugend zu wirken.

»Nicht nötig. Das ist mein Job.« Sie schob sich ein M&M in den Mund, und als er nichts sagte, zog sie eine Braue hoch. »Du willst meine Frage nicht beantworten?«

»Nein.« Sie würde noch früh genug merken, dass keiner der Jungs bereit war, mit ihr zusammenzuarbeiten. Sie hatten darüber geredet und einen Plan gemacht, wie sie Jane Alcott aus dem Konzept bringen und bis aufs Blut ärgern konnten. Vielleicht so sehr, dass sie nach Hause fuhr. Außerhalb des Umkleideraums würden sie ihr Babyfotos zeigen und über alles Mögliche reden, nur nicht über das, was ihr auf den Nägeln brannte. Nämlich Hockey. Im Umkleideraum würden sie sich gerade kooperationsbereit genug zeigen, um eine Klage wegen Diskriminierung zu vermeiden, mehr aber auch nicht. Luc hielt nicht viel von diesem Plan. Ärgern würde sie sich ganz bestimmt, aber sicher nicht nach Hause fahren. Nein, nachdem er ein paarmal mit ihr geredet hatte, war er überzeugt, dass Ms. Alcott nichts so schnell aus den Latschen kippen würde.

»Aber ich sag dir was.« Luc schloss den Deckel der Eismaschine und flüsterte im Vorbeigehen dicht an ihrem Ohr: »Bohr nur weiter, denn diese Gump-Geschichte ist eine verdammt interessante Sache.«

»Bohren ist ebenfalls mein Job, aber keine Sorge, deine schmutzigen kleinen Geheimnisse interessieren mich nicht«, rief sie ihm nach.

Es gab keine schmutzigen Geheimnisse. Nicht mehr. Allerdings gab es Episoden in Lucs Privatleben, über die er lieber nicht in den Zeitungen las. Ihm wäre es lieber gewesen, wenn nicht bekannt geworden wäre, dass er mehrere Freundinnen in verschiedenen Städten hatte. Den meisten Leuten wäre es ohnehin gleichgültig. Er war nicht verheiratet, und seine Freundinnen waren es auch nicht.

Er öffnete die Tür zu seinem Zimmer und schloss von innen ab. Er hatte nur ein Geheimnis, von dem niemand erfahren sollte. Ein Geheimnis, das ihn schweißgebadet aus dem Schlaf riss.

Jedes Mal, wenn er spielte, nahm er das Risiko in Kauf, dass ein gezielter Schlag ihn auf Lebenszeit zum Krüppel machen und, was noch schlimmer war, seine Karriere beenden konnte.

Luc gab das Eis in ein Handtuch und zog sich bis auf die weißen Boxershorts aus. Er kratzte sich am Bauch, setzte sich aufs Bett, legte das Knie über ein Kissen und verteilte das Eis darauf.

Sein Leben lang hatte er nichts anderes gewollt als Hockey spielen und den Stanley Cup gewinnen. Dafür lebte und atmete er, das war alles, was er konnte. Im Gegensatz zu anderen Jungs, die aus dem College in eine Mannschaft geholt wurden, war er im Alter von neunzehn in die NHL aufgenommen worden, hatte eine glänzende Karriere vor sich.

Eine Zeit lang war sein Leben aus den Fugen geraten. Er

war in einen Teufelskreis von Schmerzen und Abhängigkeit und rezeptpflichtigen Drogen geraten. Von Genesung und harter Arbeit. Und jetzt bot sich ihm endlich die Chance, wieder teilzuhaben an dem Spiel, das ihm das Gefühl gab, am Leben zu sein. Doch der Sport, der ihm im Jahr vor seiner Verletzung einen Conn Smythe verliehen hatte, sah ihn jetzt schräg an und fragte sich, ob er es noch brachte. Es gab Leute, auch im Management der Chinooks, die überlegten, ob sie nicht einen zu hohen Preis für ihren Spitzen-Goalie bezahlt hatten, ob Luc den hohen Erwartungen noch gerecht werden konnte.

Was es ihm auch abfordern mochte, wie viele Schmerzen er auch würde ertragen müssen, er wollte verflucht sein, wenn er zuließe, dass sich irgendetwas seiner Chance auf den Cup in den Weg stellte.

Im Augenblick war er obenauf. Sah jedes Spiel voraus, hielt jeden Puck. Er war in seinem Element, aber er wusste, wie schnell das Glück sich wenden konnte, kalt und unerbittlich. Die Konzentration könnte ihm abhanden kommen. Er könnte ein paar Tore reinlassen. Könnte die Geschwindigkeit des Pucks falsch einschätzen, zu viele durchlassen, aus dem Tor genommen werden. Einen schlechten Tag zu haben und aus dem Tor genommen zu werden, das passierte jedem Goalie, aber deswegen war es nicht weniger scheußlich.

Ein schlechtes Spiel bedeutete noch keine schlechte Saison. Meistens. Aber das Risiko von »meistens« konnte Luc nicht eingehen.

3. KAPITEL

Ausrüstung: Zwischen den Beinen eines Spielers

Das Telefon neben Janes Laptop klingelte, und sie starrte es einen Moment an, bevor sie den Hörer abhob.

»Hallo.« Am anderen Ende der Leitung meldete sich niemand. Es hatte mindestens schon siebenmal geklingelt, ohne dass sich jemand meldete. Sie rief in der Rezeption an und erfuhr, dass man nicht wüsste, woher die Anrufe kamen. Jane hatte so eine Ahnung, dass sie von Männern mit Fischen auf ihren Trikots stammten.

Sie legte den Hörer neben den Apparat und warf einen Blick auf die Uhr auf dem Nachttisch. Ihr blieben noch fünf Stunden bis zum Spiel. Fünf Stunden, um ihre *Singlefrau-in-der-Stadt*-Episode zu schreiben. Sie hätte schon am Vorabend mit der Arbeit beginnen sollen, aber sie war zu erschöpft gewesen, hatte unter dem Jetlag gelitten und nur noch ins Bett gehen wollen, um ihre Recherchebücher zu lesen und Schokolade zu naschen. Hätte Luc sie nicht am Süßigkeitenautomaten erwischt, dann hätte sie sich auch noch ein Milky Way gegönnt. Es war schlimm genug gewesen, dass er sie in ihrem Kuh-Pyjama gesehen hatte. Sie hatte nicht gewollt, dass er sie für ein Schwein hielt, aber konnte es ihr im Grunde genommen nicht gleichgültig sein, was er von ihr dachte?

Sie war sich nicht ganz klar darüber, vermutete jedoch, dass es im genetischen Code einer Frau festgelegt war, sich Gedanken darüber zu machen, was attraktive Männer von ihr hielten. Wäre Luc hässlich gewesen, hätte es sie wahrscheinlich kalt gelassen. Hätte er nicht diese klaren, blauen Augen, langen Wimpern und einen Körper, der eine Nonne zum Weinen brächte, dann hätte sie sich auch noch dieses Milky Way geholt und vielleicht sogar ein Riesen-Hershey's als Nachtisch. Hätte er nicht dieses freche Grinsen aufgesetzt, das sündige Gedanken und die Erinnerung an seinen nackten Hintern in ihr wachrief, dann hätte sie vielleicht nicht wie ein eifersüchtiges Hockeygroupie über Stewardessen geplappert.

Sie konnte es sich nicht leisten, dass all diese Hockeyspieler etwas anderes als einen Profi in ihr sahen. Ihre Einstellung ihr gegenüber hatte sich seit ihrer Ankunft kaum verbessert. Sie redeten mit ihr über Kochrezepte und Babys, als müsste sie, da sie über einen Uterus verfügte, von Natur aus daran interessiert sein. Doch sobald sie auf Hockey zu sprechen kam, schwiegen sie alle wie ein Grab.

Jane las noch mal den ersten Teil ihres Artikels durch und brachte ein paar Korrekturen an.

ALS SINGLEFRAU IN DER STADT

Ich hatte es satt, über Haarpflegeprodukte und Männer mit Bindungsängsten zu reden, hörte meinen Freundinnen einfach nicht mehr zu und konzentrierte mich stattdessen auf meine Margarita und die Tortillachips. Während ich die Dekoration, vorwiegend Papageien und Sombreros, betrachtete, überlegte ich, ob Männer die einzigen Wesen mit Bindungsphobien sind. Also wirklich, da saßen wir, vier dreißig Jahre alte Frauen, die nie verheiratet gewesen waren, und abgesehen von Tinas einzigem Versuch, mit ihrem Exboss zusammenzuleben, hatte keine von uns je eine feste Beziehung gehabt. Lag es also an den Männern oder an uns?

Es gibt eine Redensart, die lautet etwa folgendermaßen: »Wenn man zwei Neurotiker in einen Raum mit hundert Leuten sperrt, finden sie einander mit Sicherheit.« Steckte vielleicht doch mehr dahinter? Etwas tiefer Gehendes als der Mangel an ungebundenen Männern ohne Beziehungsprobleme?

Hatten wir vier »einander gefunden«? Waren wir Freundinnen, weil wir uns in unserer Gesellschaft wohl fühlten? Oder waren wir alle Neurotikerinnen?

Fünf Stunden und fünfzehn Minuten nachdem sie die Arbeit an dem Artikel begonnen hatte, schickte sie ihn endlich als Mail ab. Sie steckte das Notizbuch in ihre große Tasche und stürzte zur Tür. Sie rannte den Flur entlang zum Lift und sah sich praktisch gezwungen, ein älteres Ehepaar aus einem Taxi zu zerren. Als sie die America West Arena erreicht hatte, wurden die Phoenix Coyotes gerade vorgestellt. Die Menge tobte und jubelte ihrer Mannschaft zu.

Jane hatte einen Ausweis für die Presseloge, aber sie wollte so nah wie möglich am Geschehen sein. Sie hatte einen Platz drei Reihen hinter der Bande ergattert und wollte so viel wie möglich von ihrem ersten Hockeyspiel sehen und spüren. Sie wusste im Grunde überhaupt nicht, was sie zu erwarten hatte, sie hoffte nur von ganzem Herzen, dass die Chinooks nicht verloren und ihr die Schuld daran gaben.

Sie hatte gerade ihren Platz hinter dem Goalie-Käfig eingenommen, als die Chinooks aufs Eis kamen. Die Arena war erfüllt von Buhrufen, und Jane schaute sich unter den ungezogenen Coyote-Fans um. Einmal hatte sie ein Spiel der Mariners gesehen, aber sie erinnerte sich nicht, jemals so unhöfliche Fans erlebt zu haben.

Sie richtete ihre Aufmerksamkeit wieder aufs Eis und sah Luc Martineau, der auf seinen Skates auf sie zukam, in voller Montur und bereit zum Kampf. Über Luc hatte sie sich gründlicher informiert als über jeden anderen Spieler, und sie wusste daher, dass alles, was er trug, maßgeschneidert war. Die Lichter in der Arena spiegelten sich in seinem grünen Helm. Über die Schultern seines Trikots, über der Nummer des legendären Gump Worsley, war in Dunkelgrün sein Name aufgenäht. *Warum* Mr. Worsley legendär war, hatte Jane noch nicht in Erfahrung gebracht.

Luc umkreiste dreimal das Tor, drehte sich um und umkreiste es in der entgegengesetzten Richtung. In der Mitte blieb er stehen, schlug mit dem Schläger gegen die Pfosten und bekreuzigte sich. Jane zückte ihr Notizbuch, einen Kuli und ihre Haftnotizen. Auf das oberste Blättchen schrieb sie: Aberglaube und Rituale?

Der Puck wurde eingeworfen, und plötzlich drangen die Spielgeräusche auf sie ein, das Krachen der Schläger, das Kratzen der Kufen auf dem Eis, das Aufprallen des Pucks an der Bande. Die Fans kreischten und jubelten, und es dauerte nicht lange, bis ein Duft von Pizza und Budweiser in der Luft hing.

Zur Vorbereitung hatte Jane sich zahlreiche Spiele auf Video angesehen. Zwar wusste sie, dass so ein Hockeyspiel ziemlich rasant war, aber die Videos waren nicht in der Lage, die frenetische Energie zu übermitteln oder die Art, wie sich diese Energie auf das Publikum übertrug. In den Spielpausen wurden über Lautsprecher Verletzungen bekannt gegeben, und dann dröhnte Musik, bis der Puck wieder eingeworfen wurde und die Mittelstürmer in Aktion traten.

Während Jane Notizen über alles machte, was um sie herum vorging, fiel ihr auf, was die Videos und das Fernsehen nicht zeigten. Die Action war nicht unbedingt immer dort, wo um den Puck gekämpft wurde. Zahlreiche Aktivitäten fanden in den Ecken statt, in Form von Hieben und Anrempeln, während der Puck mitten auf dem Spielfeld schlitterte. Mehrmals sah Jane, wie Luc nach den Knöcheln eines Phoenix-Spielers schlug, der dumm genug war, sich in Reichweite seines Schlägers aufzuhalten. Seine große Begabung bestand offenbar darin, seinen Schläger in die Skates von Coyote-Spielern zu haken. Als er den Arm ausstreckte und den Coyote-Spieler Claude Lemieux auflaufen ließ, sprangen hinter Jane zwei Männer von ihren Sitzen auf und schrien: »Du spielst wie ein Mädchen, Martineau!«

Pfeifen gellten, das Spiel wurde unterbrochen, und während Claude Lemieux sich vom Eis hochrappelte, wurde das Strafmaß verkündet: »Martineau, Foul, zwei Minuten.«

Weil ein Torhüter keine Zeit auf der Strafbank absitzen durfte, sprang Bruce Fish für ihn ein. Während Fish zur Strafbank skatete, griff Luc sich seine Wasserflasche vom Tornetz, spritzte sich durch das Gitterwerk seiner Maske einen Strahl in den Mund und spuckte aus. Er zuckte die Achseln, ließ den Kopf auf den Schultern rollen und warf die Wasserflasche zurück aufs Netz.

Das Spiel ging weiter.

Das Tempo schwankte zwischen wild bis beinahe geordnet. *Beinahe.* Gerade, als Jane dachte, beide Teams hätten beschlossen, fair zu spielen, wurde der Kampf um den Puck gewalttätig. Und nichts konnte das Publikum so von den Sitzen reißen wie der Anblick von Hockeyspielern, deren Fäuste flogen und die ihre Wut aufeinander in den Ecken austobten. Jane konnte nicht hören, was die Spieler zueinander sagten, aber das war auch nicht nötig. Sie las es ihnen eindeutig von den Lippen. Das Wort mit F war zweifellos das beliebteste, sogar bei den Trainern, die in Anzug und Krawatte hinter der Strafbank standen. Und wenn die Spieler auf der Bank nicht gerade fluchten, dann spuckten sie. Jane hatte noch niemals Männer so viel spucken gesehen.

Jane fiel auf, dass die Sprüche aus der Zuschauermenge nicht nur dem Torhüter der Chinooks galten. Sobald ein Spieler des Seattle-Teams in Rufweite geriet, brüllten die Männer hinter Jane: »Schwanzlutscher!« Nach diversen Budweisern wurden sie sogar noch kreativer: »He, Neunundachtzig, du Schwanzlutscher«, oder welche Nummer auch immer der betreffende Spieler trug.

Als eine Viertelstunde im ersten Drittel gespielt war, drückte Rob Sutter einen Coyote an die Bande, und das Plexiglas wurde so heftig erschüttert, dass Jane befürchtete, es würde springen. Der Spieler glitt zu Boden, und die Pfiffe gellten. »Hammer, du Schwanzlutscher«, brüllten die Männer hinter Jane, und sie fragte sich, ob die Spieler die Rufe der Fans über den allgemeinen Lärm hinweg hören konnten. Sie wusste, dass sie reichlich Alkohol würde trinken müssen, bevor sie den Mut aufbrächte, den Hammer als Schwanzlutscher zu bezeichnen. Sie hätte zu viel Angst, dass er ihr später auf dem Parkplatz auflauern und ihr »die Fresse polieren« könnte.

Nach den ersten zwei Dritteln war der Spielstand null zu null, was in erster Linie einigen erstaunlichen Leistungen der beiden Torhüter zu verdanken war. Doch im letzten Drittel liefen die Coyotes zur Hochform auf. Der Mannschaftskapitän durchbrach die Verteidigungslinie der Chinooks und flitzte übers Eis auf das Tor der Chinooks zu. Luc lief ihm entgegen, doch der Kapitän feuerte einen Scharfschuss an seiner linken Schulter vorbei. Luc streifte den Puck knapp mit dem Schläger, die Scheibe drehte sich und segelte ins Netz.

Die Zuschauer sprangen auf, als Luc ins Tor glitt. In aller Ruhe legte er seinen Schläger und den Handschuh oben aufs Netz. Während das blaue Blinklicht das Tor anzeigte, schob er sich die Maske hoch, griff nach seiner Wasserflasche und schoss sich einen Strahl in den Mund. Von ihrem Platz aus sah Jane ihn im Profil. Seine Wange war leicht gerötet, das feuchte Haar klebte an seiner Schläfe. Ein Rinnsal floss ihm aus dem Mundwinkel über Kinn und Hals und benetzte den Kragen seines Trikots. Er setzte die Flasche ab, warf sie aufs Tor und schob die Hand wieder in den Handschuh.

»Leck mich, Martineau!«, schrie einer der Männer hinter Jane. »Leck mich!«

Luc hob den Blick, und Jane sah eine ihrer Fragen beantwortet. Er hatte die Männer eindeutig gehört. Mit ausdruckslosem Gesicht blickte er sie an. Er griff nach seinem Schläger und ließ langsam den Blick nach unten wandern, bis er auf Jane haften blieb. Einige ausgedehnte Sekunden lang sah er sie an, dann drehte er sich um und glitt zur Bank der Chinooks. Jane konnte sich nicht vorstellen, was er von den beiden Männern dachte, doch sie hatte größere Sorgen als Lucs Gefühle. Sie kreuzte die Finger und hoffte von Herzen, dass die Chinooks innerhalb der nächsten Viertelstunde ein Tor erzielten.

… und du darfst nie vergessen, dass du es mit Hockeyspielern zu tun hast. Weißt du, die sind manchmal furchtbar abergläubisch, hatte Leonard gewarnt. *Wenn die Chinooks anfangen, Spiele zu verlieren, geben sie dir die Schuld und jagen dich weg.* So, wie die Spieler sie bisher behandelten, ahnte Jane, dass sie im Grunde keinen besonderen Vorwand dazu brauchten.

Es dauerte vierzehn Minuten und zwanzig Sekunden, bis sie endlich ein Ausgleichstor schossen. Als abgepfiffen wurde, stand das Spiel unentschieden, und Jane atmete erleichtert auf.

Das Spiel ist aus, das dachte sie zumindest. Stattdessen wurde jedoch noch nachgespielt, fünf Minuten, in denen vier Spieler und die Torhüter sich einen heißen Kampf lieferten. Keine Mannschaft erzielte ein Tor, und das Spiel wurde als unentschieden gewertet.

Erst jetzt konnte Jane aufatmen. Sie konnten ihr keine Niederlage in die Schuhe schieben und sie wegjagen.

Sie griff nach ihrer Tasche und schob Notizbuch und Kuli hinein. Mit ihrem Presseausweis wedelnd machte sie sich auf den Weg zum Umkleideraum der Chinooks. Als sie die Halle durchquerte, krampfte sich ihr Magen zusammen. Aber sie war Profi. Sie würde es schaffen. Kein Problem.

Halte den Blick immer auf Augenhöhe, ermahnte sie sich und zückte ihren kleinen Kassettenrekorder. Sie betrat den Umkleideraum und blieb stehen, als klebten die Sohlen ihrer Doc Martens plötzlich am Boden fest. Männer in verschiedenen Entkleidungsstufen standen vor Bänken und offenen Nischen und schälten sich die Klamotten vom Leibe. Harte Muskeln und Schweiß. Hier blitzte ein nackter Bauch, dort ein Hintern, und ...

Herr im Himmel! Ihre Wangen glühten, ihr fielen fast die Augen aus dem Kopf, und sie starrte wie unter Zwang auf Vlads »des Pfählers« Gemächte in russischer Größe. Jane wandte den Blick ab, aber nicht, bevor sie festgestellt hatte, dass das, was sie über europäische Männer gehört hatte, der Wahrheit entsprach. Vlad war nicht beschnitten, und das war eine Information, auf die sie gern verzichtet hätte. Eine Sekunde lang erwog sie, eine Entschuldigung zu murmeln, aber natürlich durfte sie sich nicht entschuldigen, denn damit hätte sie ja eingestanden, dass sie etwas gesehen hatte. Sie warf einen Blick auf ihre männlichen Reporterkollegen, und die entschuldigten sich auch nicht. Warum hatte sie dann das Gefühl, in die High School zurückversetzt zu sein und heimlich in den Jungenumkleideraum zu spähen?

Du hast doch schon mal einen Penis gesehen, Jane. Was ist das schon? Kennst du einen Penis, kennst du alle … Nun gut, das stimmt nicht. Einige Penisse sind besser als andere. Stopp! Hör auf, an Penisse zu denken!, rief sie sich selbst zur Ordnung. *Du bist nicht hier, um zu glotzen. Du bist hier, um zu arbeiten, und du hast genauso viel Recht, hier zu sein, wie deine männlichen Kollegen. So lautet das Gesetz, und du bist ein Profi.* Ja, so redete sie sich Mut zu, als sie sich zwischen Spielern und den anderen Reportern hindurchdrängte, sorgsam darauf bedacht, den Blick mindestens auf Schulterhöhe zu halten. Sie war die einzige Frau in einem Raum voller kräftiger, grobschlächtiger, *nackter* Hockeyspieler. Sie konnte nicht anders, sie fühlte sich ausgesprochen fehl am Platze.

Stur blickte sie geradeaus, als sie sich zu den Reportern gesellte, die Jack Lynch, den Rechtsaußen, interviewten, den Mann, der das einzige Tor der Chinooks geschossen hatte. Sie kramte ihr Notizbuch heraus, und er ließ die Unterhosen runter. Sie war beinahe sicher, dass er lange Unterhosen trug, gedachte aber nicht, sich zu vergewissern. *Schau nicht hin, Jane. Ganz gleich, was du tust, schau nicht hin.*

Sie schaltete den Kassettenrekorder ein und fiel einem ihrer männlichen Gegenspieler ins Wort. »Nach deiner Verletzung im letzten Monat«, hub sie an, »wurde spekuliert, dass du die Saison vielleicht nicht in so guter Form abschließen würdest, wie du sie begonnen hast. Ich schätze, dieses Tor heute bringt solche Gerüchte zum Verstummen.«

Jack stellte einen Fuß auf die Bank und blickte Jane über die Schulter hinweg an. Seine Wange zierte eine hochrote

Schwellung, eine alte Narbe durchschnitt seine Oberlippe. Er wickelte die Klebestreifen von seinen Socken ab und ließ sich so lange Zeit mit einer Antwort, dass Jane schon fürchtete, er würde sich gar nicht mehr äußern.

»Das hoffe ich«, ließ er sich schließlich vernehmen. Drei Worte. Das war alles.

»Seid ihr zufrieden mit dem Unentschieden?«, fragte ein Reporter neben ihr.

»Die Coyotes waren heute Abend ein ernst zu nehmender Gegner. Natürlich hätten wir gern gewonnen, aber ein Unentschieden ist auch okay.«

Als Jane versuchte, weitere Fragen anzubringen, redete man über ihren Kopf hinweg und schloss sie aus. Bald hatte sie das Gefühl, eine Verschwörung wäre gegen sie im Gange. Sie versuchte sich einzureden, dass sie überempfindlich reagierte, doch als sie sich zu der kleinen Gruppe gesellte, die Mark Bressler, den Kapitän der Chinooks, interviewte, blickte dieser durch sie hindurch und beantwortete lediglich die Fragen der anderen Reporter.

Sie sprach mit einem Neuling mit blondem Irokesenschnitt, in der Annahme, er wäre froh über etwas Beachtung, doch sein Englisch war so schlecht, dass sie kaum mehr als zwei Worte verstand. Sie näherte sich dem Hammer, doch der schnallte gerade seinen Tiefschutz ab, und sie ging weiter. Während sie sich immer wieder sagte, dass sie ein Profi war und lediglich ihre Arbeit tat, brachte sie es doch nicht fertig, auf einen nackten Mann zuzugehen. Nicht an ihrem ersten Abend.

Es dauerte auch nicht lange, bis ihr aufging, dass einige Reporter sie ebenfalls nicht mochten und die Spieler nicht beabsichtigten, ihr noch irgendeine Frage zu beantworten. Das Verhalten der männlichen Kollegen überraschte sie nicht sonderlich. Die Sportreporter von der *Times* hatten sie auch nicht besser behandelt.

Schön, mit dem Material, das sie bereits gesammelt hatte, konnte sie ihren Artikel schreiben, dachte sie, während sie dem Torhüter des Teams zustrebte. Luc saß auf einer Bank in der Ecke des Umkleideraums, eine große Sporttasche auf dem Boden zu seinen Füßen. Er war entkleidet bis auf die Thermounterhose und die Socken. Von der Taille aufwärts war er nackt, und er hatte sich ein Handtuch über den Nacken gelegt. Die Enden hingen bis auf die Brust herab, und während er sie näher kommen sah, spritzte er sich aus einer Plastikflasche Wasser in den Mund. Ein paar Tropfen rannen von seiner Unterlippe übers Kinn und fielen auf sein Brustbein. Eine feuchte Spur hinterlassend, floss das Rinnsal über seine wohl definierte Brustmuskulatur und den harten Leib, um sich dann in seinem Nabel zu sammeln. Seinen Bauch zierte eine Tätowierung in Form eines schwarzen Hufeisens. Die Schattierungen von Rillen und Nägeln verliehen seiner Haut Tiefe und Gestalt, und die geschwungenen Enden rahmten seinen Bauchnabel. Der untere Teil der Tätowierung verschwand unter seiner Unterhose, und Jane bezweifelte, dass er ein Hufeisen als Glücksbringer über seinen Familienjuwelen nötig hatte.

»Ich gebe keine Interviews«, sagte er, bevor sie ihm eine Frage stellen konnte. »Ich dachte, das wüsstest du inzwischen, nachdem du so gründlich über mich recherchiert hast.«

Sie wusste es, doch sie war nicht eben in freundlicher Stimmung. Der Männerclub hatte sie ausgestoßen, und sie hatte nicht übel Lust, ihrerseits ein bisschen herumzustoßen. Sie schaltete den Rekorder ein. »Wie fühlst du dich nach dem heutigen Spiel?«

Sie erwartete keine Antwort und erhielt auch keine.

»Es sah aus, als hätte dein Schläger diesen Puck abgewehrt, und dann traf er doch noch ins Tor.«

Die Narbe an seinem Kinn wirkte besonders weiß, aber sein Gesicht blieb ausdruckslos. Das spornte Jane nur weiter an.

»Ist es nicht ziemlich schwer, sich zu konzentrieren, wenn man von den Fans beschimpft wird?«

Mit dem Handtuchzipfel wischte er sich das Gesicht ab. Doch er antwortete nicht.

»Wenn es um mich ginge, würde es mir sehr schwer fallen, solche Beleidigungen einfach zu ignorieren.«

Mit seinen blauen Augen sah er sie unentwegt an, aber er zog einen Mundwinkel herab, als fände er sie reichlich lästig.

»Bis heute Abend hatte ich ja keine Ahnung, dass Hockeyfans so primitiv sind. Die Männer, die hinter mir saßen, waren betrunken und abstoßend. Ich kann mir nicht vorstellen, mitten in solch einer Zuschauermenge aufzustehen und ›Leck mich‹ zu schreien.«

Er zog sich das Handtuch vom Nacken und sagte schließlich doch: »Ass, wenn du aufgestanden wärst und ›Leck mich‹ geschrien hättest, dann würdest du jetzt wohl kaum hier stehen und mir auf den Zeiger gehen.«

»Wieso das?«

»Weil ich mir vorstellen könnte, dass der eine oder andere dich beim Wort genommen hätte.«

Sie brauchte einen Augenblick, um zu begreifen, wie er das meinte, und dann brach ein schockiertes Lachen aus ihr heraus. »Es ist wohl einfach nicht dasselbe, wie?«

»Nicht ganz.«

Er stand auf und schob die Daumen unter den elastischen Bund seiner Unterhose. »Geh jetzt und belästige jemand anderen.« Als sie sich nicht rührte, fügte er hinzu: »Es sei denn, du willst dich noch einmal in Verlegenheit bringen.«

»Ich bringe mich nicht in Verlegenheit.«

»Du wirst aber immer wieder rot wie ein Feuermelder.«

»Es ist ja auch ziemlich heiß hier drinnen«, schwindelte sie. War er der Einzige, der es bemerkt hatte? Wohl kaum. »Scheußlich heiß.«

»Und es wird gleich noch heißer.« Sein kanadischer Akzent war nicht zu überhören. »Wenn du hier bleibst, kriegst du gleich was wirklich Gutes zu sehen.«

Sie machte auf dem Absatz kehrt und suchte eiligst das Weite. Nicht etwa, weil er es verlangt hatte oder gedroht, sie bekäme gleich was richtig Gutes zu sehen, sondern weil ein Termin dräute. Ja, ich muss noch einen Termin einhalten, sagte sie sich, als sie den Umkleideraum verließ, sorgsam darauf achtend, dass ihr Blick nicht noch einmal auf irgendwelche nackten Körperteile fiel.

Als sie schließlich im Hotel ankam, war es zehn Uhr abends. Sie musste einen Artikel schreiben und einen Termin einhalten, und das alles wollte erledigt sein, bevor sie zu Bett ging. Sie stöpselte ihren Laptop ein und begann ihren ersten Sportartikel. Ihr war klar, dass die *Times*-Reporter ihn zerpflücken und nach Fehlern suchen würden, und sie war wild entschlossen, sie nichts finden zu lassen. Sie war entschlossen, besser zu schreiben als ein Mann.

Chinooks spielen unentschieden gegen die Coyotes; Lynch erzielt das einzige Tor, schrieb sie, kam jedoch schnell zu der Einsicht, dass das Schreiben von Sportberichten nicht einfach war. Es war schlicht langweilig. Nach mehreren Stunden Kampf um treffende Begriffe und zahlreichen Belästigungsanrufen legte sie den Hörer neben den Apparat, löschte alles bisher Geschriebene und begann von vorn.

Von dem Moment an, da der Puck in der America West Arena eingeworfen wurde, nahmen die Chinooks und die Coyotes das Publikum auf einer wilden Karussellfahrt von harten Schlägen und nervenaufreibender Spannung mit. Beide Teams hielten bis zum Schluss, als Goalie Luc Martineau den Coyotes einen Treffer von der blauen Linie versagte, das rasante Tempo durch. Als der Abpfiff ertönte, stand das Spiel unentschieden bei eins zu …

Abgesehen von den zahlreichen Toren, die Luc gehalten hatte, schrieb sie über Lynchs Tor und die harten Angriffe auf den Hammer. Erst nachdem sie ihren Artikel in den früheren Morgenstunden abgeschickt hatte, wurde ihr bewusst, dass Luc sie im Umkleideraum beobachtet hatte. Nicht *alle* hatten sie ignoriert, als sie wie ein Pingpongball zwischen den Männern hin und her sprang. Wieder einmal wurde ihr auf beunruhigende Weise die Brust eng; Alarmglocken schrillten in ihrem Kopf und kündeten Ärger an. Großen, schlimmen Ärger mit himmelblauen Augen und legendär flinken Händen.

Es war ein Glück für sie, dass er sie nicht leiden konnte. Und sie selbst fand auch nichts an ihm, was sie hätte mögen können.

Nun ja, abgesehen von seiner Tätowierung. Die Tätowierung war geil.

Früh am nächsten Morgen rüsteten sich die Chinooks mit ihren Anzügen, Krawatten und Kriegsverletzungen und brachen zum Flughafen auf. Eine halbe Stunde nach dem Start der Maschine lockerte Luc seine Krawatte und zückte ein Kartenspiel. Zwei Mannschaftskameraden und der Torhüter-Trainer, Don Boclair, ließen sich auf ein Pokerspiel ein. Einzig dann, wenn er auf langen Flügen Poker spielte, fühlte Luc sich wirklich als Teil seines Teams.

Während er gab, spähte Luc über den Gang der BAC-111 hinweg zu den dicken Sohlen eines Paars kleiner Stiefel hinüber. Jane hatte die Armlehne zwischen den Sitzen hochgeklappt und schlief tief und fest. Sie lag auf der Seite, und ausnahmsweise war ihr Haar mal nicht streng aus dem Gesicht gekämmt. Weiche braune Locken fielen über ihre Wange und die leicht geöffneten Lippen. Eine Hand lag zur Faust geballt unter ihrem Kinn.

»Meinst du, wir waren gestern Abend zu gemein zu ihr?«

Luc blickte zu Bressler hoch, der sich über die Rückenlehne seines Sitzes zu ihm neigte. »Nein.« Er schüttelte den Kopf und legte das Kartenspiel vor sich auf das Tablett. Er betrachtete seine Karten und setzte auf ein Pärchen Achten, während der Typ neben ihm, Nick »der Bär« Grizzell, bediente. »Sie gehört nicht hierher«, fügte Luc hinzu. »Wenn Duffy uns schon einen Reporter aufdrängen musste, dann hätte er wenigstens jemanden schicken können, der was von Hockey versteht.«

»Hast du gestern Abend gesehen, wie sie immerzu rot geworden ist?«

Alle lachten leise, während die restlichen Spieler ablegten.

»Sie hat Vlads Schwanz angestarrt.« Bressler warf seine Karten aufs Tablett. »Eins.«

»Sie hat den Pfähler gesehen?«

»Mhm.«

»Ihr sind fast die Augen aus dem Kopf gefallen.« Luc gab Don Boclair zwei Karten und nahm selbst drei. »Danach wird sie nie wieder dieselbe sein«, sagte er. Innerhalb des Teams war es ein offenes Geheimnis, dass Vlad einen hässlichen Schwanz hatte. Der einzige Mann, der diese Meinung nicht teilte, war Vlad selbst, aber für alle war es ein ebenso offenes Geheimnis, dass der Russe schon zahlreiche Schläge auf den Kopf hatte einstecken müssen.

Luc setzte auf drei Achten, und sein Gewinn wurde in Dons Büchlein eingetragen. »Wie lange habt ihr sie mit Anrufen wach gehalten?«, fragte Luc.

»Gegen Mitternacht hat sie den Hörer daneben gelegt.«

»Am ersten Abend hatte ich ja ein leicht schlechtes Gewissen, als wir ausgegangen sind und sie allein in der Foyerbar sitzen gelassen haben«, gestand Don.

Alle sahen ihn an, als hätte er den Verstand verloren. Das Letzte, was sie sich wünschten, war ein Reporter – und dann noch eine Frau –, der herumlungerte, wenn sie sich entspannten und gehen ließen. Sei es nun, dass sie in einer Striptease-Bar entspannten oder nichts weiter taten, als in der Hotelbar über ein gegnerisches Team zu diskutieren. So etwas musste innerhalb des Teams und unter Verschluss bleiben.

»Tja«, verteidigte sich Don, während er austeilte. »Ich ertrage es nicht, eine Frau allein herumsitzen zu sehen.«

»Es war schon irgendwie bemitleidenswert«, fügte Grizzell hinzu.

Luc musterte seine Karten und machte seine Angabe. »Jetzt erzähl mir bloß nicht, dass du auch ein schlechtes Gewissen hast, Bär?«

»Teufel, nein. Sie muss weg.« Er warf seine Karten hin. »Ich bin raus.«

»Fühlst du dich überfordert?«

»Nein, ich lehne mich für den restlichen Flug zurück und lese ein bisschen.« Es war allgemein bekannt, dass der Bär nichts las, was keine Bilder aufwies. »Lesen ist wichtig.«

»Du hast den neuen *Playboy*?«, fragte Don.

»Gestern nach dem Spiel habe ich mir *Him* gekauft, aber

der Stromster hat mir das Heft noch nicht wieder zurückgegeben«, sagte er mit einem Blick auf Daniel Holstrom. »Er lernt Englisch, indem er *Das Leben der Honey Pie* liest.«

Alle lachten, und Don trug Bresslers Gewinn in sein Büchlein ein. Nicht zuletzt weil sie in Seattle lebten, waren viele von ihnen *Honey-Pie*-Fans. Sie lasen die Kolumne jeden Monat, um zu erfahren, wen sie bis ins Koma bumste und wie sie die Leiche entsorgte.

Luc mischte die Karten und warf einen verstohlenen Blick auf die friedlich schlafende Jane. Sicher gehörte sie zu den Frauen, die sich furchtbar aufregten, wenn sie einen der Jungs Pornos lesen sahen.

Die Gespräche um ihn herum wandten sich dem Spiel vom Vorabend zu. Mit dem Unentschieden war niemand zufrieden, am wenigsten Luc. Phoenix hatte zweiundzwanzig Torchancen wahrgenommen, und er hatte einundzwanzig Tore gehalten. Kein schlechtes Ergebnis im Grunde genommen, aber von allen Tormöglichkeiten dieses Abends hätte er gerade diese gern zurückgehabt. Nicht einmal unbedingt, weil der Puck ins Netz gegangen war, sondern vielmehr, weil das Tor eher ein Glückstreffer gewesen war und kein unhaltbarer Schuss. Luc war zwar ehrgeizig und ohnehin kein guter Verlierer, doch nichts hasste er mehr, als wegen eines Glückstreffers zu verlieren.

Noch einmal spähte Luc zu der Frau hinüber, die schlief wie eine Tote. Ihre Brust hob und senkte sich unter ihren Atemzügen durch leicht geöffnete Lippen. War das Unentschieden des Vorabends nur ein Zufall? Eine normale Niederlage im Lauf der Saison? Wahrscheinlich, doch Luc hatte zurzeit andere Dinge im Kopf, und das Tor war ein bisschen zu einfach gewesen. Gewann sein Privatleben Einfluss auf sein Spiel? Er wartete noch auf Nachricht von seinem Manager, und die Situation, Marie betreffend, war noch nicht geklärt.

Im Schlaf schob Jane sich das Haar aus dem Gesicht. Oder war dies der Anfang des Fluchs der Reporterfrau? Natürlich, ein Unentschieden machte noch keinen Fluch. Aber es konnte der Anfang gewesen sein, wenn sie am Freitagabend in Dallas verlieren sollten.

Als hätte Bressler Lucs Gedanken gelesen, fragte er: »Wusstest du, dass es für ein schlechtes Omen gehalten wurde, wenn eine Frau an Bord eines Piratenschiffs ging?«

Das hatte Luc nicht gewusst, aber es leuchtete ihm ein. Nichts konnte das Leben eines Mannes schlimmer durcheinander bringen als eine unerwünschte Frau.

Am Freitagabend verloren die Chinooks ein unerträglich spannendes Spiel gegen Dallas mit vier zu drei. Am Sonnabendmorgen, als Luc auf den Bus wartete, der sie zum Flughafen bringen sollte, las er die Sportseiten in den *Dallas Morning News*.

Die Schlagzeile lautete: »Chinooks richten ein Blutbad an«, und das war eine ziemlich zutreffende Zusammenfassung des Spiels, nachdem Daniel Holstrom im zweiten Drittel von einem Puck an der Wange getroffen wurde. Der Puck, der Holstrom wie einen Baum fällte, war von einem Dallas-Schläger auf den Weg gebracht worden. Holstrom musste vom Eis getragen werden. Wut kochte hoch, Rache wurde gefordert. Der Hammer brach in die Verteidigungslinie von Dallas ein, packte sich im letzten Drittel einen Außenstürmer und bearbeitete ihn mit dem Handschuh.

Danach wurde das Spiel richtig hässlich, und wenn die Chinooks vielleicht auch Schlachten in den Ecken gewannen, verloren sie doch den Krieg. Dallas' Verteidigungslinie hatte jedes Überzahlspiel zu nutzen gewusst und Lucs Tor mit zweiunddreißig Schüssen belegt.

An diesem Morgen redete keiner viel. Schon gar nicht nach der Standpauke, die Coach Nystrom ihnen im Umkleideraum gehalten hatte. Der Trainer hatte den Reportern die Tür vor der Nase geschlossen und mit seiner lautstarken Tirade die Zementwände zum Wackeln gebracht. Doch er hatte nichts gesagt, was nicht gestimmt hätte. Sie hatten sich dumme Strafstöße eingehandelt und den Preis dafür bezahlt.

Luc faltete die Zeitung zusammen und klemmte sie sich unter den Arm. Er knöpfte gerade seinen Blazer auf, als Ms. Alcott links von ihm aus der Drehtür trat. Die Sonne von Texas badete sie in strahlendem Morgenlicht, eine leichte Brise spielte mit den Spitzen ihres Pferdeschwanzes. Sie trug einen knielangen schwarzen Rock, einen schwarzen Blazer und einen Rollkragenpulli. Ihre Schuhe hatten flache Absätze, und sie schleppte mal wieder diese große Aktentasche mit sich herum und einen Kaffee im Pappbecher. Diese Beleidigung der Sehnerven vervollständigte noch eine hässliche Sonnenbrille auf ihrer Nase. Die Gläser waren rund und grün wie Schmeißfliegen. Verdammt, sie verstand es, sich geschlechtslos zu stylen.

»Interessantes Spiel gestern Abend.« Sie stellte ihre Aktentasche zwischen sich und ihn auf den Boden und sah ihm ins Gesicht.

»Hat es dir gefallen?«

»Wie ich schon sagte, ich fand es interessant. Wie lautet das Motto des Teams? ›Wenn wir sie nicht schlagen können, schlagen wir sie zusammen‹?«

»So was in der Art«, antwortete er lachend. »Wieso trägst du eigentlich immer nur Schwarz und Grau?«

Sie blickte an sich herab. »In Schwarz sehe ich gut aus.«

»Nein, Schätzchen, in Schwarz siehst du aus wie der Erzengel der Verdammnis.«

Sie nahm einen Schluck Kaffee und entgegnete völlig gelassen, als hätte er nicht den Finger in eine Wunde gelegt: »Ich könnte mein restliches Leben durchaus ohne Modekommentare aus Lucky Lucs berufenem Mund verbringen.«

Oder sie versuchte vielmehr, völlig gelassen zu erscheinen. Die Röte auf ihren Wangen und die schmalen Augen hinter der hässlichen Sonnenbrille verrieten sie. »Schön, aber ...« Er hielt inne und schüttelte den Kopf. Er hob den Blick gen Himmel und wartete darauf, dass sie den Köder schluckte.

Er brauchte nicht lange zu warten. »Ich weiß, ich werde es bereuen«, seufzte sie, »aber was?«

»Nun, ich könnte mir vorstellen, dass eine Frau, die Probleme hat, einen Mann zu finden, vielleicht mehr Glück hätte, wenn sie die Verpackung ein bisschen gefälliger gestaltete. Nicht so hässliche Sonnenbrillen tragen würde.«

»Meine Sonnenbrille ist nicht hässlich, und meine Verpackung geht dich nichts an«, sagte sie und hob den Kaffee an die Lippen.

»Also steht nur das, was mich angeht, zur Diskussion? Deine Angelegenheiten sind tabu?«

»Ganz recht.«

»Du kleine Heuchlerin.«

»Ja, zeig mich doch an.«

Er sah ihr ins Gesicht und fragte: »Wie schmeckt der Kaffee heute Morgen?«

»Gut.«

»Trinkst du ihn immer noch schwarz?«

Sie blickte aus den Augenwinkeln zu ihm auf und deckte die Hand über den Kaffeebecher. »Ja.«

4. KAPITEL

Gut Holz:
Stöße mit dem stumpfen Ende des Schlägers

Jane hatte beinahe Angst, sich umzuschauen. Wenn man einige von den Chinooks an diesem Morgen anschaute, konnte man den Eindruck gewinnen, Zeuge eines Eisenbahnunglücks zu sein. Grauenhaft, aber sie konnte nicht einfach darüber hinwegsehen. Sie saß ziemlich vorn im Flugzeug auf der anderen Seite des Gangs neben Darby Hogue, dem zweiten Geschäftsführer, den Sportteil der *Dallas Morning News* aufgeschlagen auf dem Schoß. Ihren Bericht über das Blutvergießen des Vorabends hatte sie abgeschickt, doch jetzt interessierte sie, was die Reporter aus Dallas dazu zu sagen hatten.

Am vergangenen Abend hatten sie und die örtlichen Sportreporter sich im Medienraum versammelt, um auf die Chance des Zutritts zum Umkleideraum der Chinooks zu harren. Sie hatten Kaffee und Cola getrunken und irgendetwas Enchilada-ähnlich Zusammengewürfeltes gegessen, doch als Coach Nystrom endlich in Erscheinung trat, ließ er sie lediglich wissen, dass keine Interviews gegeben würden.

Während der Wartezeit hatten die Reporter aus Dallas mit ihr herumgeflachst und Geschichten aus dem Berufsleben zum Besten gegeben. Sie hatten ihr sogar verraten, welche Sportler es ihnen leicht machten und bereitwillig ihre Fragen beantworteten. Und sie hatten ihr auch gesagt, welche Spieler niemals auf Fragen antworteten. Luc Martineau stand an der Spitze der Liste dieser arroganten Nervensägen.

Jane faltete die Zeitung zusammen und stopfte sie in ihre Aktentasche. Vielleicht waren die Reporter aus Dallas nett zu ihr, weil sie in ihr keine Bedrohung sahen und sich von einer Frau nicht ins Bockshorn jagen ließen. Vielleicht hätten sie sie ganz anders behandelt, wenn sie mit ihr um Interviews im Umkleideraum hätten wetteifern müssen. Sie wusste es nicht, und im Grunde war es ihr auch gleichgültig. Es war jedenfalls nett zu erfahren, dass nicht alle männlichen Reporter sie ablehnten. Es erleichterte sie zu wissen, dass einige Männer sich weiterentwickelt hatten und nicht alle sie als Angriff auf ihr Ego betrachteten.

Bisher hatte sie zwei Artikel an die *Seattle Times* abgeschickt. Und sie hatte noch kein Wort vom Chefredakteur gehört. Weder ein Wort des Lobes noch eines des Tadels, was sie als gutes Zeichen zu werten versuchte. Sie hatte gesehen, dass ihr erster Artikel unter den Spielern zirkulierte, aber auch von denen hatte sich keiner dazu geäußert.

»Ich habe Ihren ersten Artikel gelesen«, sagte Darby Hogue von der anderen Seite des Gangs her. Mit bloßen Füßen schätzte Jane ihn auf eins achtundsechzig. In Cowboystiefeln auf eins siebzig. Der Schnitt seines marineblauen Anzugs ließ vermuten, dass er maßgefertigt war und wahrscheinlich das Monatsgehalt eines Normalverdieners gekostet hatte. Sein stachelig gegeltes Haar war karottenrot, sein Teint noch heller als der ihre. Sie wusste, dass er achtundzwanzig Jahre alt war, aber er sah aus wie siebzehn. Seine braunen Augen waren intelligent und schlau, und er hatte lange, schön gebogene rote Wimpern. »Das war gute Arbeit«, fügte er hinzu.

Endlich nahm mal jemand Stellung zu ihrem Artikel. »Danke.«

Er neigte sich ihr über den Gang hinweg zu und gab ihr ein paar Tipps. »Beim nächsten Mal sollten Sie vielleicht unsere

Torversuche erwähnen.« Darby war der jüngste zweite Geschäftsführer in der NHL, und in seiner Biografie hatte Jane gelesen, dass er Mitglied von Mensa, einer Akademikerverbindung, war. Das bezweifelte sie nicht. Obwohl er sich größte Mühe gab, nicht als Nerd zu erscheinen, hatte er sich offenbar doch nicht von dem Taschenschutz trennen können, der in seinem weißen Leinenhemd steckte.

»Hören Sie, Mr. Hogue«, sagte sie mit einem, wie sie hoffte, hinreißenden Lächeln. »Ich gebe Ihnen keine Ratschläge, wie Sie Ihre Arbeit zu machen haben, falls Sie mir nicht vorschreiben, wie ich zu arbeiten habe.«

Er blinzelte. »Das ist nur gerecht.«

»Ja, das finde ich auch.«

Er straffte sich und legte eine lederne Aktentasche auf seine Knie. »Gewöhnlich sitzen Sie doch hinten bei den Spielern.«

Sie hatte bisher immer hinten gesessen, weil die vorderen Sitze schon von Trainern und Geschäftsführern belegt waren, wenn sie an Bord ging. »Tja, allmählich fühle ich mich dahinten als Persona non grata«, gestand sie. Der Vorfall am Abend zuvor hatte allzu deutlich gezeigt, was sie von ihr hielten.

Er sah ihr wieder in die Augen. »Ist etwas passiert, wovon ich wissen sollte?«

Abgesehen von dem Telefonterror, hatte sie am Vorabend eine tote Maus vor ihrer Tür gefunden. Das Tierchen war stark vertrocknet, als wäre es schon ziemlich lange tot. Offenbar hatte irgendwer es irgendwo gefunden und ihr dann vor die Tür gelegt. Das entsprach zwar nicht unbedingt einem Pferdekopf in ihrem Bett, aber sie glaubte auch nicht an einen Zufall. Das Letzte, was sie jetzt noch brauchte, war, dass die Spieler glaubten, sie würde zur Geschäftsleitung laufen und sie verpetzen. »Nichts, womit ich nicht allein fertig werde.«

»Gehen Sie heute Abend mit mir essen, dann können wir über alles reden.«

Über den Gang hinweg starrte sie ihn an. Einen Augenblick lang überlegte sie, ob er einer von diesen zu kurz geratenen Typen war, die annahmen, sie würde schon deswegen mit ihnen ausgehen, weil sie selbst klein war. Ihr letzter Freund war eins sechsundsechzig groß gewesen und litt an der Mutter aller Napoleonkomplexe, was ihrem eigenen Napoleonkomplex ziemlich in die Quere gekommen war. Das Allerletzte, was sie sich wünschte, war ein zu kurz geratener Typ, der mit ihr ausgehen wollte. Insbesondere ein zu kurz geratener Typ, der der Geschäftsführung der Chinooks angehörte. »Das halte ich für keine gute Idee.«

»Warum?«

»Weil ich nicht will, dass die Spieler denken, Sie und ich hätten was miteinander.«

»Ich gehe ständig mit Reportern essen. Auch mit Chris Evans.«

Das war nicht das Gleiche. Sie durfte nicht zulassen, dass über sie geklatscht wurde. Musste noch professioneller arbeiten als Männer. Obwohl Frauen inzwischen seit drei Jahren Zutritt zum Umkleideraum gewährt wurde, war die Unterstellung, dass Frauen mit ihren Quellen schliefen, immer noch ein Problem. Jane glaubte zwar nicht, dass ihre Glaubwürdigkeit oder die Akzeptanz ihrer Person bei den Spielern noch tiefer sinken konnte, aber sie wollte keinesfalls die Probe aufs Exempel machen.

»Ich dachte nur, Sie wären es vielleicht leid, ständig allein essen zu müssen«, fügte Darby hinzu.

Sie war es tatsächlich leid, allein zu essen. Sie war es leid, die Wände eines Hotelzimmers anzustarren oder das Innere des Mannschaftsflugzeugs. Vielleicht wäre ein sehr gut besuchtes Lokal nicht so schlimm. »Rein geschäftlich?«

»Unbedingt.«

»Können wir uns dann nicht im Hotelrestaurant treffen?«, schlug sie vor.

»Um sieben?«

»Um sieben, einverstanden.« Sie zog den Zeitplan aus ihrem Aktenkoffer. »Wo sind wir heute Nacht untergebracht?«

»Im LAX Doubletree«, antwortete Darby. »Das Hotel wird jedes Mal, wenn einer dieser Airbusse startet, in seinen Grundfesten erschüttert.«

»Wunderbar.«

»Willkommen im Glamourleben eines Sportlers«, sagte er und legte den Kopf an die Rückenlehne.

Jane war inzwischen schon klar geworden, dass ein Vier-Spiele-Marathon genau das war: ein Marathon. Obwohl sie den Zeitplan schon ein Dutzend Mal studiert hatte, überflog sie ihn noch einmal. L. A., dann San Jose. Sie hatten kaum die Hälfte des Programms bewältigt, und schon wollte sie nach Hause. Sie wollte wieder in ihrem eigenen Bett schlafen, ihren eigenen Wagen chauffieren, statt Bus zu fahren, und ihren eigenen Kühlschrank öffnen anstelle der Minibar in irgendeinem Hotel. Die Chinooks hatten noch vier Reisetage vor sich, bevor sie nach Seattle zurückfuhren, wo vier Spiele innerhalb von acht Tagen auf sie warteten. Anschließend ging es weiter nach Denver und Minnesota. Wieder Hotels und einsame Mahlzeiten für Jane.

Vielleicht war es gar nicht so eine schlechte Idee, mit Darby essen zu gehen. Es könnte recht aufschlussreich sein und die Monotonie durchbrechen.

Um sieben Uhr trat Jane aus dem Aufzug und begab sich

zum Hotelrestaurant. Ihr Haar fiel in weichen Locken auf ihre Schultern. Sie trug eine schwarze Hose aus reiner Schurwolle und einen grauen Pullover. Der Pullover war seitlich am Hals offen und hatte ausgestellte Ärmel, und bevor Luc behauptet hatte, sie sähe aus wie der Erzengel der Verdammnis, hatte sie ihn sehr geliebt.

Jetzt allerdings fragte sie sich, ob es verborgene Gründe für ihre Angst vor nicht harmonierenden Farben gab, die sie auf dunkle Farben zurückgreifen ließ. War sie depressiv, ohne es zu wissen, wie Caroline angedeutet hatte? Litt sie an einer bisher nicht diagnostizierten geistigen Verirrung? War sie wirklich der Erzengel der Verdammnis, oder irrte Caroline sich, und Luc war nur ein arrogantes A...loch? Die letzte Vorstellung war ihr lieber.

Darby erwartete sie am Eingang des Restaurants. In seinen Khakihosen und dem orangefarben bedruckten Hawaiihemd, mit frisch gegeltem Haar wirkte er sehr jung. Man wies ihnen einen Tisch in Fensternähe zu, und Jane bestellte einen Martini, um die Müdigkeit zu vertreiben, und sei es nur für ein paar Stunden. Darby bestellte ein Becks-Bier und wurde nach seinem Ausweis gefragt.

»Wie bitte? Ich bin achtundzwanzig«, beschwerte er sich.

Jane lachte und schlug die Speisekarte auf. »Man wird Sie für meinen Sohn halten«, zog sie ihn auf.

Er zog die Mundwinkel herab und zückte seine Brieftasche. »Sie sehen doch viel jünger aus als ich«, murrte er und zeigte dem Ober seinen Ausweis.

Als die Getränke gebracht wurden, bestellte Jane Lachs mit Wildreis. Darby entschied sich für Roastbeef mit gebackener Kartoffel.

»Sind Sie mit Ihrem Zimmer zufrieden?«, erkundigte er sich.

Es war wie jedes andere Hotelzimmer. »Ist in Ordnung.«

»Fein.« Er nahm einen Schluck Bier. »Gibt's Probleme mit den Spielern?«

»Nein, sie gehen mir möglichst aus dem Weg.«

»Sie wollen Sie nicht bei sich haben.«

»Ja, ich weiß.« Sie nahm ein Schlückchen von ihrem Martini. Der Zucker am Glasrand, die schwimmende Zitronenscheibe und die perfekte Mischung von Absolut-Citron-Wodka und Triple Sec entrangen ihr um ein Haar einen Seufzer, als wäre sie eine hart gesottene Alkoholikerin. Alkoholikerin zu werden war allerdings eine Sache, über die Jane sich aus zweierlei Gründen keine Sorgen machen musste. Zum einen war ein Kater für sie so schmerzhaft, dass sie niemals zur Säuferin werden könnte, zum anderen verlor sie jedes Urteilsvermögen, wenn sie betrunken war, manchmal sogar zusammen mit ihrem Slip.

Janes und Darbys Unterhaltung wandte sich vom Hockeyspiel ab und anderen Themen zu. Sie erfuhr, dass Darby im Alter von dreiundzwanzig Jahren mit summa cum laude in Harvard abgeschlossen hatte. Dreimal erwähnte er seine Mitgliedschaft bei Mensa und auch, dass er auf Mercer Island ein fünfhundert Quadratmeter großes Grundstück besaß, ein neun Meter langes Segelboot und dass er einen kirschroten Porsche fuhr.

Kein Zweifel, Darby war ein Angeber. Was nicht unbedingt schlimm war; Jane selbst fühlte sich manchmal auch wie eine Angeberin. Um ihren Teil zur Unterhaltung beizutragen, brachte sie ihre Diplome in Journalismus und Englisch zur Sprache. Darby wirkte nicht sonderlich beeindruckt.

Das Essen wurde serviert, und Darby hob den Blick, als er Butter auf seine gebackene Kartoffel gab. »Werde ich in Ihrer *Singlefrau*-Kolumne verbraten?«

Jane wollte gerade die Serviette auf ihrem Schoß ausbreiten und hielt mitten in der Bewegung inne. Den meisten Männern widerstrebte es heftig, Eingang in ihre Kolumne zu finden. »Wäre es Ihnen unangenehm?«

Seine Augen leuchteten auf. »O nein.« Er überlegte kurz. »Aber gut muss es sein. Ich meine, keiner soll glauben, dass ich als Date nichts tauge.«

»Ich glaube nicht, dass ich lügen könnte«, log sie. Die Hälfte der Erlebnisse, die sie in ihren Spalten schilderte, war frei erfunden.

»Ich würde mich erkenntlich zeigen.«

Wenn er denn handeln wollte, konnte sie sich zumindest anhören, was er zu bieten hatte. »Wie?«

»Ich könnte den Jungs erklären, dass Sie meines Erachtens nicht hier sind, um über Schwanzgrößen oder ihre sexuellen Verirrungen zu schreiben«, sagte er, und sie fragte sich unwillkürlich, wer sich denn sexuelle Verirrungen zuschulden kommen ließ. Vielleicht Vlad der Pfähler. »Und ich könnte ihnen versichern, dass Sie nicht mit Mr. Duffy geschlafen haben, um diesen Job zu kriegen.«

Vor Entsetzen klappte ihr Unterkiefer herab, und sie schlug die Hand vor den Mund. Sie hatte schon vermutet, dass gewisse Kleingeister im Nachrichtenzentrum ihr unterstellten, sie wäre Leonard Callaway sexuell gefällig gewesen, weil er der Chefredakteur war und sie die Frau, die diese albernen Artikel über Singlefrauen in der Stadt verfasste. Sie war keine *echte* Journalistin.

Aber niemals wäre ihr in den Sinn gekommen, dass jemand glauben könnte, sie hätte mit Virgil Duffy geschlafen. Gütiger Himmel, der Mann war alt genug, um ihr Großvater zu sein. Klar, es war bekannt, dass er jüngeren Frauen nachstieg, und es hatte auch mal eine Zeit in ihrem Leben gegeben, als sie ihre Standards stark zurückgeschraubt und Sex mit Männern gehabt hatte, die sie lieber vergessen würde, aber nie im Leben war sie mit jemandem zusammen gewesen, der vierzig Jahre älter war als sie.

Darby lachte und machte sich über sein Roastbeef her. »Ihr Gesichtsausdruck verrät mir eindeutig, dass solcherlei Vermutungen nicht ins Schwarze treffen.«

»Natürlich nicht.« Sie griff nach ihrem Martini und trank ihn aus. Der Drink hinterließ eine angenehme Wärme auf seinem Weg zum Magen. »Ich kannte Mr. Duffy vor diesem ersten Tag im Umkleideraum nicht einmal.« Die Ungerechtigkeit dieser Unterstellung traf sie tief, und sie bestellte sich einen weiteren Martini. Gewöhnlich fand Jane es abscheulich, wenn jemand »Ungerecht!« schrie. Sie glaubte daran, dass das Leben ungerecht war, und wenn man sich deswegen beklagte, wurde alles nur noch schlimmer. Sie war der Typ Frau, der sich sagte: »Lass gut sein, das Leben geht weiter«, doch in diesem Fall war es wirklich ungerecht, weil sie nichts dagegen unternehmen konnte. Falls sie eine Szene machte und dementierte, würde ihr doch niemand glauben.

»Wenn Sie in Ihrem Artikel über mich schreiben und mich gut darstellen, dann mache ich Ihnen das Leben leichter.«

Sie griff nach der Gabel und nahm einen Happen Wildreis. »Wie? Haben Sie Schwierigkeiten, eine Frau zu finden, die mit Ihnen ausgeht?« Es sollte ein Scherz sein, doch als seine Wangen sich hochrot färbten, erkannte sie, dass sie einen wunden Punkt getroffen hatte.

»Die meisten Frauen halten mich für langweilig.«

»Hm, den Eindruck habe ich nicht«, schwindelte sie ohne Rücksicht auf die Gefahr schlechten Karmas.

Er lächelte, das Risiko hatte sich gelohnt. »Die Frauen geben mir gar keine Chance.«

»Tja, wenn Sie vielleicht nicht so viel über Mensa und Ihren tollen Abschluss reden würden, hätten Sie bestimmt mehr Glück.«

»Meinen Sie?«

»Ja.« Sie hatte ihren Lachs zur Hälfte verspeist, als ihr Martini gebracht wurde.

»Vielleicht könnten Sie mir ein paar Tipps geben.«

Genau, als wäre ausgerechnet sie die Expertin auf diesem Gebiet.

Sein schlauer Blick hielt sie fest, während er einen Bissen Kartoffel nahm. »Ich könnte mich erkenntlich zeigen«, wiederholte er.

»Sie überziehen mich mit Telefonterror. Sorgen Sie dafür, dass das aufhört.«

Er schien nicht einmal überrascht zu sein. »Ich werde sehen, was ich machen kann.«

»Tun Sie das, denn es ist überaus lästig.«

»Betrachten Sie es doch lieber als eine Art Aufnahmeprüfung.«

Aha. »Gestern Abend lag eine tote Maus vor meiner Tür.«

Er nahm einen Schluck Bier. »Die könnte auch von selbst dorthin gekrochen sein.«

Klar. »Ich will ein Interview mit Luc Martineau.«

»Da sind Sie nicht die Einzige. Luc legt großen Wert auf ein ungestörtes Privatleben.«

»Fragen Sie ihn.«

»Dafür bin ich denkbar ungeeignet. Er kann mich nicht leiden.«

Sie hob ihren Martini an die Lippen. Luc konnte sie auch nicht leiden. »Warum?«

»Er weiß, dass ich dagegen war, ihn einzukaufen. Ich habe viele gute Gründe dafür.«

Das war eine Überraschung. »Warum?«

»Tja, es ist kein Geheimnis, dass er sich eine üble Verletzung zugezogen hat, als er noch für Detroit spielte. Ich glaube nicht, dass ein Spieler in seinem Alter nach einer großen Operation an beiden Knien wieder einsteigen kann. Martineau war einmal gut, vielleicht sogar einer der Besten, aber mit elf Millionen im Jahr für einen zweiunddreißigjährigen Mann mit kaputten Knien setzt man eine Menge aufs Spiel. Wir haben vier erstklassige Spieler ausgewechselt. Dadurch sind wir auf dem rechten Flügel geschwächt. Ich bin nicht sicher, ob Martineau das wert ist.«

»Er spielt gut in dieser Saison«, wandte sie ein.

»Bisher, ja. Aber was passiert, wenn er verletzt wird? Man kann ein Team nicht nur um einen Mann herum aufbauen.«

Jane wusste nicht allzu viel über Hockey, und sie fragte sich, ob Darby vielleicht Recht hatte. War das Team um den Elite-Goalie herum aufgebaut worden? Litt Luc, der so cool und ruhig wirkte, unter dem enormen Erfolgsdruck, der auf ihm lastete?

Ein verzweifelter Anruf von Mrs. Jackson informierte Luc, dass Marie seit seiner Abreise nicht mehr zur Schule gegangen war. Mrs. Jackson berichtete ihm, sie habe Marie jeden Morgen zur Schule gefahren und gesehen, dass sie das Schulgebäude betrat. Bis sie entdeckte, dass Marie es auf geradem Weg durch die Hintertür wieder verließ.

Als er Marie fragte, wo sie sich herumgetrieben hatte, antwortete sie: »Im Einkaufszentrum.« Als er sie fragte, warum, sagte sie: »Keiner in dieser Schule kann mich leiden. Ich habe keine Freundinnen. Sie sind alle bescheuert.«

»Komm schon«, sagte er, »du wirst Freundinnen finden, und alles wird gut.«

Sie fing an zu weinen, und wie immer fühlte er sich schlecht und völlig unzulänglich. »Mir fehlt meine Mom. Ich will nach Hause.«

Nachdem er das Gespräch mit Marie und Mrs. Jackson beendet hatte, rief er seinen Manager, Howie Stiller, an. Am Dienstagabend, sobald er zu Hause wäre, würde Luc in seiner Post Informationsmaterial über diverse Privatschulen finden.

Klaviermusik wehte hinüber in die Ecke der Hotelbar, wo Luc sich niedergelassen hatte. Er hob eine Flasche Molson's an die Lippen und nahm einen großen Schluck. Dass Marie nach Hause ging, stand nicht zur Debatte. Ihr Zuhause war jetzt seine Wohnung, aber offenbar gefiel ihr das Zusammenleben mit ihm nicht.

Er stellte die Flasche auf den Tisch und lehnte sich in seinen Sessel zurück. Er musste mit Marie übers Internat reden, und er hatte keine Ahnung, wie sie darauf reagieren würde. Er wusste nicht, was sie davon hielt und ob sie verstand, dass es eine vernünftige und für sie günstige Lösung wäre. Blieb nur zu hoffen, dass sie nicht hysterisch wurde.

Am Tag des Begräbnisses ihrer Mutter war sie jenseits von Hysterie gewesen, und Luc hatte nicht gewusst, wie er mit ihr umgehen sollte. Verlegen hatte er sie in die Arme genommen und ihr versichert, dass er sich immer um sie kümmern würde. Und genau das würde er auch tun. Er würde dafür sorgen, dass sie immer alles hatte, was sie brauchte, aber er war ein verdammt armseliger Ersatz für ihre Mutter.

Wieso war sein Leben so kompliziert geworden? Er fuhr sich mit den Händen übers Gesicht, und als er sie wieder senkte, sah er Jane Alcott auf sich zukommen. Wahrscheinlich war die Hoffnung, dass sie vorbeigehen würde, allzu kühn.

»Wartest du auf eine Freundin?«, fragte sie und blieb neben dem Sessel ihm gegenüber stehen.

Er hatte tatsächlich auf eine Freundin gewartet, die er jedoch eben angerufen hatte, um die Verabredung abzusagen. Nach seinem Gespräch mit Marie war er nicht mehr in der Stimmung für ein Date. Er überlegte, ob er sich mit ein paar Teamkameraden in einem Sportlokal in der Stadt treffen sollte. Er griff nach der Flasche, blickte Jane über den Hals hinweg an und nahm einen Schluck. Er sah, dass sie ihn beobachtete, und fragte sich, ob sie wohl – irrtümlicherweise – annahm, dass er, weil er ja von Schmerzmitteln abhängig gewesen war, nun automatisch Alkoholiker sein musste. In seinem Fall hatte das eine nichts mit dem anderen zu tun.

»Nein. Ich sitze hier einfach so rum«, antwortete er und senkte die Flasche. Irgendetwas war an diesem Abend anders an ihr. Trotz der dunklen Kleidung wirkte sie weicher, nicht so verbissen. Irgendwie süß. Ihr Haar fiel in wilden Locken auf die Schultern. Ihre grünen Augen schimmerten feucht wie nasses Laub, ihre Unterlippe wirkte voller, und die Mundwinkel bogen sich nach oben.

»Ich komme gerade von einem Geschäftsessen mit Darby Hogue«, informierte sie ihn, als hätte er danach gefragt.

»Wo?« In seiner Suite? Das würde ihr Haar, die Augen, das Lächeln erklären. Luc wäre nie auf die Idee gekommen, dass Darby auch nur im Entferntesten wusste, was er mit einer Frau anstellen sollte, geschweige denn, dass er fähig wäre, diesen weichen, taufrischen Schimmer auf Janes Gesicht zu zaubern. Und er hätte nie gedacht, dass Jane Alcott, der Erzengel der Verdammnis, so warm und sexy aussehen könnte. Verdammt.

»Im Hotelrestaurant natürlich.« Ihr Lächeln erlosch. »Was hast du denn gedacht?«

»Im Hotelrestaurant«, log er.

Sie ließ sich nicht hinters Licht führen, und wie er sie kannte, auch wenn das noch nicht sehr lange war, gab sie nicht so schnell Ruhe. »Sag nicht, du gehörst zu den Typen, die glauben, ich hätte mit Virgil Duffy geschlafen, um den Job zu bekommen.«

»Nein, ich doch nicht«, log er weiter. Sie alle hatten es für möglich gehalten, aber er wusste nicht, wie viele von seinen Kameraden es wirklich glaubten.

»Prima, und jetzt schlafe ich also mit Darby Hogue.«

Er hob eine Hand. »Das geht mich nichts an.«

Als die letzten Klaviertöne verhallten, ließ Jane sich in dem Sessel ihm gegenüber nieder und stieß den Atem aus. Von wegen ein bisschen Ruhe finden, verdammt.

»Warum werden Frauen immer wieder mit diesem Mist behelligt?«, fragte sie. »Wenn ich ein Mann wäre, würde kein Mensch mir vorwerfen, ich käme nur gegen sexuelle Dienstleistungen an Aufträge. Wenn ich ein Mann wäre, käme niemand auf die Idee, dass ich mit meinen Informanten schlafe, um an eine Story zu kommen. Man würde mir höchstens auf die Schulter klopfen, mir fünf geben und sagen …« Sie unterbrach sich gerade lange genug in ihrer Tirade, um gleichzeitig Stimme und Brauen zu senken. »Prima Recherche, Spitzenjournalismus. Du bist unser Mann. Der beste Hengst im Stall.« Sie fuhr sich mit gespreizten Fingern seitlich durchs Haar und schob es sich aus dem Gesicht. Ihre Ärmel fielen zurück und gewährten einen Blick auf die feinen blauen Äderchen an ihren schlanken Handgelenken, und der Stoff ihres Pullovers straffte sich über ihren Brüsten. »Niemand hat *dich* beschuldigt, mit Virgil zu schlafen, um *deinen* Job zu kriegen.«

Er hob den Blick und sah ihr ins Gesicht. »Das liegt daran,

dass ich der beste Hengst im Stall *bin.*« Jeder von ihnen hatte sein Kreuz zu tragen, und nach diesem harten Tag hatte er nicht mehr die Energie, Mitgefühl und Verständnis vorzutäuschen. Luc Martineau hatte weder Zeit noch Kraft oder Lust, sich Gedanken über eine lästige Reporterin zu machen. Er hatte seine eigenen Probleme, verdammt, und eines davon war Jane.

Jane blickte ihn über den Tisch hinweg an, als Luc die Arme vor der Brust verschränkte. Das Deckenlicht ließ sein kurzes Haar noch blonder erscheinen und spielte auf seinen breiten Schultern in dem blau gemusterten Baumwollhemd. Die Farbe seines Hemdes unterstrich das Blau seiner Augen. Nach den zwei Martinis, die sie zum Essen getrunken hatte, erschien ihr die ganze Umgebung wie in einen hübschen, fröhlichen Schein gehüllt. So war es zumindest gewesen, bis Luc andeutete, dass sie und Darby miteinander schliefen.

»Hätte ich einen Penis«, sagte sie, »käme kein Mensch auf die Idee, dass ich Sex mit Darby hätte.«

»Da wäre ich mir nicht so sicher. Wir sind uns nicht ganz klar über die sexuelle Orientierung dieses kleinen Frettchens.« Luc griff nach seinem Bier, und Jane wurde die Luft ein bisschen knapp. Er hatte die obersten zwei Hemdknöpfe offen gelassen, und die Bewegung gestattete ihr einen Blick auf sein Schlüsselbein, den oberen Teil seiner muskulösen Schultern und seinen kräftigen Hals.

Sie hätte Luc aufklären können, doch sie unterließ es, ihn darüber zu informieren, dass Darby beim Essen Tipps in Bezug auf Frauenbekanntschaften verlangt hatte. »Wie geht's deinen Knien?«, fragte sie und stützte die Ellbogen auf den Tisch.

Er hob das Molson's an die Lippen und sagte: »Hundertprozentig.«

»Völlig schmerzfrei?«

Er senkte die Flasche und sog einen Tropfen Bier von seiner Unterlippe. »Wie? Das weißt du nicht? Ich dachte, du hättest es zu deiner Berufung gemacht, meine Vergangenheit zu erforschen.«

Seine Eitelkeit war empörend, und er kam der Wahrheit ein bisschen zu nahe. Aus einem Grund, den sie sich selbst nicht so recht erklären konnte, interessierte Luc sie bedeutend mehr als alle anderen Chinooks. »Meinst du wirklich, ich hätte nichts Besseres zu tun, als meine Zeit mit Gedanken an dich zu verschwenden? Damit, ein paar kleine Leckerbissen über Luc Martineau auszugraben?«

Feine Fältchen erschienen in seinen Augenwinkeln, als er lachte. »Süße, Lucs Leckerbissen sind nun weiß Gott nicht klein.«

Die Jane, die die *Singlefrau*-Artikel schrieb, hätte eine schlagfertige Antwort parat gehabt und ihn mit ihrem Witz beeindruckt. Honey Pie hätte ihn an die Hand genommen und in einen Wäscheschrank gezerrt. Sie hätte sein Hemd vollends aufgeknöpft und ihre Lippen auf seine warme Brust gelegt. Hätte den Duft seiner Haut eingeatmet und sich an seinen heißen, harten Körper geschmiegt. Sie hätte sich mit eigenen Augen davon überzeugt, ob er die Wahrheit über diese Leckerbissen gesagt hatte. Doch Jane war weder die eine noch die andere. Die wahre Jane war gehemmt und schüchtern, und es ärgerte sie gewaltig, dass der Mann, der ihren Atem stocken ließ, derselbe Mann war, der durch sie hindurchsah und sie so unzulänglich fand.

»Jane?«

Sie blinzelte. »Ja?«

Über den Tisch hinweg streckte er die Hand aus und strich mit den Fingerspitzen über ihre Hand. »Ist alles in Ordnung?«

»Ja.« Es war nur eine federleichte Berührung, vielleicht auch überhaupt keine, doch sie spürte das Prickeln über die Handfläche hinweg bis in den Unterarm. »Nein. Ich gehe jetzt in mein Zimmer.«

Die Kombination aus Alkohol, Lucs schmelzendem Ton und den Anstrengungen der vergangenen fünf Tage vernebelte ihr Gehirn, während sie sich nach den Aufzügen umsah. Ein paar Sekunden lang war sie orientierungslos. Drei verschiedene Hotels in fünf Tagen, und plötzlich erinnerte sie sich nicht mehr, wo sich die Aufzüge befanden. Sie richtete den Blick auf das Rezeptionspult und entdeckte den Lift rechts davon. Ohne ein Wort verließ sie die Hotelbar. Das war nicht gut, sagte sie sich auf dem Weg durchs Foyer. Er war so groß und so unverkennbar männlich, er brachte ihre Hand zum Prickeln und setzte ihren Verstand außer Kraft. Mit heißen Wangen blieb sie vor den Aufzügen stehen. Warum er? Sie mochte ihn nicht. Ja, er interessierte sie, aber das hatte nichts mit Mögen zu tun.

Luc griff von hinten um sie herum und drückte die Aufzugtaste. »Nach oben?«, fragte er dicht an ihrem Ohr.

»Oh, ja.« Sie hätte gern gewusst, wie lange sie noch wie eine Blöde stehen geblieben wäre, ohne zu merken, dass sie vergessen hatte, den Knopf zu drücken.

»Hast du was getrunken?«

»Wieso?«

»Du riechst nach Wodka.«

»Ich hatte ein paar Martinis zum Essen.«

»Ah«, sagte er. Die Türen öffneten sich, und sie stiegen in den leeren Aufzug. »Welche Etage?«

»Dritte.« Jane senkte den Blick auf ihre Stiefelspitzen und ließ ihn zu seinen blaugrauen Laufschuhen wandern. Als die Türen sich schlossen, lehnte er sich gegen die Wand und kreuzte die Füße. Der Saum seiner Levi's berührte die strahlend weißen Schnürsenkel. Janes Blick wanderte an seinen langen Beinen und Schenkeln hinauf, über die Ausbuchtung seines Hosenstalls und die Knöpfe seines Hemdes bis zu seinem Gesicht. In dem beengten Raum des Aufzugs waren seine blauen Augen geradewegs auf ihr Gesicht gerichtet.

»Dein Haar ist schön, wenn du es offen trägst.«

Sie schob es an einer Seite hinters Ohr. »Ich hasse mein Haar. Ich kann nichts damit machen, und es fällt mir immerzu ins Gesicht.«

»Es ist nicht übel.«

Nicht übel? Als Kompliment gesehen, hatte es etwa den gleichen Stellenwert wie: ›*So* dick ist dein Hintern nun auch wieder nicht.‹ Warum wanderte das Prickeln in ihrer Hand bis in ihren Bauch? Die Türen öffneten sich und enthoben sie einer Antwort. Sie stieg aus, und er folgte ihr.

»Welche Zimmernummer hast du?«

»Drei-fünfundzwanzig. Und du?«

»Mein Zimmer ist auf der fünften Etage.«

Sie blieb stehen. »Dann bist du im falschen Stockwerk ausgestiegen.«

»Nein, bin ich nicht.« Er umfasste mit seiner großen Hand ihren Ellbogen und geleitete sie den Flur entlang. Durch den Pullover hindurch spürte sie die Wärme seiner Hand. »Als du da unten im Foyer gestanden hast, sah es so aus, als würdest du im nächsten Moment auf die Nase fallen.«

»*So* viel habe ich nun auch wieder nicht getrunken.« Sie wäre erneut stehen geblieben, hätte er sie nicht unbeirrbar über den blaugelb gemusterten Teppich geführt. »Begleitest du mich zu meinem Zimmer?«

»Ja.«

Sie musste an jenen ersten Morgen denken, als er ihre Aktentasche getragen und dann gesagt hatte, er würde nicht versuchen, nett zu sein. »Versuchst du dieses Mal, nett zu sein?«

»Nein, ich treffe mich gleich mit den Jungs, und ich will mir keine Sorgen darüber machen, ob du es bis in dein Zimmer geschafft hast, ohne unterwegs umzukippen.«

»Und das würde dir den Spaß verderben?«

»Nein, aber es könnte mich für ein paar Sekunden von Candy Peeks und ihrer frechen Cheerleader-Nummer ablenken. Candy hat wirklich hart mit ihren Pompons gearbeitet, und es wäre eine Schande, wenn ich ihr nicht meine ungeteilte Aufmerksamkeit schenken könnte.«

»Eine Stripperin?«

»Sie ziehen es vor, sich Tänzerin zu nennen.«

»Ahhh.«

Er drückte ihren Arm. »Bringst du das in die Zeitung?«

»Nein, dein Privatleben ist mir egal.« Sie zog die Plastikkarte fürs Türschloss aus ihrer Tasche. Luc nahm sie ihr aus der Hand und hatte die Tür geöffnet, noch bevor Jane protestieren konnte.

»Schön, denn ich habe dich nur verarscht. In Wirklichkeit treffe ich die Jungs in einem Sportlokal ganz in der Nähe.«

Sie blickte in sein Gesicht, auf das die Schatten aus ihrem dunklen Zimmer fielen. Welche Geschichte sie glauben sollte, wusste sie nicht so genau. »Und warum diese Verarschung?«

»Um diese kleine Falte zwischen deinen Brauen zu sehen.«

Sie schüttelte den Kopf, und er reichte ihr den Zimmerschlüssel.

»Bis dann, du Ass«, sagte er und drehte sich um.

Janes Blick heftete sich auf seinen Hinterkopf und die breiten Schultern, als er den Flur hinunterschritt. »Bis morgen Abend, Martineau.«

Er verhielt den Schritt und sah über die Schulter zurück. »Hast du vor, in den Umkleideraum zu kommen?«

»Natürlich. Ich bin Sportreporterin, und das gehört zu meiner Arbeit. Ganz so, als wäre ich ein Mann.«

»Aber du bist kein Mann.«

»Ich erwarte aber, dass ich wie ein Mann behandelt werde.«

»Dann lass dir einen guten Rat geben: Guck nicht nach unten«, sagte er, drehte sich wieder um und ging weiter. »Dann wirst du wenigstens nicht rot, und dein Kiefer klappt nicht runter bis auf den Boden wie bei einer Frau.«

Am nächsten Abend saß Jane in der Presseloge und verfolgte den Kampf der Chinooks gegen die Los Angeles Kings. Die Chinooks hatten einen starken Auftritt und erzielten in den ersten beiden Dritteln drei Tore. Es sah aus, als hätte Luc sein sechstes Nullspiel in dieser Saison, bis ein Fehlschuss vom Handschuh des Verteidigers Lynch abprallte und hinter Luc ins Netz ging. Am Ende des letzten Drittels war der Spielstand drei zu eins, und Jane atmete erleichtert auf. Die Chinooks hatten gewonnen. Sie war kein Unglücksbringer. Zumindest nicht an diesem Tag. Wenn sie morgen aufstand, würde sie noch in Lohn und Brot sein.

Sie sah ihren ersten Auftritt im Umkleideraum der Chinooks wie einen abscheulichen Farbfilm vor ihrem inneren Auge ablaufen, und ihr Magen verkrampfte sich schmerzhaft, als sie eintrat. Die anderen Reporter befragten bereits den Mannschaftskapitän Mark Bressler, der vor seiner Nische stand und Auskunft gab.

»Wir haben ein gutes Spiel geliefert«, sagte er, während er sich das Trikot über den Kopf zog. »Wir haben Überzahlspiele genutzt und den Puck ins Netz gedonnert. Das Eis war heute Abend weich, aber das hat unser Spiel nicht beeinträchtigen können. Wir wussten, was wir zu tun hatten, und wir haben es getan.«

Ohne den Blick von seinem Gesicht zu lösen, tastete Jane in ihrer Tasche nach dem Kassettenrekorder. Sie hob die Notizen, die sie während des Spiels gemacht hatte, vor ihre Augen. »Eure Verteidigung hat zweiunddreißig Schüsse aufs Tor durchgelassen«, meldete sie sich zwischen den anderen Fragen zu Wort. »Wollen die Chinooks einen bewährten Verteidiger akquirieren, bevor am 19. März das Austauschultimatum abläuft?« In ihren Augen war es eine ziemlich tolle Frage. Insidermäßig geradezu.

Mark sah sie durch die anderen Reporter hindurch an und sagte: »Die Frage kann nur Nystrom beantworten.«

Also doch nicht so insidermäßig.

»Du hast heute Abend das dreihundertachtundneunzigste Tor deiner Karriere erlebt. Wie fühlt man sich da?«, fragte sie. Das wusste sie nur, weil sie die Fernsehreporter in der Presseloge darüber hatte reden hören. Sie hoffte, dem Kapitän mit ein wenig Schmeichelei eine Stellungnahme entlocken zu können.

»Gut.«

Tolle Stellungnahme.

Sie drehte sich um und strebte an einer Reihe übermächtig erscheinender Männer auf Nick Grizzell zu, der das erste Tor geschossen hatte. Wie auf ein Stichwort fielen lange Unterhosen, wurden Suspensorien abgeschnallt, als sie vorüberging. Sie hielt den Kopf hoch und den Blick geradeaus gerichtet, während sie ihren Kassettenrekorder einschaltete und die Fragen der anderen Reporter aufnahm. Bei der *Times* würde ja keiner wissen, dass nicht sie diese Fragen gestellt hatte.

Grizzell war erst vor einer Woche nach einer Verletzung

ins Team zurückgekehrt, und sie fragte ihn: »Was ist das für ein Gefühl, wenn man gerade erst wieder im Spiel ist und gleich das erste Tor schießt?«

Er sah sie über die Schulter hinweg an und ließ sein Suspensorium fallen. »Prima.«

Jane hatte genug von diesem Unsinn. »Toll«, sagte sie. »Ich werde deine Antwort zitieren.«

Sie sah zu einer wenige Schritte entfernten Nische hinüber und entdeckte Luc Martineau, der sie auslachte. Ausgeschlossen, dass sie zu ihm ging und ihn fragte, was es denn zu lachen gab.

Sie wollte es gar nicht wissen.

5. KAPITEL

Eierlauf: Wenn der Puck den Tiefschutz trifft

Jane lehnte sich in ihrem Stuhl zurück, schob die Brille ins Haar und blickte auf den Monitor ihres Laptops. Sie las, was sie bisher geschrieben hatte:

SEATTLE SETZT DIE KINGS SCHACHMATT

Die Chinooks aus Seattle toppten alle sechs Überzahlspiel-Chancen der Los Angeles Kings, und Goalie Luc Martineau hielt dreiundzwanzig Torschüsse in einem Drei-zu-eins-Sieg über die Kings. Die Kings setzten in den letzten paar Spielsekunden noch einen Puck ins Netz, als ein Irrläufer vom Handschuh des Seattle-Spielers Jack Lynch abprallte und ins Netz der Chinooks traf.

Die Chinooks boten auf dem Eis ein schnelles, furchtloses Spiel und machten dem Gegner mit Geschick und roher Gewalt schwer zu schaffen. Im Umkleideraum erweckten sie den Anschein, als wollten sie den Journalisten schwer zu schaffen machen, indem sie die Hosen runterließen. Ich persönlich weiß von mindestens einem Reporter, der ihnen liebend gern in die Eier getreten hätte.

Den letzten Absatz löschte sie wieder. Sie war erst seit sechs Tagen dabei, erinnerte sie sich. Die Spieler waren argwöhnisch und abergläubisch. Sie waren der Meinung, Jane sei ihnen aufgezwungen worden, und sie hatten Recht: Sie war ihnen aufgezwungen worden. Aber jetzt war es an der Zeit, dass sie darüber hinwegkamen, damit sie ihre Arbeit verrichten konnte.

Sie musterte verstohlen die schnarchenden Spieler im Mannschaftsjet. Wie sollte sie ihr Vertrauen oder ihre Achtung erringen, wenn sie nicht mit ihr sprachen? Wie sollte sie dieses Problem lösen, um ihren Job und ihr Leben erträglicher zu gestalten?

Die Antwort kam in Person von Darby Hogue. Am Abend nach ihrer Ankunft in San Jose rief er sie in ihrem Hotelzimmer an und ließ sie wissen, dass ein paar Spieler sich in irgendeiner Bar in der Innenstadt treffen wollten.

»Kommen Sie doch einfach mit«, schlug er vor.

»Mit Ihnen?«

»Ja, und vielleicht ziehen Sie was Hübsches an. Möglicherweise können die Spieler dann mal vergessen, dass Sie Reporterin sind.«

Sie hatte nichts Hübsches eingepackt, und selbst wenn sie es getan hätte, sollten die Spieler sie nicht für ein Girlie halten. Die Spieler sollten wissen, dass sie sie und ihr Privatleben respektierte, und im Gegenzug wollte sie von ihnen genauso respektiert werden wie jeder andere Journalist. »Geben Sie mir eine Viertelstunde, dann können wir uns im Foyer treffen«, sagte sie, in der Annahme, dass es eher nützen als schaden würde, wenn sie den Kontakt mit den Spielern auch außerhalb der Eisstadien pflegte.

Jane zog eine Stretchhose an mit einem zweireihig geknöpften Latz, dazu ein Merino-Twinset und Stiefel. Alles in Schwarz. Schwarz mochte sie nun mal.

Sie ging ins Bad und nahm ihr Haar am Hinterkopf zusammen. Sie mochte es nicht, wenn es ihr ins Gesicht fiel, und sie wollte nicht, das Luc glaubte, seine Meinung hätte irgendeine Bedeutung für sie. Sie blickte in den Spiegel und ließ die Hand auf die Konsole sinken. Ihr Haar fiel in dunklen, glänzenden Wellen und Locken auf die Schultern.

Er hatte sie zu ihrem Hotelzimmer begleitet. Er hatte gedacht, sie wäre krank oder betrunken, und er hatte sie begleitet, um sicherzugehen, dass sie unbeschadet in ihr Zimmer gelangte. Diese unerwartet freundliche Tat beeindruckte sie in ungewöhnlichem Maße, zumal er sie nur bis zu ihrer Tür eskortiert hatte, um sich anschließend in einer Striptease-Bar zu vergnügen. Oder um sie zu verarschen. Trotzdem wärmte diese schlichte nette Geste ihr Herz, ob sie es nun wollte oder nicht. Und sie wollte es nicht.

Selbst wenn sie dumm genug wäre, sich in einen Mann wie Luc zu verknallen, blieb doch die Tatsache, dass er niemals auf eine Frau wie Jane abfahren würde. Es lag nicht daran, dass sie sich selbst unattraktiv oder uninteressant gefunden hätte. Nein, da war sie Realistin. Ken stand auf Barbie. Brad heiratete Jennifer, und Mick ging nur mit Supermodels. So war das Leben. Das *wirkliche* Leben, und es war noch nie ihre Art gewesen, sich absichtlich das Herz brechen zu lassen. Sie hatte nie diejenige sein wollen, die zurückblieb, wenn eine Beziehung beendet war. Sie war es, die das Ende herbeiführte. Dann schmerzte es nicht so sehr. Vielleicht hatte Caroline Recht mit ihrer Meinung über sie. Sie dachte einen Augenblick darüber nach und schüttelte den Kopf. Caroline sah zu viel Dr.-Sommer-Artiges im Fernseher.

Jane griff zur Bürste und nahm ihr Haar zurück. Sie trug Lipgloss auf, ergriff ihre Handtasche und stieß im Hotelfoyer auf Darby. Als sie ihn sah, hätte sie am liebsten auf dem Absatz kehrtgemacht. Jane wusste, dass sie selbst keine Modegöttin war, und sie versuchte es auch gar nicht erst. Darby war auch kein Modegott, doch er *versuchte* mit aller Macht, einer zu sein. Das Ergebnis war allerdings höchst unzureichend.

An diesem Abend trug er eine schwarze Lederhose und ein Seidenhemd, das mit roten Flammen und violetten Totenschädeln gemustert war. Lederhosen waren an jedem Mann außer Lenny Kravitz ein Fehler, und Jane befürchtete, dass das Hemd nicht mal Lenny stehen würde. Bei seinem Anblick verstand Jane, warum die Chinooks Zweifel hinsichtlich Darbys sexueller Orientierung hatten.

Im Taxi fuhren sie zu Big Buddy's, der kleinen Bar am Rande der Innenstadt. Die Sonne ging gerade unter, eine wolkenlose Nacht kündigte sich an, und der Wind brachte einen Hauch von Regen und Staub mit sich. Eine frische Brise streifte Janes Wangen, als sie und Darby aus dem Taxi stiegen. Ein verblichenes Schild über dem Eingang pries die »weltweit besten Rippchen« an. Jane wäre auf dem holprigen Gehweg beinahe gestolpert und überlegte kurz, warum die Chinooks sich für eine derartige Kaschemme entschieden hatten.

Im Inneren des Gebäudes hingen mehrere Fernsehgeräte in den Ecken; hinter der Theke leuchtete ein rotblaues Budweiser-Schild. Eine von Weihnachten übrig gebliebene Lichterkette klebte noch am Barspiegel. Es roch nach Zigarettenrauch und Bier, Grillsoße und Grillfleisch. Da sie schon gegessen hatte, reagierte ihr Magen nicht.

Jane wusste, dass sie, wenn sie mit Darby gesehen wurde, das Risiko einging, dem Gerücht über ihre Liebschaft mit ihm neue Nahrung zu geben, aber sie wusste auch, dass sie ohnehin nichts dagegen unternehmen konnte. Und sie fragte sich, was schlimmer war: für die Geliebte eines Mannes gehalten zu werden, der sich wie ein Lude kleidete, oder für die

Geliebte von Virgil Duffy, einem Mann, der ihr Großvater sein könnte.

Flipperautomaten klingelten und blinkten, und in einer Ecke entdeckte sie zwei Chinooks, die Lufthockey spielten. Etwa fünf Spieler aus Seattle saßen an der Theke und verfolgten einen Kampf zwischen den Rangers und den Devils auf dem Monitor. Ein weiteres halbes Dutzend saß vor Bierkrügen, leeren Krautsalatschüsseln und Haufen von Fred-Feuerstein-großen abgenagten Rippchen an einem Tisch.

»Hallo, Jungs«, rief Darby. Als sie seine Stimme hörten, wandten sich alle Darby und Jane zu. Die Hockeyspieler sahen aus wie Höhlenmenschen, die gerade ein großes Wollmammut verspeist hatten, satt und zufrieden und träge, aber sie waren anscheinend nicht sonderlich erfreut über Darbys Erscheinen und noch weniger über ihres.

»Jane und ich hatten Lust auf ein Bier«, fuhr er fort, als würde er ihre Ablehnung nicht bemerken. Er rückte Jane einen Stuhl zurecht, und sie setzte sich neben Bruce Fish, dem Neuling mit dem blonden Irokesenschnitt gegenüber. Darby saß links von ihr am Kopf des Tisches. Die roten Flammen und violetten Totenköpfe auf seinem Hemd wurden vom trüben Licht ein wenig gedämpft.

Eine Kellnerin in einem Big-Buddy's-T-Shirt legte zwei Cocktailservietten auf den Tisch und nahm Darbys Bestellung auf. Kaum hatte er das Wort *Corona* geäußert, wurde er auch schon aufgefordert, sich auszuweisen. Er zog finster die Brauen zusammen und präsentierte seinen Führerschein.

»Der ist gefälscht«, sagte jemand weiter unten am Tisch. »Er ist erst zwölf.«

»Ich bin älter als du, Peluso«, knurrte Darby und steckte seinen Führerschein wieder ein.

Die Kellnerin wandte sich an Jane.

»Wetten, sie bestellt eine Margarita?«, sagte Fishy aus dem Mundwinkel.

»Oder einen gespritzten Wein«, merkte ein anderer an.

»Etwas Fruchtiges.«

Jane blickte in das überschattete Gesicht der Kellnerin. »Haben Sie Bombay-Sapphire-Gin?«

»Klar.«

»Prima. Ich hätte gern einen Martini mit drei Oliven, bitte.« Sie betrachtete die verdutzten Gesichter um sich herum und lächelte. »Ein Mädchen muss darauf achten, dass es jeden Tag sein Quantum an Grünzeug kriegt.«

Bruce Fish lachte. »Dann solltest du dir vielleicht noch eine Bloody Mary bestellen, wegen des Selleries.«

Jane zog eine Grimasse und schüttelte den Kopf. »Ich mag keinen Tomatensaft.« Sie blickte über den Tisch hinweg Daniel Holstrom an. Die Leuchtreklame über der Theke warf einen rötlich-pinkfarbenen Schein über seinen weißblonden Irokesenschnitt. Jane hätte gern gewusst, ob der Frischling schon einundzwanzig war. Sie bezweifelte es.

Zwei weitere Kellnerinnen in Big-Buddy's-T-Shirts tauchten auf, räumten das benutzte Geschirr ab und wischten den Tisch sauber. Jane rechnete beinahe damit, dass die Jungs mit ihnen flirten und ihnen unanständige Avancen machen würden – harte Kerle waren berüchtigt für ihr grobes Benehmen Frauen gegenüber –, aber nichts dergleichen geschah, abgesehen von einem höflichen »Danke« hier und da. Um Jane herum und über ihren Kopf hinweg ging die Unterhaltung weiter und beschäftigte sich mit nichts Wichtigerem oder Dringenderem als dem letzten Film, den man gesehen hatte, und dem Wetter. Jane fragte sich, ob sie versuchen wollten, sie zu Tode zu langweilen. Sie hatte den Verdacht, dass genau das ihre Absicht war, und es wäre keineswegs gelogen, wenn sie gesagt hätte, dass das Spiel des Lichts auf Daniels Skalp das Interessanteste in der Runde war.

Bruce war anscheinend aufgefallen, wie aufmerksam sie den Kopf des jungen Schweden betrachtete, denn er fragte: »Wie findest du die Frisur von unserem Stromster?«

Sie glaubte zu sehen, wie Daniels Wangen sich passend zum rosa Schimmer seines Haars röteten. »Ich mag Männer, die sich in ihrer Männlichkeit so sicher fühlen, dass sie sich trauen, anders zu sein.«

»Er hatte kaum eine andere Wahl«, erklärte Darby, während sein Bier und Janes Martini serviert wurden. »Er ist dieses Jahr frisch in die Mannschaft aufgenommen worden, und alle Neuen müssen sich einem gewissen Initiationsritual unterziehen.«

Der Stromster nickte, als wäre es das Natürlichste von der Welt.

»In meinem ersten Jahr«, fuhr Darby fort, »haben sie ihre Wäsche in meinem Auto abgeladen.«

Die Jungs am Tisch lachten, tiefe Ha-ha-has.

»In meiner ersten Saison habe ich bei den Rangers gespielt, und sie haben mir den Schädel kahl rasiert und meinen Tiefschutz in der Eismaschine versenkt«, gestand Peter Peluso.

Bruce sog scharf den Atem ein, und Jane hatte den Verdacht, dass er schützend die Hand in seinen Schritt gelegt hätte, wenn sie nicht neben ihm gesessen hätte. »Das ist gemein«, sagte er. »Meine Saison als Frischling habe ich in Toronto verbracht, und mir haben sie oft genug die Unterwäsche geklaut. Kälter als der Arsch eines Brunnenbauers.« Er schauderte demonstrativ.

»Wow«, sagte Jane und nahm ein Schlückchen von ihrem Drink. »Wenn ich das höre, kann ich mich wohl glücklich schätzen, dass ihr mir nur eine tote Maus vor die Tür gelegt und mich nächtelang angerufen habt.«

Mehrere Paare schuldbewusster Augen richteten sich auf sie und wandten sich schnell wieder ab.

»Wie geht's Taylor Lee?«, fragte sie Fishy, um die Situation zu entspannen. Wie sie vermutet hatte, ließ er sich lang und breit über die neuesten Fähigkeiten seiner Tochter aus, angefangen bei der Sauberkeitserziehung bis hin zur Wiedergabe eines Telefongesprächs, das er an diesem Abend mit der Zweijährigen geführt hatte.

Seit ihrem Zusammentreffen mit Bruce an jenem ersten Morgen hatte sie sich ein wenig über ihn informiert. Sie hatte erfahren, dass er gerade eine unschöne Scheidung durchmachte, was sie nicht übermäßig wunderte. Nachdem sie nun eine kleine Kostprobe vom Leben der Sportler bekommen hatte, ahnte sie, wie schwierig es sein musste, eine Familie zusammenzuhalten, wenn man ständig unterwegs war. Besonders in Anbetracht der Groupies, die in den Hotelbars herumlungerten.

Zuerst hatte Jane sie gar nicht bemerkt, doch es hatte nicht allzu lange gedauert, bis sie begriff, wer sie waren, und inzwischen erkannte sie die Mädels beinahe auf Anhieb. Sie trugen enge Kleider, stellten ihre Körper zur Schau und hatten diesen gewissen männermordenden Blick.

»Hat jemand Lust, Darts zu spielen?«, fragte Rob Sutter, der jetzt an den Tisch kam.

Bevor sich jemand äußern konnte, war Jane bereits aufgesprungen. »Ich«, sagte sie, und das finstere Gesicht des Hammers gab ihr deutlich zu verstehen, dass er jeden anderen *außer* ihr gemeint hatte.

»Glaub bloß nicht, dass ich dich gewinnen lasse«, sagte er.

Dartswerfen hatte Jane geholfen, das College durchzustehen. Sie erwartete von niemandem, dass er sie gewinnen *ließ*. Sie riss die Augen auf und griff nach ihrem Drink. »Willst du es mir etwa nicht leicht machen, weil ich ein Mädchen bin?«

»Ich gebe Mädchen kein Pardon.«

Mit der freien Hand griff sie nach dem Dartsset und durchquerte den Raum. Sie reichte dem Hammer kaum bis zur Schulter. Sutter wusste es zwar noch nicht, aber er war im Begriff, eine wohlverdiente Schlappe einzustecken. »Erklärst du mir wenigstens die Regeln?«

Rasch schilderte er ihr, wie 501 gespielt wird, was sie natürlich längst wusste. Doch sie stellte Fragen, als hätte sie noch nie im Leben Darts gespielt, und Sutter war so großzügig, sie anfangen zu lassen.

»Danke«, sagte sie, stellte ihren Martini auf dem nächsten Tisch ab und nahm an der aufgeklebten Linie Aufstellung. Die Dartsscheibe war in etwas mehr als zwei Meter Entfernung an die Wand genagelt und von oben beleuchtet. Sie rollte den Schaft des billigen hauseigenen Dartspfeils zwischen den Fingern und prüfte sein Gewicht. Sie zog neunundachtzigprozentige Wolframdarts mit Aluminiumschaft und Ribtex-Flights vor. Wie ihre eigenen. Der Unterschied zwischen den Messingdarts in ihrer Hand und den Darts, die bei ihr zu Hause in einer extra angefertigten Schachtel lagen, entsprach in etwa dem Unterschied zwischen einem Ford Taurus und einem Ferrari.

Sie beugte sich weit über die Linie vor, hielt den Dart falsch und blickte am Schaft entlang, als zielte sie mit einem Gewehr. Im letzten Moment, bevor sie warf, hielt sie inne. »Schließt ihr nicht gewöhnlich Wetten ab oder so?«

»Ja, aber ich will dir doch nicht das Geld aus der Tasche ziehen.« Er sah sie an und lächelte, als hätte er eine viel bessere Idee. »Aber wir könnten um Drinks spielen. Wer verliert, muss den Jungs einen Drink spendieren.«

Sie setzte eine besorgte Miene auf. »Oh. Hmm. Tja, ich habe nur einen Fünfziger dabei. Meinst du, das reicht?«

»Ja, das müsste reichen«, sagte er mit der ganzen Überheblichkeit eines Mannes, der sich seines Erfolgs sicher ist. Und während der nächsten halben Stunde ließ Jane ihn dann in dem Glauben, dass er gewinnen würde. Ein paar Spieler stellten sich im Halbkreis auf, um zuzusehen und zu lästern, doch als sie schließlich um zweihundert Punkte im Rückstand war und Rob allmählich Mitleid mit ihr bekam, machte sie sich ans Werk und schlug ihn in vier Runden. Darts war ein ernstes Geschäft, und es machte ihr großen Spaß, den Hammer abzuziehen.

»Wo hast du so spielen gelernt?«, fragte er.

»Anfängerglück.« Sie trank den Rest ihres Martinis aus. »Wer kommt als Nächster?«

»Ich fordere dich heraus.« Luc Martineau löste sich aus der Dunkelheit und nahm Rob die Darts aus der Hand. Das Licht von der Theke jagte Schatten über seine breiten Schultern und sein Profil. Regentropfen glitzerten in seinem Haar, und der Geruch des kühlen Abendwinds entströmte seinen Kleidern.

»Pass auf, Luc, sie ist gefährlich«, warnte Rob.

»Stimmt das?« Luc zog einen Mundwinkel hoch. »Bist du gefährlich, Ass?«

»Nur weil ich den Hammer geschlagen habe, soll ich automatisch gefährlich sein?«

»Nein. Du hast den armen Rob im Glauben gelassen, dass er gewinnen würde, und dann hast du ihn eiskalt abgezogen. Deswegen bist du gefährlich.«

Sie versuchte zu lächeln, doch es gelang ihr nicht. »Hast du Angst?«

»Nicht wirklich.« Er schüttelte den Kopf, und eine kurze blonde Locke fiel ihm in die Stirn. »Bist du bereit?«

»Ich weiß nicht«, sagte sie. »Du bist ein furchtbar schlechter Verlierer.«

»Ich?« Er legte eine große Hand auf seinen marineblauen Rippenpullover und zog ihre Aufmerksamkeit damit auf seinen muskulösen Oberkörper.

»Ich habe gesehen, wie du auf die Torpfosten einprügelst, wenn dir ein Puck ins Netz gerutscht ist.«

»Ich bin ehrgeizig.« Er ließ die Hand sinken. »Aber kein schlechter Verlierer.«

»Gut.« Sie legte den Kopf in den Nacken und sah ihm in die Augen, deren helles Blau in der dunklen Bar kaum zu erkennen war. »Meinst du, du kannst es ertragen, wenn du verlierst?«

»Ich habe nicht vor zu verlieren.« Er deutete mit einer Handbewegung auf die aufgeklebte Linie. »Ladies first.«

Wenn es um Darts ging, kannte sie keine Rücksicht und war sowohl ehrgeizig als auch eine schlechte Verliererin. Wenn er ihr den Vortritt ließ, hatte sie nichts dagegen einzuwenden. »Wie viel Geld willst du setzen?«

»Ich setze meine fünfzig gegen deine fünfzig.«

»Die Wette gilt.« Jane warf ihre drei Pfeile und holte sechzig Punkte.

Lucs erster Wurf prallte ab, und erst beim dritten Wurf erzielte er Punkte. »Das war voll daneben.« Mit zusammengezogenen Brauen ging er zur Scheibe und sammelte seine Pfeile ein. Unter dem Licht der Deckenlampe studierte er die Spitzen und Flights. »Die sind stumpf«, sagte er und blickte über die Schulter hinweg zu Jane hinüber. »Zeig mir mal deine.«

Sie glaubte nicht, dass ihre Darts spitzer waren, und trat

zu ihm ins Licht. Er nahm die Pfeile aus ihrer offenen Hand und prüfte, den Kopf über sie geneigt, mit dem Daumen die Spitzen. »Deine sind nicht so stumpf.«

Er war ihr sehr nahe, wenn sie sich nur ein kleines bisschen vorneigte, würde ihre Stirn die seine berühren. »Gut«, sagte sie und schaffte es, mit halbwegs normaler Stimme zu reden, als würde sein sauberer Duft ihr nicht den Atem stocken lassen. »Such dir die drei aus, die du haben willst, dann nehme ich die anderen.«

»Nein. Wir benutzen dieselben Darts.« Er sah ihr in die Augen. »Dann hast du, wenn ich dich schlage, keinen Grund zum Heulen.«

Sie blickte ihm in die Augen, die den ihren so nahe waren, und das Herz hämmerte in ihrer Brust. »Ich bin nicht diejenige, deren erster Wurf abgeprallt ist und die den Darts die Schuld daran gibt.« Während ihr Herz klopfte wie ein Schmiedehammer, wirkte er völlig unbeeindruckt. Sie trat einen Schritt zurück, um Abstand zwischen ihm und ihrer albernen Reaktion zu schaffen. »Also, Martineau, willst du den ganzen Abend lang nur reden, oder fangen wir endlich an, damit ich dich fertig machen kann?«

»Du bist ganz schön frech für deine Größe«, sagte er und klatschte ihr die drei Darts, die seiner Meinung nach die spitzesten waren, in die Hand. »Ich glaube, du leidest unter diesem Kleine-Mädchen-Syndrom«, fügte er hinzu, dann gesellte er sich zu seinen Teamkameraden, die sich an einem Tisch in ein paar Schritt Entfernung niedergelassen hatten.

Sie zuckte die Schultern, als wollte sie sagen: *Na und?*, und trat an die Linie. Das Gewicht auf beiden Füßen perfekt ausbalanciert, das Handgelenk locker und entspannt, erzielte sie einen Doppel, einen Triple und einen einfachen Schuss in die Mitte. Luc trat an die Linie, als sie die Pfeile einsammelte. »Du hast Recht«, sagte sie und ging auf ihn zu. »Diese sind viel besser.« Sie legte ihm die drei Pfeile in die ausgestreckte Hand. »Danke.«

Seine Hand schloss sich um ihre, sodass die Darts sich in ihre Handfläche drückten. »Wo hast du so gut Werfen gelernt?«

»In einer kleinen Kneipe in der Nähe der Universität von Washington.« Seine heiße Hand wärmte ihre. »Ich habe an drei Abenden in der Woche dort gearbeitet, um mir das Studium zu finanzieren.« Sie versuchte, sich von ihm loszumachen, doch er drückte nur noch fester zu, und die Schäfte bohrten sich in ihr Fleisch.

»Da in der Nähe liegt doch auch Hooters?« Endlich ließ er ihre Hand los, und sie trat einen Schritt zurück.

»Nein, das liegt von der Universität aus gesehen am anderen Ufer des Sees«, antwortete sie, wenngleich sie vermutete, dass er genau wusste, wo Hooters lag. Sein Auto fand den Weg dorthin wahrscheinlich von allein. Er versuchte lediglich, sie aus dem Konzept zu bringen.

Das gelang ihm erst, als er einen Schritt auf sie zumachte und an ihrem Ohr fragte: »Warst du ein Hooters-Mädchen?«

Trotz der Hitze, die an ihrem Hals heraufkroch, schaffte sie eine kühle, gesammelte, wenn auch nicht ganz Honey-Pie-mäßige Antwort. »Ich glaube, ich bin nicht aus dem Stoff, aus dem man Hooters-Mädchen macht.«

Er senkte die Stimme, und sein warmer Atem streifte ihre Wange, als er fragte: »Wie das?«

»Das wissen wir beide.«

Er trat zurück und betrachtete ihren Mund, bevor er den Blick langsam bis zu ihren Augen hob. »Das Tank-Top hatte die falsche Farbe?«

»Nein.«

»Die Shorts gefallen dir nicht?«

»Ich bin nicht die Art von Mädchen, die sie suchen.«

»Das glaube ich nicht. Ich weiß mit Sicherheit, dass sie auch kleine Mädchen anheuern. Ich habe selbst welche dort gesehen.« Er hielt einen Moment inne, dann fügte er hinzu: »Das war allerdings in Singapur.«

Beiden war klar, dass sie nicht über Janes Größe redeten. »Du versuchst, mich aus dem Konzept zu bringen, damit du gewinnst, nicht wahr?«

Kleine Fältchen erschienen in seinen Augenwinkeln. »Und? Klappt es?«

»Nein«, schwindelte sie und wich zur Seite aus, wo die Chinooks standen. »Hast du schon die Getränke bestellt, Rob?«

Er tätschelte ihren Kopf. »Klar doch, Sharky.«

Sharky? War sie ein Hai? Nun ja, sie hatte sich einen Spitznamen verdient, und dieser war besser als alle, die sie sicher dann für sie hatten, wenn sie es nicht hörte. Und er hatte ihren Kopf getätschelt, als wäre sie ein Hund. Ein Fortschritt, dachte sie, während sie zusah, wie Luc mit einer Bewegung aus dem Handgelenk den Pfeil abschoss und ins Ochsenauge traf.

»Ich kenne niemanden, der es noch schlechter erträgt als Luc, wenn er verliert«, sagte Bruce zu Jane.

»Vielleicht solltest du ihn lieber nicht schlagen«, warnte Peter. »Es könnte sein Spiel negativ beeinflussen.«

»Vergesst es, Jungs.« Sie schüttelte den Kopf, als Luc den zweiten Pfeil ins Abseits warf und wie ein Hockeyspieler fluchte. »Ich lasse niemanden gewinnen.«

»Wenn er verliert, spielt er am Ende morgen Abend im Compac Center wie ein Rasender.«

»Ja, wisst ihr noch, wie er beim Bowling um einen Punkt

verloren hat und sich am nächsten Abend mit Roy in die Haare geriet?«, erinnerte Darby.

»Das hatte wahrscheinlich mehr mit Lucs und Patricks Blödeleien zu tun als mit dem Bowlingspiel.«

»Ein Spiel unter verfeindeten Goalies.«

»An dem Abend haben sie Hockey gespielt wie früher.«

»Was auch immer der Grund war, sie haben es sich ordentlich gegeben, und es war herrlich.«

»Wann war das?«, wollte Jane wissen.

»Letzten Monat.«

Letzten Monat, und er hatte noch mehr als die Hälfte der Saison vor sich. Einige lange Sekunden stand Luc an der Linie und starrte auf die Scheibe, als ginge es um ein Kräftemessen. Eine Lichtspur kroch über den billigen roten Teppich und beleuchtete seine Lederschuhe und die schwarze Hose bis zu den Knien. Dann, als würde er eine Rakete abfeuern, schoss er den Dart tief in die Doppel-Zwanzig und holte insgesamt fünfundsechzig Punkte. Die finsteren Falten auf seiner Stirn, mit denen er auf sie zukam und ihr die Darts gab, verrieten ihr, dass er mit seinem Rückstand von fünfundsiebzig Punkten keineswegs zufrieden war.

»Wenn es Punkte dafür gäbe, dass man den Dart *durch* die Scheibe schießt, hättest du eine Chance auf den Sieg«, sagte sie. »Beim nächsten Mal solltest du dich lieber auf Finesse konzentrieren statt auf Muskelkraft.«

»Ich bin der Typ, der sich auf Finesse verlässt.«

Was du nicht sagst. Sie nahm Aufstellung, und in dem Moment, als sie den Pfeil abschoss, meldete sich Luc von der Seite her. »Wie schaffst du es, dein Haar immer so straff zurückzubinden?« Die anderen Chinooks lachten, als hätte Luc einen tollen Witz gerissen.

Sie senkte den Arm uns blickte zu ihm hinüber. »Wir

spielen nicht Hockey. Beim Dartsspiel sind Blödeleien nicht vorgesehen.«

Er lächelte knapp. »Ab jetzt schon.«

Gut. Sie würde ihn trotzdem schlagen. Während er von der Seitenlinie her lästerte, holte sie mit drei Würfen glatte fünfzig Punkte. Ihr bisher schlechtester Wurf. »Du liegst mit einhundertsechzehn Punkten zurück«, erinnerte sie ihn.

»Nicht mehr lange«, prahlte er, ging zur Linie, warf ein doppeltes Ochsenauge und eine einfache Zwanzig.

Dingdong. Zeit, dass sie sich auch aufs Blödeln verlegte. »Hey, Martineau, das da zwischen deinen Schultern, ist das ein Kürbis oder dein vakanter Kopf?«

Er warf ihr einen vernichtenden Blick zu. »Was Besseres fällt dir nicht ein?«

Auch die übrigen Chinooks gaben sich unbeeindruckt.

Darby neigte sich leicht zu ihr und flüsterte: »Das war wirklich ziemlich lahm.«

»Was zum Teufel heißt vakant?«, fragte Rob.

Darby antwortete an Janes Stelle. »Es heißt leer oder hohl.«

»Warum sagst du dann nicht einfach ›leer‹, Sharky?«

»Genau, beim Blödeln benutzt man solche Wörter nicht.«

Jane runzelte die Stirn und verschränkte die Arme unter der Brust. Gegen das Wort *vakant* war überhaupt nichts einzuwenden. »Es passt euch bloß nicht, weil es nicht mit F anfängt.«

Luc warf seinen dritten Dart und erzielte insgesamt achtzig Punkte. Zeit, mit den Spielereien aufzuhören und Ernst zu machen. Jane trat an die Linie, hob den Arm und wartete darauf, dass die Lästereien begannen. Doch Luc blieb stumm, was ihr noch mehr auf die Nerven ging als seine Beleidigungen. Sie warf eine Doppel-Zwanzig, aber als sie erneut zielte, sagte Luc: »Trägst du je was anderes als Schwarz und Grau?«

»Natürlich«, antwortete sie, ohne ihn anzusehen.

»Stimmt ja.« Dann, als sie gerade im Begriff war zu werfen, fügte er hinzu: »Dein Kuh-Pyjama ist blau.«

»Woher weißt du, was für einen Pyjama sie hat?«, fragte einer der Jungs.

Mr. Information antwortete nicht, und sie sah zu ihm hinüber, wie er da stand, im Kreis seiner Kameraden, die Hände in die Hüften gestützt, ein Lächeln auf den Lippen.

»Neulich abends habe ich noch mal mein Zimmer verlassen, um mir eine Tüte M&Ms zu kaufen«, erklärte sie. »Ich dachte, ihr wärt längst alle im Bett, und deshalb bin ich im Pyjama gegangen. Luc hat sich an mich herangeschlichen.«

»Ich bin nicht geschlichen.«

»Klar doch.« Sie machte sich wurfbereit und traf die Doppel-Zehn. Und er wartete exakt den Moment ab, in dem sie ihren dritten Pfeil warf, um zu sagen: »Sie trägt eine Lesbenbrille.« Jane verfehlte die Scheibe. Das war ihr seit Jahren nicht passiert!

»Das stimmt nicht!« Erst, als sie es schon abgestritten hatte, fiel ihr auf, dass der Widerspruch vielleicht ein bisschen zu heftig ausgefallen war.

Luc lachte. »Das sind so scheußliche kleine schwarze Quadrate, wie sie diese militanten Frauenrechtlerinnen immer auf der Nase haben.«

Die anderen Chinooks stimmten in sein Lachen ein, und dann sagte Darby: »Oh, ja, lesbisch, ganz klar.«

Jane zog die Pfeile aus der Scheibe. »Sind sie nicht. Sie sind vollkommen heterosexuell.« Himmel, was redete sie da? Heterosexuelle Brillengläser? Diese Jungs trieben sie in den Wahnsinn. Sie holte tief Luft, um ihre Nerven zu beruhigen, und reichte Luc die Darts. Sie würde sich von diesen dummen Machos nicht aus dem Konzept bringen lassen. »Ich bin nicht lesbisch. Wenn ich auch weiß Gott nichts gegen Lesben einzuwenden habe. Wenn ich lesbisch wäre, würde ich mich outen und stolz darauf sein.«

»Das wäre eine Erklärung für die Schuhe«, bemerkte Rob.

Jane senkte den Blick auf ihre Schuhe. »Was ist daran auszusetzen?«

Zum ersten Mal an diesem Abend entschloss sich der Stromster, das Wort zu ergreifen. »Mann-Schuh«, sagte er.

»Männerschuhe?« Sie sah in sein junges Gesicht. »Nachdem ich vorhin deinen Irokesenschnitt verteidigt habe, hätte ich Besseres von dir erwartet, Daniel.« Er wandte den Blick ab und schien sich plötzlich brennend für etwas an der gegenüberliegenden Wand zu interessieren.

Luc trat vor die Scheibe und holte achtundvierzig Punkte. Als Jane wieder an der Reihe war, wechselten die Jungs an den Seitenlinien sich mit Lästereien ab. Die Unterhaltung nahm eindeutig politisch unkorrekte Formen an, als sie sich darauf einigten, dass sie stets dunkle Farben trug, weil sie *Depressionen* wegen ihrer lesbischen Veranlagung hatte.

»Ich bin *nicht* lesbisch«, beharrte sie. Sie war ein Einzelkind und war nicht mit Jungen groß geworden, abgesehen von ihrem Vater, versteht sich, aber der zählte nicht. Ihr Vater war ein ernster Mann, der sich nie einen Scherz erlaubte. Mit dieser Art von Witzen hatte Jane keinerlei Erfahrung.

»Schon gut, Schätzchen«, beschwichtigte Luc sie. »Wenn ich ein Mädchen wäre, wäre ich auch lesbisch.«

Jane sah nur eine Alternative. Entweder ließ sie sich ärgern und reagierte empört, oder sie entspannte sich. Sie war Journalistin, eine Frau, die mitten im Berufsleben stand. Sie reiste nicht mit dem Team durch die Gegend, um sich mit den

Jungs anzufreunden, und schon gar nicht, um sich auf den Arm nehmen zu lassen, als gingen sie alle noch zur High School. Doch die berufsmäßige Herangehensweise hatte bisher nicht geklappt, und sie stellte fest, dass die Lästereien ihr besser gefielen als die Nichtbeachtung. Außerdem nahmen diese Typen männliche Reporter bestimmt genauso auf die Schippe. »Du bist ja auch eine Diva«, sagte sie.

Luc lachte leise, und endlich brachte sie auch die anderen zum Lachen. Während des restlichen Spiels bemühte sie sich, genauso auszuteilen, wie sie einstecken musste, doch die Jungs beherrschten dieses Spiel viel besser als sie und hatten jahrelange Übung darin. Am Ende hatte sie Luc um beinahe zweihundert Punkte geschlagen, aber die Redeschlacht hatte sie verloren.

Irgendwie war sie während all dieser Scherze und Lästereien doch ein wenig in der Achtung der Spieler gestiegen. Auf ihre Meinung hinsichtlich ihrer Kleidung, Schuhe und Frisur hätte sie gut verzichten können, aber immerhin redeten sie nicht mehr nur übers Wetter, gaben nicht mehr nur einsilbige Antworten oder straften sie mit Nichtbeachtung. Ja, es war eindeutig ein Fortschritt.

Vielleicht sprachen sie nach dem Spiel morgen Abend dann tatsächlich mal mit ihr. Sie erwartete nicht, dass alle Spieler nun zu guten Kumpels wurden, aber vielleicht machten sie es ihr im Umkleideraum nicht mehr gar so schwer. Vielleicht gaben sie ihr ein Interview, ließen sie in Ruhe und behielten ihre Unterhosen an, wenn sie vorbeiging.

Hinter seinem Visier sah Luc den Puck nach dem Einwurf kreiseln. Bressler hieb den Puck vom Anspielpunkt, und die Schlacht zwischen Seattle und San Jose nahm ihren Lauf.

Luc bekreuzigte sich, um sein Glück zu beschwören, doch

zehn Minuten nach Beginn der ersten Spielzeit verließ es ihn. Teemu Selanne, der Rechtsaußen der Sharks, schlug den Puck an, und er knallte ins Netz. Es war ein leichtes Tor. Eines, das Luc hätte halten können, und daraufhin schienen sämtliche Sicherungen durchzubrennen. Nicht nur bei Luc, sondern beim gesamten Team.

Am Ende der ersten Spielzeit mussten zwei Chinooks genäht werden, und Luc hatte vier Tore durchgehen lassen. Nach den ersten zwei Minuten der zweiten Spielzeit wurde Grizzell mitten auf dem Eis böse gefoult. Er stürzte schwer und stand nicht wieder auf. Er musste vom Eis getragen werden. Zehn Minuten später rutschte Luc der Puck aus dem Handschuh, und die Sharks verzeichneten ihr fünftes Tor. Coach Nystrom gab Handzeichen, nahm Luc aus dem Netz und ersetzte ihn durch den Goalie der zweiten Reihe.

Der Weg von den Pfosten zur Bank ist der längste, den ein Torhüter in seinem Leben zurücklegen kann. Jeder Goalie hat mal einen schlechten Tag, doch für Luc Martineau bedeutete es viel, viel mehr. Diesen Weg hatte er während seiner letzten Saison in Detroit zu oft gemacht, um die Gefahr nicht wie ein Damoklesschwert über sich hängen zu sehen. Er hatte seine Konzentration verloren, hatte nicht in sich geruht. Statt den Schlag vorauszusehen, bevor er kam, hinkte er eine Sekunde hinterher. War's das? Das erste vermasselte Spiel auf dem Weg den Bach runter? Ein Ausreißer oder das erste Aus in einer Reihe von weiteren? Der Anfang vom Ende?

Böse Vorahnungen und eine sehr reale Angst, die er nicht einmal sich selbst eingestehen wollte, verursachten ihm ein Gefühl der Enge in der Brust und bissen ihn in den Nacken. Er spürte es, als er auf der Bank saß und den Rest des Spiels verfolgte.

»Jeder hat mal einen schlechten Tag«, tröstete Coach Nystrom ihn im Umkleideraum. »Letzten Monat hat es Roy erwischt. Mach dir deswegen keine Sorgen, Luc.«

»Wir haben heute Abend alle miserabel gespielt«, sagte Sutter.

»Wir hätten dein Tor besser sichern müssen«, fügte Bressler hinzu. »Wenn du im Netz stehst, vergessen wir manchmal, in die Bresche zu springen und dich zu schützen.«

Luc selbst machte es sich nicht so leicht. Er war nicht der Typ, der anderen die Schuld zuschob, und betrachtete allein sich selbst als verantwortlich für sein Spiel.

Als die Maschine in San Francisco startete, saß er in der dunklen Kabine und durchlebte noch einmal seine Vergangenheit, keineswegs nur die guten Zeiten. Den schrecklichen Schlag gegen die Knie, die Operationen und die monatelange Zeit der Rehabilitation. Seine Abhängigkeit von Schmerzmitteln, die grauenhaften körperlichen Schmerzen und die Übelkeit, die ihn beutelten, wenn er die Sucht nicht befriedigen konnte. Und letztendlich seine Unfähigkeit, das Spiel zu spielen, das er liebte.

Auf dem Weg nach Hause saß ihm die Angst vor dem Versagen im Nacken, redete ihm ein, er hätte seinen Schneid verloren. Jane Alcotts matt schimmernder Monitor und das Klicken ihrer Tastatur teilten ihm mit, dass bald schon die ganze Welt darüber informiert sein würde. Im Sportteil würde er ihren Bericht über die Katastrophe dieses Abends lesen können.

Auf dem Flughafen Seattle angekommen, machte Luc sich auf den Weg zu den Langzeitparkplätzen und sah aus den Augenwinkeln, wie Jane ihren Kram in einen Honda Prelude stopfte. Sie hob den Blick, als er vorüberging, doch keiner von ihnen sagte ein Wort. Sie machte nicht den Eindruck, als bräuchte sie seine Hilfe beim Verladen ihres schweren Koffers, und außerdem hatte er dem Erzengel der Verdammnis und Trübseligkeit nichts zu sagen.

Ein leichter Sprühregen nässte die Windschutzscheibe seines Landcruisers auf dem dreiviertelstündigen Weg in die Innenstadt von Seattle. Er konnte sich nicht erinnern, wann er sich das letzte Mal so aufs Heimkommen gefreut hatte.

Mondschein ergoss sich durch die zwei Meter hohen Fenster in seinem Wohnzimmer, als Luc die dunkle Wohnung betrat. Das Licht über dem Herd brannte noch und fiel auf einen FedEx-Umschlag auf der Arbeitsplatte. Luc ging ins Schlafzimmer und schaltete das Licht ein. Er ließ die Tür einen Spaltbreit offen und warf seine Tasche vor dem Bett auf den Boden. Dann zog er den Blazer aus und hängte ihn neben seinen Kleidersack in den Schrank. Auspacken würde er morgen. Im Augenblick war er nur müde und froh, wieder zu Hause zu sein, und er wünschte sich nichts dringlicher, als sich einfach ins Bett fallen zu lassen.

Er löste gerade seinen Krawattenknoten, als Marie an die Tür klopfte und sie dann vollends öffnete. Sie trug eine Flanellpyjamahose mit Kordeldurchzug und ein Britney-Spears-T-Shirt; sie sah aus wie eine Zehnjährige.

»Luc, ich muss dir was erzählen!«

»Hallo erst mal.« Er warf einen Blick auf seine Uhr. Mitternacht war schon vorbei; was auch immer sie erzählen wollte, es konnte offenbar nicht bis zum Morgen warten. Er fragte sich, ob sie es seit ihrem letzten Telefongespräch womöglich geschafft hatte, von der Schule gewiesen zu werden. Beinahe hatte er Angst zu fragen. »Was gibt's?«

Ihre großen blauen Augen leuchteten auf, und sie lächelte. »Ich bin zum Tanz eingeladen worden.«

»Was für ein Tanz?«

»Zu dem Tanzabend in der Schule.«

Er zerrte an seinem Krawattenknoten und dachte an den FedEx-Umschlag in der Küche. Darum würde er sich morgen kümmern. »Wann findet der statt?«

»In ein paar Wochen.«

In ein paar Wochen wohnte sie vielleicht schon nicht mehr bei ihm. Aber das brauchte sie jetzt noch nicht zu wissen. »Wer hat dich eingeladen?«

Ihre Augen strahlten noch heller, und sie kam weiter ins Zimmer hinein. »Zack Anderson. Er ist in der Oberstufe.«

Scheiße.

»Er spielt in einer Band! Er trägt einen Ring in der Lippe und hat sich die Nase und die Augenbrauen piercen lassen. Und er ist tätowiert. Er ist total cool!«

Verdammte Scheiße. Luc hatte gegen eine Tätowierung nichts einzuwenden. Aber Piercings? Herrgott. »Wie heißt diese Band?«

»The Slow Screws.«

Klasse.

»Ich brauche ein Kleid. Und Schuhe.« Marie setzte sich auf die Bettkante und schob die Hände zwischen die Knie. »Mrs. Jackson sagt, sie würde mit mir einkaufen gehen.« Flehend hob sie den Blick. »Aber sie ist alt.«

»Marie, ich bin ein Mann. Ich habe keine Ahnung, wo man so was kauft.«

»Aber du hast viele Freundinnen. Du weißt, was gut aussieht.«

An Frauen. Nicht an Mädchen. Nicht an seiner Schwester. Nicht für einen Tanz, an dem sie wahrscheinlich sowieso nicht teilnehmen würde, weil sie dann gar nicht mehr hier wäre. Und selbst wenn, dann jedenfalls nicht mit Zack von den Lockeren Schrauben. Dem Typen mit dem Lippenring und der gepiercten Nase.

»Ich hatte noch nie ein Date«, gestand sie.

Er ließ die Hände herabsinken und betrachtete Marie eingehend. Sah ihre zu starken Brauen und ihr Haar, das ein bisschen trocken und stumpf aussah. Himmel, sie brauchte eine Mutter. Eine Frau, die ihr zur Seite stand. Nicht ihn.

»Was müssen Mädchen denn anziehen, um den Jungs zu gefallen?«, fragte sie.

So wenig wie möglich, dachte er. »Lange Ärmel. Lange Ärmel und hochgeschlossen, das finden wir geil. Und lange Kleider mit weiten, bauschigen Röcken, damit wir ihnen nicht zu nahe kommen müssen.«

Sie lachte. »Das ist doch nicht wahr.«

»Doch, ich schwör's, Marie«, sagte er, riss sich die Krawatte vom Hals und warf sie auf den Nachttisch. »Wir können Kleider nicht ausstehen, die zu viel Haut zeigen. Wir mögen alles, was eine Nonne anziehen würde.«

»Jetzt weiß ich genau, dass du lügst.«

Sie lachte wieder, und er dachte, es ist doch eine Schande, dass ich sie so wenig kenne. Sie war seine einzige Schwester, und er wusste überhaupt nichts über sie. Und es bestand auch die Möglichkeit, dass er sie nie richtig kennen lernen würde. Ein Teil von ihm wünschte sich, es könnte anders sein. Wünschte sich, er wäre öfter zu Hause und wüsste, was sie brauchte.

»Morgen nach der Schule gebe ich dir meine Kreditkarte.« Er setzte sich neben sie und löste seine Schnürsenkel. »Kauf, was du brauchst, und ich schau's mir an, wenn du nach Hause kommst.«

Sie stand auf, mit hängenden Schultern und schmollender Miene. »Gut«, sagte sie und ging aus dem Zimmer.

Himmel, er hatte sie schon wieder geärgert. Aber sie erwartete doch nicht wirklich von ihm, dass er mit ihr losging, um ein Kleid für den Schultanz zu kaufen? Als wäre er ihre beste Freundin? Wieso war sie deswegen sauer auf ihn? Nicht einmal mit Mädchen, die altersmäßig besser zu ihm passten, ging er gern einkaufen.

6. KAPITEL

Gefasel: Vom Team getrennt

Als Jane sich am nächsten Morgen endlich aus dem Bett gequält hatte, zog sie ihre Waschtag-Unterwäsche und einen Jogginganzug an und schleppte ihre schmutzige Wäsche in den Waschsalon. Während die Maschine wusch und schleuderte, schlug sie eine Ausgabe von *People* auf und las.

An diesem Tag hatte sie keinerlei Termine. Kein drängendes Abgabeultimatum. Bis zum Spiel am folgenden Abend hatte sie keine beruflichen Termine. Sie holte sich eine Cola aus dem Automaten, lehnte sich auf dem harten Plastikstuhl zurück und gab sich dem alltäglichen Vergnügen hin, dem Schleudern ihrer Buntwäsche zuzusehen. Dann griff sie nach dem Anzeigenteil des Lokalblättchens und ging die Immobilienangebote durch. Dank des zusätzlichen Einkommens aus ihren Hockeyartikeln hätte sie bis zum Sommer vielleicht genug Geld gespart, um zwanzig Prozent auf ein eigenes Haus anzahlen zu können, doch je länger sie las, desto mutloser wurde sie. Mit zweihunderttausend Dollar kam man heutzutage weiß Gott nicht sehr weit.

Auf dem Heimweg hielt sie beim Supermarkt an und kaufte Lebensmittel für eine ganze Woche. Heute hatte sie frei, aber morgen spielten die Chinooks in der Key Arena gegen die Chicago Blackhawks. Am Donnerstag-, Sonnabend-, Montag- und Mittwochabend hatten sie Heimspiele. Danach folgten drei freie Tage, dann ging es wieder auf Tour. Wieder ins Flugzeug. Wieder in den Bus und wieder ins Hotelzimmer.

Der Artikel über die Sechs-zu-vier-Niederlage der Chinooks gegen die Sharks gehörte zu den schwierigsten Aufgaben, die sich ihr je gestellt hatten. Nachdem sie mit den Sportlern geblödelt und Darts gespielt hatte, fühlte sie sich ein bisschen wie eine Verräterin, doch sie musste ihre Arbeit machen.

Und Luc ... zusehen zu müssen, wie sich das Grauen im Netz breit machte, war fast so schlimm gewesen, wie ihn auf der Bank sitzen zu sehen. Wie er starr geradeaus blickte, das schöne Gesicht völlig ausdruckslos. Es war ihr unangenehm, diejenige sein zu müssen, die über die Einzelheiten berichtete, aber andererseits musste sie ihre Arbeit machen, und sie hatte sie gemacht.

Als sie nach Hause kam, war auf dem Anrufbeantworter eine Nachricht von Leonard Callaway, der sie um ein Treffen in seinem Büro bei der *Times* am folgenden Morgen bat. Sie hatte so eine Ahnung, dass diese Nachricht nichts Gutes für ihre weitere Beschäftigung als Sportreporterin bedeuten würde.

Und sie hatte Recht. Er feuerte sie. »Wir sind zu dem Schluss gekommen, dass es das Beste ist, wenn du nicht weiter über die Spiele der Chinooks berichtest. Jeff Noonan springt für Chris ein«, sagte Leonard.

Die Zeitung warf Jane raus und gab ihren Job Jeff Noonan. »Warum? Was ist passiert?«

»Ich halte es für das Beste, nicht weiter darüber zu reden.«

Die Chinooks waren in der vergangenen Woche nicht gerade zur Höchstform aufgelaufen, und es endete mit Lucs spektakulärem Aussetzer. »Sie denken, ich hätte ihnen kein Glück gebracht. Stimmt's?«

»Wir wussten, dass diese Möglichkeit besteht.«

Adieu, liebe Chance, einen bedeutenden Artikel zu schreiben. Adieu, du Zwanzig-Prozent-Anzahlung auf ein Eigenheim. Und das alles nur, weil ein paar dämliche Hockeyspieler dachten, sie würde ihnen Unglück bringen. Tja, sie konnte nicht behaupten, nicht gewarnt worden zu sein oder nicht beinahe mit dieser Entwicklung gerechnet zu haben. Aber auch dieses Wissen trug nicht dazu bei, den Rauswurf leichter zu ertragen. »Welche Spieler sind der Meinung, dass ich ihnen kein Glück gebracht hätte? Luc Martineau?«

»Reden wir lieber nicht darüber«, sagte Leonard, aber er stritt es nicht ab.

Sein Schweigen kränkte sie mehr, als nötig gewesen wäre. Luc bedeutete ihr nichts, und sie bedeutete ihm noch viel weniger. Weniger als nichts. Er war von Anfang an dagegen gewesen, dass sie mit ihnen auf Tour ging, und sie war fest überzeugt, dass er für diesen Rauswurf verantwortlich zeichnete. Jane zog die Mundwinkel hoch, aber am liebsten hätte sie laut geschrien und gedroht, wegen unzulässiger Kündigung oder Sexismus oder … oder … irgendetwas vor Gericht zu gehen. Damit hätte sie vielleicht sogar Erfolg gehabt. Doch dieser Konjunktiv versprach eindeutig zu wenig Sicherheit, und sie hatte schon vor langer Zeit gelernt, dass sie sich von ihrem aufbrausenden Temperament nicht dazu hinreißen lassen durfte, alle Brücken hinter sich abzubrechen. Noch blieb ihr die *Singlefrau*-Kolumne für die *Times*.

»Tja, dann bedanke ich mich ganz herzlich dafür, dass ich einmal Sportreportagen schreiben durfte«, sagte sie und schüttelte Leonard die Hand. »Ich werde nie vergessen, wie es war, mit den Chinooks unterwegs zu sein.«

Das Lächeln klebte auf ihrem Gesicht, bis sie das Gebäude verlassen hatte. Sie war so wütend, dass sie am liebsten jemanden verprügelt hätte. Jemanden mit blauen Augen und einem Hufeisen-Tattoo oberhalb der Intimzone.

Und sie fühlte sich verraten. Sie hatte gedacht, sie hätte Fortschritte gemacht, aber die Spieler hatten sich gegen sie gewandt. Wenn sie sie nicht im Darts geschlagen und sich nicht auf diese Blödeleien mit ihnen eingelassen hätte, wenn sie sie nicht Sharky genannt hätten, würde sie sich jetzt vielleicht nicht so verraten fühlen. Aber so war es nun mal. Es war ihr sogar unangenehm gewesen, ihre Arbeit tun und über Einzelheiten des letzten Spiels berichten zu müssen. Und das war jetzt der Lohn dafür? Sie wünschte ihnen allen Dermatophytose an die Füße. Allen gleichzeitig.

Während der nächsten zwei Tage verließ sie ihre Wohnung nicht ein einziges Mal. Sie war so deprimiert, dass sie alle Schränke putzte. Als sie das Badezimmer auf Hochglanz brachte, lief der Fernseher mit voller Lautstärke, und sie empfand doch nur milde Schadenfreude, als sie hörte, dass die Chinooks vier zu drei gegen die Blackhawks verloren hatten.

Wem würden sie jetzt die Schuld geben?

Als der dritte Tag gekommen war, hatte ihre Wut noch immer nicht nachgelassen, und da wusste sie, dass es nur einen Weg gab, sie loszuwerden. Sie musste sich den Spielern stellen, wenn sie ihre Würde zurückerlangen wollte.

Sie wusste, dass sie zum Training in der Key Arena sein würden, und bevor sie es sich anders überlegen konnte, hatte sie bereits Jeans und einen schwarzen Pullover angezogen und war auf dem Weg in die Stadt.

Sie nahm den Eingang im Zwischenstock, und sofort fiel ihr Blick auf das leere Tor. Unten auf dem Eis trainierten nur wenige Spieler, und als sie die Stufen zum Umkleideraum hinunterging, zog sich ihr Magen krampfhaft zusammen.

»Hallo, Fishy«, sagte sie, als sie im Durchgang auf ihn zuging. Er hielt einen Lötkolben in der Hand und erhitzte die Kufen eines Schlittschuhs.

Er hob den Blick und schaltete das Gerät aus.

»Sind die Jungs im Umkleideraum?«, fragte sie.

»Die meisten.«

»Ist Luc auch da?«

»Weiß nicht, aber an Spieltagen redet er nicht gerne.«

So ein Pech. Die Sohlen ihrer Stiefel quietschten auf den Gummimatten im Flur, und Köpfe fuhren zu ihr herum, als sie den Raum betrat. Sie hob eine Hand. »Lasst nicht gleich die Hosen runter, meine Herren«, sagte sie, ging weiter und blieb mitten unter den halb nackten Spielern stehen. »Ich stehle euch nur einen Moment eurer kostbaren Zeit, und es wäre mir lieber, wenn ihr heute mal von eurem synchronen Hosenrunterlassen absehen könntet.«

Sie stand da, die Schultern gestrafft, den Kopf hoch erhoben. Luc konnte sie nirgends entdecken. Die Ratte hatte sich wohl versteckt. »Sicher habt ihr alle längst gehört, dass ich nicht länger über die Spiele der Chinooks berichte, und ich wollte euch nur wissen lassen, dass ich die Zeit mit euch niemals vergessen werde. Mit euch unterwegs zu sein war interessant.« Sie ging auf Kapitän Mark Bressler zu und streckte ihm ihre Hand entgegen. »Viel Glück beim heutigen Spiel, Hitman.«

Er sah sie einen Moment an, als machte sie ihn, den einhundertzwanzig Kilo schweren Mittelstürmer, ein bisschen nervös. »Äh, danke«, sagte er und schüttelte ihr endlich doch die Hand. »Bist du heute Abend auf der Tribüne?«

Sie ließ die Hand sinken. »Nein. Ich habe schon etwa anderes vor.«

Sie ließ noch ein letztes Mal den Blick durch den Umkleideraum schweifen. »Auf Wiedersehen, meine Herren, viel Glück, und ich hoffe, dass dies das Jahr ist, in dem ihr den Stanley Cup gewinnt.« Sie brachte sogar ein Lächeln zustande, bevor sie sich zum Gehen wandte. Ich hab's geschafft, dachte sie, als sie den Flur entlangging. Sie hatten sie nicht mit eingezogenem Schwanz davongejagt. Sie hatte ihnen gezeigt, dass sie Stil und Würde besaß und obendrein noch großmütig war.

Sie wünschte ihnen allen ein Jucken in die Sackbehaarung. Richtig schlimmes Jucken. Den Blick auf die Gummimatten gesenkt, trat sie in den Durchgang, blieb aber stehen, als vor ihren Augen plötzlich ein nackter Brustkorb mit wohldefinierten Muskeln, ein Waschbrettbauch und ein aus Hockeyshorts ragendes tätowiertes Hufeisen auftauchten. Luc Martineau. Ihr Blick wanderte an seinem feuchten Oberkörper hinauf zu Kinn und Mund, über die tiefe Kerbe in seiner Oberlippe und die gerade Nase bis zu seinen himmelblauen Augen.

»Du!«, entfuhr es ihr.

Als er eine Braue hochzog, explodierte sie.

»Du hast mir das angetan. Ich weiß es genau. Dir ist es wahrscheinlich völlig gleichgültig, dass ich den Job dringend gebraucht habe. Du hast im Netz versagt, und *ich* werde gefeuert.« Sie spürte, dass Tränen in ihren Augen brannten, und das heizte ihren Zorn noch stärker an. »Wem schiebst du die Schuld an dem verlorenen Spiel gestern Abend in die Schuhe? Und wenn ihr heute Abend verliert, wer ist dann schuld? Du … du …«, stammelte sie. Die leise Stimme der Vernunft in ihrem Kopf ermahnte sie, den Mund zu halten, aufzuhören, solange es noch möglich war. Einfach um ihn herumzugehen und ihn stehen zu lassen, solange sie noch ihre Würde hatte.

Pech, dass sie sich schon viel zu weit hatte hinreißen lassen, um noch auf diese Stimme zu hören.

»Du hast ihn einen großen, blöden Dodo genannt?«, fragte Caroline später am Abend, als sie beide auf Janes Couch saßen und zusahen, wie die Gasflammen im Kamin an dem künstlichen Holz leckten. »Warum hast du ihm nicht gleich gesagt, dass er eine absolute Null in deinen Augen ist?«

Jane stöhnte auf. Jetzt, Stunden nach dem Vorfall, wand sie sich immer noch vor Beschämung. »Nicht«, flehte sie und rückte ihre Brille zurecht. »Der einzige Trost, der mir bleibt, ist, dass ich Luc Martineau nie wiedersehen werde.« Aber sie glaubte nicht, dass sie seinen Gesichtsausdruck je vergessen würde. Eine Art verblüffter Überraschung, gefolgt von Lachen. Sie hätte auf der Stelle sterben mögen, aber sie konnte es ihm nicht einmal verübeln, dass er sie auslachte. Seit der Grundschule war er bestimmt nicht mehr als großer, blöder Dodo beschimpft worden.

»Schade«, sagte Caroline und hob ihr Weinglas an die Lippen. Sie hatte ihr glänzendes blondes Haar zu einem perfekten Pferdeschwanz zusammengebunden und sah, wie immer, umwerfend aus. »Ich dachte, du hättest mich vielleicht mit Rob Sutter bekannt machen können.«

»Mit dem Hammer?« Jane schüttelte den Kopf und nahm einen Schluck Gin Tonic. »Dessen Nase ist ständig gebrochen, und er läuft immer mit einem Veilchen herum.«

Caroline lächelte; ihr Blick wurde leicht verträumt. »Ich weiß.«

»Er ist verheiratet und hat ein Kind.«

»Hmm, tja, dann halt mit einem, der noch unverheiratet ist.«

»Ich dachte, du hättest einen neuen Freund.«

»Hab ich auch, aber es funktioniert nicht.«

»Warum nicht?«

»Ich weiß es nicht«, sagte sie mit einem Seufzer und stellte ihr Weinglas auf dem Kirschholztisch ab. »Lenny sieht gut aus und ist reich, aber entsetzlich langweilig.«

Was bedeutete, dass er völlig normal war und nicht therapiert werden musste. Caroline war die geborene Therapeutin.

»Sollen wir den Fernseher einschalten und das Spiel ansehen?«, fragte Caroline.

Jane schüttelte den Kopf. »Nein.« Sie war schon versucht gewesen, schwer versucht, nach der Fernbedienung zu greifen und kurz in das Spiel reinzuzappen, zu sehen, wer gewann. Aber dadurch würde nur alles noch schlimmer werden.

»Vielleicht verlieren die Chinooks ja. Könnte sein, dass es dir dann besser geht.«

Dadurch würde sie sich nicht besser fühlen. »Nein.« Jane legte den Kopf zurück an die mit einem Blumenmuster bedruckte Sofalehne. »Ich will nie wieder ein Hockeyspiel sehen.« Aber sie wollte es doch. Sie wollte in der Presseloge sitzen oder auf einem Platz dicht am Spielfeld. Sie wollte spüren, wie die Energie auf sie überging, wollte ein tadelloses Spiel verfolgen, Kämpfe in den Ecken oder wie Luc den Puck perfekt in seinem Handschuh abfing.

»Gerade, als ich glaubte, Fortschritte beim Team zu machen, fliege ich raus. Ich habe Rob und Luc im Darts geschlagen, und sie haben sich über meine angebliche Lesbenbrille lustig gemacht. Seitdem gab es keine lästigen Anrufe mehr im Hotelzimmer. Freunde waren wir noch nicht, das weiß ich, aber ich dachte, sie würden mir vertrauen und mich im Rudel akzeptieren.« Sie überlegte kurz und fügte hinzu: »Wie wilde Dingos.«

Caroline warf einen Blick auf die Uhr. »Ich bin schon eine Viertelstunde hier, und du hast das Beste noch gar nicht erzählt.«

Jane musste nicht fragen, was Caroline damit meinte. Dazu

kannte sie Caroline zu gut. »Ich dachte, du bist gekommen, um mich aufzuheitern, und jetzt willst du Geschichten aus dem Umkleideraum hören.«

»Ich bin wirklich gekommen, um dich aufzumuntern.« Sie wandte sich Jane zu und legte einen Arm über die Sofalehne. »Später.«

Es war ja nicht so, dass Jane irgendeinem der Spieler Loyalität geschuldet hätte. Nicht mehr. Und es war auch nicht so, dass sie ihre Geschichten der Weltöffentlichkeit preisgab. »Gut«, sagte sie, »aber es war nicht so, wie du vielleicht denkst. Nicht so, dass ich die einzige Frau unter lauter harten Männerkörpern war. Na ja, das schon, aber ich musste den Blick immer auf Augenhöhe halten, und jedes Mal, wenn ich an einem Spieler vorbeiging, ließ er den Tiefschutz fallen.«

»Du hast Recht«, sagte Caroline, beugte sich vor und griff nach ihrem Weinglas. »Es ist nicht so, wie ich dachte. Es ist noch besser.«

»Es ist bedeutend schwerer, als du dir vorstellen kannst, mit einem nackten Mann zu reden, während du selbst vollständig bekleidet bist. Alle sind erhitzt und verschwitzt und haben keine Lust zu reden. Wenn man ihnen eine Frage stellt, bekommt man nur ein Grunzen zur Antwort.«

»Das erinnert mich an meine letzten drei Freunde beim Sex.«

»Es hat nicht so viel Spaß gemacht wie Sex, glaub mir.« Sie schüttelte den Kopf. »Einige haben sich strikt geweigert, überhaupt mit mir zu reden, und unter solchen Bedingungen ist mir die Arbeit weiß Gott nicht leicht gefallen.«

»Ja, das habe ich schon gehört.« Sie winkte ab. »Also, wer hat den tollsten Körper?«

Jane überlegte kurz. »Na ja, sie sind alle unglaublich gut

gebaut. Kräftige Beine und Oberkörper. Mark Bressler hat wohl die prächtigsten Muskeln, aber Luc Martineau hat eine Hufeisen-Tätowierung am Unterleib, und wenn man die sieht, möchte man auf die Knie fallen und sie küssen, damit sie einem Glück bringt.« Sie hielt sich ihr kühles Glas an die Stirn. »Schade nur, dass er ein Mistkerl ist.«

»Hört sich an, als könntest du ihn gut leiden.«

Jane senkte das Glas und sah Caroline an. Als könnte sie ihn gut leiden? Den Typen, dessentwegen sie gefeuert worden war? Von Luc fühlte sie sich mehr gekränkt und verraten als von allen anderen Spielern zusammen. Was, wenn sie es sich recht überlegte, sicher nicht sonderlich rational war, da sie ihn nicht wirklich kannte und er sie auch nicht. Es war nur so, dass sie geglaubt hatte, zwischen ihnen wäre eine tastende Freundschaft entstanden, und wenn sie ehrlich war, musste sie zugeben, dass sie auch eine leise Schwärmerei für Luc entwickelt hatte. Nein, Schwärmerei war wohl doch ein zu starkes Wort. Interesse traf schon eher das, was sie empfand. »Ich kann ihn nicht leiden«, sagte sie, »aber er spricht mit so einem leichten kanadischen Akzent, den man nur bei bestimmten Wörtern heraushört.«

»Oho.«

»Wieso oho? Ich sagte doch, ich kann ihn nicht leiden.«

»Ja, das hast du gesagt, aber du hast schon immer auf Männer mit Akzent gestanden.«

»Seit wann?«

»Seit Balki in *Perfect Strangers*.«

»In dieser Sitcom?«

»Ja, du warst total scharf auf Balki, nur weil er mit diesem Akzent sprach. Obwohl er ein Versager war und bei seiner Cousine lebte.«

»Nein, ich war verrückt nach Bronson Pinchot. Nicht nach

Balki.« Sie lachte. »Und im selben Jahr warst du verrückt nach Tom Cruise. Was meinst du, wie oft haben wir *Top Gun* gesehen?«

»Mindestens zwanzigmal.« Caroline trank einen Schluck Wein. »Schon damals haben Versager dich magisch angezogen.«

»Ich würde eher sagen, schon damals hatte ich realistische Erwartungen.«

»Richtiger wäre wohl zu sagen, du hast deine Ansprüche tief angesetzt, weil du unter typischen Verlassensängsten leidest.«

»Bist du high?«

Caroline schüttelte den Kopf, und ihr Pferdeschwanz wippte über ihre Schultern. »Nein, das habe ich in einem ausführlichen Artikel gelesen, als ich letzte Woche beim Frauenarzt war. Weil deine Mutter gestorben ist, hast du Angst, dass jeder, den du liebst, dich verlassen wird.«

»Was wieder einmal beweist, wie viel Mist in Zeitschriften steht.« Wer hätte das besser gewusst als sie? »Erst letzte Woche hast du gesagt, ich hätte das Problem, Beziehungen vorzeitig zu beenden, weil ich Angst hätte, dass der Partner mit mir Schluss machen könnte. Entscheide dich.«

Caroline zuckte mit den Schultern. »Anscheinend ist es ein und dasselbe Problem.«

»Genau.«

Sie blickten eine Weile ins Kaminfeuer, dann schlug Caroline vor: »Lass uns ausgehen.«

»Es ist Donnerstagabend.«

»Ich weiß, aber wir müssen morgen beide nicht arbeiten.«

Vielleicht würde es sie wirklich von dem Hockeyspiel ablenken, über das sie hätte berichten sollen und nicht berichten durfte, wenn sie sich von einer lauten Band die Ohren durchpusten ließ. Wenn sie die Wohnung verließ, konnte sie nicht den Fernseher einschalten und in das Spiel zappen. Sie blickte an sich herab: grünes T-Shirt, schwarze Fleecejacke, schwarze Jeans. Außerdem benötigte sie neues Material für ihre *Singlefrau*-Kolumne. »Gut, aber ich ziehe mich nicht um.«

Caroline, die an diesem Abend ziemlich schlicht in einen *Tommy*-Sweater mit einer Flagge auf der Brust und knallenge Jeans gekleidet war, sah Jane an und verdrehte die Augen. »Setz wenigstens deine Kontaktlinsen ein.«

»Warum?«

»Tja, ich wollte eigentlich nichts sagen, weil ich dich liebe und so weiter und weil ich dir immer vorschreiben will, was du tragen sollst. Ich wollte dich nicht verunsichern oder dein Selbstbewusstsein ankratzen, aber diese grauenhaften Leute beim Optiker haben dich belogen.«

Jane fand ihre Brille gar nicht so übel. Lisa Loeb trug eine ganz ähnliche. »Findest du wirklich, dass die Brille mir nicht steht?«

»Ja, und das sage ich auch nur, weil ich nicht will, dass die Leute glauben, ich wäre der weibliche Part und du der männliche.«

Caroline auch? »Wie kommst du darauf, dass man *dich* für die Frau und *mich* für den Mann halten würde?«, fragte sie, stand auf und machte sich auf den Weg ins Bad. »Könnte doch auch sein, dass die Leute denken, *du* wärst der Junge.« Im Raum blieb es still, und Jane steckte noch einmal den Kopf zur Tür herein. »Na?«

Caroline stand vor dem Kamin und trug vor dem Spiegel, der über dem Sims hing, roten Lippenstift auf. »Was, na?« Sie verstaute den Lippenstift in ihrer niedlichen kleinen Handtasche.

»Ich fragte, wie kommst du auf die Idee, dass die Leute dich für die Frau und mich für den Mann halten würden?«, wiederholte sie.

»Ach, war das eine ernst gemeinte Frage? Ich dachte, du hättest versucht, einen Witz zu machen.«

Am nächsten Morgen um elf Uhr klingelte Janes Telefon. Es war Leonard, der ihr mitteilte, er und Virgil und das Management der Chinooks hätten ihre »überstürzte Entscheidung« noch einmal überdacht. Sie wollten, dass sie auf der Stelle die Arbeit wieder aufnahm. Was bedeutete, dass sie am nächsten Abend beim Spiel gegen St. Louis in der Presseloge sitzen sollte. Sie war so überrascht, dass sie nur auf dem Bett liegen und sich Leonards absolute Kehrtwendung anhören konnte.

Offenbar hatte das Team, nachdem sie ihre kleine Abschiedsrede gehalten hatte, erstklassiges Hockey gespielt. Bressler hatte einen Hattrick geschafft, nachdem sie ihm die Hand geschüttelt hatte, und Luc war in Bestform gewesen. Er hatte kein Tor durchgehen lassen, das Spiel endete sechs zu null, und zurzeit verzeichnete Luc mehr Nullspiele als sein Rivale Patrick Roy.

Plötzlich galt Jane Alcott als Glücksbringer.

»Ich weiß nicht, Leonard«, sagte sie, schlug ihre gelbe Flanellbettdecke zurück und setzte sich auf die Bettkante. Kopf und Mund fühlten sich an wie mit Watte ausgestopft, die Folge einer sehr langen Nacht, und es fiel ihr schwer, einen klaren Gedanken zu fassen. »Ich kann den Job nicht annehmen, wenn ich fürchten muss, jedes Mal, wenn die Chinooks ein Spiel verlieren, wieder gefeuert zu werden.«

»Deswegen brauchst du dir keine Sorgen mehr zu machen.«

Sie glaubte ihm nicht, und wenn sie sich tatsächlich entschließen sollte, den Job noch mal zu machen, ergriff sie die Gelegenheit doch nicht, wie beim letzten Mal, mit beiden Händen beim Schopf. Und in Wahrheit war sie ernsthaft sauer. »Das muss ich mir erst einmal durch den Kopf gehen lassen.«

Nachdem sie den Hörer aufgelegt hatte, brühte sie sich einen Kaffee auf und aß ein bisschen Müsli, um das hohle Gefühl aus dem Bauch zu vertreiben. Sie war erst gegen zwei Uhr morgens ins Bett gekommen, und sie bedauerte, dass sie überhaupt Geld ausgegeben und ihre Zeit mit Ausgehen verschwendet hatte. Sie hatte sowieso an nichts anderes denken können als daran, dass sie gefeuert war, und demzufolge war sie keine angenehme Gesellschaft gewesen.

Während sie aß, dachte sie über Leonards neuerliches Angebot nach. Die Chinooks hatten sie wie eine Aussätzige behandelt und ihr die Schuld an den verlorenen Spielen zugeschoben. Und jetzt dachten sie plötzlich, sie würde ihnen Glück bringen? Wollte sie sich wirklich noch einmal auf ihre abergläubischen Verrücktheiten einlassen? Dem synchronen Fallenlassen des Tiefschutzes und dem Telefonterror?

Als sie aufgegessen hatte, hüpfte sie unter die Dusche und schloss die Augen, als das warme Wasser auf sie herabprasselte. Wollte sie tatsächlich mit einem Goalie auf Reisen gehen, der einfach durch sie hindurchsah? Obwohl er ihren Puls zum Rasen brachte? Ob sie es nun wollte oder nicht? Und sie wollte es ganz bestimmt nicht. Selbst wenn sie und Luc sich gemocht hätten, was ganz eindeutig nicht der Fall war, hatte er doch nur Augen für große, umwerfend gut aussehende Frauen.

Sie wickelte ein Handtuch um ihren Kopf, setzte die Brille auf und trocknete sich ab. Dann zog sie ihren brandneuen

Bandeau-BH an, ein weißes University-of-Washington-T-Shirt und ein Paar alte Jeans mit Löchern an den Knien.

Es klingelte an ihrer Wohnungstür, und als sie durch den Spion spähte, stand ein Mann auf ihrer kleinen Veranda, eine silberne Oakley-Sonnenbrille auf der Nase, vom Wind zerzaust und hinreißend attraktiv, und er sah genauso aus wie Luc Martineau. Sie öffnete die Tür, weil sie gerade an ihn gedacht hatte und nicht sicher war, ob ihre Fantasie ihr nur etwas vorspiegelte.

»Hallo, Jane«, begrüßte er sie. »Darf ich reinkommen?«

Wow, ein höflicher Luc. Jetzt war sie ganz sicher, dass es nur eine Einbildung war. »Warum?«

»Ich dachte, wir sollten mal über das, was passiert ist, reden.« Das gab den Ausschlag. Sein kanadischer Akzent machte sich wieder bemerkbar, und jetzt wusste sie, dass sie mit Luc leibhaftig sprach.

»Darüber, dass ich wegen dir gefeuert wurde?«

Er nahm seine Sonnenbrille ab und schob sie in die Tasche seiner ledernen Bomberjacke. Seine Wangen waren gerötet, sein Haar war zerzaust, und am Straßenrand parkte sein Motorrad. »Du bist nicht wegen mir gefeuert worden. Jedenfalls nicht direkt.« Als sie darauf nicht reagierte, fragte er: »Willst du mich nicht hereinbitten?«

Ihr nasses Haar war unterm Handtuch versteckt, und in der frischen Luft bekam sie eine Gänsehaut. Sie beschloss, ihn einzulassen. »Nimm Platz«, sagte sie, als er ihr in das Wohnzimmer folgte. Sie ließ ihn einen Augenblick allein, um das Handtuch abzulegen und sich die Knoten aus dem Haar zu bürsten. Von sämtlichen Männern auf der Welt war Luc der Letzte, von dem sie je geglaubt hätte, ihn einmal in ihrem Wohnzimmer stehen zu sehen.

Sie bürstete und trocknete ihr Haar, so gut es ging, und einen kurzen Augenblick erwog sie, Wimperntusche und Lipgloss aufzulegen. Genauso schnell entschied sie sich jedoch dagegen. Allerdings tauschte sie die Brille gegen ihre Kontaktlinsen aus.

Mit noch feuchtem Haar, dessen Spitzen sich zu kringeln begannen, kehrte sie ins Wohnzimmer zurück. Luc wandte ihr den Rücken zu und betrachtete ein paar Fotos, die auf dem Kaminsims standen. Seine Jacke lag auf dem Sofa; er trug ein weißes Oberhemd, dessen Manschetten er über den kräftigen Unterarmen zurückgeschlagen hatte. Eine breite Längsfalte zog sich über die Mitte seines Rückens und verschwand im Hosenbund seiner Lucky-Brand-Jeans. Eine Gesäßtasche war von seiner Brieftasche ausgebeult, und der Jeansstoff modellierte seinen Hintern. Er sah Jane über die Schulter hinweg an, und der Blick seiner blauen Augen wanderte von ihren nackten Füßen an ihren Jeans und dem T-Shirt hinauf bis zu ihrem Gesicht.

»Wer ist das?«, fragte er und zeigte auf ein Foto von ihr und Caroline. In Hut und Talar standen sie vor dem Haus ihres Vaters in Tacoma.

»Das sind meine beste Freundin Caroline und ich am Abend nach unserer Abschlussprüfung an der Mt. Tahoma High School.«

»Dann hast du dein ganzes Leben in dieser Gegend verbracht?«

»Ja.«

»Du hast dich nicht sehr verändert.«

Sie trat neben ihn. »Ich bin inzwischen ein ganzes Stück älter.«

Er sah sie von der Seite an. »Wie alt bist du?«

»Dreißig.«

Er zeigte seine weißen Zähne in einem Lächeln, das ihre

Verteidigungslinien einriss, sie wärmte und ihre Zehen in dem beigefarbenen Berberteppich Halt suchen ließ. »So alt?«, fragte er. »Für dein Alter siehst du ganz gut aus.«

O Gott. Sie wollte nicht mehr in diese Bemerkung hineininterpretieren, als er zu sagen beabsichtigt hatte, was wahrscheinlich überhaupt nichts war. Sie wollte sich nicht von seinem Lächeln betören lassen. Sie wollte kein Prickeln und keine Hitzewallungen spüren, wollte keine sündigen Gedanken haben. »Warum bist du gekommen, Luc?«

»Darby Hogue hat mich angerufen.« Er schob eine Hand in die vordere Tasche seiner Lucky-Jeans und verlagerte sein Gewicht auf den anderen Fuß. »Er hat mir erzählt, dass sie dir den Job wieder angeboten haben, du aber abgelehnt hast.«

Sie hatte nicht abgelehnt. Sie hatte gesagt, sie wolle es sich durch den Kopf gehen lassen. »Was hat das mit dir zu tun?«

»Darby war der Meinung, ich könnte dich zum Zurückkommen überreden.«

»Du? Du hältst mich doch für den Erzengel der Düsternis und Verdammnis.«

»Du bist ein süßer Erzengel der Verdammnis.«

Junge, Junge. »Da hat er sich den Falschen ausgesucht. Ich weiß ...« Sie unterbrach sich, denn sie konnte nicht lügen und sagen, dass sie ihn nicht mochte. Sie mochte ihn ja. Selbst wenn sie ihn gar nicht mögen *wollte*. So entschied sie sich für die halbe Wahrheit. »Ich weiß nicht mal, ob ich dich überhaupt mag.«

Er lachte, als wüsste er, dass sie schwindelte. »Das habe ich Darby auch gesagt.« Seine Mundwinkel hoben sich zu einem ausgesprochen charmanten Lächeln, und er wiegte sich auf seinen Absätzen vor und zurück. »Aber er meinte, ich könnte dich dazu bringen, dass du es dir anders überlegst.«

»Das bezweifle ich.«

»Ich dachte mir schon, dass du das sagen würdest.« Er ging zum Sofa und zog etwas aus der Tasche seiner Lederjacke. »Ich habe dir ein Friedensangebot mitgebracht.«

Er reichte ihr ein dünnes Taschenbuch, um das eine pinkfarbene Schleife gebunden war. *Hockeysprache: Der Jargon, die Geschichten, alles, was Sie niemals aus dem Fernseher erfahren.*

Überrascht schaute sie das Buch an. »Das hast du gekauft?«

»Ja, und ich habe das Mädchen im Buchladen gebeten, die Schleife drumzubinden.«

Er hatte ihr ein Geschenk gemacht. Ein Friedensangebot. Etwas, das sie tatsächlich gebrauchen konnte. Nicht das Übliche, was Männer Frauen gewöhnlich schenken, Blumen oder Schokolade oder billige Unterwäsche. Er hatte sich Gedanken über sie gemacht. Er hatte ihr Beachtung geschenkt.

»Schwarze Schleifen gab es nicht, da musste ich Pink nehmen.«

Janes Herz krampfte sich zusammen, und sie wusste, dass sie ein Problem hatte. »Danke.«

»Gern geschehen.«

Sie hob den Blick von seinem Lächeln zu seinen blauen Augen. Sie hatte ein großes, schlimmes Problem. Von der Art, die in weißem Hemd und Lucky-Jeans daherkam. Von der Art, die mit Barbie-Puppen ausging, weil es ihm möglich war.

7. KAPITEL

Antäuschen:
Wie man einen Gegner austrickst

Luc blickte in Janes grüne Augen und wusste, dass sein Geschenk die gewünschte Wirkung zeigte. Er hatte sie besänftigt, sie dahin manövriert, wo er sie haben wollte. Aber just in dem Moment, als er glaubte, sie völlig gewonnen zu haben, sodass sie wie ein Puck vom Himmel in seine Hand fiel, wurde ihr Blick wachsam. Sie wich einen Schritt zurück und zog skeptisch die Brauen zusammen.

»Hat Darby dir geraten, mich damit zu schmieren?«, fragte sie und hielt das Buch hoch.

Verdammt. »Nein.« Der kleine Spinner hatte ihm geraten, ihr Blumen mitzubringen; das Buch dagegen war seine Idee gewesen. »Die Idee stammt von mir, aber alle wollen, dass du zurückkommst und über die Spiele berichtest.«

»Es fällt mir schwer zu glauben, dass alle mich zurückwollen. Besonders die Trainer.«

Da hatte sie Recht. Nicht alle wollten sie zurück, schon gar nicht das Management. Nach dem schändlich verlorenen Spiel in San Jose hatte das Team einen Sündenbock gesucht. Etwas, das in der Luft lag und in der Konstellation der Sterne. Etwas anderes als ihr eigenes erbärmliches Spiel. Und dieses Etwas war Jane gewesen. Im Umkleideraum hatten sie gemurrt und gehetzt, aber keiner hatte damit gerechnet, dass Jane deshalb gefeuert würde. Luc schon gar nicht. Nachdem sie ihm erklärt hatte, dass sie den Job brauchte, hatte er kaum an etwas anderes denken können als daran, dass Jane wegen seiner Äußerungen auf der Straße leben müsste. Und wenn er ihre kleine Wohnung betrachtete, war ihm klar, dass sie das Geld tatsächlich brauchte. Die Wohnung war sauber, und, was erstaunlich war, nicht alles war schwarz, aber sie hätte ohne weiteres in sein Wohnzimmer gepasst. Er war froh, dass er zu ihr gegangen war.

»Ich habe unseren Managern klar gemacht, dass du unser Glücksbringer bist«, sagte er, und es entsprach der Wahrheit. Nachdem sie ihn als großen, blöden Dodo bezeichnet hatte, ausgerechnet, hatte er eines der besten Spiele seines Lebens hingelegt. Und Bressler hatte, nachdem sie ihm die Hand geschüttelt hatte, den ersten Hattrick dieser Saison geschafft.

Ein mürrischer Zug hockte in ihren Mundwinkeln. »Glaubst du das tatsächlich?«

Luc stellte nie die Frage, woher sein Glück stammte. »Natürlich, aber in erster Linie bin ich hier, weil ich weiß, wie es ist, wenn man Arbeit braucht und einem die Chance vermasselt wird.«

Jane senkte den Blick auf ihre bloßen Füße, und Luc betrachtete den Scheitel in ihrem feuchten Haar. Auf den Schultern begannen die Spitzen, sich zu kräuseln, als hätte sie sie um den Finger gedreht. Er hätte gern gewusst, wie ihr Haar sich anfühlte, wenn er es um seinen eigenen Finger wickelte. Da er so dicht vor ihr stand, wurde ihm überdeutlich bewusst, wie klein sie war. Wie schmal ihre Schultern waren und wie jung sie in ihrem University-of-Washington-T-Shirt aussah. Nicht zum ersten Mal fiel ihm auf, dass ihre Brustspitzen gegen ihr T-Shirt stachen, und wieder einmal fragte er sich, ob sie fror oder erregt war. Wärme schoss durch seine Adern und sammelte sich in seinen Lenden. Er spürte, wie er hart wurde, und war schockiert über seine Reaktion auf Jane Alcott. Sie war klein und flachbrüstig und viel zu intelligent. Trotzdem hörte er sich sagen: »Vielleicht könnten wir ganz von vorn anfangen. Vergiss unser erstes Zusammentreffen, als ich dir angeboten habe, in deinen Kaffee zu pinkeln.«

Sie hob den Blick. Ihre Haut war glatt und makellos, ihre Lippen waren voll und rosig. Er hätte gern gewusst, ob ihre Wangen so weich waren, wie sie aussahen, und er ließ den Blick zu ihrem Mund wandern. Nein, sie war nicht sein Typ Frau, aber sie hatte etwas an sich, das ihn faszinierte. Vielleicht waren es ihr Humor und ihr Mumm. Vielleicht war es weiter nichts als ihre aufgerichteten Brustspitzen und sein plötzliches Interesse an ihren weichen Locken.

»Eigentlich war das nicht unser erstes Zusammentreffen«, sagte sie.

Er sah ihr in die Augen. Scheiße. Es gab da einige Monate in seinem Leben, an die er sich nur noch verschwommen erinnern konnte. Als er Dinge getan hatte, von denen er später lediglich gehört oder gelesen hatte. Damals hatte er nicht in Seattle gelebt, aber mit der Mannschaft aus Detroit war er ganz bestimmt dort gewesen. Obwohl er beinahe Angst vor der Antwort hatte, musste er die Frage stellen. »Wann haben wir uns zum ersten Mal gesehen?«

»Im letzten Sommer auf einem Pressefest.«

Vor Erleichterung hätte er beinahe gelacht. Wenn er im letzten Sommer mit Jane geschlafen hätte, wäre es ihm in Erinnerung geblieben. »Auf dem Pressefest im Vier Jahreszeiten?«

»Nein, in der Key Arena.«

Er legte den Kopf leicht in den Nacken und sah sie an. »An dem Abend waren jede Menge Leute in der Key Arena, aber mich wundert es trotzdem, dass ich mich nicht an dich erinnern kann«, sagte er, obwohl es ihn in keiner Weise wunderte. Jane war nicht der Typ Frau, der nach dem ersten Treffen in seiner Erinnerung haften blieb. Und, ja, ihm war bewusst, was diese Tatsache über ihn aussagte, aber es war ihm dennoch ziemlich gleichgültig. Er lebte sein Leben auf seine Weise, hatte seine eigene Weltanschauung. So lebte er schon lange genug, um sich damit wohl in seiner Haut fühlen zu können. »Aber vielleicht ist es auch gar nicht so verwunderlich, da du ja vermutlich Schwarz getragen hast«, scherzte er.

»Ich weiß noch genau, wie du aufgetreten bist«, sagte sie, durchquerte den Raum und ging in die Küche. »Im dunklen Anzug, mit roter Krawatte, goldener Armbanduhr und einer blonden Frau.«

Er ließ den Blick an ihrem Rücken hinunter bis zu ihrem runden Po gleiten. An Jane war alles klein, abgesehen von ihrem Mundwerk. »Warst du neidisch?«

Sie warf ihm einen Blick über die Schulter zu. »Wegen der Armbanduhr?«

»Ja, auf die auch.«

Statt zu antworten, trat sie vollends in die Küche und fragte: »Magst du eine Tasse Kaffee?«

»Nein danke. Ich meide Koffein.« Er folgte ihr, blieb jedoch unter der Tür zu der engen Küche stehen. »Nimmst du deine Arbeit wieder auf?«

Sie legte das Buch, das er ihr geschenkt hatte, auf die Arbeitsplatte und goss Kaffee in einen kleinen Starbucks-Becher. »Vielleicht.« Sie öffnete den Kühlschrank und entnahm ihm einen Milchkarton. Die Kühlschranktür war über und über mit Haftnotizen beklebt, die sie daran erinnerten, alles Mögliche einzukaufen, von Gewürzgurken über Sardellen bis hin zu Slipeinlagen. »Wie viel ist es dir wert?«, fragte sie, während sie die Milch zurück in den Kühlschrank stellte und die Tür schloss.

»Mir persönlich oder dem Team?«

Sie hob den Becher an die Lippen und sah ihn über den Rand hinweg an. »Dir persönlich.«

Sie wollte aus der Umkehrung der Fronten Vorteile ziehen. Herausholen, was für sie drin war. Luc konnte nicht behaupten, dass er sich nicht genauso verhalten hätte, wenn er an ihrer Stelle gewesen wäre. »Ich habe dir ein Friedensangebot gemacht.«

»Ich weiß, und ich finde, das war eine nette Geste.«

Sie war wirklich gut. Vielleicht sollte er Howie rausschmeißen und Jane einstellen, damit sie seinen nächsten Vertrag aushandelte. »Was verlangst du?«

»Ein Interview.«

Er verschränkte die Arme vor der Brust. »Mit mir?«

»Ja.«

»Wann?«

»Sobald ich Zeit zum Recherchieren und zur Vorbereitung meiner Fragen hatte.«

»Du weißt, dass ich gewöhnlich keine Interviews gebe.«

»Ich weiß, aber ich mache es kurz und schmerzlos.«

Er verlagerte sein Gewicht auf die Fersen und heftete den Blick auf ihr T-Shirt. »Wie schmerzlos?«

»Ich werde dir keine persönlichen Fragen stellen.«

Sie fror offenbar immer noch und hätte besser ein Sweatshirt oder so anziehen sollen. »Was verstehst du unter persönlichen Fragen?«

»Keine Sorge, ich verlange keine Auskünfte über deine Frauen.«

Sein Blick wanderte zu der zarten Grube an ihrer Kehle und weiter über ihre Lippen bis zu ihren Augen. »Einiges von dem Zeug, das du vermutlich über mich gelesen hast, entspricht nicht der Wahrheit«, sagte er und wusste selbst nicht, warum er sich vor ihr verteidigte.

Sie blies in ihren Becher. »Einiges?«

Er ließ die Arme hängen und zuckte mit den Schultern. »Ich würde sagen, mindestens fünfzig Prozent sind reine Erfindung, um den Verkauf von Büchern und Zeitungen anzukurbeln.«

Hinter ihrem Kaffeebecher fuhr ein Mundwinkel in die Höhe. »Und welche fünfzig Prozent entsprechen der Wahrheit?«

Sie sah so süß aus, wie sie nun lächelnd zu ihm aufblickte, dass er beinahe in Versuchung geriet, es ihr zu sagen. »Das wird nicht gedruckt?«

»Natürlich nicht.«

Na, eben nur beinahe. »Das geht dich nichts an. Ich rede nicht über die Frauen in meiner Vergangenheit oder während meiner Rehabilitation.«

Sie senkte den Becher. »In Ordnung. Ich werde keine Fragen nach deiner Reha oder deinem Sexleben stellen. Darüber ist schon genug geschrieben worden, und es ist langweilig.«

Langweilig? Sein Sexleben war nicht langweilig. In letzter Zeit war es nicht mehr sehr bewegt gewesen, aber was er sich holte, war bestimmt nicht langweilig. Na ja … vielleicht doch ein bisschen. Nein, *langweilig* war nicht das richtige Wort. Zu stark. In letzter Zeit fehlte nur etwas in seinem Sexleben. Außer dem Sex an sich. Er wusste nicht, was dieses Etwas war, aber sobald er die Situation mit Marie geklärt hatte, würde er ausreichend Zeit haben, sich darüber Gedanken zu machen.

»Und außerdem«, fügte sie hinzu, »will ich nicht, dass irgendetwas, das du mir erzählst, meine Illusionen über dich zerstört.«

»Was für Illusionen?« Er lehnte sich mit einer Schulter gegen den Türpfosten. »Dass ich jede Nacht einen flotten Dreier habe?«

»Etwa nicht?«

»Nein.« Er musterte sie, wie sie da stand und behauptete, sein Sexleben wäre langweilig; er beschloss, sie wenigstens ein bisschen zu schockieren. Nur ein bisschen, mit einer Geschichte, von der sie wahrscheinlich sowieso schon gelesen hatte. »Einmal habe ich es versucht, aber die Mädchen hatten mehr Interesse aneinander als an mir. Was meinem Selbstbewusstsein nicht gerade gut getan hat.«

Sie musste lachen, und Luc konnte sich nicht erinnern, wann er das letzte Mal mit einer Frau allein in deren Wohnung gewesen war, mit ihr gelacht und geredet und nicht versucht hatte, sie möglichst umgehend ins Schlafzimmer zu bugsieren. Irgendwie war das ganz nett.

Am Abend nach Lucs Besuch saß Jane neben Darby in der Presseloge, um über das Spiel der Chinooks gegen Vancouver zu berichten. Eine achteckige Anzeigentafel mit vier Videobildschirmen hing von der Mitte des pyramidenförmigen Dachs herab. Das Licht spiegelte sich in dem großen blaugrünen Logo der Chinooks auf dem Eis, und die Lasershow zur Einstimmung auf das Spiel stand kurz bevor. Es dauerte noch eine Stunde bis zum Einwurf des Pucks, doch Jane saß mit Block, gezücktem Stift und dem Kassettenrekorder in ihrer Tasche startbereit da. Sie war zurückgekommen und aufgeregter, als sie erwartet hatte. Abgesehen von Darby war noch kein Mitglied des Managements eingetroffen, und Jane fragte sich, ob sie ihr wohl die kalte Schulter zeigen würden.

Sie blickte Darby an. »Danke, dass Sie mir meinen Job wieder besorgt haben.« Die Unterarme auf die Knie gestützt, blickte er hinunter auf die Arena. An diesem Abend hatte er ein bisschen weniger Haargel als gewöhnlich benutzt, aber unter seinem blauen Jackett trug er nach wie vor seinen bewährten Taschenschutz.

»Das war ich nicht allein. Die Spieler hatten ein schlechtes Gewissen, nachdem Sie noch einmal vorbeigekommen sind und ihnen Glück gewünscht haben. Sie waren der Meinung, jemand, der so viel Mumm hat, sollte seinen Job zurückbekommen.«

»Sie wollten mich zurück, weil sie inzwischen glauben, dass ich ihnen Glück bringe.«

»Das auch«, sagte er lächelnd, ohne den Blick vom Eis zu heben. »Was haben Sie am kommenden Sonnabend vor?«

»Sind wir dann nicht unterwegs?«

»Nein, wir fahren erst einen Tag später.«

»Dann habe ich noch keine Pläne.« Sie zuckte mit den Schultern. »Wieso?«

»Hugh Miner gibt ein großes Bankett in der Space Needle, weil er sein Trikot auszieht.«

Der Name klang bekannt, aber sie konnte ihn nicht einordnen. »Wer ist Hugh Miner?«

»Der Torhüter der Chinooks von 1996 bis zu seinem Ausscheiden im vergangenen Jahr. Ich dachte, Sie hätten vielleicht Lust, dabei zu sein.«

»Mit Ihnen? Als Ihr Date?«, fragte sie, und es klang, als würde sie ihn für verrückt halten.

Seine bleichen Wangen röteten sich, und ihr wurde klar, dass sie nicht den richtigen Ton getroffen hatte. »Es muss ja nicht gleich ein Date sein«, sagte er.

»Hey, so habe ich es doch nicht gemeint.« Sie tätschelte ihm die Schulter. »Sie wissen doch, dass ich mich mit niemandem vom Management der Chinooks einlassen kann.

Dadurch würden nur noch mehr Gerüchte und Spekulationen in Umlauf gebracht.«

»Ja, ich weiß.«

Jetzt hatte sie erst recht ein schlechtes Gewissen. Vermutlich hatte Darby kein Mädchen gefunden, das ihn zu dem Fest begleiten wollte, und jetzt hatte sie diese Kränkung noch verschärft. »Wahrscheinlich muss ich in großer Garderobe erscheinen.«

»Ja, es ist ziemlich förmlich.« Endlich sah er sie an. »Ich würde Sie in einer Limousine abholen, damit Sie nicht selbst fahren müssen.«

Wie konnte sie jetzt noch Nein sagen? »Wann?«

»Um sieben.« Das Handy an Darbys Gürtel klingelte, und er nahm den Anruf entgegen. »Ja«, sagte er. »Sie ist hier.« Er warf ihr einen Blick zu. »Jetzt gleich? Gut.« Er beendete das Gespräch und hakte das Handy wieder an seinem Gürtel ein. »Larry Nystrom will Sie im Umkleideraum sehen.«

»Mich? Warum?«

»Das hat er mir nicht verraten.«

Jane stopfte das Notizbuch in ihre Tasche und verließ die Presseloge. Sie nahm den Lift zum Erdgeschoss und schritt durch den Flur in Richtung Umkleideraum, in Gedanken mit der Frage beschäftigt, ob sie erneut gefeuert werden sollte. Wenn das der Fall war, würde sie dieses Mal womöglich im Achteck springen.

Als sie den Raum betrat, waren die Chinooks bereits in voller Montur und wirkten höchst eindrucksvoll. Sie saßen vor ihren Nischen und lauschten ihrem Trainer; Jane blieb an der Tür stehen, während Larry Nystrom über die Schwächen in der zweiten Reihe des Teams aus Vancouver referierte und darüber, wie man an deren Goalie vorbeikam. Über den Raum hinweg sah Jane Luc an. Er trug die dicken Schutzpolster des Goalies und ein weißes Trikot mit dem blaugrünen Chinooks-Logo auf der Brust. Handschuhe und Helm lagen neben ihm, er starrte auf einen Punkt am Boden neben seinen Skates. Dann hob er den Blick und hielt den ihren fest. Er sah sie ein paar Herzschläge lang direkt an, dann wanderte sein Blick gemächlich an ihrem grauen Pullover, dem schwarzen Rock und der schwarzen Strumpfhose herab bis zu ihren schwarzen Schuhen. Sein Interesse war eher neugieriger Art als sexueller, doch es nagelte sie auf der Stelle fest und ließ ihr das Herz in der Brust schwer werden wie Blei.

»Jane«, rief Larry Nystrom. Sie riss sich von Lucs Anblick los und wandte sich dem Trainer zu. Er winkte sie zu sich. »Los, sag den Jungs, was du neulich zu ihnen gesagt hast.«

Sie schluckte. »Ich weiß doch heute nicht mehr, was ich da gesagt habe, Coach.«

»Irgendwas in der Art, dass wir die Hosen nicht runterlassen sollen«, half Fish aus. »Und dass es ein Erlebnis war, mit uns zu reisen.«

Alle wirkten so ernst, dass Jane um ein Haar gelacht hätte. Bis zu diesem Augenblick hatte sie eigentlich nicht geglaubt, dass die Jungs dermaßen abergläubisch waren. »Gut«, begann sie, bemüht, sich so weit wie möglich an ihre Worte zu erinnern, »lasst nicht gleich die Hosen runter, meine Herren, ich habe euch etwas zu sagen und stehle euch nur einen Augenblick eurer kostbaren Zeit. Ich werde euch nicht mehr auf euren Reisen begleiten, aber ihr sollt zumindest wissen, dass es ein unvergessliches Erlebnis für mich war, mit euch unterwegs zu sein.« Alle lächelten und nickten, abgesehen von Peter Peluso. »Du hast irgendwas von synchronem Hosenrunterlassen gesagt. Das weiß ich ganz genau.«

»Stimmt, Sharky«, pflichtete Rob Sutter seinem Kameraden bei. »Das weiß ich auch noch.«

»Und du hast gesagt, du hoffst, dass wir in diesem Jahr den Stanley Cup gewinnen«, fügte Lynch hinzu.

»Ja, das ist wichtig.«

War das wirklich wichtig? Du liebe Zeit! »Muss ich noch mal von vorn anfangen?«

Alle nickten, und Jane verdrehte die Augen himmelwärts. »Lasst nicht gleich die Hosen runter, meine Herren, ich habe euch etwas zu sagen und stehle euch nur einen Augenblick eurer kostbaren Zeit.« Oder so ähnlich. »Ich werde euch nicht mehr auf euren Reisen begleiten, aber ihr sollt wissen, dass es ein unvergessliches Erlebnis war, mit euch unterwegs zu sein, Jungs. Ich hoffe, dies ist das Jahr, in dem ihr den Stanley Cup gewinnt.«

Alle sahen höchst beglückt drein, und sie wandte sich zum Gehen, um zu verhindern, dass sie sie vollends in den Wahnsinn trieben.

»Jetzt musst du zu mir kommen und mir die Hand schütteln«, sagte der Mannschaftskapitän, Mark Bressler.

»Ach ja, richtig.« Sie ging auf ihn zu und ergriff seine Hand. »Viel Glück beim Spiel, Mark.«

»Nein, du hast Hitman gesagt.«

Das war zu komisch. »Viel Glück beim Spiel, Hitman.«

Er lächelte. »Danke, Jane.«

»Gern geschehen.« Sie hörte, dass draußen das Vorprogramm einsetzte, und strebte erneut dem Ausgang zu.

»Das war noch nicht alles, Jane.«

Sie drehte sich um und sah über den Raum hinweg Luc an. Er stand auf und winkte ihr mit gekrümmtem Finger. »Komm her.«

Ausgeschlossen. Auf keinen Fall würde sie ihn vor versammelter Mannschaft einen Dodo nennen.

»Komm her.«

Sie blickte von einem Spieler zum anderen. Wenn Luc in diesem Spiel schlecht abschnitt, würde man ihr die Schuld geben. Als wären ihre Schuhe mit Bleisohlen versehen, überquerte sie die harte Matte mit dem Chinooks-Logo in der Mitte. »Was ist?«, fragte sie, als sie vor Luc stehen blieb. Auf seinen Skates war er noch größer als sonst, und sie musste den Kopf in den Nacken legen, um ihm ins Gesicht schauen zu können.

»Du musst das zu mir sagen, was du neulich abends gesagt hast. Weil es Glück bringt.«

Genau das hatte sie befürchtet, aber sie versuchte, sich herauszuwinden. »Du bist so gut, du brauchst kein Glück.«

Er packte ihren Arm und zog sie sanft näher zu sich heran. »Komm, mach schon.«

Seine heiße Hand wärmte sie durch den Pullover hindurch. »Zwing mich nicht dazu, Luc«, sagte sie gerade laut genug, damit er sie verstehen konnte. Sie spürte, wie ihr die Glut in die Wangen stieg. »Es ist einfach zu peinlich.«

»Dann flüstere es mir ins Ohr.«

Das Knarren von Leder füllte die Enge zwischen ihnen, als er sich über sie neigte. Der Duft seines Shampoos und seiner Rasiercreme, gemischt mit dem Geruch seiner Ledermontur, stieg ihr in die Nase. »Du blöder Dodo«, flüsterte sie neben seinem Ohr.

»Das war nicht richtig.« Er schüttelte den Kopf, und seine Wangen berührten für den Bruchteil einer Sekunde die ihren. »Du hast *du großer* vergessen.«

O Gott. Bevor diese Sache durchgestanden war, würde sie entweder vor Scham sterben oder ohnmächtig werden oder vor aufgestauter Lust verglühen. Keine dieser drei Möglichkeiten sagte ihr zu. Schon gar nicht die letzte, doch Lucs Testosteronspiegel war wie ein starkes Kraftfeld, das sie gegen ihren Willen anzog. Sie schloss die Augen und drückte die Knie durch, um zu verhindern, dass sie sich an ihn lehnte. »Du großer, blöder Dodo.«

»Danke, Schätzchen. Vielen Dank.«

Schätzchen. Sie schlug die Augen auf. Er wandte ihr das Gesicht zu und lächelte sie an, seine Lippen nur wenige Zentimeter von den ihren entfernt. »Muss ich das jetzt vor jedem Spiel machen?«, brachte sie mühsam hervor, und ihre Stimme klang entschieden atemloser, als ihr lieb war.

An ihrer Stimme schien ihm nichts aufzufallen. Er straffte sich, und in seinen Augenwinkeln nisteten sich feine Fältchen ein. »Ich fürchte, ja.«

Endlich hatte sie das Gefühl, wieder atmen zu können. »Ich fordere eine Gehaltserhöhung.«

Er fuhr mit seiner großen, weichen Hand an ihrem Arm hinauf bis zur Schulter. Dann tätschelte er leicht ihre Wange und ließ die Hand wieder sinken. »Dann fordere am besten auch gleich ein größeres Spesenkonto. Wenn wir das nächste Mal auswärts spielen, hole ich mir die fünfzig Dollar zurück, die ich beim Darts verloren habe.«

Jane schüttelte den Kopf und wandte sich zum Gehen. »Das wird nicht passieren, Luc«, sagte sie über die Schulter hinweg.

Sie ging zurück zur Presseloge und nahm ihren Platz neben Darby ein. Die Sender King-5 und ESPN waren ebenfalls zugegen und übertrugen den Kampf der Chinooks gegen Vancouver. Luc Martineau stand wieder im Tor, und Seattle gewann mit drei zu eins. Scheinbar mühelos pflückte Luc die Pucks aus der Luft und erinnerte jeden, der es sah, eindringlich daran, warum er als Goalie der Spitzenklasse gehandelt wurde.

Nach dem Spiel, im Umkleideraum, beantworteten die

Spieler Janes Fragen. Zwar ließen sie auch die Hosen runter, aber das Ausziehen erschien ihr nicht mehr so berechnend.

An diesem Abend schickte Jane ihre Kolumne an die Zeitung, rief dann Caroline an und entschädigte ihre Freundin mit sechs schlichten Worten für Tage, Wochen und Jahre guten Zuredens. »Ich muss etwas aus mir machen«, sagte sie, kaum dass Caroline sich gemeldet hatte.

»Wer spricht dort?«

»Sehr witzig. Nächste Woche sind wir zu einem schicken Bankett geladen, und ich muss gut aussehen.«

»Herrgott, ich danke dir für dieses Geschenk, das du mir zuteil werden lässt«, flüsterte Caroline. »Seit Jahren warte ich auf diesen Augenblick. Als Erstes müssen wir schnell einen Termin mit Vonda absprechen.«

»Wer ist Vonda?«

»Die Frau, die dich am ganzen Körper enthaaren und Form in deine wilde Frisur bringen wird.«

Jane starrte den Hörer in ihrer Hand an. »Enthaaren?«

»Und frisieren.«

»Als ich dir das letzte Mal gestattet habe, mich zu frisieren, sah ich hinterher aus wie eine Punkerin.«

»Das war in der zehnten Klasse, und nicht ich werde dich frisieren. Nach dem Friseur gehen wir zu Sara, der Frau aus unserer Kosmetikabteilung. Sie ist eine wahre Künstlerin.«

»Ich dachte eigentlich nur an ein bisschen Wimperntusche und Lipgloss. Ein hübsches schwarzes Cocktailkleid und ein Paar billige Pumps.«

»Und wir haben gerade ein paar fantastische Ferragamos hereinbekommen«, plapperte Caroline weiter, als hätte Jane überhaupt nichts gesagt. »In Rot. Die passen perfekt zu einem umwerfenden kleinen Betsey Johnson, das ich in der oberen Etage gesehen habe.«

8. KAPITEL

Boomer: Ein harter Schuss

Luc zupfte die Manschetten an seinen Handgelenken zurecht und schloss sie mit Manschettenknöpfen aus Onyx. Am Morgen während des Trainings hatte er gehört, dass Jane mit Darby zu dem Bankett kommen würde, das an diesem Abend stattfand. Er konnte es kaum erwarten zu sehen, was sie anhatte – zweifellos etwas Schwarzes. Er hob die Hände und schloss den hohen Kragen seines gestärkten weißen Hemdes ebenfalls mit einem Onyxknopf. Seit dem Spiel gegen Vancouver hatte er Jane nicht mehr gesprochen.

Der Ersatz-Keeper hatte die letzten zwei Spiele übernommen, was Luc eine wohlverdiente Verschnaufpause gewährte, und deshalb hatte er keine Gelegenheit gehabt, mit Jane zu reden. Nicht, dass er ihr irgendetwas hätte sagen wollen. Aber er unterhielt sich gern mit ihr, und es machte ihm Spaß, sie ein bisschen zu provozieren, um ihre Reaktion zu testen. Um zu sehen, ob sie lachte oder Augen und Lippen zusammenkniff. Oder ob er ihre blassen Wangen zum Erröten bringen konnte.

Er knöpfte die anthrazitfarbenen Hosenträger an den Bund seiner Hose mit Bügelfalten und überlegte, ob Jane und Darby jetzt ein Paar waren. Er glaubte es eigentlich nicht. Zumindest wollte er es nicht glauben. Jane war temperamentvoll und hatte ein großes Mundwerk, und ein stutzerhafter Bürohengst war nichts für sie. Es war kein Geheimnis, dass Darby sich gegen Lucs Wechsel zu den Chinooks ausgesprochen hatte und dass die beiden Männer einander nur ertrugen, weil sie es mussten. In Lucs Augen war Darby Hogue ein Weichei, während Jane Mumm hatte. Das war's wohl auch, was ihm so an ihr gefiel. Sie ging Unannehmlichkeiten nicht aus dem Weg. Sie stellte sich ihnen, ohne mit der Wimper zu zucken. So klein sie auch war.

Luc griff nach seiner schwarzen Smokingschleife und trat vor die verspiegelten Schranktüren. Er legte die Schleife flach um den Kragen und schlug ein Ende über das andere. Unzufrieden mit der Länge auf beiden Seiten, fing er noch einmal von vorn an. Er brauchte drei Ansätze, bevor die Schleife perfekt saß. Gewöhnlich hatte er nichts dagegen einzuwenden, sich in seinen Smoking zu werfen und an Banketten teilzunehmen – schon gar nicht, wenn es Bankette zu Ehren von Torhüterkollegen waren –, aber dieser Abend war kein gewöhnlicher. An diesem Abend besuchte seine Schwester mit einem Typen mit gepiercter Nase ein Schulfest.

Luc nahm seine Armbanduhr vom Nachttisch, legte sie sich ums Handgelenk und ging zu Maries Zimmer. Er würde erst aufbrechen, wenn ihr Tanzpartner gekommen war, um sie abzuholen. Nur zu gut verstand er, was in den Köpfen von halbwüchsigen Jungen vorging, und er hatte vor, sich diesen Zack genau anzusehen und den Burschen wissen zu lassen, dass er zu Hause sein und warten würde, bis Marie heimkam. Er wollte da sein, um Zacks Hand ein bisschen zu fest zu schütteln, ihm mit einem Blick zu verstehen zu geben, dass er sich nicht an seine Schwester heranzumachen hatte, und um ihn allgemein ein bisschen einzuschüchtern. Luc mochte nicht unbedingt der beste aller Brüder sein – davon war er weit entfernt –, aber solange Marie bei ihm wohnte, würde er sie beschützen.

Er hatte beschlossen, Gespräche über den Wechsel auf ein

Internat bis nach dem Tanzfest zu verschieben. Marie hatte es so viel Spaß gemacht, sich ein Kleid und ein paar Schuhe auszusuchen, dass es ihm nicht der richtige Zeitpunkt schien, um das Thema zur Sprache zu bringen.

Luc klopfte an Maries Tür, und auf ihr leises Gemurmel hin trat er ein. Er hatte damit gerechnet, sie in dem schwarzen Samtkleid mit den Puffärmeln und den aufgenähten kleinen pinkfarbenen Rosen zu sehen. Sie hatte ihm das Kleid neulich gezeigt, und er fand es richtig süß für ein Mädchen in ihrem Alter. Marie war jedoch nicht angekleidet, sondern lag im Pyjama auf dem Bett. Das Haar hatte sie zu einem Pferdeschwanz frisiert, und sie sah aus, als hätte sie geweint.

»Warum ziehst du dich nicht an? Dein Date dürfte in ein paar Minuten da sein.«

»Nein, er kommt nicht. Er hat gestern Abend angerufen und abgesagt.«

»Ist er krank?«

»Er behauptet, er hätte vergessen, dass er irgendwas mit seiner Familie verabredet hatte, und dazu könnte er mich nicht mitnehmen. Aber das ist gelogen. Er hat jetzt eine Freundin, und mit der geht er zur Fete.«

Etwas blitzte weiß glühend hinter Lucs Augen auf. Etwas zwang ihn, die Zähne zusammenzubeißen und die Hände zu Fäusten zu ballen. Kein Mensch durfte es sich erlauben, seine Schwester zu versetzen und zum Weinen zu bringen. »Das kann er nicht machen.« Luc trat weiter ins Zimmer und blickte auf Marie herunter. »Wo wohnt er? Ich fahre hin und rede mit ihm. Ich werde ihn zwingen, mit dir zur Party zu gehen.«

»Nein«, keuchte sie entsetzt und setzte sich auf die Bettkante. Mit weit aufgerissenen Augen starrte sie Luc an. »Das ist so was von peinlich!«

»Gut, ich zwinge ihn nicht, mit dir auszugehen.« Sie hatte Recht. Es wäre peinlich für Marie, wenn der Typ sie nur unter Zwang zur Party mitnahm. »Dann fahre ich eben hin und trete ihm nur in den Arsch.«

Sie zog die dunklen Brauen fast bis zum Haaransatz in die Stirn. »Er ist minderjährig.«

»Stimmt. Gut, dann trete ich seinem Vater in den Arsch. Ein Kerl, der seinen Sohn dazu erzieht, ein Mädchen zu versetzen, hat schon aus prinzipiellen Gründen einen Arschtritt verdient.« Luc meinte es völlig ernst, aber aus irgendeinem Grund entlockte er Marie mit seinen Worten ein Lächeln.

»Meinetwegen würdest du Mr. Anderson in den Arsch treten?«

»In den Allerwertesten, wollte ich sagen. Nicht Arsch. Natürlich würde ich das tun.« Er setzte sich neben seine Schwester. »Und wenn ich es selbst nicht schaffen sollte, kenne ich ein paar Hockeyspieler, die ihm die Fresse polieren würden.«

»Stimmt.«

Er ergriff ihre Hand und betrachtete ihre kurzen Fingernägel. »Warum hast du mir nicht gesagt, dass er angerufen und abgesagt hat?«

Sie wandte den Blick ab. »Ich dachte, das interessiert dich nicht.«

Mit der freien Hand drehte er ihr Gesicht zu sich, sodass sie ihn ansehen musste. »Wie kannst du so etwas denken? Natürlich interessiert es mich. Du bist schließlich meine Schwester.«

Sie zuckte mit den Schultern. »Ich hab gedacht, Tanzen und so interessiert dich nicht.«

»Tja, mag sein, dass du Recht hast. Ich habe für Tanzveranstaltungen und Tanzen allgemein nicht viel übrig. Als ich noch in der Schule war, bin ich nie zu solchen Tanzfesten gegangen, weil …« Er unterbrach sich und stupste mit dem Ellbogen ihren Arm an. »Ich kann überhaupt nicht tanzen. Aber du bist mir wichtig.«

Sie zog einen Mundwinkel herab, als ob sie ihm nicht glaubte.

»Du bist meine Schwester«, betonte er noch einmal, als wäre damit alles erklärt. »Ich habe dir doch gesagt, dass ich mich immer um dich kümmern werde.«

»Ich weiß.« Sie senkte den Blick in ihren Schoß. »Aber sich um jemanden kümmern und jemanden gern haben, das ist nicht dasselbe.«

»Für mich schon, Marie. Ich kümmere mich nicht um Leute, die ich nicht gern habe.«

Sie entzog ihm ihre Hand und stand auf. Sie durchquerte den Raum bis zu einer Kommode, auf der ein Haufen Armbänder, Plüschbärchen und vier getrocknete Rosen lagen. Luc wusste, dass die weißen Rosen vom Sarg ihrer Mutter stammten. Er verstand nicht, warum sie sie mitgenommen und bis jetzt aufbewahrt hatte, besonders, wenn sie sie doch immer wieder zum Weinen brachten.

»Ich weiß, dass du mich wegschicken willst«, sagte sie, ihm den Rücken zukehrend.

O Mann. Er hatte keine Ahnung, wie sie das herausgefunden hatte, aber das war wohl auch nicht so wichtig. »Ich dachte, du wärst vielleicht glücklicher, wenn du mit Mädchen in deinem Alter zusammenleben würdest.«

»Lüg nicht, Luc. Du willst mich loswerden.«

Stimmte das? War die Tatsache, dass er sie loswerden wollte, um wieder sein gewohntes Leben führen zu können, das eigentliche Motiv für seine Suche nach einem passenden Internat? Vielleicht mehr, als er sich eingestehen wollte. Das schlechte Gewissen ließ sich nicht länger ignorieren. Es drückte ihn schwer, als er aufstand und neben seine Schwester trat. »Ich will dich nicht belügen.« Er legte eine Hand auf ihre Schulter und drehte Marie zu sich herum. »Ehrlich gesagt, ich weiß einfach nicht, was ich mit dir machen soll. Ich kenne mich mit Mädchen in deinem Alter nicht aus, aber ich sehe doch, dass du unglücklich bist. Ich möchte dir so gern helfen, aber ich weiß nicht, wie.«

»Ich bin unglücklich, weil meine Mom gestorben ist«, sagte sie mit dünner Stimme. »Und nichts und niemand kann mir helfen.«

»Ich weiß.«

»Und keiner mag mich.«

»Hey.« Er drückte ihre Schulter. »Ich mag dich, und du weißt, dass Tante Jenny dich mag.« In Wirklichkeit wollte Jenny, dass Marie sich auf Besuche im Sommer beschränkte, doch das brauchte Marie nicht zu wissen. »Sie hat sogar damit gedroht, mich vor Gericht zu zerren und das Sorgerecht für dich zu beantragen. Ich glaube, sie hat so eine Vorstellung von sich und dir in farblich abgestimmten Hausanzügen.«

Marie rümpfte die Nase. »Wieso habe ich nichts davon erfahren?«

»Du hattest genug andere Sorgen«, wich er aus. »Ich habe mehr Geld als Tante Jenny, deshalb hat sie dann wohl einen Rückzieher gemacht.«

Marie runzelte die Stirn. »Jenny lebt in einer Seniorenresidenz.«

»Ja, aber betrachte es mal von der positiven Seite. Sie würde dir jeden Abend ihren Spezial-Pflaumenpudding vorsetzen.«

»Igitt!«

Luc lächelte, schob die linke Manschette zurück und warf einen Blick auf die Uhr. Das Bankett musste jeden Augenblick beginnen. »Ich muss gleich los«, sagte er, brachte es aber doch nicht fertig, Marie allein zu Hause zu lassen. »Warum ziehst du nicht dein neues Kleid an und kommst mit?«

»Wohin?«

»Zu einem Bankett in der Space Needle.«

»Mit alten Leuten?«

»So alt sind sie nicht. Es wird bestimmt ein Heidenspaß.«

»Musst du nicht gleich los?«

»Ich warte auf dich.«

Sie zuckte mit den Schultern. »Ach, ich weiß nicht.«

»Komm schon. Die Presse ist auch vertreten, und vielleicht kommt dein Bild in die Zeitung, so toll, wie du aussiehst, und dann kann der blöde Zack sich selbst in den Arsch treten.«

Sie lachte. »In den Hintern, wolltest du sagen.«

»Genau. In den Hintern.« Er schob sie zu ihrem Kleiderschrank. »Jetzt setz *deinen* Hintern in Bewegung«, sagte er, schon auf dem Weg aus dem Zimmer, und schloss die Tür hinter sich. Er hoffte, dass Marie sich ein bisschen beeilte, aber wie alle Frauen, die er kannte, brauchte auch sie ziemlich lange, um sich fertig zu machen.

Er trat vor die hohen Fenster und blickte hinaus auf die Stadt. Der Regen hatte aufgehört, doch an den Scheiben hingen noch Tropfen und verwischten das glitzernde Bild von Seattle bei Nacht, von den hohen Wolkenkratzern und Elliott Bay jenseits von ihnen. Er hatte diese Wohnung nur wegen des Ausblicks gekauft, und wenn er durch die Küche oder seine Schlafzimmertür auf der anderen Seite des Apartments ging, dann stand er auf dem Balkon und konnte den perfekten Ausblick auf die Space Needle und das nördliche Seattle genießen.

Die zahlreichen Fenster boten wirklich ein spektakuläres Panorama, doch Luc musste gestehen, dass die Wohnung nie ein richtiges Zuhause für ihn geworden war. Vielleicht aufgrund der modernen Architektur, vielleicht auch deswegen, weil er nie zuvor über einer Stadt gewohnt hatte, was ihm immer ein wenig das Gefühl gab, in einem Hotel zu leben. Wenn er die Fenster öffnete oder auf dem Balkon stand, wehten die Geräusche von Autos und Bussen zu ihm herauf, und auch das erinnerte ihn an Hotels. Obwohl ihm Seattle und alles, was die Stadt zu bieten hatte, gefielen, überkam ihn doch manchmal leise kribbelnd der Wunsch, zurück nach Hause zu gehen.

Als Marie schließlich auftauchte, trug sie ein kleines Halskettchen aus Rheinkieseln und ein passendes Stirnband, das die Locken aus ihrem Gesicht hielt. Ihre Frisur war süß, aber das Kleid – das Kleid sah grauenhaft an ihr aus. Etwa zwei Nummern zu klein. Der schwarze Samt saß zu eng um Brust und Po, und die kleinen Ärmelchen schnitten in ihr Fleisch. Obwohl Marie gewöhnlich übergroße T-Shirts und Sweatshirts trug, wusste Luc, dass sie nicht zu dick war. Doch in diesem Kleid sah sie mollig aus.

»Wie sehe ich aus?«, fragte sie und drehte sich um die eigene Achse.

Die Mittelnaht im Rücken verzog sich auf ihrem Hinterteil nach links. »Du siehst wunderschön aus.« Oberhalb der Schultern war sie wirklich schön. Der silberne Lidschatten war ein bisschen merkwürdig und schimmerte wie das Glitterzeug, das er in der Grundschule gehabt hatte.

»Welche Kleidergröße trägst du?«, fragte Luc, und der Blick, mit dem sie ihn bedachte, verriet ihm, dass die Frage ein Fehler war. Er wusste doch, dass man eine Frau nie nach ihrer Kleidergröße fragte. Aber Marie war keine Frau. Sie war ein Mädchen, und sie war seine Schwester.

»Wieso?«

Er half ihr in den Wollmantel. »Ich sehe dich immer nur in weiten T-Shirts und Hosen, und ich habe nicht die geringste Ahnung, welche Größe du trägst«, wand er sich heraus.

»Oh, es ist Größe null. Kannst du es glauben, dass ich in Größe null passe?«

»Nein. Null ist nicht mal eine Größe. Und wenn du wirklich Größe null brauchst, dann solltest du zunehmen, vielleicht öfter mal Kartoffelpüree mit Bratensoße essen. Und als Nachtisch Schlagsahne.« Sie lachte, aber er hatte es nicht als Scherz gemeint.

Sie fuhren das kurze Stück zur Space Needle, und als Luc dem Hausdiener den Schlüssel seines Landcruisers übergab, hatten sie bereits mehr als eine Stunde Verspätung. Die SkyLine-Etage der Needle befand sich auf Höhe der Dreißig-Meter-Marke innerhalb des Gebäudes. Das SkyLine bot rundherum einen Panoramablick über die Stadt. Luc und Marie kamen gerade rechtzeitig zu Beginn der eigentlichen Party. Als sie aus dem Aufzug traten, schlug ihnen eine geballte Lärmladung entgegen, eine Mischung aus hunderten von Stimmen, Geschirrklappern und den Geräuschen der Drei-Mann-Kapelle, die ihre Instrumente stimmte. Ein Meer von schwarzen Smokings und schillernden Kleidern erstreckte sich im gedämpft beleuchteten Raum. Luc kannte das alles. Nicht diesen Raum, und auch nicht dieses Fest, aber seit der Unterzeichnung seines Vertrags mit der NHL hatte er an über hundert ähnlichen Banketten teilgenommen.

Als Luc Maries Mantel an der Garderobe abgab, entdeckte er Sutter, Fish und Grizzell und stellte seinen Teamkameraden Marie vor. Sie fragten sie nach der Schule, und je länger sie mit ihr redeten, desto mehr verkroch sie sich hinter

Luc, bis sie schließlich nur noch zur Hälfte sichtbar war. Luc wusste nicht, ob sie eingeschüchtert oder schüchtern war.

»Hast du Sharky gesehen?«, fragte Fish.

»Jane? Nein, ich habe sie noch nicht gesehen. Wieso?«

Er hob sein Bierglas und zuckte mit den Schultern.

»Wo steckt sie?«

Fish löste einen Finger von seinem Glas und deutete auf eine Frau, die, Luc den Rücken zukehrend, ein paar Schritte entfernt von ihnen stand. Sie hatte kurze dunkle Locken. Ihr tiefrotes, schulterfreies Kleid gab den Rücken bis fast zur Taille frei, ein schmales Goldkettchen hing zwischen ihren Schulterblättern, blitzte im Licht auf und streute Gold über weiße Haut. Das Kleid fiel locker über Hüften und Gesäß bis zu den Waden. An den Füßen trug sie glänzende rote Schuhe mit gewagt hohen Absätzen. Sie war in ein Gespräch mit zwei anderen Frauen vertieft. In einer erkannte Luc Hugh Miners Frau Mae. Zuletzt hatte er sie im September gesehen, als sie etwa im neunten Monat schwanger war. Die andere Frau kam ihm verschwommen bekannt vor, und er fragte sich, ob er sie vielleicht im *Playboy* gesehen hatte. Keine der drei Frauen sah aus wie Jane.

»Wer ist die Frau in Schwarz?«, fragte er und deutete auf die Mittlere von den dreien.

»Kowalskys Frau.«

Er wandte sich wieder seinen Teamkameraden zu. Jetzt verstand er, warum sie ihm bekannt vorkam. In Coach Nystroms Büro hing ein Foto von ihr und John. »Kowalsky ist auch hier?« John Kowalsky war eine Hockeylegende; bis zu seinem Ausscheiden war er Mannschaftskapitän der Chinooks gewesen. Kowalsky war nicht nur aufgrund seiner Größe dominant, sondern auch durch seinen Schuss, dessen Geschwindigkeit auf über hundert Stundenkilometer geschätzt worden war. Kein Goalie der Welt wünschte sich, »die Mauer« auf sich zukommen zu sehen.

Luc schaute sich im Raum um, bis er Hugh und John in einer Gruppe von Topmanagern entdeckte. Alle lachten, und Luc richtete seine Aufmerksamkeit wieder auf die Frau in Rot. Er ließ den Blick über ihre zarte Wirbelsäule und den Nacken bis zu den dunklen Locken auf ihrem Kopf wandern. Fish musste sich irren. Jane trug nur Schwarz oder Grau und hatte schulterlanges Haar.

Luc griff an seinen obersten Jackettknopf und schloss ihn, als Darby Hogue sich der Frau näherte und dicht an ihrem Ohr etwas sagte. Sie wandte Luc ihr Profil zu, und Lucs Hand erstarrte mitten in der Bewegung. Der Erzengel der Düsternis und Verdammnis trug an diesem Abend nicht Schwarz und hatte sich das Haar schneiden lassen.

»Da ist noch jemand, den ich dir vorstellen möchte«, sagte Luc zu Marie. Sie zwängten sich durch die Gäste, wurden jedoch von Bekah Brummet aufgehalten, einer eins fünfundsiebzig großen Schönheitskönigin und Teilzeitfreundin. Er hatte sie im vergangenen Sommer auf einer Benefizveranstaltung kennen gelernt, und binnen weniger Stunden hatte er dreierlei über sie erfahren. Sie mochte Weißwein, Männer mit Geld und war eine echte Blondine. Seit Marie bei ihm wohnte, hatte er Bekah nicht mehr gesehen.

Er machte die beiden hastig miteinander bekannt und richtete dann den Blick wieder auf Jane. Sie lachte über etwas, das Darby gesagt hatte; es erschien Luc unvorstellbar, dass das kleine Frettchen etwas auch nur annähernd Lustiges sagen könnte.

»Ich habe dich lange nicht gesehen«, sagte Bekah und forderte damit wieder seine Aufmerksamkeit. Sie sah wie immer hinreißend aus in einem kleinen Seidenkleid, das tiefe

Einblicke in ihr Dekolleté gewährte. In Lucs Leben hatte es zahlreiche Bekahs gegeben. Schöne Frauen, die seine Gesellschaft suchten, weil er Luc Martineau war, der berühmte Goalie. Einige von ihnen waren zu Freundinnen geworden, andere nicht. Er hatte nie Skrupel gehabt zu nehmen, was sie ihm so bereitwillig anboten. Doch jetzt stand seine Schwester neben ihm, in einem Kleid, das ihr nicht passte, und sie versuchte, sich hinter seinem Rücken zu verkriechen. Er wollte sie nicht mit diesem Teil seines Lebens konfrontieren.

»Ich bin viel unterwegs.« Er legte Marie die Hand auf den Rücken. »War schön, dich wiederzusehen«, sagte er und ging, gefolgt von Bekahs fassungslosem Blick. Er schob seine Schwester weiter, bevor sie irgendetwas von seiner wirklichen Beziehung zu Bekah bemerken konnte. Marie sollte nicht eine Sekunde lang glauben, dass oberflächliche, rein sexuelle Beziehungen in Ordnung wären. Sie sollte wissen, dass sie mehr wert war als so etwas. Und, ja, ihm war klar, dass er in diesem Fall ein Heuchler war, aber das störte ihn nicht.

»Jane«, sagte er, als er sie fast erreicht hatte. Sie blickte über die Schulter zurück, und eine weiche Locke fiel ihr über ein Auge. Jane schob sie zurück und lächelte. Mit dem kurzen Haar sah sie sehr jung und verdammt süß aus. Er konnte nicht anders, er musste ihr Lächeln erwidern. Der neue Haarschnitt ließ ihre grünen Augen riesig erscheinen, und sie trug ein Make-up, das ihnen einen verhangenen, sexy Ausdruck verlieh. Ihre Lippen waren dunkelrot, seine Lieblingsfarbe. Die Temperatur im Raum schien um ein paar Grad zu steigen, und er knöpfte sein Jackett auf.

»Hallo, Luc.« Auch ihre Stimme klang verhangen, rauchig.

»Martineau«, sagte Darby.

»Hogue.« Lucs Hand in ihrem Rücken zwang Marie, an

seiner Seite zu bleiben. »Das hier ist mein Date, Marie«, stellte er vor, und Jane bedachte ihn mit einem Seitenblick, der ihm verriet, dass er ihrer Meinung nach verhaftet gehörte. »Marie ist meine Schwester.«

»Oh, dann nehme ich zurück, was ich gerade über dich gedacht habe.« Jane streckte Marie die Hand entgegen und lächelte sie an. »Dein Kleid gefällt mir. Schwarz ist meine Lieblingsfarbe.«

In Lucs Augen war das reichlich untertrieben.

»Habt ihr Mae Miner und Georgeanne Kowalsky schon kennen gelernt?«, fragte Jane.

Luc sah Hughs Frau an, eine kleine Blonde mit großen braunen Augen, die nur sehr dezentes Make-up trug. Sie gehörte zu diesen natürlichen Schönheiten. Wie Jane. Abgesehen von diesem Abend. An diesem Abend trug Jane Lippenstift. Er reichte beiden Frauen die Hand und sagte: »Mae habe ich im vergangenen September kennen gelernt.«

»Als ich im neunten Monat schwanger war.« Sie kramte in ihrem Handtäschchen und beförderte ein Foto zutage. »Das ist Nathan.«

Georgeanne zückte ebenfalls ein paar Fotos. »Das ist Lexie, als sie zehn war, und das ist ihre kleine Schwester Olivia.« Luc hatte nichts dagegen, Kinderfotos anzuschauen – im Grunde genommen –, aber er fragte sich trotzdem, warum Eltern immer voraussetzten, dass er sie sehen wollte. »Niedliche Kinder.« Er betrachtete die Fotos und reichte sie den beiden Frauen zurück.

Die Unterhaltung um ihn herum wandte sich den Ansprachen zu, die er durch sein Zuspätkommen versäumt hatte, und er nahm die Gelegenheit wahr, Janes Kleid etwas genauer zu betrachten. Der Ausschnitt ließ den Ansatz ihrer kleinen Brüste frei, und Luc hätte wetten mögen, dass er, wenn sie die Schultern ein wenig vorgezogen hätte, vom Dekolleté aus bis zum Boden hätte blicken können. Es war heiß im Raum, und trotzdem stachen ihre Brustspitzen durch das Material, als befände sie sich in einem Eiskeller.

»Luc«, sagte Marie und riss ihn aus seinen Betrachtungen. Über die Schulter hinweg sah er seine Schwester an. »Weißt du, wo die Toiletten sind?«

»Ich weiß es«, antwortete Jane an seiner Stelle. »Komm, ich begleite dich.« In ihren hochhackigen Schuhen war Jane ungefähr genauso groß wie Marie. »Unterwegs kannst du mir die düsteren Geheimnisse deines Bruders verraten«, fügte sie hinzu, als sie sich zum Gehen wandte.

Luc nahm an, dass keine Gefahr bestand, da Marie keines seiner Geheimnisse kannte, ob sie nun düster waren oder nicht. Die beiden waren schnell in der Menge verschwunden, und als er sich wieder umdrehte, verabschiedeten sich Mae und Georgeanne, und Luc blieb mit Darby allein zurück.

Darby ergriff als Erster das Wort. »Ich habe gesehen, wie du Jane angeschaut hast. Sie ist nicht dein Typ.«

Er schlug seine Jacke zur Seite und schob die Hand in die Hosentasche. »Wer ist denn mein Typ?«

»Groupies.«

Luc ließ sich nie mit Groupies ein und war gar nicht mehr so sicher, ob er überhaupt einen bestimmten Typ bevorzugte. Nicht, wenn er Jane Alcott betrachten und sich fragen konnte, was sie wohl täte, wenn er sie in einen Wäscheschrank zerren und den roten Lippenstift von ihren Lippen küssen würde. Wenn er mit den Fingern an ihrer Wirbelsäule entlangstreichen, seine Hand nach vorn schieben und ihre kleine Brust umfassen würde. Das konnte er natürlich niemals tun. Nicht mit Jane. »Was geht dich das an?«

»Jane und ich sind befreundet.«

»Bist du nicht der Typ, der mich angerufen und gebeten hat, sie zu überreden, die Arbeit wieder aufzunehmen?«

»Das war geschäftlich. Wenn du sie anmachst, könnte sie ihren Job verlieren. Unwiderruflich. Ich wäre stinksauer, wenn du etwas tun würdest, das ihr schadet.«

»Willst du mir drohen?« Luc blickte in Darbys blasses Gesicht und hätte um ein Haar so etwas wie Achtung vor dem Kerl empfunden.

»Ja.«

Luc lächelte. Vielleicht war Darby doch nicht das schwanzlose Wunder, für das er ihn immer gehalten hatte. Die Band schlug die ersten Akkorde an, und Luc ging einfach weg. Die Art von Jazz, die ihm total auf die Nerven ging, erfüllte den Raum, und er suchte sich einen Weg durch die Massen zum Mann der Stunde, Hugh Miner. John Kowalsky gesellte sich zu ihnen, und sie unterhielten sich über Hockey und über die Chancen der Chinooks, in diesem Jahr den Cup zu gewinnen.

»Wenn das Team in Form bleibt«, sagte Hugh, »haben wir gute Aussichten auf den Cup.«

»Ein Scharfschütze könnte auch sehr hilfreich sein«, fügte »die Mauer« hinzu.

Die Unterhaltung wandte sich der Frage zu, was die beiden seit ihrem Ausscheiden so trieben, und Hugh zückte eine Brieftasche und klappte sie auf. »Das ist Nathan.« Luc unterließ es, ihn darüber zu informieren, dass er das Foto bereits gesehen hatte.

9. KAPITEL

Schachzug einen Dickkopfs: Ein dummer Schachzug

Jane trocknete sich die Hände mit einem Papiertuch und warf es in den Abfalleimer. Sie blickte in den Spiegel über dem Waschbecken und hätte sich beinahe selbst nicht erkannt. Sie war nicht sicher, ob das positiv zu bewerten war.

Sie öffnete das Handtäschchen, das sie sich von Caroline geliehen hatte, und entnahm ihm eine Tube mit rotem Lipgloss. Marie trat an das Waschbecken neben ihr, und Jane musterte Lucs Schwester, als diese sich die Hände wusch. Bruder und Schwester hatten nicht die geringste Ähnlichkeit miteinander, abgesehen von den Augen, die den gleichen Blauton aufwiesen.

Etwas früher, als sie sich umgedreht und Luc mit dem sehr jungen Mädchen gesehen hatte, war sie schockiert gewesen. Ihr erster Gedanke war, dass er verhaftet gehörte, doch schon im nächsten Moment hatte er das Mädchen als seine Schwester vorgestellt.

»Ich habe keinerlei Übung darin«, gestand Jane und rieb sich Lipgloss auf die Lippen. Vor ihrem Aufbruch zum Bankett hatte Caroline eine Art Permanentfarbe auf ihre Lippen aufgetragen, sodass Jane nichts weiter zu tun hatte, als den Lipgloss zu erneuern. Sie war der Meinung, dass es ihr gelungen wäre, war sich jedoch deswegen nicht ganz sicher. »Sag die Wahrheit. Sehen meine Lippen verschmiert aus?«

»Nein.«

»Zu groß?« Sie musste zugeben, dass es irgendwie Spaß

machte, sich zu schminken. Was nicht hieß, dass sie bereit gewesen wäre, es jeden Tag zu tun. Möglichst nicht allzu oft.

»Nein.« Marie warf das Papierhandtuch in den Abfallkorb. »Ich finde dein Kleid toll.«

»Ich hab's bei Nordstrom gekauft.«

»Ich meines auch!«

Sie reichte Marie den Lipgloss. »Meine Freundin hat mir beim Aussuchen geholfen. Mit Farben habe ich kein gutes Händchen.«

»Ich habe meines selbst ausgesucht, aber Luc hat's bezahlt.«

Wenn das der Fall war, dann fragte sie sich, warum Luc seine Schwester ein Kleid kaufen ließ, das ihr zu klein war. Natürlich sagte sie das nicht, sondern: »Das ist nett von ihm.« Im Spiegel sah sie, dass Marie etwas zu viel Gloss auf ihre Lippen strich. »Wohnst du in Seattle?«

»Ja, ich wohne bei Luc.«

Schock Nummer drei an diesem Abend. »Tatsächlich? Das muss die Hölle sein! Ist das eine Strafe für irgendeine Missetat?«

»Nein, meine Mom ist vor anderthalb Monaten gestorben.«

»O nein.« Jane wurde es eng in der Brust. »Das tut mir Leid. Ich wollte nur witzig sein, aber nicht etwas so Unsensibles von mir geben. Ich komme mir richtig blöd vor.«

»Schon gut.« Marie schenkte Jane ein kleines Lächeln. »Und es ist auch nicht *immer* die Hölle, mit Luc zusammenzuleben.«

Jane nahm das Kosmetiktübchen wieder an sich und schaute Marie an. Was sollte sie sagen? Am besten nichts. Sie versuchte es trotzdem. »Meine Mutter ist gestorben, als ich sechs Jahre alt war. Das liegt jetzt vierundzwanzig Jahre zurück, aber ich weiß …« Sie unterbrach sich, suchte nach den richtigen Worten. Sie fand sie nicht. »Ich weiß, was für eine Leere es im Herzen zurücklässt.«

Marie nickte und senkte den Blick auf die Schuhe. »Manchmal kann ich es einfach nicht fassen, dass sie für immer fort ist.«

»Ich kenne das Gefühl.« Jane ließ die Tube in ihre Tasche gleiten und legte Marie den Arm um die Schultern. »Falls du mal das Bedürfnis hast, mit jemandem darüber zu reden, kannst du dich gern an mich wenden.«

»Das wäre vielleicht nicht schlecht.«

Tränen glitzerten in Maries Augenwinkeln, und Jane drückte sie leicht an sich. Vierundzwanzig Jahre waren vergangen, aber Jane erinnerte sich noch sehr deutlich an die Gefühle, die so dicht unter der Oberfläche lagen. »Aber nicht heute Abend. Heute Abend wollen wir uns amüsieren. Ich habe eben ein paar von Hugh Miners Neffen kennen gelernt. Sie kommen aus Minnesota, und ich glaube, sie sind in deinem Alter.«

Marie tupfte ihre Augen mit den Fingerspitzen ab. »Sind das scharfe Typen?«

Darüber musste Jane nachdenken. Wenn sie in Maries Alter wäre, würde sie vielleicht so denken, aber sie war nicht in Maries Alter, und es bereitete ihr Unbehagen, heranwachsende Jungen als scharf zu bezeichnen. Sie glaubte beinahe, den alten Song »Mrs. Robinson« in ihren Ohren zu hören. »Na ja, sie leben auf einer Farm«, erklärte sie, als sie den Waschraum verließen. »Ich glaube, sie melken Kühe.«

»Igitt.«

»Nein, das bedeutet nur, dass sie ganze Kerle sind, und soweit ich es beurteilen kann, riechen sie nicht nach Stall.«

»Gut.«

»Sehr gut.« Jane warf Marie über die Schulter hinweg einen Blick zu. »Mir gefällt dein Lidschatten. Er glitzert so schön.«

»Danke. Du kannst ihn dir gern mal ausleihen.«

»Ich fürchte, ich bin ein bisschen zu alt für glitzernden Lidschatten.« Jane nahm den Arm von Maries Schulter, als sie sich durch die Menge schlängelten. Sie fand Hugh Miners Neffen an den Fenstern, wo sie den Panoramablick genossen, und stellte den beiden Halbwüchsigen Marie vor. Jack und Mac Miner waren Zwillinge und siebzehn Jahre alt; sie trugen identische Smokings mit scharlachrotem Kummerbund. Sie hatten kurz geschnittene Igelfrisuren und große braune Augen, und Jane musste zugeben, dass sie irgendwie süß waren.

»In welcher Klasse bist du?«, fragte Mac, oder war es Jack?

Ihre Wangen röteten sich, sie zog die Schultern hoch. Wenn Jane Marie ansah, waren die Erinnerungen gleich wieder präsent, diese grauenhafte Unsicherheit der Pubertierenden. Sie dankte Gott, dass sie das nie wieder durchmachen musste.

»In der Zehnten«, antwortete Marie.

»Wir waren letztes Jahr in der Zehnten.«

»Ja, auf den Zehntklässlern hacken alle herum.«

Marie nickte. »Zehntklässler schmeißen sie bei uns in die Müllcontainer.«

»Bei uns nicht. Zumindest nicht die Mädchen.«

»Wenn wir an deiner Schule wären, würden wir auf dich aufpassen«, sagte einer der Zwillinge, und Jane war beeindruckt von seiner Ritterlichkeit. Sie waren wirklich nette junge Männer, ihre Eltern hatten ihnen eine gute Erziehung angedeihen lassen und konnten stolz auf sie sein. »Die Zehnte ist für'n Arsch«, fügte er hinzu.

Oder doch nicht. Vielleicht sollte ihm mal jemand klar machen, dass man in Gegenwart von Mädchen keine Kraftausdrücke benutzte.

»Ja, für'n Arsch«, pflichtete Marie ihm bei. »Ich kann das nächste Jahr kaum noch erwarten.«

Na gut, sagte Jane zu sich selbst, vielleicht werde ich einfach alt. Und wenn sie es sich recht überlegte, machte es sowieso keinen Unterschied, ob man »für'n Arsch« oder »Scheiße« sagte.

Je länger sie sich mit den Jungen unterhielt, desto lockerer wurde Marie. Sie redeten über ihre jeweilige Schule, über die Sportarten, die sie bevorzugten, welche Musik sie mochten. Sie waren der Meinung, dass die Jazzband, die am anderen Ende des Raums spielte, reichlich lahm war.

Während Marie und die Zwillinge sich darüber austauschten, was »für'n Arsch« und was »lahm« war, sah Jane sich auf der Suche nach etwas erwachseneren Gesprächen im Raum um. Ihr Blick streifte Darby, der sich gerade mit dem Geschäftsführer Clark Gamache unterhielt, und blieb dann an Luc haften, der am Ende der Bar lehnte und mit einer großen, blonden Frau in einem weißen Etuikleid redete. Die Frau hatte eine Hand auf seinen Arm gelegt, und er neigte den Kopf über ihren, während er sprach. Er schlug sein Jackett zur Seite und schob eine Hand in die Hosentasche. Anthrazitfarbene Hosenträger spannten sich über seinem weißen gefältelten Hemd, und Jane wusste, dass der Mann unter dieser steifen Kleidung den Körper eines Gottes und ein tätowiertes Hufeisen am Unterleib verbarg. Luc lachte über etwas, das die Frau gesagt hatte, und Jane wandte den Blick ab. Etwas, das erschreckend an Eifersucht erinnerte, rumorte in ihren Eingeweiden, und ihre Hand krampfte sich um das kleine Handtäschchen. Sie konnte doch nicht eifersüchtig sein. Sie hatte keinerlei Ansprüche auf ihn, ja, sie mochte ihn nicht einmal. Na ja, jedenfalls nicht sehr. Was sie spürte, war Ärger, redete sie sich ein. Während sie den Babysitter für seine Schwester spielte, machte er sich an einen Vanna-White-Klon heran.

Rob Sutter forderte sie zum Tanzen auf, und sie ließ Marie in der Obhut der Miner-Zwillinge zurück. Der Hammer führte sie auf die Tanzfläche und überraschte sie mit seinen geschmeidigen Bewegungen. Die Hand an ihre Rippen gelegt, führte er sie sicher und schwungvoll über den Tanzboden. Wäre sein blaues Auge nicht gewesen, hätte er in seinem schwarzen Smoking ausgesprochen seriös gewirkt.

Nach Rob tanzte sie mit dem Stromster, der seinen Irokesenschnitt hellblau gefärbt hatte, passend zu seinem Smoking. Anfangs war es nicht einfach, sich mit dem jungen Schweden zu unterhalten, aber je länger sie ihm zuhörte, desto besser gewöhnte sie sich an seinen starken Akzent. Als die Band zwischen zwei Songs eine Pause einlegte, bedankte sie sich bei Daniel und nahm Kurs auf Darby, der am Rand der Tanzfläche auf sie wartete.

»Tut mir Leid, Jane«, sagte er, als sie ihn fast erreicht hatte, »aber ich muss dich jetzt nach Hause bringen. Eine Akquisition, an der wir lange gearbeitet haben, kann heute Abend endlich über die Bühne gehen. Clark ist bereits auf dem Weg ins Büro, und ich soll gleich nachkommen.«

Die Space Needle lag nur einen Steinwurf von der Key Arena entfernt und, abhängig von der Tageszeit, etwa eine halbe Stunde von ihrer Wohnung. »Geh nur. Ich nehme ein Taxi.«

Er schüttelte den Kopf. »Ich möchte sichergehen, dass du gut nach Hause kommst.«

»Ich sorge dafür, dass sie gut nach Hause kommt.« Als sie Lucs Stimme vernahm, fuhr Jane herum. »Marie ist mit den

Miner-Zwillingen oben auf der Aussichtsplattform. Sobald sie zurückkommt, bringen wir dich nach Hause.«

»Das käme mir sehr entgegen«, sagte Darby.

Janes Blick suchte die Blonde in Lucs Rücken, aber er war allein. »Meinst du wirklich?«

»Na klar.« Er sah den stellvertretenden Geschäftsführer an. »Um wen geht es bei dieser Akquisition?«

»Behalt es bis morgen für dich.«

»Natürlich.«

»Dion.«

Luc lächelte. »Ach, ja?«

»Ja.« Darby wandte sich Jane zu. »Danke, dass du mich heute Abend begleitet hast.«

»Danke für die Einladung. Die Fahrt in der Limousine war irre.«

»Ich sehe euch beide dann morgen am Flughafen«, sagte Darby und entfernte sich in Richtung Aufzug.

Während Jane ihm nachblickte, fragte sie: »Wer ist Dion?«

»Junge, Junge, du weißt wirklich nicht viel über Hockey.« Luc nahm sie beim Ellbogen und zog sie, ohne auch nur zu fragen, auf die gedrängt volle Tanzfläche. Er griff nach ihrem winzigen Handtäschchen und stopfte es in seine Jacketttasche. Er nahm ihre Hand in seine und legte die warme Innenfläche der anderen an ihre Rippen.

Dank ihrer hochhackigen Schuhe befanden sich ihre Augen auf der Höhe seines Mundes; ihre freie Hand legte sie auf seine Schulter. Die Beleuchtung auf der Tanzfläche warf einen diagonalen Schatten über sein Gesicht, und Jane beobachtete seine Lippen, als er sprach. »Pierre Dion ist ein bewährter Spitzenstürmer«, sagte er. »Er kennt das Eis. Wenn er von seinem Lieblingspunkt aus schießt, ist der Puck so gut wie nicht zu halten.«

Seltsame Dinge geschahen mit Janes Nervenenden, als sie Lucs Lippen beim Sprechen betrachtete, und sie hob den Blick zu seinen Augen. Es war wohl besser, nicht über Lieblingspunkte zu reden. »Deine Schwester scheint ein sehr nettes Mädchen zu sein.«

»Tatsächlich?«

»Du klingst erstaunt.«

»Nein.« Er blickte über ihren Kopf hinweg. »Sie ist nur launisch und unberechenbar, und heute Abend ging es ihr nicht gut. Sie war zu einem Schulfest eingeladen, aber der Typ hat sich in letzter Minute entschlossen, mit einer anderen hinzugehen.«

»Das ist gemein. So ein fieses Schwein!«

Er sah ihr wieder in die Augen. »Ich habe ihr angeboten, dem Bengel in den Arsch zu treten, aber das hätte Marie zu peinlich gefunden.«

Aus irgendeinem Grund hatte Jane das Gefühl, sich noch mehr in ihn zu verknallen. Sie konnte sich nicht dagegen wehren, und das nur, weil er wegen seiner Schwester jemandem in den Arsch treten wollte. »Du bist ein guter Bruder.«

»Eigentlich nicht.« Mit dem Daumen strich er über ihren Handrücken und zog sie ein bisschen enger an sich. »Sie weint häufig, und ich weiß nicht, was ich tun soll.«

»Sie hat gerade ihre Mutter verloren. Da kannst du *gar nichts* tun.«

Sein Knie stieß gegen ihres. »Das hat sie dir erzählt?«

»Ja, und ich weiß, wie es ihr geht. Ich habe auch meine Mutter verloren. Ich habe ihr gesagt, sie soll mich anrufen, wenn sie mal jemanden zum Reden braucht. Ich hoffe, du hast nichts dagegen.«

»Ich habe nicht das Geringste dagegen. Ich finde, sie braucht dringend eine Frau, mit der sie sich aussprechen kann. Ich habe eine Frau eingestellt, die sich um sie kümmert, wenn ich unterwegs bin, aber Marie mag sie offenbar nicht sonderlich.« Er überlegte kurz, dann fuhr er fort: »Was sie dringend braucht, ist jemand, der mit ihr einkaufen geht. Jedes Mal, wenn ich ihr meine Kreditkarte gebe, kommt sie mit einer Tüte Süßigkeiten und ein paar Sachen zurück, die ihr zwei Nummern zu klein sind.«

Das war die Erklärung für das zu enge Kleid. »Ich könnte sie mit meiner Freundin Caroline bekannt machen. Sie ist ein Naturtalent, wenn es darum geht, jemanden auszustaffieren.«

»Das wäre großartig, Jane. Ich weiß überhaupt nichts über Mädchen.«

Selbst wenn sie nicht über ihn recherchiert hätte, hätte sie binnen fünf Sekunden nach dem ersten Treffen gewusst, dass Luc eine ganze Menge über Mädchen wusste. Es lag im Ausdruck seiner Augen und in seinem siegesgewissen Lächeln. »Du willst sagen, du weißt überhaupt nichts über Schwestern.«

»Ich weiß überhaupt nichts über *meine kleine* Schwester«, sagte er mit einem frechen Grinsen. »Aber ich bin tatsächlich einmal mit Zwillingen ausgegangen.«

»Ja.« Sie krauste die Stirn. »Du und Hef.«

Er lachte herzlich über sich selbst. »Du bist so leichtgläubig«, sagte er, als die Musik zu Ende war, und trat einen Schritt zurück. Aber statt Jane aus seinen Armen zu entlassen, zog er sie an seine Brust. Die Band stimmte einen weiteren Song an. »Was hast du in der Limousine mit Hogue gemacht?«, fragte er an ihrem Haar.

»Wie bitte?«

»Du hast dich bei Darby für eine irre Fahrt in einer Limousine bedankt.«

Sie hatten Champagner getrunken und mit dem Fernseher

herumgespielt, während der Chauffeur sie durch die Stadt kutschierte, als wären sie Bill und Melinda Gates. Aber vermutlich war es nicht das, was Luc hören wollte. Er hatte schmutzige Gedanken, und sie beschloss, ihm etwas zu bieten, worüber er nachdenken konnte. »Wir sind ein bisschen ausgeflippt.«

Er blieb stehen. »Du bist mit Hogue ausgeflippt?«

Sie hätte beinahe gelacht. Das einzig Ausgeflippte an ihr war ihre Fantasie. »Unter all dem Haargel ist er ein unbezähmbarer Mann.«

Luc begann wieder zu tanzen. »Erzähl mir mehr.« Sein Atem strich an ihrer Schläfe vorbei, und sie legte die Finger um seine Schulter.

»Willst du Einzelheiten wissen?«

»Ja, bitte.«

Jetzt lachte sie wirklich. Er selbst hatte wahrscheinlich schon Dinge getan, von denen *Honey Pie* nur träumen konnte. Jane bezweifelte, dass es ihr gelingen würde, ihn zu schockieren. »Ich fürchte, dir steht eine Enttäuschung bevor, es sei denn, ich denke mir etwas aus.«

»Dann denk dir was aus.«

Konnte sie das? Hier auf der Tanzfläche? Wenn sie die Augen schloss, konnte sie dann vielleicht *Honey Pie* sein? Die Frau, die mit einem einzigen Lächeln wildes Begehren in den Männern weckte? In Männern wie Luc.

»Aber was Gutes«, fügte er hinzu. »Keine Peitschen, bitte. Ich steh nicht auf Sado-Maso.«

Es war verlockend. Verlockend, sich an seine Brust sinken zu lassen und so zu tun, als wäre sie der Typ Frau, der einen Mann wie Luc befriedigen konnte. Der Typ Frau, der Anzüglichkeiten flüsterte und Männer zum Betteln brachte. Für ihren nächsten Artikel in *Him* würde sie versuchen, *Honey Pie* so eine Geschichte anzudichten. Männer mochten das. »Siehst du gern zu?«

»Ich bin lieber selbst tätig«, sagte er dicht an ihrem Ohr. »Das ist viel interessanter.«

Aber sie konnte es nicht. Sich allein in der eigenen Wohnung etwas auszudenken war eine Sache, aber in Lucs Armen im SkyLine zu tanzen, das war etwas völlig anderes. Sie konnte es nicht auf die Spitze treiben, und das Beste, was ihr einfiel, war: »Darby ist ein Tier. Kann sein, dass keiner von uns beiden sich je davon erholt. Überhaupt sollte ich mich jetzt lieber setzen. Ich bin total erschöpft.«

Luc wich zurück und sah ihr ins Gesicht. »Sag nicht, das ist alles, was du zu bieten hast. Da bist du ja im Blödeln besser. Und auch in der Beziehung bist du keine große Nummer.«

»Reden wir lieber über etwas anderes.« Über ein ungefährliches Thema.

Er schwieg eine Weile, dann sagte er: »Du siehst gut aus heute Abend.«

»Danke. Du siehst auch nicht übel aus.« Er zog sie wieder an sich, und sie strich, das Material seines Jacketts ertastend, mit den Fingerspitzen über seine Schultern. Wenn sie sich nur ein kleines bisschen vorneigte, stieg ihr der Duft seines Herrenparfüms in die Nase. »Sehr gut sogar.«

»Mir gefällt deine Frisur.«

»Ich war heute Morgen beim Friseur. Frisch geschnitten sieht mein Haar gut aus, aber die Probe aufs Exempel findet erst morgen früh statt, wenn ich es wasche.«

Als er sprach, war seine Stimme ein samtiges Schnurren dicht an ihrem Ohr. »Ich wasche mir einfach die Haare und fertig.«

Sie schloss die Augen. Schön, ein nettes, langweiliges, sicheres Gesprächsthema. Haarpflege.

»Dein Kleid ist toll.«

Noch so ein sicheres Gesprächsthema. »Danke. Es ist nicht schwarz.«

»Das ist mir auch schon aufgefallen.« Er ließ die Hand von ihren Rippen bis tief in ihren Rücken gleiten. »Was meinst du, würdest du es vielleicht einmal falsch herum anziehen?«

Seine Berührung schien sie von innen her zu erwärmen, und ein aufgeschrecktes Lachen entschlüpfte ihrem Mund. »Nein. Das glaube ich nicht.«

»Schade. Ich würde es gern mal sehen, wenn du es falsch rum trägst.«

Die Musik um Jane herum war laut, während in ihrem Inneren alles ganz still wurde. Luc Martineau, mit seinem frechen Grinsen und seinem tätowierten Hufeisen, wollte sie nackt sehen. Unglaublich. Ihre Haut prickelte unter der Oberfläche, heiß und voller lebendiger Empfindungen. Verlangen und Begehren machten sich tief in ihrem Leib bemerkbar, und sie fragte sich, ob Luc es wohl merkte, wenn sie sich jetzt an ihn lehnte. Nur so weit, dass sie an seinem Hals sein Parfüm riechen konnte. Direkt über dem schwarzen Band seiner Smokingschleife und dem gestärkten Kragen.

»Jane?«

»Hm?«

»Marie ist zurück. Unser Flug geht sehr früh morgens, und wir sollten lieber aufbrechen.«

Jane blickte auf in die Schatten, die sein Gesicht streichelten. Während unkeusche Gedanken ihren Kopf bevölkerten, wirkte er völlig unbeteiligt. *Ich würde es gern mal sehen, wenn du es falsch rum trägst,* hatte er gesagt. Zweifellos machte er sich lustig über sie. »Ich hole meinen Mantel.«

Er nahm die Hand von ihrem Rücken, und kühle Luft

streifte sie, wo vorher seine warme Berührung gewesen war. Er hakte sie unter, und während sie die Tanzfläche verließen, reichte er ihr Carolines Handtäschchen. »Gib mir deine Garderobenmarke. Ich muss Maries Mantel holen und nehme deinen gleich mit.«

Jane kramte in der Tasche und fand den kleinen Papierabschnitt. Während Luc die Mäntel holte, unterhielt sie sich mit Marie, doch ihre Gedanken weilten bei Luc, das konnte sie nicht leugnen. Sie hatte Lust auf ihn. Sehr sogar. Sie hätte gern gewusst, ob er es gemerkt hatte. Sie hoffte inständig, dass es nicht so war. Sie hoffte, dass er es nie erfuhr. Sie konnte weiß Gott sehr gut weiterleben, ohne dass je eine Menschenseele davon erfuhr, wie scharf Jane Alcott auf den schlimmen Finger und Hockeyspieler Luc Martineau war. Falls er einen Verdacht in dieser Richtung hatte, würde er zweifellos unverzüglich das Weite suchen.

Als Luc zurückkam, half er ihr in ihren schwarzen Regenmantel. Seine Finger streiften ihren Nacken, als er ihren Kragen richtete, und sie fragte sich, wie es wohl wäre, wenn er den Arm um sie legte und sie sich gegen ihn lehnte. Doch selbst, wenn sie den Mut gehabt hätte, ihrem Impuls nachzugeben, war es zu spät; er trat zur Seite und hielt seiner Schwester den Mantel hin, damit sie hineinschlüpfen konnte.

Während sie im Erdgeschoss der Space Needle darauf warteten, dass der Hausdiener Lucs weißen Landcruiser vorfuhr, schloss Luc die vier Knöpfe seines Jacketts, schob die Hände in die Taschen und zog in Abwehr gegen die Kälte die breiten Schultern hoch. Sie redeten übers Wetter und über den frühen Abflug am nächsten Morgen. Über nichts Wichtiges. Marie berichtete vom Ausblick auf dem Panoramadeck, und Jane warf immer wieder Blicke auf Lucs dunkles Profil. Licht von der Needle her beleuchtete eine Seite seines Gesichts und seiner breiten Schultern und warf einen langen Schatten übers Pflaster.

Als der Hausdiener kam, öffnete Luc die Beifahrertür für Jane und die Fondtür für seine Schwester. Er stieg auf der Fahrerseite ein, und sie fuhren in Richtung Bellevue. Nachdem sie ein paar Häuserblocks hinter sich gelassen hatten, brach Luc das Schweigen.

»Mrs. Jackson weiß Bescheid. Sie wird zu Hause sein, wenn du aus der Schule kommst«, sagte er zu seiner Schwester. »Brauchst du Geld für irgendwas?«

Jane beobachtete ihn aus den Augenwinkeln. Sein Profil war im dunklen Wageninneren nur ein schwarzer Umriss. Goldenes Licht vom Cockpit her brach sich auf seiner Armbanduhr und streute goldene Funken auf sein Jackett. Jane wandte sich ab und blickte aus dem Fenster.

»Ich brauche Geld fürs Schulessen, und den Keramikkurs habe ich auch noch nicht bezahlt.«

»Wie viel brauchst du?«

Jane lauschte der Unterhaltung und fühlte sich wie ein Eindringling, wie sie da in den Lederpolstern seines Wagens saß und er mit seiner Schwester Fragen des alltäglichen Lebens besprach. Das war ein Leben, an dem sie nicht teilhatte. Es war sein Leben, nicht ihres. Sie hatte ihr eigenes Leben. Das Leben, das sie sich ausgesucht hatte; in seinem Leben hatte sie nichts zu suchen.

Als der Wagen vor ihrer Wohnung am Straßenrand hielt, tastete Jane nach dem Türgriff. »Herzlichen Dank fürs Mitnehmen«, sagte sie.

Luc griff nach ihrem Arm und umfasste ihn durch den dünnen Regenmantel. »Bleib sitzen.« Er warf einen Blick auf den Rücksitz. »Bin gleich wieder da, Marie«, sagte er und stieg aus.

Er geriet flüchtig ins Licht der Scheinwerfer, als er um das Auto herumging und die Beifahrertür öffnete. Er war ihr beim Aussteigen behilflich und begleitete sie auf dem kurzen Weg zur Haustür. Unter dem Eingangslicht öffnete Jane das winzige Handtäschchen und entnahm ihm die Schlüssel, aber genauso wie in der Nacht in San Jose, als er sie zu ihrer Zimmertür geleitet hatte, nahm Luc ihr den Schlüssel aus der Hand und schob ihn ins Schloss.

Sie hatte die Bodenbeleuchtung angelassen, und die Lämpchen strahlten den Teppich an und erhellten die Haustür. »Nochmals vielen Dank«, sagte sie und trat in ihre Wohnung. Sie streckte die Hand nach ihren Schlüsseln aus, und er packte ihr Handgelenk und legte die Schüssel in ihre offene Hand. Doch statt sie loszulassen, strich er mit dem Daumen über ihren Puls.

»Das ist keine gute Idee«, sagte er.

»Was? Dass du mich nach Hause bringst?«

»Nein.« Er zog sie an sich und senkte den Kopf, sodass sich sein Gesicht auf gleicher Höhe mit ihrem befand. »Du machst mich verrückt. Mit deinem Haar. Ich denke dauernd, wie es sich anfühlen mag, wenn es durch meine Finger gleitet.« Seine Hand krallte sich im Rücken in den Stoff ihres Regenmantels und zog ihn straff. »Deine roten Lippen und dein kleines rotes Kleid bringen mich auf die verrücktesten Gedanken. Gedanken, die ich mir nicht erlauben sollte, aber sie sind einfach da. Fragen, die ich besser nicht stellen sollte.« Der Blick seiner blauen Augen bohrte sich in ihre, heiß und eindringlich. »Aber ich muss sie stellen«, flüsterte er an ihrem Mund. »Also, Jane, sag's mir: Frierst du?« Seine Lippen streiften ihren Mund, und er sagte unter einem heißen Atemstoß: »Oder bist du erregt?« Und dann küsste er sie, und der Schock lähmte Jane für einige Sekunden. Sie konnte nichts anderes tun, als dazustehen, während er zärtliche Küsse auf ihre Lippen tupfte.

Was meinte er damit, ob sie fröre oder erregt wäre? Nun, sie fror weiß Gott nicht.

Er presste seinen warmen Mund auf ihren und legte die freie Hand an ihre Wange, umfing sie und schob die Finger in ihr Haar an den Schläfen. Ein leises Stöhnen blieb ihr im Halse stecken, die Schlüssel fielen ihr aus der Hand, und was er mit der Frage meinte, ob sie fröre, war ihr völlig egal. Sie strich mit der Handfläche an seinem Jackett hinauf bis zu seinem Hals. Das alles passierte doch nicht wirklich. Nicht mit ihr. Nicht mit ihm.

Seine Lippen lockten und drängten, bis sie schließlich den Mund öffnete. Seine Zunge schlüpfte hinein und berührte sie, nass und, ach, so willkommen.

Für einen Mann, der seine Zeit damit verbrachte, Menschen mit Pucks und Hockeyschlägern zu malträtieren, war er erstaunlich zärtlich. Das leise Stöhnen brach sich schließlich doch Bahn, entschlüpfte in seinen Mund, und sie ließ sich gehen. Sie überließ sich ganz der glühenden Leidenschaft, die ihre Haut erfasste, in ihrer Brust hämmerte, zwischen ihren Schenkeln schmerzte. Sie ließ sich kopfüber in die Lust fallen, die sie hatte in Schach halten wollen. Seine große Hand umfasste durch Mantel und Kleid ihre Brust, und sie lehnte sich an ihn. Sein Daumen strich über ihre Brustspitze, und sie erhob sich auf die Zehenspitzen. Da war kein Gedanke mehr daran, es nur geschehen zu lassen, sondern vielmehr ein ungeheurer Drang, aktiv zu werden. Ihn zu küssen, als wollte sie ihn mit Haut und Haaren verschlingen. Ihre Zunge mit der seinen spielen zu lassen, als wollte sie sich an Luc Martineau betrinken.

Er wich ein wenig zurück und sah ihr mit verhangenem

Blick in die Augen. Seine Stimme klang rau und benommen, als er sagte: »Am liebsten würde ich dir einen Knutschfleck machen, nur, um ihn dann mit einem Kuss heilen zu dürfen.«

Jane fuhr mit der Zungenspitze über ihre feuchten Lippen und nickte. Genau das wünschte sie sich auch.

»Verdammt«, sagte er schwer atmend. Dann machte er auf dem Absatz kehrt und war verschwunden. Ließ Jane wie betäubt zurück. Das war der vierte Schock an diesem Abend.

10. KAPITEL

Im toten Winkel: Ein Schlag von hinten

Jane klappte ihren Laptop zu, nachdem *Honey Pie* ihr jüngstes Opfer vernascht hatte, einen Hockeyspieler, den sie auf der Aussichtsplattform der Space Needle kennen gelernt hatte. Einen Hockeyspieler, der große Ähnlichkeit mit Luc Martineau besaß.

Sie stand auf, schob die schweren Vorhänge etwas zur Seite und blickte aus dem Hotelfenster auf die Innenstadt von Denver, Colorado, hinunter. Sie hatte sich eindeutig in Luc verknallt. Was ihrer Gesundheit vermutlich nicht zuträglich war. In der Vergangenheit hatte sie schon manchmal real existierende Gestalten als Vorlagen für *Honey Pies* Opfer benutzt. Sie hatte die Namen verändert, aber die Leser konnten sich trotzdem denken, wer gemeint war. Vor ein paar Monaten hatte sie Brendan Fraser ins Koma versetzt, weil er Kinogängern Filme wie *Monkeybone, Dudley Do-Right* und *Blast from the Past* zumutete. Doch dies war das erste Mal, dass Jane jemanden, den sie persönlich kannte, in ihre Kolumne aufgenommen hatte.

Wenn die Zeitschrift im März auf den Markt kam, würde man Luc womöglich erkennen. Die Leser in Seattle erkannten ihn bestimmt. Er selbst würde wahrscheinlich auch davon erfahren. Jane hätte gern gewusst, ob es ihn wohl stören würde. Die meisten Männer störte es nicht, aber Luc war nicht wie die meisten Männer. Er las nicht gern in Büchern, Zeitungen oder Illustrierten über sich selbst. Ganz gleich, wie schmeichelhaft der Artikel war. Und die *Honey-Pie*-Episode war ausgesprochen schmeichelhaft für ihn. Heißer und leidenschaftlicher als alles, was sie je geschrieben hatte. Im Grunde war es sogar der beste Artikel, der bisher aus ihrer Feder geflossen war. Sie hatte noch nicht entschieden, ob sie ihn tatsächlich abschicken wollte. Bis zum Abgabetermin blieben ihr noch ein paar Tage, um einen Entschluss zu fassen.

Sie ließ die Vorhänge los und drehte sich zum Zimmer um. Etwa sechzehn Stunden waren vergangen, seit Luc sie so leidenschaftlich geküsst hatte. Sechzehn Stunden, in denen sie jedes Wort wieder und wieder gedreht, gewendet und analysiert hatte. Sechzehn Stunden waren vergangen, und sie wusste immer noch nicht, was sie davon halten sollte. Er hatte sie geküsst, und nichts war mehr so wie vorher. Er hatte ihre Brust angefasst und gesagt, dass sie ihn verrückt machte, und wenn seine Schwester nicht im Wagen gesessen und gewartet hätte, dann hätte Jane ihn womöglich in ihr Schlafzimmer gezogen, um sich diese Glücksbringertätowierung genauer anzusehen, die *sie* jedes Mal, wenn sie sie im Umkleideraum sah, verrückt machte. Und das wäre schlimm gewesen. Sehr schlimm. Aus einer Vielzahl von Gründen.

Jane schlüpfte aus ihren Schuhen und zog sich den Pullover über den Kopf. Auf dem Weg ins Bad warf sie ihn aufs Bett. Ihre Augen brannten, ihr Verstand war wie umnebelt, und statt in ihrem Hotelzimmer eingeschlossen an ihrer *Honey-Pie*-Episode zu arbeiten, hätte sie im Pepsi Center sein müssen, um vor dem Spiel am kommenden Abend mit den Trainern und Spielern zu reden. Darby hatte sie darauf hingewiesen, dass während des Trainings die beste Gelegenheit wäre, mit den Trainern und Topmanagern zu sprechen. Und Jane wollte sie über Pierre Dion, ihre neueste Errungenschaft, befragen.

Sie sprang unter die Dusche und ließ das warme Wasser auf ihren Kopf prasseln. Am Morgen, als Luc, Sonnenbrille auf der Nase, in blauem Anzug mit gestreifter Krawatte, ins Flugzeug gestiegen war, hatte sie Schmetterlinge im Bauch gehabt, als wäre sie dreizehn Jahre alt und zum ersten Mal in einen Mitschüler verknallt. Es war grauenhaft, und sie war alt genug, um zu wissen, dass es nur Liebeskummer einbrachte, wenn man sich in den beliebtesten Jungen der ganzen Schule verknallte.

Eine Viertelstunde später stieg sie aus der Dusche und griff sich zwei Handtücher. Wenn sie ehrlich mit sich selbst war, was sie nach Möglichkeit vermied, dann konnte sie sich eigentlich nicht länger hinters Licht führen und einreden, dass das, was sie für Luc empfand, nur die übliche Verknalltheit war. Es war mehr. So viel mehr, dass es ihr Angst machte. Sie war dreißig. Kein kleines Mädchen mehr. Sie kannte die Liebe, und sie kannte die Lust, und sie kannte alles, was dazwischen lag. Aber sie hatte sich noch nie erlaubt, sich in einen Typen wie Luc zu verlieben. Niemals. Nicht, wenn sie so viel zu verlieren hatte. Nicht, wenn viel mehr auf dem Spiel stand als nur ihr widersprüchliches Herz. Sondern etwas viel, viel Wichtigeres: ihr Job.

Ein gebrochenes Herz würde heilen; sie würde darüber hinwegkommen. Aber sie glaubte nicht, es verwinden zu können, wenn sie die beste Chance, die sie seit langem hatte, vergeigen würde. Wegen eines Mannes. Das wäre schlicht und ergreifend dumm, und dumm war sie nicht.

Ein Klopfen unterbrach sie in ihren Gedanken, und sie ging zur Tür. Sie spähte durch den Spion, und auf der anderen Seite stand Luc, vom Wind zerzaust und einfach schön. Er blickte zu Boden, und sie ließ sich einen Moment Zeit, um ihn zu betrachten. Er trug seine Lederjacke und einen grauen Wollpullover, und er kam offenbar von draußen, denn seine Wangen waren leicht gerötet. Er hob den Kopf, und seine blauen Augen schauten sie durch den Spion an, als ob er sie sehen könnte. »Mach auf, Jane.«

»Momentchen«, rief sie und kam sich furchtbar albern vor. Sie eilte zum Schrank und entnahm ihm einen Frotteebademantel. Sie zurrte den Gürtel um ihre Taille fest und öffnete die Tür.

Sein Blick wanderte hinauf zu dem Handtuch, das sie sich um den Kopf gewickelt hatte, dann wieder hinunter zu ihrem Mund und ohne Eile immer tiefer bis zu ihren nackten Zehenspitzen. »Sieht aus, als hätte ich dich wieder mal direkt nach dem Duschen erwischt.«

»Ja. Hast du.«

Sein Blick glitt wieder hinauf an ihren Beinen, über den Bademantel und blieb dann ausdruckslos an ihrem Gesicht haften. Entweder war er völlig desinteressiert, oder es gelang ihm vorzüglich, sich desinteressiert zu geben. »Hast du einen Moment Zeit?«

»Klar.« Sie trat zur Seite und ließ ihn eintreten. »Worum geht's?«

Mit langen Schritten ging er mitten ins Zimmer und drehte sich zu ihr um. »Als ich dich heute Morgen gesehen habe, wirktest du so befangen. Ich will nicht, dass du in meiner Gegenwart befangen bist, Jane.« Er holte lange und tief Luft und schob die Hände in die Taschen seiner Jacke. »Deshalb glaube ich, ich sollte mich entschuldigen.«

»Entschuldigen? Wofür …?« Aber sie wusste es und wünschte sich, er würde es nicht aussprechen.

»Dafür, dass ich dich gestern Abend geküsst habe. Ich weiß immer noch nicht so richtig, wie das passieren konnte.« Er blickte über ihren Kopf hinweg, als wäre die Antwort an der Wand gegenüber zu lesen. »Wenn du nicht diese neue Frisur gehabt und so gut ausgesehen hättest, ich glaube, dann wäre es nicht passiert.«

»Moment.« Wie ein Verkehrspolizist hob sie eine Hand. »Gibst du meiner Frisur die Schuld?«, fragte sie, nur um sich zu vergewissern, dass sie richtig gehört hatte. Und sie hoffte, dass es nicht so war.

»Es hatte wohl eher noch mit diesem Kleid zu tun. Dieses Kleid ist mit Hintergedanken entworfen worden.«

Er hatte sie geküsst, und sie hatte sich so sehr verliebt, dass sie nicht mal mehr sicher war, ob es wirklich nur Verliebtsein war. Und jetzt stand er da, gab ihrem Haar und ihrem Kleid die Schuld, als hätte sie ihn mit Absicht hereingelegt. Als ob er sie nicht geküsst hätte, wenn er nicht hereingelegt worden wäre. Zu wissen, wie er über diesen Kuss dachte, schmerzte. Er war ein Mistkerl, daran bestand kein Zweifel, aber sie war ein Dummkopf. Das Letztere war am schwersten hinzunehmen.

Schmerz und Zorn pressten ihr das Herz zusammen, doch sie war fest entschlossen, nicht zu zeigen, was sie fühlte. »Es war ein ganz gewöhnliches rotes Kleid.«

»Es hatte kein Rückenteil und vorn nur zwei Stoffstreifen.« Luc wiegte sich von den Zehenspitzen auf die Fersen und ließ erneut den Blick von Janes um den Kopf gewickeltem Handtuch an ihrem Bademantel hinunter bis zu ihren bloßen Zehen wandern. Seit dem Vorabend dachte er über den Kuss in ihrer Wohnung nach, und er war nicht sicher, was ihn dazu getrieben hatte. Das Kleid. Ihre Lippen. Neugier. Alles zusammen. »Und diese kleine Goldkette, die auf deinem Rücken hing, war auch nur aus einem Grunde da.«

»Aus welchem? Um dich zu hypnotisieren?«

Sie verlegte sich aufs Spotten, aber sie kam doch der Wahrheit sehr nahe. »Vielleicht nicht gerade, um mich zu hypnotisieren, aber diese Kette war nur da, damit jeder Mann, der sie sah, sich vorstellte, sie dir abzunehmen.«

Sie zog eine Braue hoch und sah ihn an, als wäre er ein Idiot. Irgendwie fühlte er sich auch wie ein Idiot. »Ich sage nur, wie es ist. Gestern Abend haben alle Jungs nur gedacht, wie es wäre, dir dein Kleid auszuziehen.« Keiner der Jungs hatte Luc gegenüber etwas dergleichen geäußert, aber er dachte, dass, wenn er selbst schon diese Vorstellung hatte, alle anderen genauso empfinden mussten.

»Soll das nun eine Entschuldigung sein, oder willst du dir auf diese Weise erklären, was passiert ist?« Sie riss sich das Handtuch vom Kopf und warf es aufs Bett.

»Es ist nun mal so.«

Sie fuhr sich mit gespreizten Fingern durchs Haar. »Da redest du dir was ein.«

Wenn sie ein Mann wäre, würde sie seine Logik verstehen.

»Und es ist dumm.« Ihre nassen Locken legten sich um ihre Finger, als sie sich das Haar aus dem Gesicht schob. »Auf diese Weise wird mir die Schuld zugeschoben, und ich bin gestern Abend nicht in deine Wohnung gekommen, und ich habe dich nicht geküsst. Du hast mich geküsst.«

»Du hast dich nicht gewehrt.« Er wusste nicht, was ihn mehr schockiert hatte. Dass er sie geküsst hatte oder dass sie den Kuss erwidert hatte. Er hatte nie im Leben damit gerechnet, dass in einer so kleinen Gestalt so viel Leidenschaft stecken konnte.

Sie stieß einen langen Seufzer aus, und es klang, als wäre sie gelangweilt. »Ich wollte dich nicht kränken.«

Er lachte, obwohl er viel lieber zu ihr gestürzt wäre, um sie zu küssen. Um seine Hand in ihren Bademantel zu schieben und ihre Brust zu umfassen, obwohl er wusste, dass das eine verdammt schlechte Idee gewesen wäre. Luc lehnte sich mit der Hüfte gegen den Schreibtisch, löste den Blick von ihrem Mund und dachte daran, wie ihr Mund am Abend zuvor geschmeckt hatte. Er richtete den Blick auf einen unverfänglichen Punkt, auf Janes Laptop. »So wie du mich geküsst hast, dachte ich, du wolltest in mich hineinkriechen.« Ein aufgeschlagener Terminkalender lag neben dem Laptop. Diverse Haftnotizen klebten auf den Seiten. Ein paar dieser Notizen waren Fragen, die sie für ihre Sportkolumne zu stellen gedachte.

»Siehst du, du redest dir schon wieder was ein.«

Auf einer roséfarbenen Haftnotiz las er die Worte: 16. Feb./Termin Singlefrau, auf einer anderen: *Honey Pie*/Entscheidung spätestens Mittwoch. *Honey Pie*? Jane las *Honey Pie*? Die Nymphomanin, die Männer ins Koma bumste? Er konnte sich nicht vorstellen, dass Jane Pornos las. »Du warst so scharf darauf«, sagte er langsam, gedehnt und absichtsvoll und blickte wieder zu ihr auf, »dass ich dich in null Komma nichts hätte nackt haben können.«

»Du bist nicht nur unglaublich eingebildet, du redest dir nicht nur ständig was ein, du bist … du bist nicht richtig im Kopf!«, stammelte sie.

»Mag sein«, gab er zu und ging auf dem Weg zur Tür an ihr vorbei. Er hatte selbst das Gefühl, nicht ganz richtig im Kopf zu sein.

»Moment noch. Wann bekomme ich das versprochene Interview?«

Die Hand bereits auf dem Türgriff, drehte er sich um und sah sie an. »Jetzt nicht«, sagte er.

»Wann?«, drängte sie.

»Irgendwann.«

»Morgen irgendwann?« Sie hob die Arme und strich sich das Haar hinter die Ohren.

»Ich lass es dich wissen.«

»Du kannst jetzt keinen Rückzieher mehr machen.«

Das hatte er auch nicht vor. Er hatte nur keine Lust, ihr jetzt ein Interview zu geben. Hier. In einem Hotelzimmer mit Doppelbett und einer Frau im Bademantel, die ihn anflehte zu beweisen, dass er nicht ganz richtig im Kopf war. »Ja. Wer sagt das?«

Sie zog die Brauen zusammen und spießte ihn mit ihrem Blick auf. »Ich.«

Wieder lachte er. Er konnte nicht anders. Sie sah aus, als wäre sie im Begriff, ihm in den Hintern zu treten.

»Du hast mir dein Wort gegeben.«

Einen Sekundenbruchteil lang erwog er, sie mit einem Kuss zum Schweigen zu bringen. Sie zu küssen, bis sie ganz weich wurde und sich wieder an ihn schmiegte. Bis sie dieses leise Stöhnen von sich gab, das ihn am Vorabend fast dazu gebracht hätte, noch weiter zu gehen. Sie dort zu berühren, wo er es in seiner Fantasie so oft getan hatte, seit diesem ersten Morgen im Flugzeug, als er sich umgeschaut und sie gesehen hatte.

»Wann, Luc?«

Statt diesem Drängen nachzugeben, öffnete er die Tür und sagte über die Schulter hinweg: »Sobald du dir einen BH gekauft hast, Jane.«

Auf dem Weg durch den Flur zog Luc den Reißverschluss seiner Jacke völlig herunter. Eine Wiederholung des letzten Abends durfte nicht stattfinden. In dem Moment, als er Jane küsste, war er in weniger als einer Sekunde von null auf steif gekommen, und das war ihm schon sehr lange nicht mehr passiert. Hätte Marie nicht im Auto gewartet, wer weiß, ob er dann noch hätte aufhören können. Er wollte es so gern glauben. Er wollte glauben, dass er reif und erfahren genug wäre, um aufzuhören, bevor er etwas tat, das er später bereuen würde, etwas kolossal Idiotisches, aber er war nicht sicher. Mit seinen zweiunddreißig Jahren hatte er schon viele Frauen geküsst. Und viele Frauen hatten ihn geküsst, aber niemals so wie Jane. Er wusste nicht, was so Besonderes an ihr war, und er wollte sich auch nicht die Mühe machen, es herauszufinden. Sie verbrachte ohnehin schon viel zu viel Zeit in seinem Kopf.

Das Allerletzte, was er zurzeit in seinem Leben brauchte, war eine Frau. Egal welche. Besonders diese eine. Diese Reporterin, die das Team begleitete. Sharky, das Maskottchen des Teams.

Es gab nur eine Lösung für das Problem, das Jane hieß. Er musste ihr so weit wie möglich aus dem Weg gehen. Klar, leichter gesagt als getan. Zumal sie das Team begleitete, über jedes Spiel berichtete und ihn einen »großen, blöden Dodo« nannte, weil es Glück bringen sollte.

Im Laufe seiner Karriere hatte Luc sich die Art von Konzentration angewöhnt, die ihn befähigte, den Druck von Nachspielzeiten und Direktschüssen zu verkraften. In den folgenden Tagen würde er diese Konzentration aufrechterhalten, um zu gewinnen. Es war dringend notwendig, dass er sich auf sein Spiel konzentrierte und tat, was getan werden musste.

An diesem Abend gegen Colorado wehrte er achtundzwanzig von insgesamt dreißig Torversuchen ab, und die Chinooks stiegen nach einem Drei-zu-zwei-Sieg gegen den gefährlichsten Konkurrenten um den Stanley Cup ins Flugzeug. Kaum hatte die BAC-111 Flughöhe erreicht, leuchtete der Monitor von Janes Laptop drei Reihen weiter vorn auf. Luc hätte dessen nicht bedurft, um zu erfahren, wo sie saß – er wusste es sowieso. Aber der Umstand, dass er es wusste, bedeutete nicht zwangsläufig, dass er etwas unternehmen musste. Während des Flugs von Denver nach Philadelphia unterhielten sich ein paar Jungs mit ihr, was ihm nicht entging. Daniel sagte etwas, das sie zum Lachen brachte, und Luc hätte gern gewusst, was der junge Schwede so verdammt Witziges gesagt hatte. Luc griff sich ein Kissen und verschlief den Rest des Flugs.

Jane aus dem Weg zu gehen war einfacher, als er erwartet hatte, aber nicht an sie zu denken, das stellte sich als unmöglich heraus. Es hatte den Anschein, dass er, je entschlossener er war, sie zu meiden, desto mehr an sie dachte. Je mehr er versuchte, nicht an sie zu denken, desto häufiger fragte er sich, was sie wohl gerade tat und mit wem sie was unternahm. Wahrscheinlich mit Darby Hogue, diesem wilden Mann.

In Philadelphia sah Luc Jane nur einmal, doch bereits in der Sekunde, als sie den Umkleideraum des First Union Center betrat, fielen ihm ihre roten Lippen auf. Und er *wusste*, dass sie einzig und allein, um ihn verrückt zu machen, Lippenstift aufgetragen hatte. Sie hielt ihre Glücksbringerrede, und dann kam sie zu der offenen Kabine, vor der er saß, auf ihn zu. »Viel Glück, du großer, blöder Dodo«, sagte sie, dann senkte sie die Stimme, und es war kaum mehr als ein Flüstern, als sie sagte: »Und zu deiner Information, ich besitze mehrere BHs.«

Luc sah sie aus dem Raum fegen und fürchtete, ihre vollen roten Lippen könnten ihn seiner Konzentrationsfähigkeit beraubt haben. Ein paar angespannte Momente lang dachte er nur an Janes Mund und stellte sich schwarze Spitzen-BHs vor. Er schloss die Augen und versuchte, einen klaren Kopf zu bekommen, und mit äußerster Willensanstrengung gelang es ihm, zehn Minuten, bevor er hinaus aufs Eis musste.

An diesem Abend warfen die Chinooks die Flyers aus dem

Rennen, aber erst nachdem die Jungs aus Philly sich wie die Axt im Walde aufgeführt hatten und Sutter mit einer Gehirnerschütterung ins Krankenhaus gebracht worden war. Rob stand immer noch auf der Verletztenliste, als die Chinooks in New York landeten, um gegen die Rangers anzutreten. Vor dem Spiel im Umkleideraum wartete Luc, bis Jane ihm viel Glück gewünscht hatte, und dann sagte er: »Wenn du tatsächlich mehrere BHs besitzt, solltest du vielleicht mal einen tragen.«

Sie neigte den Kopf zur Seite und sah ihn an. »Warum?«

Warum? Das hätte er ihr ganz genau sagen können, aber nicht in einem Umkleideraum voller Hockeyspieler. Andererseits war es auch nicht seine Aufgabe, ihr zu erklären, dass ihre Brustspitzen immer so deutlich durch den Stoff ihrer Blusen und T-Shirts stachen. Er ging ihr schließlich aus dem Weg. Er wollte nicht mehr mit ihr reden, nicht mehr an sie denken, wiederholte er sich unablässig, als er ins Tor lief und sich darauf konzentrierte, das Spiel gegen die Rangers zu gewinnen. Aber ohne ihren besten Verteidiger bezogen die Chinooks an der Bande und in den Ecken ordentlich Prügel und verloren schließlich das Spiel, als der Kapitän der Rangers ausbrach und den Puck in Lucs Tor pfefferte.

Dann ging es weiter nach Tennessee, dem Geburtsort von Elvis und den Nashville Predators. An diesem Abend kamen BHs im Umkleideraum nicht zur Sprache.

Das junge Team aus Tennessee war ein leichtes Opfer für die erfahreneren Chinooks, und als das Team sich zu dem langen Flug nach Seattle an Bord der Maschine begab, war Luc froh darüber, dass es nach Hause ging. Sein rechtes Knie schmerzte, und er war erschöpft.

Als die BAC-111 in der Luft war, zog er sein Jackett aus und klappte die Armlehne zwischen den Sitzen hoch. Er stellte seine Tasche an die Außenwand des Flugzeugs und lehnte sich mit dem Rücken dagegen. Die Hände mit verschränkten Fingern auf den Bauch gelegt, saß er in der Dunkelheit und musterte Jane über den Gang hinweg. Das kleine Licht über ihrem Kopf schien durch ihre weichen Locken, während sie ihren Artikel in den Laptop eingab. Ihre Fingerspitzen hüpften leicht übers Keyboard. Sie hielt inne, betätigte mehrmals die Löschtaste und setzte wieder neu an. Luc hätte gut einige Körperstellen nennen können, auf denen er das Streicheln dieser geschickten Hände gern gespürt hätte.

Eine Locke fiel über ihre Wange, und Jane schob sie sich hinters Ohr, wodurch sie Lucs Blick auf ihr Kinn und ihren Hals lenkte. Ein paar Reihen weiter hinten spielten ein paar Jungs Poker, aber die meisten schliefen, und ihr Schnarchen vermischte sich mit Janes Tippgeräuschen.

Während der vergangenen sieben Tage hatte Luc sich unentwegt beschäftigt, um sich abzulenken. Jetzt, da er nichts hatte, worauf er seine Gedanken richten konnte, nahm er sich Zeit, Jane in aller Ruhe zu betrachten. Um herauszufinden, warum er Jane Alcott plötzlich so interessant fand. Was hatte sie an sich, das ihn nicht losließ, nicht zur Ruhe kommen ließ? Sie war klein, flachbrüstig und hatte ein loses Mundwerk. Im Grunde war sie einfach zu schlau, verdammt. Derartige Eigenschaften behagten Luc bei Frauen nicht. Und trotzdem – er mochte Jane. An diesem Abend trug sie so ein Twinset, wie alte Damen und Mädchen von Eliteuniversitäten sie bevorzugen. Schwarz. Keine Perlen. Graue Wollhose, und sie war aus ihren Schuhen geschlüpft.

Aus der Dunkelheit heraus betrachtete Luc ihr weiches Haar und die glatte, weiße Haut. Als er sie zum ersten Mal gesehen hatte, fand er sie zu unscheinbar. Ein naturbelassenes Mädchen. Doch jetzt fiel es ihm schwer, sich zu erinnern, warum naturbelassene Mädchen ihn bislang nie angesprochen hatten. Er fragte sich, wie es wohl wäre, wenn er seine Hände über ihre weiße Haut gleiten lassen könnte. Zum ersten Mal seit damals, als er in Denver in ihrem Hotelzimmer gestanden hatte, gestattete er sich die Vorstellung, ihren nackten Körper an seinem zu spüren. Sich ganz der Wollust hinzugeben, sie zu berühren. Ihren Mund, ihre Brüste und ihre seidigen Schenkel zu küssen.

Das Tippen hörte auf, und Jane hob eine Hand an den Mund. Sie zupfte an ihrer Unterlippe und stöhnte leise, gefolgt von einem lang gezogenen Seufzer, der sowohl Frust als auch Vergnügen bedeuten konnte. Dieses Stöhnen drang Luc schmerzhaft ins Bewusstsein, und er kam zu dem Schluss, dass es doch keine gute Idee gewesen war, sich Jane nackt vorzustellen.

Durch die verschiedenförmigen Schatten hindurch, die sie trennten, sah er, wie sie wieder etwa ein Dutzend Mal die Löschtaste drückte und dann von vorn begann. Luc schloss die Augen und bemühte sich, an zu Hause zu denken. Mrs. Jackson hatte keine weiteren Probleme mit Marie gemeldet, und wenn er mit seiner Schwester sprach, war sie ihm einigermaßen stabil erschienen. Sie hatte sich mit einem Mädchen im Haus angefreundet, und während seiner Anrufe war Marie kein einziges Mal in Tränen ausgebrochen oder wütend geworden. Den Gedanken an ein Internat hatte er immer noch nicht ganz aufgegeben, denn er war nach wie vor der Meinung, dass sie von einem weiblichen Umfeld wirklich profitieren würde. Er glaubte allerdings nicht, dass sie schon bereit war, darüber zu reden, und aus irgendeinem Grunde, den er sich nicht erklären konnte, war auch ein Teil von ihm nicht bereit dazu. Noch nicht.

Irgendwo auf der Höhe von Oklahoma schlief er ein, und

er wachte erst wieder auf, als die Maschine zum Landeanflug ansetzte. Als das Flugzeug am Boden war, ergriff Luc seine Tasche. Auf dem Weg zum Parkplatz ging Jane ein ganzes Stück vor ihm, zog einen riesigen Koffer auf Rollen hinter sich her und schleppte ihren Laptop und die Aktentasche. Dank seiner langen Schritte holte er sie mit Leichtigkeit ein, und zusammen betraten sie den Aufzug. Sie drückten dieselbe Taste zur selben Etage des Parkhauses, und die Türen schlossen sich. Luc lehnte sich gegen die Wand und sah Jane an. Mit zur Seite geneigtem Kopf musterte sie ihn. Sie sah erschöpft aus, aber auch verdammt süß.

»Was ist?«, fragte er.

»Gibst du mir diese Woche das Interview?«

Wenn sie auch erschöpft war, vergaß sie doch nie ihren Job. Während er nur sah, wie süß sie war, von ihrer weichen Haut und ihren geschickten Fingern träumte, dachte sie an nichts anderes als an ihre Arbeit. Verdammt. »Trägst du einen BH?«

»Sind wir schon wieder bei dieser Frage angelangt?«

»Ja. Warum trägst du nie einen BH, wie die meisten Frauen?«

»Was geht es dich an?«

Er senkte den Blick in Brusthöhe auf ihren Wollmantel, konnte aber natürlich nichts entdecken. »Deine Brustspitzen sind immer deutlich sichtbar, und das lenkt ab.« Als er den Blick zu ihrem Gesicht hob, hatte sie die Brauen zusammengezogen und den Mund geöffnet, als wollte sie etwas sagen, hätte aber vergessen, was es war. Die Türen des Aufzugs öffneten sich. »Du siehst ständig aus, als wärst du erregt«, fügte er hinzu und hielt die Türen offen, damit sie ihren großen Koffer aus der Kabine bugsieren konnte. Der verblüffte Ausdruck auf ihrem Gesicht war sehenswert, und Luc lachte. »Behaupte bloß nicht, das hätte dir noch niemand gesagt.«

»Das hat mir noch nie jemand gesagt. Du bist der Erste.« Sie schüttelte den Kopf, und gemeinsam überquerten sie die Parkfläche. »Du machst dich nur wieder über mich lustig. Wie damals, als du angeboten hast, in meinen Kaffee zu pinkeln, oder als du behauptet hast, du würdest in eine Striptease-Bar gehen.«

»Die Sache mit dem Kaffee war mein Ernst, und ich meine es auch jetzt ernst.« Er blieb hinter seinem Landcruiser stehen.

»Aha. Gut«, sagte sie und ging zu ihrem Honda Prelude, der ein paar Parknischen weiter stand.

Er warf seine Tasche auf den Rücksitz des Toyota und blickte noch einmal zu Jane hinüber. Die Kofferraumklappe ihres Wagens stand offen, und unter kleinen Ächz- und Stöhngeräuschen versuchte sie, den großen Koffer einzuladen. Luc ging an den zwei Wagen vorbei, die sie voneinander trennten, und die Absätze seiner Stiefel hallten dumpf durch die fast leere Parkebene. Als Jane seine Schritte hörte, blickte sie auf. Die Parkhausbeleuchtung warf tiefe Schatten in den Winkel, in dem ihr Wagen stand. Eine Haarlocke fiel ihr übers Auge, und sie schob sie zurück. Sie atmete mit leicht geöffneten Lippen.

»Brauchst du Hilfe?«, fragte er.

Sie deutete auf den großen Koffer, der immer noch auf dem Boden stand. »Wenn du mir dabei helfen würdest? Ich habe gestern noch ein paar Bücher gekauft, deshalb ist der Koffer jetzt zu schwer für mich.«

Für Luc war das kein Problem.

»Danke.« Sie legte Laptop und Aktentasche in den Kofferraum und schlug die Klappe zu.

»Gern geschehen.«

»Hat Marie dir gesagt, dass ich sie am Sonnabend abhole?«, fragte sie, schon auf dem Weg zur Fahrertür.

»Ja.« Er folgte ihr und nahm ihr den Schlüssel aus der Hand. Nachdem er die Wagentür aufgeschlossen hatte, fügte er hinzu: »Sie schien sich sehr darauf zu freuen.«

Sie streckte die Hand aus, und er ließ den Schlüssel hineinfallen. »Freut mich zu hören. Wir haben uns lange nicht gesprochen, und ich wusste nicht, ob du mit unseren Plänen einverstanden bist.«

Er ließ den Blick von ihrem Haar über ihre grünen Augen und die gerade Nase bis zu ihrer schön geschwungenen Oberlippe wandern. »Wir haben uns gesprochen.«

»Vielleicht ist es dir nicht klar, aber wenn ich dich einen großen, blöden Dodo nenne und du mich wegen meines BHs hochnimmst, kann man kaum von einer Unterhaltung reden.« Sie zog die Mundwinkel herab. »Außerhalb des Umkleideraums jedenfalls nicht.«

Er sah ihr in die Augen und fragte sich, ob sie ihn absichtlich ärgern wollte. Der Verdacht lag nahe. »Was hat dir denn die Petersilie verhagelt, Süße?«

Sie verschränkte die Arme vor der Brust und wich einen Schritt zurück – Luc vermutete, damit sie nicht den Kopf in den Nacken legen musste, um ihm ins Gesicht sehen zu können. »Ich denke, das wissen wir beide.«

»Ich bin bloß ein dummer Hockeyspieler, und vielleicht solltest du es mir langsam und deutlich erklären.«

»Ich habe nie gesagt, dass du dumm bist.«

Er machte einen Schritt auf sie zu, sodass sie doch wieder zu ihm aufblicken musste. »Du hast es aber durchklingen lassen, Jane, und ich bin nicht so dumm, dass ich die Andeutungen nicht verstehe.«

Sie trat zurück. »Ich habe nicht andeuten wollen, dass du dumm bist.«

»Hast du aber.«

»Gut, aber ich halte dich nicht für dumm. Du bist …«

Er folgte ihr. »Ich bin …?«

»Grob und unhöflich.«

Er zuckte mit den Schultern. »Stimmt.«

»Und du äußerst mir gegenüber Dinge, die sich nicht gehören.«

»Zum Beispiel?«

»Dass ich aussähe, als wäre ich ständig erregt.«

Aber es war so.

»Zu einem männlichen Kollegen würdest du so etwas niemals sagen.«

Das stimmte, aber selbst wenn ein männlicher Kollege mit einem regelrechten Prügel in der Hose herumliefe, würde es Luc wahrscheinlich nicht einmal auffallen. Jane dagegen, Jane fiel ihm auf. »Ich werde mich bessern.«

Sie wich noch einen Schritt zurück und stand mit dem Rücken an der Parkhauswand. »Und du bist verwöhnt. Du kriegst alles, was du willst und setzt immer deinen Kopf durch.«

Jetzt redete sie schon wieder von dem Interview. »Nicht immer.« Er kam auf sie zu und stützte sich mit den Handflächen am kalten Beton links und rechts neben ihrem Kopf ab. »Manche Dinge, die ich gern haben will, sind nicht gut für mich. Also lasse ich die Finger davon.«

»Zum Beispiel?«

»Koffein. Zucker.« Er senkte den Blick auf ihre Lippen. »Du.«

»Ich?«

»Du ganz eindeutig.« Er schob eine Hand in ihren Nacken und senkte seine Lippen auf ihren Mund. »Bei dir habe ich noch nie meinen Kopf durchsetzen können«, sagte er, und dann küsste er sie, einfach weil er nicht anders konnte. Ihre

Lippen waren warm und süß, und sofort meldete sich das Begehren deutlich in seinen Lenden. Allein dadurch, dass seine Hand in ihrem Nacken und sein Mund auf ihren Lippen lag, überrollte ihn die Lust wie eine mächtige Woge.

Er löste sich von ihr in der festen Absicht zu gehen, sie stehen zu lassen, bevor er etwas tat, das er später bereuen würde, doch sie sah zu ihm auf und leckte ihre feuchten Lippen. Statt auf dem Absatz kehrtzumachen, legte er einen Arm um ihre Taille und zog sie fest an sich. Er war an große Frauen gewöhnt und musste sie zu sich hochziehen, bis sie auf Zehenspitzen stand. Er öffnete den Mund über ihren Lippen, küsste sie heiß und feucht und drückte sie an sich, während ihre Hände über seine Schultern und seitlich an seinem Hals hinaufstrichen. Seine Zunge berührte die ihre und spielte mit ihr, und sie schob die Finger in sein Haar. Seine Kopfhaut prickelte unter ihrer Berührung. Sie stöhnte tief in der Kehle; es war dieser Ton der Lust und der Frustration und des Verlangens, der ihn neulich abends so angeheizt hatte und jetzt den Gedanken in ihm weckte, gleich hier an der Mauer Sex mit ihr zu haben.

Im schwachen Licht des Parkhauses knöpfte er ihren Mantel auf und schob seine Hand unter ihren Pullover. Ihr flacher Bauch war warm, und seine Hand schlüpfte weiter hinauf zu ihrer Brust. Sie trug keinen BH, und ihre kleine Brust reichte kaum, um seine Hand zu füllen. Ihre aufgerichtete Brustspitze stach in seine Handfläche wie eine harte kleine Himbeere, und sein Glied drängte, und seine Knie wurden weich. Sein Mund strich an ihrer Wange entlang, er holte tief Luft. Er war erregt wie schon lange nicht mehr, und er musste aufhören.

»Luc«, keuchte sie, legte die Hände seitlich an seinen Kopf und zog seinen Mund wieder zu sich heran. Sie fuhr mit den

Händen über seine Schultern und seine Brust und küsste ihn wie eine Frau, die ins Bett wollte. Es war ein heißer, verzehrender Kuss mit offenem Mund, der in Luc Gedanken an Überwachungskameras und die Gefahr einer Verhaftung weckte. Er rollte ihre harte Brustspitze unter seiner Handfläche, und sie schlang ein Bein um seine Taille. Er stieß seine Erektion in ihren Schritt. Die Glut ihrer Körper warf ihn fast um. Er drängte sich gegen sie und ließ jeden Gedanken an Aufhören fallen.

»Nicht hier«, sagte er, als er seine Lippen von ihr löste. »Hier nimmt man uns fest. Glaub mir, ich weiß es.« Er legte den Kopf in den Nacken und holte tief Luft. »Ein paar Meilen von hier gibt es ein Best Western oder ein Ramada.« Er blinzelte. Er war sich dessen zumindest einigermaßen sicher. »Ich besorge ein Zimmer, und du wartest im Wagen.«

»Was?«

Himmel, er begehrte sie. Er wollte sich über sie werfen und lange, lange in ihr verweilen. »Wir treiben es die ganze Nacht. Und den halben Vormittag. Und wenn du gerade denkst, du kannst nicht mehr, fangen wir wieder von vorn an.« Ein so übermächtiges Verlangen, dass er kaum über das Drängen in seiner Hose hinausdenken konnte, hatte er schon lange nicht mehr erlebt. »Ich werde dich ordentlich durchficken.« Sie sagte nichts, und er blickte hinunter in ihr Gesicht.

Sie nahm das Bein von seiner Taille und senkte den Fuß auf den Boden. »In einem Motelzimmer?«

»Ja. Wir können meinen Wagen nehmen.«

»Nein.«

»Wo dann?«

Sie schob seine Hand von ihrer Brust. »Nirgends.«

»Warum nicht, zum Teufel? Ich habe einen Steifen, und

ich brauche nicht erst meine Hand in deine Hose zu schieben, um zu wissen, dass du nass bist.«

Ihre Augen waren groß und leicht glasig. »Du redest mit mir wie mit einem deiner Groupies.«

Mit Groupies hatte er sie wirklich nicht in Zusammenhang gebracht. Oder doch? Nein. »Es passt dir nicht, dass ich gesagt habe, du bist *nass*? Wie würdest du es denn ausdrücken?«

»Ich würde es gar nicht ausdrücken, und ich ficke nicht. Ich mache Liebe. Groupies ficken.«

»Herrgott noch mal«, fluchte er. »Wen interessiert das? Am Ende ist es doch das Gleiche.«

»Nein, das ist es nicht, und mich interessiert es.« Sie versetzte ihm einen Stoß vor die Brust, und er wich einen Schritt zurück. »Ich bin nicht eine von deinen Weibern. Ich bin eine professionelle Reporterin!«

Er wusste nicht, wen sie überzeugen wollte. Ihn oder sich selbst. »Du bist eine Circe und eine verdammte prüde Zicke«, sagte er und machte auf dem Absatz kehrt. Er schob eine Hand in seine Jackentasche und ballte sie um seinen Wagenschlüssel zur Faust, dass das Metall ihm in die Hand schnitt. Er bereute es, Jane je kennen gelernt zu haben. Er bereute es, sie je gesehen zu haben, und noch mehr, dass sie ihn so verrückt machte, dass er sie geküsst hatte und jetzt mit einem Steifen nach Hause fahren musste. Wieder einmal.

Auf dem Weg zu seinem Fahrzeug hörte er, wie sie ihren Wagen startete, und als er schließlich die Tür seines Landcruisers aufgeschlossen hatte, war sie schon fort, und nur noch die roten Rückleuchten erinnerten an sie.

Die Rückleuchten und der Schmerz in Lucs Lenden und das Hämmern in seinem Kopf und das Wissen, dass er sie in drei Tagen würde wiedersehen müssen.

Ich mache Liebe, hatte sie gesagt. Als er sie zum ersten Mal gesehen hatte, war sein Eindruck gewesen, dass sie eine von diesen verklemmten Frauen war, die bestimmt seit fünf Jahren keinen Sex gehabt hatten. Und er hatte sich nicht getäuscht.

»›Liebe machen‹«, schnaubte er verächtlich, stieg in seinen Wagen und ließ den Motor an. Jane wollte nicht Liebe machen. Er hatte ihre Signale nicht falsch verstanden. Eine Frau, die mit ihm Liebe machen wollte, würde ihn nicht küssen wie eine Pornokönigin. Eine Frau, die Liebe machen wollte, hätte den Wunsch, sich Zeit zu lassen. Sie würde nicht das Bein um seine Taille schwingen, während er sie in einem Parkhaus gegen die Wand drängte.

Er stieß rückwärts aus seiner Parknische und fuhr nach Hause. Jemand sollte der prüden kleinen Zicke mal das eine oder andere darüber erklären, was eine Circe ist. Er allerdings nicht. Er war fertig mit Jane Alcott.

Dieses Mal war es sein Ernst.

11. KAPITEL

Juke: Wie man einen Gegner täuscht

Drei Tage nach dem Vorfall im Parkhaus saß Jane in der Presseloge der Key Arena und blickte hinab aufs Eis.

»Kriegen wir hier Essen und Getränke gratis?«, fragte Caroline.

»Im Presseclub gibt es Essen und Getränke gratis.« Sie hatte Caroline mit zum Spiel genommen, um jemanden zu haben, mit dem sie reden konnte. Jemanden, der ihr half, sich von ihren aktuellen Problemen abzulenken. »Gewöhnlich suche ich den erst später auf.«

Caroline trug ein sehr enges Chinooks-T-Shirt und ebenso enge Jeans. Sie war auf Männerfang getrimmt und hatte auch schon die Aufmerksamkeit des Typen auf sich gezogen, der für die Videoaufnahme des Spiels verantwortlich war. Mehrmals hatte er Carolines Bild schon über die Leinwand laufen lassen.

Kurz bevor die Einstimmungsshow begann, gesellte sich Darby zu ihnen. Sein Haar war starr von Gel, und in seinem schwarzen Seidenhemd steckte sein Taschenschutz. Jane machte ihn mit Caroline bekannt, und beim Anblick von Janes schöner Freundin weiteten sich seine Augen, und sein Mund klappte leicht auf. Darbys Reaktion wunderte Jane nicht sonderlich, doch es wunderte sie, dass Caroline Darby mit ihrem Charme einwickelte und an den Haken nahm.

Die Show begann, und Jane wusste, dass sie in etwa einer Viertelstunde den Umkleideraum aufsuchen und dem Team

Glück wünschen musste. Zum ersten Mal, seit Luc sie geküsst und sie den Verstand verloren und das Bein um seine Taille gelegt hatte, würde sie Luc wiedersehen. Gott sei's gedankt, dass sie noch rechtzeitig zu sich gekommen und nicht mit ihm in ein Motel gefahren war. Das wäre aus vielerlei Gründen nicht gut gewesen.

Es ließ sich jedoch nicht leugnen, dass sie wahnsinnig scharf auf Luc war. Sie fühlte sich zu ihm hingezogen, als wäre sie ein Magnet und er ein großes Metallstück, und es sah nicht so aus, als könnte sie irgendetwas dagegen tun.

Die letzte unterwegs verbrachte Woche war sie ihm so weit wie möglich aus dem Weg gegangen. Hatte einen großen Bogen gemacht um den Mann, der sie verwirrte, der sie ärgerte und der ihr Inneres zum Schmelzen brachte. So gut es ging, hatte sie sich anderweitig beschäftigt. Sie hatte Darby für ihre *Singlefrau*-Kolumne interviewt, und sie hatte eine nette Episode verfasst über nette Männer, die als Letzte durchs Ziel gehen. Sie hatte ihren Leserinnen geraten, Typen zu meiden, die ihre Herzen in Flammen setzten, und stattdessen lieber Ausschau nach den netten Männern zu halten. Sie hatte Darby zitiert, sodass er gut rüberkam, und als Gegenleistung sollte er sie den Trainern ans Herz legen, die sie immer noch nicht gern in ihrer Nähe sahen.

Sie hatte sich ihren eigenen Rat zu Herzen genommen und hatte den einen Typ, der ihr Herz in Flammen setzte, mit einigem Erfolg gemieden. Dann hatte er sie gegen diese Mauer gedrängt und sie geküsst. Sie hätte schockiert und empört reagieren müssen, doch als sie ihn auf sich zukommen sah, die Lider auf Halbmast und die blauen Augen verhangen von Lust, war sie völlig schwach geworden und gleichzeitig total aufgeregt gewesen. In dem Moment, als seine Lippen ihren Mund berührten, hatte sie ihrem Herzen nachgegeben und ihm zugestanden, wonach es sie so verzweifelt verlangte. Luc.

Obwohl ihre Gefühle für ihn ein einziges Chaos waren, konnte sie sich nicht länger vor der Wahrheit verschließen. Sie begehrte Luc. Sie wollte bei ihm sein, aber sie wollte mehr für ihn sein als irgendeine von den Frauen, mit denen er in irgendein Motel ging.

Mehr als ein Groupie.

Er hatte sie als prüde bezeichnet. Sie war alles andere als prüde. Es störte sie nicht, wenn Männer beim Sex in eine grobe Ausdrucksweise verfielen. Sie war die Verfasserin von *Honey Pie*, verdammt noch mal. Nein, prüde war sie nicht. Sie war eine Frau, die ihre Würde nicht preisgeben wollte, und diese vor ihm und vor sich selbst verteidigte. Eine Frau, die darum kämpfte, dass sie sich nicht völlig in einen für sie unerreichbaren Mann verliebte.

Sollte er je herausfinden, dass sie *Honey Pie* war, dann würde sie wohl nicht mehr kämpfen müssen. Dann würde er wahrscheinlich nie wieder mit ihr reden. Vielleicht hasste er sie dann sogar.

Nachdem er in der vergangenen Woche in Denver in ihrem Hotelzimmer gestanden und gesagt hatte, es hätte nur an ihrem Kleid gelegen, dass er sie geküsst hatte, hatte sie die Märzepisode abgeschickt, in der ein gut aussehender Goalie aus Seattle die Hauptrolle spielte. Sie war so wütend und verletzt gewesen und hatte einfach auf Senden gedrückt und den Artikel abgeschickt.

Wenn Luc davon erfuhr und die Märzepisode las, würde er wissen, dass er *Honey Pies* letztes Opfer war. Jane versuchte, sich einzureden, dass es ihm schmeicheln würde. Nicht jedem Mann in Amerika widerfuhr die Ehre, von *Honey Pie* ins Koma geschickt zu werden. Aber im Grunde glaubte sie nicht daran, dass Luc es als Ehre betrachten würde, und das belastete doch leicht ihr Gewissen. Natürlich würde er nie auf die Idee kommen, sie mit *Honey Pie* in Verbindung zu bringen. Er würde nie erfahren, was sie getan hatte. Aber auch das erleichterte nicht ihr Gewissen.

Darby lachte über etwas, das Caroline gesagt hatte, und lenkte Janes Gedanken von Luc ab. Eine flüchtige Sekunde lang überlegte sie, ob sie Darby sagen sollte, dass er überhaupt nicht der Typ ihrer Freundin wäre, dass sie ihn wahrscheinlich abweisen würde, aber Darby schien sich nichts Schöneres vorstellen zu können, als sich von Carolines Lächeln bestricken zu lassen. Statt ihn zu warnen, überließ Jane es ihm selbst, herauszufinden, was er von Caroline zu erwarten hatte. Sie schob ihre Aktentasche unter den Sitz, stieg in den Aufzug und fuhr zum Erdgeschoss hinunter.

Sie blickte an dem marineblauen Blazer herab, den sie zu einem weißen Rollkragenpullover trug. Sie hatte die Jacke zugeknöpft, sodass ihre Brüste bedeckt waren. Bevor Luc erwähnt hatte, dass ihre Brustspitzen zu sehen waren, hatte sie sich nie Gedanken darüber gemacht. Im Grunde schenkte sie ihrem Busen kaum Beachtung. Er war klein und nicht unbedingt das Beste an ihr, und daher glaubte sie, alle anderen würden ihn genauso wenig wahrnehmen.

Alle anderen, außer Luc.

Mit leicht schleppendem Schritt näherte sie sich dem Umkleideraum. An der Tür blieb sie stehen und lauschte Coach Nystroms Anfeuerungsrede. Als er endete, straffte sie die Schultern und betrat den Raum. Sie vermied es, Luc anzusehen, aber sie brauchte ihn gar nicht zu sehen, um zu wissen, dass er anwesend war. Sie spürte, dass er sie beobachtete. Das war kein gutes Gefühl.

»Hey, Sharky«, rief Bruce.

»Hey, Fishy«, sagte sie und wandte den übrigen Teammitgliedern ihre Aufmerksamkeit zu. Sie stellte sich in die Mitte des Raums und rezitierte ihre Glück bringende Ansprache. »Lasst nicht gleich die Hosen runter, meine Herren. Ich habe euch etwas zu sagen. Ich stehle euch nur einen Moment eurer kostbaren Zeit, und es wäre mir lieber, wenn ihr heute mal von eurem synchronen Hosenrunterlassen absehen könntet. Mit euch unterwegs zu sein, das war ein Erlebnis, das ich nie vergessen werde. Ich hoffe, dieses Jahr ist das Jahr, in dem ihr den Stanley Cup gewinnt.« Sie ging zum Mannschaftskapitän, der im Begriff war, sich das Trikot über den Kopf zu ziehen. »Viel Glück beim Spiel, Hitman.«

Er schüttelte ihr die Hand. Obwohl seine geplatzte Lippe sicher wehtat, lächelte er. »Danke, Jane.«

»Gern geschehen.«

Rob durfte an diesem Abend wieder spielen, und sie ging auf seine Nische zu. »Wie geht's dir, Hammer?«

»Hundertprozentig.« Er stand auf und überragte sie auf seinen Schlittschuhen. »Schön, wieder dabei zu sein.«

»Schön, dich wieder hier zu sehen.« Schließlich wandte sie sich zu Luc um und ging auf ihn zu. Ein paar blonde Locken fielen ihm in die Stirn; er saß da und hielt den Helm auf einem Knie. Aus seinen klaren blauen Augen sah er ihr entgegen, sein Blick war völlig leer. Mit jedem Schritt, den sie näher kam, wurde der Knoten in ihren Eingeweiden härter. Beinahe hätte sie Luc lieber wütend gesehen. Oder sonst wie. Sie blieb vor ihm stehen und holte tief Luft. »Du großer, blöder Dodo.«

»Danke«, sagte er völlig ausdruckslos.

»Gern geschehen.« Sie ermahnte sich zu gehen, rührte sich aber nicht vom Fleck. »Letzte Woche habe ich Dion interviewt.«

»Und? Hat man dir nicht gesagt, dass man mich vor einem Spiel nicht ärgern darf?«

Offensichtlich war er doch nicht völlig gefühllos. Augenscheinlich war er sauer. Gut. Sauer war immer noch besser als gleichgültig. »Ja. Und du hast mir geraten, dich auch nach einem Spiel nicht zu ärgern.«

»Warum stehst du dann immer noch hier herum?«

»Ich habe alles für das Interview mit dir vorbereitet.«

»Pech für dich.«

Es war an der Zeit, andere Saiten aufzuziehen. »Wir haben ein Abkommen, Martineau. Wenn du dich nicht daran hältst, dann nenne ich dich nie wieder einen Dodo.«

Er stand auf und blickte auf sie herab. »Schön. Morgen, nachdem du mit Marie einkaufen warst. Wenn du sie nach Hause bringst, kannst du ja deine Fragen mitbringen.«

Sie lächelte. »Prima.« Dann ging sie, bevor er es sich anders überlegen konnte. Als sie in die Presseloge zurückkam, unterhielten sich Darby und Caroline angeregt über Darbys Hermès-Anzug.

Jane griff unter den Sitz und zog ihre Aktentasche hervor. Sie kramte darin herum und entnahm ihr schließlich ihren Kalender und einen Block Haftnotizen. *Interview mit Luc*, schrieb sie und klebte es auf die Kalenderspalte für den folgenden Tag. Als ob sie das hätte vergessen können.

Während der zweiten Spielzeit beugte Caroline sich zu ihr herüber und flüsterte ihr ins Ohr: »Sieh nur, so viel Testosteron auf Eis.«

Jane lachte. »So was in der Art von Campbell's Suppe ›Stars on Ice‹?«

»Nein, so was in der Art von einer Samenbank.«

In den letzten vier Spielsekunden verloren die Chinooks gegen die Florida Panthers, als ein Panther von der blauen Linie aus einen Zufallstreffer landete. Luc ging in die Knie, aber der Puck witschte unter seiner Polsterung hindurch. Luc schaute hinter sich ins Netz und hieb mit dem Schläger krachend gegen den Pfosten, als das Spiel abgepfiffen wurde.

Als Jane den Umkleideraum betrat, trug sie den Kopf hoch und sah sich Vlad Fetisovs gebrochener Nase gegenüber. Sie wusste nicht, was schlimmer war: ihn oberhalb der Schultern oder unterhalb der Gürtellinie anschauen zu müssen.

Als sie Vlad über seine Verletzung befragte, warf sie einen verstohlenen Blick auf eine der nächsten Nischen. Luc stand da, ihr den Rücken zukehrend, und legte seine Rüstung ab, bis er von der Taille aufwärts nackt war. Ihr Blick folgte der Rinne seiner Wirbelsäule bis zu seinem Hosenbund. Er drehte sich um, und die Kehle wurde ihr eng. Aus seinen Shorts erhob sich wie eine Aufforderung zur Sünde sein tätowiertes Hufeisen. Kein Wunder, dass sie in ihn verknallt war. Ob von vorn oder von hinten, der Typ war ein Augenschmaus. Kein Wunder, dass ihr Verstand aussetzte, wenn er sie berührte. Seit Vinny hatte sie keinen Sex mehr gehabt, und Vinny hatte sie schon vor fast einem Jahr den Laufpass gegeben.

»... is' nur Spiel«, schloss Vlad, und Jane war froh, dass sie seine Antwort aufgenommen hatte, denn sie hatte nichts von dem, was er gesagt hatte, zur Kenntnis genommen.

»Danke, Vlad.« Vielleicht war es an der Zeit, sich einen neuen Freund zu suchen. Jemanden, der ihr half, sich von Luc und seiner Glück bringenden Tätowierung abzulenken.

Am nächsten Morgen, als Jane Caroline abholte und mit ihr nach Bell Town fuhr, hing ein grauer Nebel über der Stadt. Wegen des Interviews mit Luc, das später am Tag stattfinden sollte, hatte Jane ihre übliche Berufskleidung angezogen: graue Wollhose und eine weiße Bluse. Caroline trug eine pinkfarbene Wildlederhose und einen rot und pink gestreiften Body. Sie sah aus, als käme sie etwa fünfunddreißig Jahre zu spät zu den Probeaufnahmen für eine Girl-Group. Für jede andere Frau wäre ihr Outfit ein totaler Mode-Fauxpas gewesen, aber an Caroline sah es irgendwie gut aus.

Sie lasen Marie vor Lucs Apartmenthaus auf und kamen gerade noch pünktlich zu Maries Friseurtermin. Zuerst schnitt Vonda die gesplissten Spitzen ab, dann stufte sie Maries Haar durch bis auf Kinnlänge. Der Schnitt wirkte jung und süß und machte Marie um etwa vier Jahre älter.

Anschließend durchstreiften sie diverse Boutiquen, Gap, Bebe und Hot Topic, wo Marie einen Ledergürtel mit großen silbernen Nieten und ein Care-Bear-T-Shirt erstand. Caroline kaufte sich einen neuen Nabelring und Erdbeerjoghurt-farbenen Nagellack. Jane entschied sich für ein Batgirl-T-Shirt. Sie redeten über Jungs und Musik und darüber, welche Schauspielerin allmählich in die Jahre kam. Wohin sie auch gingen, überall brachte Marie Lucs Visa-Karte zum Einsatz.

In der Kosmetikabteilung bei Nordstrom schminkte die Visagistin Marie so, dass vor allem ihre großen blauen Augen zur Geltung kamen und ihr zarter Teint. Marie ergänzte das Make-up mit tiefrotem Lippenstift, der sie gut kleidete, aber noch ein Jahr älter erscheinen ließ. Unwillkürlich fragte sich Jane, was Luc wohl davon halten würde, wenn seine Schwester älter aussah, als sie war. Sie würde es in Kürze erfahren.

Als es um die Auswahl von Kleidung ging, folgte Marie Carolines Ratschlägen ohne jede Einschränkung. Caroline hatte eine Art, Menschen an Fehlgriffen zu hindern, ohne dass diese merkten, wie sie gesteuert wurden; und der Umstand, dass Caroline groß und schön und gekleidet war wie ein Supermodel, kam hilfreich hinzu.

»Die fallen klein aus«, sagte sie, als Marie eine Calvin-Klein-Stretch-Jeans in Größe drei anprobieren wollte. »Modedesigner entwerfen ihre Klamotten für magersüchtige Mädchen oder kleine Jungen«, erklärte sie. »Und Gott sei Dank siehst du keineswegs aus wie ein kleiner Junge.« Sie reichte Marie eine Jeans in Größe fünf.

Darby Hogue tauchte in der Schuhabteilung auf, als Marie ein Paar Steve-Madden-Clogs mit hohem Keilabsatz anprobierte.

»Ich habe Darby angeboten, ihn beim Hemdenkauf zu beraten«, sagte Caroline, und hätte Jane es nicht besser gewusst, wäre sie sicher gewesen, dass ihre Freundin zart errötet war. Was ausgeschlossen war, denn Intellektuelle mit flammend rotem Haar waren nicht Carolines Typ. Sie mochte ihre Männer groß, dunkel und ohne Taschenschutz.

Caroline zeigte Marie ein Paar schwarze Stiefel mit silbernen Schnallen an den Seiten. »Die würden zu dem Camouflage-Rock und dem Nietengürtel fantastisch aussehen.«

Jane fand die Stiefel hässlich, doch Maries Augen leuchteten auf, und sie sagte: »Boah!« Und Jane vermutete, dass das ein Begeisterungsausruf war. Der Umgang mit einem Teenager gab Jane wieder einmal das Gefühl, alt zu sein. Um dem Gefühl entgegenzuwirken, probierte sie ein Paar Riemchensandalen mit halbhohen Hacken an.

Sie setzte sich neben Darby, um die Sandalen anzuziehen. »Was meinst du?«, fragte sie, zog das Hosenbein ihrer Jeans hoch und betrachtete die Sandalen aus verschiedenen Blickwinkeln.

»Ich finde, sie sind das Passende für eine Vogelscheuche.«

Sie musterte ihn in seinem geliebten Totenkopf-Seidenhemd und seiner Lederhose und hielt ihn für einen inkompetenten Kritiker.

Er neigte sich zu ihr und flüsterte an ihrem Ohr: »Ich brauche dich! Du könntest mal ein gutes Wort bei Caroline für mich einlegen.«

»Kommt nicht infrage. Du hast meine Sandalen geschmäht.«

»Wenn du mir ein Date mit ihr verschaffst, kauf ich dir die Schuhe.«

»Ich soll die Kupplerin für dich spielen?«

»Ist das ein Problem für dich?«

Jane warf einen Blick auf ihre Freundin, die am Ralph-Lauren-Stand herumstöberte. »Hm – ja.«

»Zwei Paar.«

»Vergiss es.« Sie zog die Sandalen aus und legte sie in den Karton. »Aber ich gebe dir ein paar Tipps. Lass diese Totenschädelhemden weg und rede nicht so viel über Mensa.«

»Bist du sicher?«

»Unbedingt.«

Als sie in der Schuhabteilung fertig waren, nahmen Jane und Marie die Rolltreppe zur Dessousabteilung, während Caroline und Darby den Weg zur Herrenoberbekleidung einschlugen.

Jane und Marie waren bereits voll beladen mit Tragetüten, als sie auf die Stangen voller BHs stießen.

»Was meinst du?«, fragte Marie und hielt einen lavendelfarbenen Spitzen-BH in die Höhe.

»Der ist hübsch.«

»Aber ich möchte wetten, er ist unbequem.« Sie neigte den Kopf auf die Seite. »Meinst du nicht?«

»Tut mir Leid, dazu kann ich nicht viel sagen. Ich trage keine BHs. Hab eigentlich nie welche getragen.«

»Warum nicht?«

»Na ja, wie du unschwer erkennen kannst, brauche ich keinen. Ich habe immer nur Hemdchen oder Bandeaus getragen oder eben gar nichts.«

»Meine Mom hätte mir den Kopf abgerissen, wenn ich nur ein Hemdchen angezogen hätte.«

Jane zuckte mit den Schultern. »Tja, nun, als ich erwachsen wurde, hat mein Dad nicht gern über Mädchenkram mit mir geredet. Ich glaube, er hat einfach so getan, als wäre ich ein Junge.«

Marie drehte ein Preisschildchen um. »Vermisst du deine Mutter auch heute noch?«

»Immerzu, aber es ist nicht mehr so schmerzhaft. Versuche, vor allem die guten Erinnerungen an deine Mutter zu behalten, bevor sie krank wurde. Denke nicht an die weniger schönen.«

»Wie ist deine Mutter gestorben?«

»An Brustkrebs.«

»Oh.« Über die Stange mit den spitzenbesetzten BHs hinweg sahen sie einander an. Maries große blaue Augen blickten direkt in Janes. Keine sagte etwas, denn sie wussten beide, wie es ist, wenn man einen geliebten Menschen auf diese Weise sterben sieht.

»Du warst jünger als ich. Stimmt's?«, fragte Marie.

»Ich war sechs Jahre alt, und meine Mutter war lange krank, bevor sie starb.« Ihre Mutter war einunddreißig gewesen. Ein Jahr älter als Jane jetzt.

»Ich habe noch ein paar Blumen vom Sarg meiner Mutter. Sie sind vertrocknet, aber irgendwie geben sie mir das Gefühl, noch mit ihr in Verbindung zu stehen.« Marie senkte den Blick. »Luc versteht das nicht. Er ist der Meinung, ich sollte sie wegwerfen.«

»Hast du ihm erklärt, warum du die Blumen behalten willst?«

»Nein.«

»Das solltest du aber tun.«

Sie hob die Schultern und hielt einen roten BH hoch.

»Ich habe den Verlobungsring meiner Mutter behalten«, gestand Jane. »Mein Vater hat ihr den Ehering mit ins Grab gegeben, aber den Verlobungsring hat er behalten, und ich habe ihn immer an einem Kettchen um den Hals getragen.« Sie hatte seit Jahren nicht mehr über den Ring und seine Bedeutung für sie gesprochen. Caroline verstand sie nicht, denn Carolines Mutter war mit einem Brummifahrer durchgebrannt. Aber Marie verstand.

»Wo ist der Ring jetzt?«

»In meiner Wäscheschublade. Ein paar Jahre nach dem Tod meiner Mutter habe ich ihn abgelegt. Vermutlich legst du auch die Blumen in eine Schublade, wenn der richtige Zeitpunkt gekommen ist.«

Marie nickte und hielt einen weißen BH hoch. »Was ist mit dem?«

»Der sieht schwer aus.« Jane nahm das gleiche Modell von der Stange und drückte das Unterteil zusammen. Es war dick und schwammig, und sie fragte sich, was Luc denken würde, wenn seine kleine Schwester einen Push-up-BH trüge. Sie fragte sich, was er wohl denken würde, wenn *sie* einen trüge. »Luc wäre vielleicht nicht damit einverstanden, wenn du dir so einen riesigen gepolsterten BH kaufst.«

»Ach, den stört das nicht. Es wird ihm wahrscheinlich nicht mal auffallen«, sagte Marie, wählte vier BHs aus und verschwand in der Umkleidekabine. Während Jane auf sie wartete, hob sie die zahlreichen Einkaufstüten auf und ging ein paar Schritte weiter zur Slipabteilung.

Wenn Jane sich auch mit BHs nicht gut auskannte, so war sie doch Expertin für Slips. Vor zwei Jahren war sie zu

Stringtangas konvertiert. Zuerst hatte sie sie verabscheut, doch inzwischen liebte sie sie. Sie rutschten nicht hoch wie konventionelle Slips, weil, nun ja, sie saßen sowieso schon ziemlich hoch. Sie erstand sechs Tangaslips aus einem Baumwoll-Stretch-Gemisch und dazu passende Hemdchen.

Als Marie aus der Kabine kam, legte sie eine Hand voll Slips und drei BHs auf den Kassentisch. Das Handy in ihrer Handtasche piepste, und sie klappte es auf.

»Hallo«, meldete sie sich. »Hmmm ... Ja, ich glaube schon.« Sie warf Jane einen Blick zu. »Luc will wissen, ob du Hunger hast.«

Luc? »Wieso?«

Marie zuckte mit den Schultern. »Wieso?«, fragte sie ihn. Sie reichte der Verkäuferin Lucs Kreditkarte und sagte dann zu Jane: »Er ist heute Abend mit Kochen an der Reihe. Er sagt, da du ja sowieso kommst, um ihn zu interviewen, kann er auch gleich was für dich in die Pfanne hauen.«

Zwei Dinge gleichzeitig fielen Jane auf. Dass Luc kochte und dass er offenbar nicht mehr sauer auf sie war. »Sag ihm, ich komme um vor Hunger.«

12. KAPITEL

In die dritte Reihe versetzt: Ein harter Schlag

»Es ist komisch, keinen Garten zu haben«, sagte Marie. Sie unterhielten sich über die Veränderungen in ihrem Leben, seit sie zu Luc gezogen war. »Und ich muss keine Wäsche mehr waschen«, fügte sie hinzu, als sie im neunzehnten Stock aus dem Aufzug stiegen. »Das finde ich gut.«

»Luc wäscht die Wäsche?«

Marie lachte. »Nein.« Sie gingen den Flur entlang bis zur letzten Tür auf der linken Seite. »Wir geben sie raus, und sie kommt frisch gewaschen und säuberlich zusammengelegt zurück.«

»Sogar deine Unterwäsche?«

»Ja.«

»Ich glaube, ich möchte nicht, dass irgendwer meine Slips anfasst«, sagte Jane, während Marie die Tür aufschloss. Zumindest keine Fremde, dachte sie, trat ein und blieb abrupt stehen. Der eindrucksvolle Anblick der Fenster ließ sie wie angewurzelt stehen bleiben und vertrieb jeden Gedanken an fremde Leute, die ihre Stringtangas zusammenlegten. Die Fenster reichten vom Boden bis zur Decke und nahmen eine ganze Wand ein. Jenseits der Hausdächer waren die Schiffe auf der Elliott Bay zu sehen. Das Zimmer war möbliert mit tiefblauen Polstermöbeln und Kaffee- und Beistelltischen aus Schmiedeeisen und Glas. In den Ecken standen üppige Topfpflanzen in polierten Edelstahlkübeln. Links von ihr kämpften auf einem großen Bildschirm die Devils gegen Long Island, während Dave Matthews aus einer riesigen Stereoanlage röhrte.

Luc stand in der Küche, die durch einen Granittresen vom Wohnzimmer abgetrennt war. Die Schränke in seinem Rücken hatten Glastüren und Chromgriffe. Die Armaturen waren aus Edelstahl und sahen leicht futuristisch aus. Luc griff nach einer Fernbedienung und schaltete die Stereoanlage aus. Ein Lächeln spielte um seine Lippen und rief kleine Fältchen in seinen Augenwinkeln hervor. »Gut siehst du aus, Marie.«

Marie stellte ihre Einkaufstüten ab und warf ihren Mantel aufs Sofa. Sie drehte sich vor ihrem Bruder um die eigene Achse. »Ich finde, ich sehe aus wie einundzwanzig«, sagte sie.

»Nicht ganz.« Er lächelte Jane an, und wieder einmal fühlte sie sich wie ein Magnet, angezogen von einem Kraftfeld, das stärker war als sie. »Magst du ein Bier, Jane?«

»Nein danke. Ich trinke kein Bier.« Sie legte ihre Aktentasche und ihre Jacke auf das Sofa.

»Was möchtest du trinken?«

»Ein Wasser.«

»Dann nehme ich Janes Bier«, erbot sich Marie großzügig.

»Erst, wenn du wirklich einundzwanzig bist«, sagte Luc und nahm eine Flasche Wasser aus dem Kühlschrank.

»Möchte wetten, du hast auch getrunken, bevor du einundzwanzig warst.«

»Ja, und du siehst doch, was aus mir geworden ist.« Er stieß die Kühlschranktür mit dem Fuß zu und wies mit der Flasche auf Jane. »Sprich's nicht aus.«

»Ich wollte überhaupt nichts sagen.« Sie durchquerte den Raum und trat zwischen zwei Barhocker aus Chrom und grauem Leder.

»Das ist auch besser so.« Er warf ein paar Eiswürfel in ein Glas und drehte den Verschluss der Flasche auf. Die Ärmel seines zementfarbenen Rippenpullis, aus dessen Ausschnitt ein bisschen weißes T-Shirt lugte, hatte er hochgeschoben. Er trug seine goldene Rolex und eine olivfarbene Cargohose. »Denn ich weiß Dinge von dir, mit denen ich dich erpressen kann.«

Er wusste, dass sie dahinschmolz, wenn er sie küsste, und dass sie nicht gern einen BH trug. »Die wirklich tollen Dinge weißt du aber nicht.«

Ein Lächeln zuckte in seinem Mundwinkel. »Wie toll sind die?«

So toll, dass er staunen würde, und sie dankte Gott, dass er es nie herausfinden würde. Er würde nie erfahren, dass sie *Honey Pie* war.

»Was für Dinge?«, wollte Marie wissen und setzte sich neben Jane.

»Dass ich Pfadfinderin bin, zum Beispiel«, antwortete Jane.

Luc zog zweifelnd eine Braue hoch und stellte das Glas auf den Tresen.

»Wirklich, früher mal«, versicherte sie.

»Ich auch«, sagte Marie. »Ich habe noch alle Abzeichen.«

»Ich war nie bei den Pfadfindern.«

Marie verdrehte die Augen. »Sieht dir ähnlich.«

Luc sah seine Schwester an, als wollte er etwas sagen, entschied sich jedoch in letzter Sekunde dagegen. Stattdessen stellte er die Wasserflasche wieder in den Kühlschrank und eine Schüssel mit marinierten Hühnerbrustfilets auf den Tresen.

»Kann ich dir irgendwie helfen?«, fragte Jane.

Er öffnete eine Schublade, nahm eine Gabel heraus und wendete die Filets. »Bleib sitzen, und entspann dich.«

»Ich helfe dir«, bot seine Schwester an und glitt von ihrem Barhocker.

Luc hob den Blick und lächelte. Seine blauen Augen waren warm, als er Marie ansah, und Janes Herz zog sich auf eine Art zusammen, die nicht das Geringste mit ihrer Lust auf ihn zu tun hatte. Die nichts mit Verliebtheit zu tun hatte, aber sehr viel damit, dass sie gerade die sanftere, freundlichere Seite Luc Martineaus sah. »Das wäre lieb von dir. Danke. Du kannst schon mal die Pasta kochen.«

Marie ging um den Tresen herum zu Luc in die Küche. Aus einem der Schränke mit den Glastüren holte sie eine rote Schachtel, dann griff sie nach dem Litermaß. »Zwei Tassen Wasser«, las sie laut vor. »Und einen Esslöffel Butter.«

»Als Marie noch klein war«, erzählte Luc, als sie den Wasserhahn aufdrehte, »hat sie statt Wasser immer ›Gassa‹ gesagt.«

»Woher willst du das wissen?«, fragte sie, während sie tassenweise Wasser abmaß.

»Ich hab's bei einem Besuch bei euch gehört, als Dad noch lebte. Du dürftest ungefähr zwei Jahre alt gewesen sein.«

»Ich war ein niedliches Baby.«

»Du hattest eine Glatze.«

»Und?«

Er streckte die Hand nach ihr aus und zerstrubbelte ihr Haar. »Du hast ausgesehen wie ein Äffchen.«

»Luc!« Marie stellte den Topf auf den Herd und fuhr mit gespreizten Fingern durch ihr Haar.

Er lachte, es war ein tiefes, selbstzufriedenes Ha-ha-ha. »Du warst ein niedliches Äffchen.«

»Gut. Das klingt schon besser.« Sie schaltete die Herdplatte ein und gab Butter in das Wasser. »Du bist bloß neidisch, weil du ausgesehen hast wie ein Teletubby.«

»Was ist denn ein Teletubby?«

»Ach, du liebe Zeit! Du weißt nicht mal, was ein Teletubby ist?« Sie schüttelte den Kopf über ihren ahnungslosen Bruder.

»Nein.« Bestürzt furchte er die Stirn und richtete seinen blauen Blick auf Jane. »Weißt du's?«

»Unglücklicherweise ja. Das ist eine Fernsehsendung, deren Zielgruppe Kleinkinder sind. Ich habe die Sendung nur einmal gesehen, Aber soweit ich es beurteilen kann, tun Teletubbies nichts anderes, als in Teletubbyland herumzuwatscheln und in Babysprache zu brabbeln.«

»Und sie haben Fernseher auf dem Bauch«, fügte Marie hinzu.

Luc vergaß, den Mund zu schließen, seine Augen wurden starr, und er sah aus, als verursache allein die Vorstellung ihm Kopfschmerzen. »Du machst Witze.«

»Nein.« Jane schüttelte den Kopf. »Und zu meiner Verteidigung muss ich hinzufügen, dass ich das nur deswegen weiß, weil Jerry Falwell vor ein paar Jahren glaubte, die Eltern darauf aufmerksam machen zu müssen, dass in Teletubbyland schwule Zwischentöne herrschen. Vermutlich weil Tinky Winky lila ist und ein rotes Täschchen trägt.«

»Tinky Winky?« Langsam drehte Luc sich um und sah seine Schwester an. »Heiliger Strohsack, und du machst dich über mich lustig, weil ich mir Hockeyspiele ansehe.«

»Das ist etwas ganz anderes. Wenn du Hockeyspiele ansiehst, ist das so, als würde ich mir Schulunterricht im Fernsehen reinziehen.«

Da hatte sie Recht.

Das fand Luc offenbar auch, denn mit einem Schulterzucken gestand er es ein. »Ich kann nur nicht glauben, dass du dir diese Telebauch-Dinger ansiehst«, sagte er, während er gleichzeitig nach der Fernbedienung griff und das Hockeyspiel ausschaltete.

»Teletubbies«, korrigierte Marie. »Wenn ich Hanna besuche, legt sie Videokassetten für ihren zwei Jahre alten Bruder ein. Die Filme hypnotisieren ihn so, dass wir in Ruhe unsere Nägel lackieren können.«

»Hanna?«

»Das Mädchen, das im dritten Stock wohnt. Ich habe dir von ihr erzählt.«

»Ach, stimmt ja. Ihr Name war mir entfallen.« Als das Gemüse kochte, schaltete Luc den Grill ein und legte die Hühnerbrustfilets auf den Rost.

»Nach dem Essen gehe ich mit ihr ins Kino.«

»Soll ich euch fahren?«

»Nein.«

Luc bewegte sich mit angeborener Grazie, ob er sich nun nach einem Puck streckte oder Hühnerbrustfilets auf dem Grill wendete, sparsam in der Bewegung und geschmeidig im Stil; es war faszinierend, ihn zu beobachten. Fast so faszinierend wie sein Hintern in dieser Cargohose. Der Saum seines Pullovers reichte gerade bis zu seinen Hüften und ließ das auf die Tasche genähte Nautica-Etikett frei.

Jane hörte zu, wie Luc und seine Schwester sich über Maries Tagesablauf unterhielten. Über das, was Marie gekauft hatte, und über ihre Pläne für später. Aus ihren Gesprächen mit Luc wusste Jane, dass er seiner Meinung nach nicht sonderlich gut mit Marie zurechtkam. Wenn Jane die zwei zusammen sah, bezweifelte sie, dass es wirklich so war. Sie schienen recht gut miteinander auszukommen. Sie waren eine Familie. Vielleicht keine Durchschnittsfamilie, vielleicht nicht immer einfach, aber immerhin eine Familie. Sie standen am Herd, kochten, unterhielten sich, versuchten Jane einzubeziehen, aber sie fühlte sich trotzdem ein bisschen ausgeschlossen. Marie in den zu engen Jeans, die sie schon getragen hatte, als Jane sie am Morgen abholte, und Luc in seinen perfekt sitzenden Hosen.

Luc wendete die Filets, und Marie plauderte über die verschiedenen Designer, von denen Caroline ihr erzählt hatte. »Ich hoffe, du hast dir endlich mal ein paar Jeans gekauft, die nicht zu eng sind«, sagte er und prüfte das gedünstete Gemüse.

Marie warf ihrem Bruder über die Schulter hinweg einen Blick zu und kniff leicht die Augen zusammen.

Hätte Luc in die Richtung seiner Schwester geschaut, hätte er vielleicht gesehen, dass sie sauer auf ihn war, und dann hätte er vielleicht nicht hinzugefügt: »Deine Hosen sind so eng, es grenzt an ein Wunder, dass du sie nicht sprengst.«

Oha.

»Du bist sooo gemein! Ich sage auch nicht zu dir, deine Jeans wären zu eng.«

»Meine Jeans sind ja auch nicht zu eng. Ich mag es nicht, wenn mir was in den Hintern kneift.« Endlich sah er Marie doch an. »Wieso bist du so sauer?«

Marie öffnete den Mund zu einer Antwort, doch Jane kam ihr zuvor. »Marie hat sich ein paar richtig tolle Sachen ausgesucht, und sie sieht echt süß darin aus.« Na ja, abgesehen von diesem Nietengürtel. »Caroline hat ihr geholfen. Ich bin modisch nicht immer auf dem Laufenden. Deshalb trage ich auch so oft Schwarz.«

Luc lehnte sich mit der Kehrseite an den Tresen. »Ich dachte, du trägst Schwarz, weil du die Königin der Verdammten bist.«

Sie sah in seine lächelnden Augen und krauste die Stirn. »Nein, du grober Bengel«, sagte sie und wandte sich wieder

Marie zu. »Das nächste Mal, wenn ich mich enthaaren lasse, solltest du mitkommen. Früher habe ich mich rasiert, aber jetzt bin ich endgültig zum Epilieren konvertiert. Es tut höllisch – ich meine, tierisch – weh, aber das ist es wert.«

»Gut.« Marie lächelte ihren Bruder an. »Kann ich eine von deinen Visa-Karten behalten, Luc?«

»Himmel, nein.« Er kreuzte die bloßen Füße und verschränkte die Arme vor der breiten Brust. »Am Ende kaufst du dir zwanzig Kilo Süßigkeiten und schlechte Britney-Spears-CDs.«

Marie bedachte ihn wieder mit bösen Blicken. »Das ist nur ein einziges Mal passiert, und es waren auch keine zwanzig Kilo. Und ich kaufe keine schlechten CDs.«

»Zweimal. So viel Zucker ist nicht gut für dich, und Britney Spears führt zu Gehirnerweichung.« Spannung knisterte in der Luft, doch Luc schien es nicht zu bemerken. Entweder das, oder er ignorierte es einfach. Er straffte sich und kümmerte sich wieder um das Abendessen. »Eines Tages, wenn du noch alle Zähne hast und dein Gehirn nicht dank Britney zu Mus geworden ist, wirst du mir dankbar sein.«

Maries Gesicht nach zu urteilen, lag dieser Tag noch in weiter, weiter Ferne.

Als sie schließlich am Tisch im Esszimmer saßen, war Marie weitgehend stumm geworden. Obwohl Jane selbst einmal ein Mädchen in der Pubertät gewesen war, konnte sie sich nicht erinnern, so launisch gewesen zu sein. Andererseits hatte sie aber auch keinen Bruder gehabt, der sagte, ihre Jeans wären zu eng und ihre Musik wäre Mist. Nur einen Vater, der ihr alles noch schwerer machte und sie in Angst versetzte, indem er alles auf ihre »Frauenbeschwerden« schob.

Luc saß am Kopf des Tisches, Jane und Marie saßen einander gegenüber. Drei Gläser Milch standen neben den drei Tellern, obwohl Jane ihm auf seine Frage geantwortet hatte, dass sie keine Milch trank. Seit der Grundschule hat mir kein Mensch je wieder Milch vorgesetzt, dachte sie, breitete die Serviette auf ihrem Schoß aus und begann zu essen. Sie hatte zwar schon erlebt, dass Männer ihr Alkohol aufzwingen wollten, aber noch niemals Milch.

Luc war es nicht nur gelungen, den Kochvorgang gut aussehen zu lassen, was er zubereitet hatte, schmeckte auch noch gut. Ein Typ, der zum Vernaschen gut aussah und auch noch kochen konnte? Wären da nicht seine Barbie-Puppen-Sammlung und der Umstand, dass er ihr Milch aufzwang, wäre es zu schön gewesen, um wahr zu sein.

»Das Hühnchen schmeckt großartig«, lobte Jane.

»Danke. Das Geheimnis meines Erfolgs ist der Orangensaft.«

»Du hast die Marinade selbst gemacht?«

»Klar, das Zeug …«

»Wusstet ihr«, fiel Marie ihm ins Wort, »dass Delfine außer den Menschen die einzigen Säugetiere sind, die Spaß am Sex haben?«

Lucs Gabel hielt auf halbem Weg inne, und er sah seine Schwester an. Marie provozierte ihn absichtlich, und Jane war gespannt auf seine Reaktion, wollte sehen, ob er ausflippte und ihr die Antwort gab, die sie erwartete.

»Woher weißt du das denn?«, fragte er.

»Von meinem Biologielehrer. Und einer aus unserer Klasse war in Disney World und ist mit den Delfinen geschwommen, und er sagt, die wären echt spitz.«

Die Gabel setzte ihren Weg zu seinem Mund fort, und Luc kaute gedankenverloren. »Ich kann mich nicht erinnern, in der Schule was über liebestolle Delfine gelernt zu haben. Wir haben nur Frösche seziert.« Er wandte sich Jane zu. »Ich habe das Gefühl, man hat mir was vorenthalten.« Und dann nahm er Marie allen Wind aus den Segeln. »Wie steht's mit dir, Jane? Hast du in der Schule was über liebestolle Delfine gelernt?«

Sie schüttelte den Kopf und gab sich Mühe, nicht zu lächeln. »Nein, aber auf dem Discovery Channel habe ich mal gesehen, dass in Afrika homosexuelle Affen entdeckt worden sind. Deshalb ist man ziemlich sicher, dass auch manche Affenarten sich zum Spaß paaren.«

Luc zog die Brauen hoch in die Stirn. »Homosexuelle Affen? Wie hat man das festgestellt?«

Sie lachte und schüttelte den Kopf.

Ein Lächeln spielte um seine Mundwinkel, und rund um seine blauen Augen tauchten wieder die kleinen Fältchen auf. »Brillen mit schwarzem Rahmen und Kuh-Pyjamas?«

»Fang nicht wieder damit an.«

»Womit?«, wollte Marie wissen.

Jane erwiderte Lucs Lächeln und spießte eine Nudel auf. »Er findet meine Brille hässlich.«

»Und deinen Pyjama.«

»Woher weißt du, wie Janes Pyjama aussieht?«

Luc sah seine Schwester an. »Ich habe sie im Hotel in Phoenix am Süßigkeitenautomaten erwischt. Sie trug den hässlichsten Kuh-Pyjama, den man sich nur vorstellen kann.«

»Ich war auf Schokoladenentzug«, erklärte Jane. »Ich dachte, die Spieler wären alle in ihren Zimmern.«

»Luc versteht nichts von Schokoladenentzug.« Marie verdrehte die Augen. »Er isst nur *gesunde* Sachen.«

»Mein Körper ist ein Tempel«, sagte er, einen großen Happen Blumenkohl im Mund.

»Und alle, die lange Beine und große Brüste haben, dürfen in diesem Tempel beten«, fügte Jane hinzu und wünschte sich gleichzeitig, die Worte zurücknehmen zu können.

Marie lachte.

Luc lächelte wie ein Sünder.

Jane wechselte das Thema, bevor er sich dazu äußern konnte. »Wer ist Mrs. Jackson?«

»Die alte Dame, die hier mit mir wohnt, wenn Luc unterwegs ist«, antwortete Marie.

»Gloria Jackson ist eine pensionierte Lehrerin und eine sehr nette Frau.«

»Sie ist alt.« Marie nahm eine Gabel voll Pasta. »Und sie isst furchtbar langsam.«

»Also wirklich, das ist Grund genug, sie zu verabscheuen.«

»Ich verabscheue Gloria nicht. Ich finde nur, ich brauche keinen Babysitter mehr.«

Luc stieß gereizt den Atem aus; es klang, als wäre dieses Thema schon häufiger besprochen worden. Sehr häufig sogar. Er griff nach seinem Milchglas und nahm einen tiefen Zug. Als er das Glas absetzte, hatte er einen schmalen weißen Schnurrbart auf der Oberlippe, den er mit der Zunge ableckte. »Warum trinkst du deine Milch nicht?«, fragte er Jane.

»Ich habe doch schon gesagt, dass ich keine Milch mag.«

»Ich weiß, aber du brauchst das Kalzium. Das ist gut für deine Knochen.«

»Sag jetzt nicht, du machst dir Sorgen um meine Knochen.«

»Sorgen wohl eher nicht.« Ein sexy Grinsen lag auf seinen Lippen. »Aber sie machen mich neugierig.«

Seine Worte und sein Blick gingen ihr durch und durch und erwärmten sie an Körperstellen, die besser gekühlt sein sollten.

»Trink sie einfach, Jane«, warnte Marie, der die erotische Spannung zwischen den beiden Erwachsenen völlig entging. »Luc setzt immer seinen Kopf durch.«

»Immer?«, fragte Jane.

»Nein.« Er schüttelte den Kopf. »Nicht immer.«

»Aber meistens«, beharrte Marie.

»Ich verliere nicht gern.« Sein Blick heftete sich auf Janes Mund. »Ich bin der Typ, der nach dem Motto lebt: Tu's, oder stirb beim Versuch.«

Jane warf Marie einen Blick zu. Marie war damit beschäftigt, Brokkoli an den Tellerrand zu schieben. »Um jeden Preis?«, fragte sie, wieder an Luc gewandt.

»Unbedingt.«

»Was hältst du von Finesse?«

»Hängt von meinen Chancen ab.« Er sah ihr wieder in die Augen und sagte: »Manchmal sehe ich mich gezwungen, faule Tricks anzuwenden.«

»Du siehst dich gezwungen?«

Ein freches Grinsen bog seine Mundwinkel nach oben. »Manchmal machen faule Tricks mir einfach Spaß.«

Ja, das kannte Jane bereits an ihm. Sie hatte gesehen, wie er Spieler stieß, seinen Schläger in Kufen hakte und rücksichtslos vor seinem Tor auf und ab lief. Aber sie glaubte nicht, dass seine Worte sich aufs Hockeyspiel bezogen.

»Wann darf ich den Führerschein machen?«, mischte Marie sich ein und wechselte damit zum Glück das Thema.

Beide Erwachsenen sahen sie an. Luc lehnte sich in seinem Stuhl zurück, und Jane atmete auf. »Du bist noch nicht alt genug.«

»Doch, bin ich. Ich bin sechzehn.«

»Wenn du achtzehn bist.«

»Kommt nicht infrage, Luc.« Sie trank in großen Zügen ihre Milch und stellte das Glas auf ihren leeren Teller. »Ich will einen VW Beetle. Den kann ich mir von meinem eigenen Geld kaufen.«

»An dein Geld kannst du erst heran, wenn du einundzwanzig bist.«

»Dann suche ich mir einen Job.«

Luc blickte ihr nach, als sie mit Teller und Besteck in die Küche ging. »Heute Abend hat sie mal wieder ihre Launen«, sagte er leise.

»Sie ist sauer, weil du gesagt hast, ihre Jeans wären zu eng.«

»Sie sind doch zu eng.«

Jane nahm ihre Serviette vom Schoß und legte sie auf den Tisch. »Ich glaube, dieses Problem ist jetzt geklärt. Caroline hat sie überredet, Kleidung zu kaufen, die ihr passt.«

»Es war sehr nett von deiner Freundin und dir, dass ihr euren Sonnabend geopfert habt, um mit meiner Schwester einkaufen zu gehen«, sagte er, und beide sahen, wie Marie aus der Küche durch den Flur in ihr Zimmer ging. »Ich kann mir nichts Schlimmeres vorstellen.« Luc schob seine offene Hand unter Janes und betrachtete ihre Finger.

»Caroline hat die Hauptarbeit geleistet.« Ihre Hand wirkte klein und sehr weiß in seiner, und plötzlich war da eine Enge in ihrer Brust. »Ich bin kaum in der Lage, mir selbst Garderobe auszusuchen. Ich trage so oft Schwarz, weil ich nicht weiß, welche Farben mich kleiden.«

»Rot.« Er drehte ihre Hand um und betrachtete die Innenfläche. Langsam glitt sein Blick über ihr Handgelenk und ihren Arm, an ihrer Schulter vorbei zu ihrem Mund. Er neigte sich vor, und seine Stimme wurde ein wenig tiefer, heißer. »In Rot siehst du gut aus, aber ich glaube, über dein kleines rotes Fähnchen haben wir schon gesprochen«, sagte er. Seine Stimme jagte ein warmes Beben über ihre Haut und weckte ein Flattern in ihrem Bauch.

»Über das Kleid, das dich so hypnotisiert hat, dass du mich küssen musstest?«

»Ich bin zu dem Schluss gekommen, dass es nicht an dem Kleid lag. Es lag an der Frau, die in dem Kleid steckte.« Sein Daumen streichelte ihren Daumen. »Du hast so weiche Haut wie ein Mädchen.«

Sie legte die freie Hand auf ihren Bauch, als könnte sie so die flatternden Schmetterlinge zur Ruhe bringen. »Ich bin ein Mädchen.«

»Das habe ich bereits bemerkt. Ich bemerke es selbst dann, wenn ich dich übersehen will. Wenn du hinten im Flugzeug oder im Bus sitzt oder wenn du nach dem Spiel in den Umkleideraum kommst, bereit, es mit einer Horde von Kerlen aufzunehmen, die doppelt so groß sind wie du. Ich habe dich immer bemerkt, Jane.«

Ein nervöses Lachen blieb ihr im Halse stecken. »Wahrscheinlich, weil ich als einzige Frau mit dreißig Männern unterwegs bin. Da kann man mich kaum übersehen.«

»Anfangs vielleicht.« Sein Blick glitt über ihr Haar und ihr Gesicht. »Da habe ich mich umgeschaut und sah dich, und ich war überrascht, weil du nicht hättest da sein sollen.« Er senkte seinen Blick in ihren. »Und jetzt halte ich Ausschau nach dir.«

Obwohl seine Worte ihr Herz schneller schlagen ließen, war das, was er sagte, schwer zu glauben. »Ich dachte, es wäre dir nicht recht, dass ich mit dem Team reise.«

Er legte ihre Hand zurück auf ihre Serviette. »Es war mir auch nicht recht.« Er stand auf und sammelte die Teller und das Besteck ein. »Es ist mir auch jetzt noch nicht recht.«

Jane nahm die Gläser und folgte ihm in die Küche. »Warum nicht? Ich habe dir doch gesagt, ich bin nicht interessiert an einem Enthüllungsbericht.« Und das stimmte. *Honey Pie* war Fiktion. Erotische Fantasien. Ihre erotischen Fantasien.

Er stellte das Geschirr ins Spülbecken, und statt zu antworten, griff er nach ihrem vollen Milchglas und leerte es. Als er das Glas wieder senkte, wiederholte sie ihre Frage. »Warum willst du nicht, dass ich mit dem Team reise?«

Sein blauer Blick bohrte sich in ihren, während er den Milchbart von seiner Oberlippe saugte, und Jane hatte das Gefühl, dass seine Antwort sehr bedeutsam sein könnte. Für sie. Denn wenngleich sie wünschte, dass es nicht so wäre, und ganz gleich, wie sehr sie versuchte, es zu verhindern, sie war doch auf dem besten Wege, sich unsterblich in Luc zu verlieben. Je heftiger sie sich wehrte, desto stärker war die Macht, die sie in ihren Bann zog.

»Ich gehe jetzt«, sagte Marie, als sie noch einmal zurück in die Küche kam.

Es dauerte einen Moment, bevor es Luc gelang, seinen Blick von Jane loszureißen und sich seiner Schwester zuzuwenden. »Brauchst du Geld?«, fragte er und stellte das Milchglas in die Spüle.

»Ich habe einen Zwanziger. Das dürfte reichen.« Marie schlüpfte in ihre Snowboarding-Jacke und zog ihr Haar hinten aus dem Kragen. »Kann sein, dass ich heute Nacht bei Hanna bleibe. Aber sie muss noch ihre Mutter um Erlaubnis fragen.«

»Lass mich wissen, was dabei herauskommt.«

»Mach ich.« Sie zog den Reißverschluss ihrer Jacke hoch und verabschiedete sich von Jane. Als Jane Luc nachschaute, der seine Schwester zur Tür begleitete, fiel ihr Blick auf ihre Aktentasche, und sie erinnerte sich, warum sie in erster Linie in dieser Wohnung war. Wenn sie und Luc sich auch vielleicht zueinander hingezogen fühlten, waren sie doch Profis, und sie war aus beruflichen Gründen gekommen. Sie war nicht sein Typ, und sie hatte nicht den Wunsch, sich in einen Mann zu verlieben, der ihr Herz brechen würde wie einen Schokoriegel.

Sie verließ die Küche und ging zum Sofa im Wohnzimmer. Aus ihrer Aktentasche nahm sie einen Block und den Kassettenrekorder. Jane wollte nicht, dass jemand ihr das Herz brach. Sie wollte Luc Martineau nicht lieben, doch jeder Schlag ihres Herzens sagte ihr, dass es bereits zu spät war.

Als Luc die Tür hinter Marie geschlossen hatte, blickte ihn Jane an. »Machen wir uns an die Arbeit?«, fragte sie.

»Beginnt jetzt der offizielle Teil?«

»Ja.« Sie zog einen Stift aus einer Beitasche ihres Aktenkoffers.

Er ging auf sie zu, überwand mit langen Schritten die Entfernung, die zwischen ihnen lag. Wie war es möglich, dass sein Näherkommen, der Blick aus seinen schönen blauen Augen, sie so schmelzen ließ?

»Wo willst du es machen?«, fragte sie.

»Also wirklich, das ist eine Frage«, sagte er mit einem warmen, sexy Lächeln.

13. KAPITEL

Hattrick: Spieler erzielt in einer Nacht drei Tore

»Willst du mich sexuell belästigen?«

Luc verschränkte die Arme vor der Brust und blickte auf Jane hinunter. »Hast du ein Problem damit?«

»Ja. Ich bin hier, um dich für die *Times* zu interviewen.«

Verdammt. Schultern straff, der Blick offen und direkt – sie trat total geschäftsmäßig auf. Pech. Es machte ihm Spaß, sie aufzuziehen. »Nimm Platz.« Es war lange her, dass Luc eine andere Frau als Gloria Jackson in seiner Wohnung gesehen hatte. Seit Marie bei ihm wohnte.

Etwas früher, als er den Kopf gehoben hatte und Jane in seinem Wohnzimmer stand, war es ein Schock für ihn gewesen, sie inmitten seiner vertrauten Dinge zu sehen. Genauso wie ganz am Anfang, wenn er sich umschaute und sie im Flugzeug oder im Bus entdeckte. Eine Frau, fehl am Platz und unerwartet. Jetzt, genau wie damals, dauerte es gar nicht lange, bis sie in die neue Umgebung zu passen schien. Als hätte sie schon immer hierher gehört.

Er setzte sich ans Ende des Sofas, und Jane nahm in der Mitte Platz. Ein paar Locken fielen ihr über Schläfe und Wange, als sie auf den Notizblock und den Kassettenrekorder in ihrem Schoß blickte.

»Über welchen Teil deiner Vergangenheit bist du bereit zu reden?«, begann sie, den Kopf weiterhin über ihren Block geneigt, während sie ihre erste Frage stellte.

»Über keinen.«

»Über deine Vergangenheit ist viel geschrieben worden. Du könntest einige Dinge klarstellen.«

»Je weniger Worte ich darüber verliere, desto besser.«

»Was ärgert dich am meisten? Dinge, die über dich geschrieben worden sind und der Wahrheit entsprechen?« Sie warf ihm aus den Augenwinkeln einen Blick zu. »Oder die Dinge, die einfach aus der Luft gegriffen sind?«

Diese Frage hatte man ihm noch nie gestellt, und er musste einen Augenblick überlegen. »Wahrscheinlich das, was nicht wahr ist.«

»Selbst wenn es dir schmeichelt?«

»Was denn zum Beispiel?«

»Ach, ich weiß nicht.« Sie sog den Atem tief ein und stieß ihn wieder aus. »Die Frauen. Diese Geschichten über nächtelangen Sex.«

Er war leicht enttäuscht, dass sie das zur Sprache brachte. Da sie den Kassettenrekorder noch nicht eingeschaltet hatte, sagte er: »Nächtelangen Sex hat es nie gegeben. Wenn ich nächtelang wach geblieben bin, lag es daran, dass ich high war.«

Sie senkte den Blick wieder in ihren Schoß und nagte an ihrer Unterlippe. »Die meisten Männer würden sich vermutlich geschmeichelt fühlen, wenn man sie als eine Art Sexmarathon-Sieger darstellen würde.«

Er musste ihr wohl vertrauen, sonst hätte er nicht schon so viel preisgegeben. So sehr vertrauen, dass er hinzufügte: »Wenn ich high war und die ganze Nacht wach blieb, dann war ich jedenfalls nicht sexuell wach, falls du verstehst, was ich meine.«

»Also schmeicheln dir die Geschichten über dich und die vielen Frauen nicht?«

Er überlegte, ob sie diese Frage stellte, weil sie ein bisschen prüde war und weil solche Geschichten sie interessierten. »Im Grunde nicht. Ich versuche, meine Karriere wieder aufzubauen, und dieser Mist kommt mir bei den wirklich wichtigen Dingen in die Quere.«

»Oh.« Sie ließ ihren Kuli klicken und schaltete den Kassettenrekorder ein. »In *Hockey News*, in der Rangliste der bisherigen Top-Fünfzig-Spieler der Saison, bist du die Nummer sechs, von den Torhütern die Nummer zwei«, sagte sie und wechselte von seinem Privatleben zum Sport. »Im letzten Jahr warst du nicht mal auf der Liste. Was hat deiner Meinung nach zu dieser erstaunlichen Verbesserung im Vergleich zur letzten Saison beigetragen?«

Das konnte nicht ihr Ernst sein. »Ich habe mich nicht verbessert. In der letzten Saison habe ich kaum gespielt.«

»In diesem Jahr wurde großer Wirbel um dein Comeback nach der Verletzung gemacht.« Sie wirkte steif, als wäre sie nervös, was ihn doch ein wenig überraschte. Er war der Überzeugung, dass es auf diesem Planeten kaum etwas gab, das sie nervös machen konnte. »Was war dein größtes Problem?«, fragte sie.

»Überhaupt eine Chance zu bekommen, wieder zu spielen.«

Sie schob sich das Haar hinters Ohr und blickte zu ihm auf. »Wie geht es deinen Knien?«

»Hundertprozentig«, log er. Seine Knie würden nie wieder so sein wie vor seiner Verletzung. Er würde mit den Schmerzen und Ängsten leben müssen, solange er spielte.

»Ich habe gelesen, dass du in der Junior League in Edmonton als Mittelstürmer gespielt hast. Was hat dich zu dem Entschluss geführt, Torhüter zu werden?«

Augenscheinlich hatte sie doch mehr als sein Sexleben recherchiert. Aus irgendeinem Grunde ärgerte es ihn nicht mehr so wie früher. »Als Mittelstürmer habe ich im Alter von etwa fünf bis zwölf gespielt. Der Goalie unserer Mannschaft hat mitten in der Saison das Handtuch geworfen, und der Trainer schaute sich um und sagte: ›Luc, du gehst ins Tor. Du bist jetzt Torhüter.‹«

Sie lachte und schien ein bisschen lockerer zu werden. »Tatsächlich? Du bist nicht mit dem brennenden Wunsch auf die Welt gekommen, einen Puck mit dem Kopf abzufangen?«

Er mochte ihr Lachen. Es war ehrlich und ließ ihre grünen Augen strahlen. »Nein, aber ich war richtig schnell, richtig gut und hatte nie eine Gehirnerschütterung.«

Sie kritzelte etwas auf ihren Block. »Hast du je mit dem Gedanken gespielt, wieder Mittelstürmer zu werden?«

Er schüttelte den Kopf. »Nein. Als ich im Tor stand, wollte ich nirgendwo anders mehr sein. Ich bin nie auf die Idee gekommen.«

Sie sah wieder zu ihm auf. »Weißt du, dass du manchmal noch mit kanadischem Akzent sprichst?«

»Immer noch? Ich habe schwer daran gearbeitet.«

»Lass es. Mir gefällt dein Akzent.«

Und sie gefiel ihm. Bedeutend mehr, als gut für ihn war, aber wenn er sie ansah mit ihrem glänzenden Haar und den rosa Lippen, war ihm plötzlich völlig egal, was gut für ihn war. »Dann sollte ich wohl besser aufhören, daran zu arbeiten, hä?«, sagte er wie ein echter Sohn Edmontons.

Ein Lächeln zuckte in ihren Mundwinkeln, und sie richtete ihre Aufmerksamkeit wieder auf den Notizblock in ihrem Schoß. »Manche Leute behaupten, Goalies seien anders als die übrigen Spieler. Sie wären eine völlig andere Rasse. Siehst du das auch so?«

»Bis zu einem gewissen Grad könnte das zutreffen.« Er

lehnte sich in die Sofapolster zurück und legte den Arm über die Lehne. »Wir spielen anders als die übrigen Spieler. Hockey ist ein Mannschaftssport, aber nicht für den Typ zwischen den Pfosten. Ein Torhüter spielt eher allein. Wenn ihm ein Fehler unterläuft, ist keiner da, der ihn ausbügeln kann.«

»Es blitzen keine Lichter auf, und das Publikum jubelt nicht, wenn er einen Puck durchgehen lässt?«

»Genau.«

»Wie lange dauert es, bis du ein verlorenes Spiel weggesteckt hast?«

»Das hängt von dem Spiel ab. Ich schaue mir die Aufzeichnung an, überlege mir, was ich beim nächsten Mal besser machen kann, und habe die Niederlage gewöhnlich am nächsten Tag verwunden.«

»Was für Rituale pflegst du vor einem Spiel?«

Er schwieg, bis sie ihm schließlich das Gesicht zuwandte, dann fragte er: »Abgesehen davon, dass du mich einen Dodo nennst?«

»Das kommt nicht in die Zeitung.«

»Heuchlerin.«

Sie zuckte mit den Schultern. »Verklag mich doch.«

Er konnte sich durchaus ein paar Dinge vorstellen, die er gern mit ihr anstellen würde, sie zu verklagen gehörte allerdings nicht dazu. »Ich nehme am Abend vor einem Spiel und am Spieltag selbst viel Proteine und Eisen zu mir.«

»Der vormalige Torhüter Glenn Hall hat angeblich gesagt, er hätte jede einzelne Minute, die er gespielt hat, gehasst. Wie denkst du über diese Einstellung?«

Interessante Frage, dachte er, neigte den Kopf zur Seite und musterte Jane. Wie dachte er darüber? Manchmal hasste er es genauso, wie Hall es gehasst hatte. Und manchmal war es besser als Sex. »Auf dem Eis bin ich total konzentriert und ehrgeizig. Es gibt nichts Schöneres für mich, als im Tor zu stehen, Schüsse zu blocken und Pucks in der Luft zu fangen. Ja, ich liebe meinen Sport.«

Sie schrieb etwas auf den Block und schlug die Seite um. Dann hob sie den Kuli und drückte ihn gegen ihre Lippe, was Lucs Aufmerksamkeit auf ihren Mund zog.

Jane zog ihn stärker in ihren Bann als jede andere Frau, die er gekannt hatte. Und es war mehr als nur der Widerspruch zwischen Jane, der Prüden, und der anderen Jane, die küsste wie eine Pornokönigin. Etwas, das den Wunsch in ihm weckte, ihre glänzenden Locken durch seine Finger gleiten zu lassen und die Hände um ihre Wangen zu legen. Luc hatte in seinem Leben viele schöne Frauen gekannt, körperlich perfekte Frauen, doch er hatte sein Begehren immer unter Kontrolle gehabt. Außer bei Jane. Bei der dünnen, kleinen Jane mit ihren kleinen Brüsten und wilden Locken und tiefgrünen Augen, die ihn durchschauten und erkannten, dass er absolut nichts Gutes im Schilde führte. Seit dem Abend des Banketts, als er sie geküsst hatte, stellte er sich vor, sie auszuziehen und mit Mund und Händen ihren Körper zu erforschen. Er hatte versucht, ihr aus dem Weg zu gehen, aber stattdessen hätte er beinahe Sex in einem Parkhaus mit ihr gehabt. Und im Lauf der vergangenen Tage war sein Verlangen nach ihr nur noch stärker geworden.

Als er sie jetzt betrachtete, mit ihrer zarten Haut und dem glänzenden Haar, fragte er sich, warum er ihr überhaupt aus dem Weg gehen sollte. Sie war in seinem Leben. Sie ging nicht weg, und er ging auch nicht. Sie waren beide erwachsen. Falls es so endete, dass sein Mund auf ihren Brüsten lag, während er sich tief in ihrem warmen, feuchten Körper vergrub, nun, nichts sprach dagegen, dass zwei erwachsene Menschen einander Lust bereiteten. Im Grunde war es wohl vielmehr genau das, was sie beide brauchten. Er senkte den Blick auf ihre Bluse und die kleinen Hügel ihrer Brüste. Dass es das war, was *er* brauchte, stand für ihn außer Frage.

Neben Luc schrillte das Telefon und unterbrach ihn in seiner Betrachtung von Janes Brüsten. Er hob den Hörer ab, und es war Marie, die ihm mitteilte, dass sie bei Hanna übernachten würde. »Ruf mich morgen früh an«, sagte er und legte auf.

»Marie?«

»Ja. Sie bleibt über Nacht bei Hanna.«

Jane wandte sich ihm zu, zog ein Knie hoch aufs Sofa und lehnte sich mit einer Schulter neben seiner Hand ins Polster zurück. »Möchtest du über Marie reden?«

»Nein. Ich möchte nichts sagen, was ihr das Leben noch schwerer machen könnte.«

»Das halte ich für vernünftig.« Sie warf einen Blick auf ihren Notizblock und sah Luc dann wieder an. »Wenn du an die Zukunft denkst, wo siehst du dich selbst dann?«

Diese Frage hasste Luc. Er versuchte gerade, diese Saison ohne Verletzung zu überstehen, und er hatte keine Lust, zu weit in die Zukunft zu denken. Das nächste Tor, das nächste Spiel, diese Saison, weiter wollte er nicht denken. »Ich schätze, mir bleibt noch Zeit genug, über mein weiteres Leben nachzudenken, wenn ich mich zur Ruhe setze.«

»Was meinst du, wann das sein wird?«

»Ich hoffe, dass ich mindestens noch fünf Jahre spiele. Vielleicht auch mehr.«

»Du bist bekannt dafür, dass du keine Interviews gibst. Warum widerstrebt es dir so, mit Reportern zu reden?«

Luc strich mit den Fingern über ihren Arm. »Weil sie gewöhnlich die falschen Fragen stellen.«

Sie sah zu, wie seine Fingerspitzen zu ihrer Schulter hinaufglitten, sie öffnete leicht die Lippen und stieß leise den Atem aus. »Was sind denn die richtigen Fragen?«

Er legte die Finger unter ihr Kinn und zwang sie, ihn anzusehen. »Frag mich noch einmal, warum ich nicht will, dass du mit dem Team unterwegs bist.«

»Warum nicht?«

Er strich mit dem Daumen über ihre Unterlippe. »Weil du mich verrückt machst.«

»Oh«, flüsterte sie.

Er streckte die Hand nach ihrem Kassettenrekorder aus und schaltete ihn ab. »Ich dachte, wenn ich aufhöre, Ausschau nach dir zu halten, würde ich dich vergessen. Ich dachte, wenn ich dir aus dem Weg gehe, könnte ich dich aus meinen Gedanken vertreiben. Aber es hat nicht funktioniert.« Er nahm ihr Block und Kuli aus der Hand und ließ beides zu Boden fallen. Dann gab er endlich seinem Verlangen nach und ließ die weichen Locken an ihren Schläfen durch seine Finger gleiten. »Ich will dich, Jane.« Er beugte sich vor und legte die Hände um ihre Wangen. Er lehnte ihre Stirn gegen seine, und um sicherzugehen, dass sie ihn richtig verstand, fügte er hinzu: »Ich will dich nackt ausziehen und dich am ganzen Körper küssen.«

Ihre Augen weiteten sich. »Gestern Abend warst du noch richtig sauer auf mich.«

»In erster Linie war ich sauer auf mich selbst, weil ich dir das Gefühl gegeben habe, du wärst nicht mehr als ein Groupie.« Er strich mit den Lippen über ihren Mund. »Du sollst aber wissen, dass ich dich nicht eine Sekunde lang für ein Groupie halten würde. Ich weiß, wer du bist, und ich schaffe es trotz größter Bemühungen nicht, dich zu ignorieren.«

Er küsste sanft ihre Lippen, rückte dann ein wenig von ihr ab, um ihr tief in die Augen zu sehen. »Ich möchte mit dir

Liebe machen, und wenn du mir jetzt nicht Einhalt gebietest, wird genau das passieren.«

»Das halte ich für keine gute Idee«, sagte sie, machte allerdings kaum Anstalten, sich von ihm zu lösen.

»Warum?«

»Weil ich die Reporterin bin, die dein Team begleitet. Die Chinooks.«

Er gab ihr einen Kuss auf den Mundwinkel und spürte, wie sie leicht zu schmelzen begann. »Innerhalb der nächsten drei Sekunden musst du dir schon einen besseren Grund ausdenken, sonst bist du in kürzester Zeit sehr, sehr nackt.«

»Ich bin nicht eine von deinen Barbie-Puppen. Ich habe weder lange Beine noch einen großen Busen. Da kann ich nicht mithalten.«

Wieder legte er sich etwas zurück, um ihr in die Augen zu sehen, und er hätte womöglich gelacht, wäre ihm nicht klar gewesen, dass sie es ernst meinte. »Das hier ist kein Wettbewerb.« Er schob ihr das Haar hinters Ohr.

Sie packte seine Handgelenke. »Ich bin nicht der Typ Frau, der Lust in einem Mann wie dir weckt.«

Jetzt musste er lachen. Er konnte nicht anders. Er hatte einen Steifen, der bewies, dass sie sich täuschte. »Seit jenem ersten Morgen im Flugzeug, als ich mich umgeschaut und dich gesehen habe, versuche ich, mir vorzustellen, wie du nackt aussiehst.« Er ließ eine Hand an ihrem Hals hinab zu den Knöpfen ihrer Bluse wandern. »Seitdem machst du mich wahnsinnig.« Seine Fingerspitzen strichen über ihre nackte Haut und seidigen Stoff, als er die Knöpfe öffnete. »Du hast alles Mögliche in mir geweckt, aber ganz besonders Lust.« Er neigte den Kopf und küsste ihre Ohrmuschel. »Eine ganze Menge lustvoller Gedanken und schmutziger Fantasien, die dich schockieren würden.«

Er zog ihre Bluse aus dem Hosenbund und senkte den Blick auf ihr seidenes Hemdchen. »Neulich abends, als ich dich im Presseclub gesehen habe, habe ich mir vorgestellt, dich auf einen Tisch zu werfen und dich gleich dort auf den Tabletts mit den Dessertschälchen zu nehmen.«

»Hört sich … ziemlich klebrig an.«

»Und es hätte bestimmt Spaß gemacht. Ich habe mir vorgestellt, an welchen interessanten Stellen ich den Nachtisch hätte ablecken können.«

Es klang, als würde sie den Atem anhalten, als sie sagte: »Ich dachte, du verzichtest auf Zucker.«

Er lachte. »Nicht auf deinen Zucker«, sagte er und küsste ihre Halsbeuge. »Schockiert dich das, kleine Jane?«

Jane unterdrückte ein Stöhnen, das tief aus ihrer Brust aufzusteigen drohte. Er schockierte sie, aber nicht so, wie er vermutete. Sein warmer Atem an ihrem Hals jagte ihr eine Gänsehaut über den Rücken, und seine Hand, die unter ihr Hemdchen schlüpfte, ließ ihre Haut erglühen. Die Glut erfasste ihren gesamten Körper und sammelte sich zwischen ihren Beinen. Ihre Brustspitzen richteten sich hart und beinahe schmerzhaft auf, und sie presste die Schenkel zusammen. Sie wollte ihn. Sie wollte ihn so sehr, dass ihr alles vor den Augen verschwamm und sie kaum noch atmen konnte. O ja, sie wollte ihn genauso, wie er sie wollte, aber sie hatte Angst vor ihrem eigenen Begehren. Ginge es nur um Sex, wäre sie schon längst nackt gewesen. Und er ebenfalls. Aber es ging um mehr. Zumindest für sie. Sosehr sie sich auch wünschte, dass es anders wäre – es war nun mal so: Ihr Herz war betroffen.

Ihr Atem ging flach, und sie öffnete den Mund, um Luc zu erklären, dass sie nicht konnte, dass sie nach Hause musste, doch seine große Hand schloss sich um ihre Brust, ließ ihre

Haut durch den Seidenstoff erglühen, und er flüsterte ihr ins Ohr: »Jane, ich will dich.« Und dann suchte sein Mund den ihren, und sein warmer männlicher Duft stieg ihr in die Nase, und sie sog ihn tief in ihre Lungen ein. Er roch nach frisch gewaschener Haut, und er schmeckte nach Sex.

Neunzehn Stockwerke unter ihnen raste ein Feuerwehrauto vorüber, und die reale Welt verflüchtigte sich, und mit ihr der letzte Rest von Janes Vorbehalten. Ihr Verstand ließ sie im Stich; sie krallte die Finger in Lucs Pullover und hielt sich fest. Sie wollte Luc genauso, wie er sie wollte. Vielleicht sogar noch mehr, und über die Folgen würde sie sich später Rechenschaft ablegen. Das Einzige, was jetzt wichtig war, war seine Hand, die durch die Seide ihres Hemdchens über ihre Brustspitze strich, und seine heißen, nassen Küsse, die ihr Bewusstsein trübten und das Verlangen ihres Körpers verstärkten. Ein hingebungsvolles Stöhnen kam tief aus ihrer Kehle, als sie seinen Kuss erwiderte, ihn mit einer Leidenschaft verschlang, die stärker war als ihre Fähigkeit, sich noch länger zu beherrschen. All ihre Hemmungen, jeder Rest von Vernunft verbrannte in dem heißen, überwältigenden Bedürfnis nach wildem, verruchtem Sex mit Luc Martineau.

Sie überschüttete ihn mit Küssen, erhob sich auf die Knie und ließ sich rittlings auf seinem Schoß nieder. Sie war verloren, restlos verloren in Gefühlen, die stärker waren als sie selbst. Sie schob seinen Pullover und sein T-Shirt hoch, um seine Brust zu entblößen, und ihre gierigen Münder ließen gerade lange genug voneinander ab, damit sie ihm beides über den Kopf ziehen konnte. Und dann traten ihre Hände in Aktion. Berührten alles, was erreichbar war. Seine festen Schultern, seinen Brustkorb. Ihre Finger strichen über seine Haut und folgten der Linie seines Brustbeins. Seine harte Erektion drängte sich ihr entgegen. Durch den Stoff ließ

Lucs heißes Glied ihr Fleisch erglühen. Das Herz hämmerte in ihrer Brust und in ihren Ohren, und sie presste sich an ihn, während sein Becken sich ihr entgegenwölbte. Ihre Hand glitt hinab zu seinem flachen Bauch, und er packte ihre Handgelenke.

»O verdammt«, sagte er gepresst und schwer atmend. »Langsam, oder ich halte es nicht mehr aus, bis ich in dir drin bin. Das wird sowieso höchstens fünf Sekunden dauern.«

Damit würde sie sich schon zufrieden geben. Luc für fünf Sekunden zu haben, davon versprach sie sich mehr, als sie seit langer Zeit gehabt hatte. Mehr, als sie je wieder haben würde.

Luc streifte ihr die Bluse von Schultern und Armen. Er ließ sie zu Boden fallen und betrachtete ungläubig Janes Seidenhemdchen. Seine schwerlidrigen Augen wirkten ein wenig glasig. »So etwas trägst du anstelle eines BHs?«

Sie schüttelte den Kopf und fuhr mit den Händen über seine warmen Schultern und seine Brust. »Manchmal trag ich nicht mal so etwas.« Durch den Nebel ihrer Lust hindurch überlegte sie, welchen String sie am Morgen angezogen hatte, und sie dankte Gott dafür, dass sie was Nettes ausgewählt hatte.

»Jetzt weiß ich's wieder«, stöhnte er. »Zu wissen, dass du fast ohne Unterwäsche herumläufst – das war's, was mich in Schwierigkeiten gebracht hat.« Mit seinen großen Händen umfasste er ihre Taille und hob Jane hoch, sodass sie auf den Knien über ihm hockte, und er beugte sich vor und barg sein Gesicht an ihrem Bauch. Er schob ihr Seidenhemdchen hoch, und sein heißer Atem streifte ihre Haut, als er sagte: »Zieh das aus.« Und dann verteilte er nasse Küsse auf ihrem Unterleib.

Jane zog sich das Hemdchen über den Kopf und ließ es neben dem Sofa zu Boden sinken. Luc legte die gespreizten Finger über ihre Rippen und hob den Kopf, um Jane anschauen zu können. Sein heißer Blick berührte ihre Brüste; er schöpfte tief Atem, sagte jedoch nichts.

Jane saß wieder auf seinem Schoß und fühlte sich bemüßigt, an seiner Stelle das Wort zu ergreifen. »Ich entspreche nicht so ganz deinen Anforderungen«, sagte sie und bedeckte mit den Händen ihren Busen.

»Große Brüste können eine große Enttäuschung sein. Du bist wunderschön, Jane. Du bist noch schöner als in meinen Träumen.« Er ergriff ihre Handgelenke und schob ihr die Hände hinter den Rücken, sodass sie den Rücken durchbiegen und die Brust seinem Gesicht entgegenstrecken musste. »Wie lange habe ich darauf warten müssen, dich so zu sehen! Das zu tun«, sagte er, und sein Atem flüsterte an ihren sehnsuchtsvollen Knospen. Und dann saugte er sie sanft in seinen heißen, nassen Mund. Er ließ ihre Handgelenke los, und sie umfasste sein Gesicht und hielt ihn fest.

Er sog so heftig, dass seine Wangen hohl erschienen. Mit dem Handrücken streifte er ihren Bauch, öffnete ihren Hosenbund und schob die Hand hinein. Über ihrem roten Spitzentanga legte er die Hand in ihren Schritt, und sie seufzte vor Lust.

»Du bist ja nass, Jane«, sagte er mit tiefer, kehliger Stimme, schob ihren winzigen Slip zur Seite und berührte ihr heißes, feuchtes Fleisch. Es wäre so einfach gewesen, jetzt und an dieser Stelle gleich nachzugeben. Sich streicheln zu lassen, bis der Orgasmus kam. Viel mehr hätte es nicht gebraucht, und sie wäre hin und weg gewesen, aber sie wollte keinen einsamen Orgasmus, sie wollte, dass Luc mit ihr zusammen kam.

»Das ist genug«, sagte sie und packte sein Handgelenk. Er ließ seine Hand hinauf zu ihrer Brust wandern, und seine Finger spielten mit ihr, umgaben ihre Brustspitze mit Nässe. Und seinen Fingern folgte sein Mund. Ein Ton absoluter männlicher Lust, urwüchsig und besitzergreifend, grollte tief aus seiner Kehle hervor und beförderte sie so nah an den Gipfel, dass sie schon fürchtete, allein durch seinen Mund an ihrer Brust zum Orgasmus zu kommen.

»Hör auf.«

Er legte den Kopf in den Nacken und sah sie an. Seine Augen waren verhangen vor Leidenschaft. »Sag mir, was du dir wünschst.«

Sie wünschte sich eine ganze Menge, aber da sie die Chance vielleicht nie wieder bekam, sagte sie: »Ich möchte deine Tätowierung küssen.«

Er blinzelte ein paarmal, als hätte er sie womöglich nicht richtig verstanden, dann breitete er die Arme aus.

Jane glitt von seinem Schoß und zog Luc auf die Füße. Sie schlüpfte aus ihren Schuhen, zog Socken und Hose aus. Nur mit ihrem String bekleidet stand sie da und küsste seine Schulter und seine Brust. Sie fuhr mit der Hand über seine harten Muskeln und legte mit Küssen eine Spur über seinen Brustkorb und Bauch nach unten. Dann kniete sie sich vor ihn, schob die Hände in seinen Hosenbund und zog seinen flachen Bauch näher zu sich heran. Sie leckte über die Enden der Tätowierung und schmeckte Lucs Haut auf ihrer Zunge. »Ich frage mich schon so lange, wie groß das Hufeisen wohl sein mag«, flüsterte sie und küsste seinen Nabel. »Das wollte ich schon immer mal tun.«

»Du hättest mich viel früher darum bitten können. Ich hätte es dir gestattet.« Er strich ihr mit den Fingern durchs Haar und schob es ihr aus dem Gesicht. »Das nächste Mal brauchst du gar nicht mehr zu fragen.«

Sie lächelte an seinem Bauch, und sie hätte ihn gebissen, wenn seine Haut nicht so straff wie eine Trommel gewesen wäre. Sie knöpfte seine Hose auf und schob sie über Hüften und Schenkel hinunter. Er stand vor ihr, das schwarze Hufeisen verschwand in seiner weißen Unterhose. Eine eindrucksvolle Erektion füllte die reine weiße Baumwolle aus, und Jane küsste ihn durch die Unterwäsche. Dann zog sie die Unterhose herab. Befreit reckte sich ihr sein Glied entgegen, und sie sah, dass das Hufeisen in seinem Schamhaar verschwand und bis an die Wurzel seines Penis reichte. Direkt über seinem dunkelblonden Schamhaar war eine Schleife tätowiert, die sich von einem Schenkel des Hufeisens zum anderen spannte. Darauf stand in schwarzer Tinte: LUCKY.

Sie lachte und küsste die heiße, samtige Eichel. »Du möchtest nicht, dass ich dich frage, bevor ich es tue!«

Seine Antwort war ein ersticktes »Nein!«.

Zum ersten Mal, seit er sie geküsst hatte, fühlte er, wie die Macht auf sie überging, wie sie die Kontrolle übernahm. Sie nahm ihn, so weit sie konnte, in den Mund und wog seine Hoden in der Hand. So etwas hatte sie beim ersten Mal mit einem Mann noch nie getan, aus Angst, einen Präzedenzfall zu schaffen, aber bei Luc war es ihr gleichgültig. Sie wollte es tun. Nicht für ihn, für sich selbst. Und gleichgültig, wie sehr es sie später schmerzen und umbringen würde, sie wusste doch, dass sie mit Luc keine Zukunft hatte. Also schuf sie auch keinen Präzedenzfall. Sie würde von ihm nehmen, was sie bekommen konnte. Sie war *Honey Pie*. Sie würde ihr Bestes geben, um ihn ins Koma zu versetzen.

Luc packte ihre Schultern und zog Jane auf die Füße. Er neigte sich über ihr Gesicht und küsste sie gierig. Seine Hände glitten zu ihrem Gesäß herab; er hob sie hoch, und sie schlang die Beine um seine Taille. Sein hartes, nacktes Fleisch drängte durch ihren Stringtanga in sie hinein, und er befreite sich von Hose und Unterhose. Auf dem Weg vom Wohnzimmer durch den Flur bis in sein dunkles Schlafzimmer küsste er sie immer wieder verzehrend. Aus dem großen Fenster fiel etwas Licht auf sein Bett, und er legte sie sanft auf die tiefblaue Bettdecke. Sie stützte sich auf einen Ellbogen auf und sah zu, wie er sich in den Schatten bewegte. Die Schublade des Nachttisches wurde geöffnet, und dann stand er vor ihr.

»Ich fürchte, ich sollte mich schon mal entschuldigen, bevor wir zur Sache kommen«, sagte er und rollte ein Kondom über seine Eichel und das harte Glied.

Sie zog ihren Slip aus und warf ihn auf den Boden. Von der Tür her fiel Licht über eine Seite seines Gesichts. »Warum?«

Er deckte sie mit seinem warmen Körper zu und stützte sich auf den Ellbogen ab. »Weil ich nicht glaube, dass ich lange durchhalten kann.«

Dann fühlte sie seine Eichel, glatt und hart und heiß, und sie war der Meinung, er müsse sich deswegen keine Gedanken machen, denn sie selbst würde wohl auch nicht lange durchhalten. Er zwängte sich bis zur Hälfte in sie hinein, und ihr Körper widerstand dem Eindringen. Sie legte die Hände auf seine Schultern, um ihn zu bremsen, und er legte die Hände um ihr Gesicht und küsste sie zärtlich. Dann zog er sich zurück und stieß ein bisschen weiter vor.

»Du bist so eng«, keuchte er. Sie sog den Atem ein, seinen Atem, als er sich fast vollständig aus ihr zurückzog, um dann so tief in sie einzudringen, dass sie ihn am Gebärmutterhals spürte. Ein grollendes Stöhnen entrang sich seiner Brust und hallte in ihrem Herzen wider.

Sie schlang ein Bein um seinen Rücken. »Luc«, flüsterte sie, als er sich zu bewegen begann und einen perfekten Rhythmus der Lust vorgab. »Mmm, das fühlt sich gut an.«

Sein Gesicht dicht über ihrem, fragte er: »Wie hättest du es gern?«

»Genau so, wie du es mir gibst.« Sein Athletenkörper –

trainiert und gebaut zum Durchhalten – spannte sich an, und sein Atem streifte ihr Gesicht. Mit jeder Faser ihres Körpers war sie auf den Penis konzentriert, der in sie hineinstieß.

»Mehr?«

»Ja. Gib mir mehr«, keuchte sie, und er gab ihr mehr. Schneller, heftiger, intensiver. Immer und immer wieder, und sie spürte den Hauch seines schweren Atmens an der Wange, während er sie höher aufs Bett hinaufdrängte. Und gerade, als sie glaubte, nicht mehr ertragen zu können, schrie sie auf und ballte die Hände zu Fäusten. Ihr Höhepunkt war so wonnevoll, dass sie nichts mehr sah und nichts mehr hörte. Ihr Herz hämmerte, und Woge um Woge von Empfindungen lief über ihre Haut. Das Feuer, das er tief in ihrem Inneren angefacht hatte, ließ ihren Körper erglühen, und ihre inneren Muskeln zogen sich zusammen und holten ihn noch tiefer in sie hinein, bis auch er den Höhepunkt erreichte. Ein tiefes Stöhnen entrang sich seiner Kehle.

Danach sprach lange Zeit keiner von ihnen ein Wort. Bis sich ihr Atem beruhigte und ihr Puls sich normalisierte. Luc zog sich aus ihr zurück, stieg vom Bett und ging ins Bad. Kühle Luft strich über Janes erhitzte Haut, als sie ihm auf seinem Weg durch die abgestuften Schatten nachschaute. Ihr Verstand war noch zu betäubt, um über das, was sie gerade getan hatte, nachzudenken, aber ihr Herz wusste es. Sie liebte Luc Martineau mit beängstigender Intensität.

Als sie die Toilettenspülung rauschen hörte, richtete sie den Blick auf die Tür zum Bad. Luc kam auf sie zu, nackt und schön in dem Lichtstreifen, der quer durchs Zimmer fiel. Bei seinem Anblick zog sich ihr Herz zusammen, als drohte ihr ein Herzinfarkt.

»Wann musst du gehen?«, fragte er und legte sich wieder zu ihr ins Bett.

Die Wirklichkeit brach über sie herein wie ein Eimer kaltes Wasser. Er hatte nicht einmal abgewartet, bis das Nachglühen verebbt war. Sie hatte gerade atemberaubenden Sex genossen, und er war schon bereit, sie gehen zu lassen. Sie richtete sich auf, schaute sich nach ihrer Unterwäsche um und hoffte von Herzen, dass ihr keine Peinlichkeit passierte, wie zum Beispiel, in Tränen auszubrechen, noch bevor sie zur Tür hinaus war. »Ich muss mich nicht nach einem Zapfenstreich richten.« So keusch wie möglich angesichts ihrer Nacktheit rutschte sie auf dem Bauch ans andere Ende des Bettes und spähte über die Kante. Kein Slip in Sicht. »Wenn ich meine Wäsche gefunden habe, bin ich sofort verschwunden. Du brauchst bestimmt deine Ruhe, weil du ja morgen Abend ein Spiel hast.«

Er packte ihren Fußknöchel und zog sie übers Bett zu sich heran. »Morgen steht der Ersatzkeeper im Tor, und ich habe gefragt, weil ich möchte, dass du bleibst.«

Er drehte sie auf den Rücken, und sie blickte in sein Gesicht. »Wirklich?«

»Mhm. Ich schätze, ich möchte es noch ein paarmal machen, bevor ich dich zur Tür rauslasse.«

»Ein paar Mal?«

»Ja.« Er zog sie fest an seinen Körper, und sie spürte, dass er schon wieder eisenhart war. »Hast du ein Problem damit?«

»Nein.«

»Gut, denn mir schwebt so etwas wie ein Hattrick vor.«

14. KAPITEL

Sündenpfuhl: Auf der Strafbank

Am folgenden Abend wünschte Jane, sie hätte Caroline zum Spiel mitgenommen. Sie brauchte jemanden, der sie daran hinderte, zu viel nachzudenken – zu sehr zu analysieren, was sie in der Nacht zuvor getan hatte. Aber im Grunde hatte sie ihre Handlungsweise längst schon zu Tode analysiert. Sie hatte dreimal mit Luc Martineau Sex gehabt. Drei atemberaubende, Himmel und Erde erschütternde, haarsträubende Male. Und mit jedem Mal, mit jeder Berührung, mit jedem Wort aus seinem Mund hatte sie sich noch mehr in ihn verliebt, bis sie glaubte, ihr Herz würde sich nie mehr davon erholen.

Gegen zwei Uhr morgens war Luc in einem Wirrwarr von Bettzeug und dem durch die Fenster fallenden Mondlicht eingeschlafen. Eben noch hatte er von seiner Kindheit in Edmonton erzählt, und im nächsten Moment schlief er, als hätte jemand einen Schalter umgelegt. Jane hatte noch nie jemanden so unvermittelt einschlafen gesehen, und sie beobachtete ihn noch eine kleine Weile, um sicherzugehen, dass alles mit ihm in Ordnung war. Sie strich ihm eine Haarlocke aus der Stirn, und sie berührte seine Wange und die rauen Bartstoppeln an seinem Kinn. Dann suchte sie ihre Kleider zusammen und ging, ohne ihn aufzuwecken.

Noch nie im Leben hatte sie sich so schnell und so heftig in einen Mann verliebt, und sie ging, ohne ihn aufzuwecken, weil sie nicht gewusst hätte, was sie sagen sollte. *Danke? Wir sollten uns mal wieder treffen? Bis morgen Abend beim Spiel?* Sie ging, weil es sich nach einem One-Night-Stand so gehörte. Einer musste vor Anbruch der Morgendämmerung verschwunden sein.

Und sie war ohne ihren Slip gegangen. Sie hatte ihn in dem dunklen Schlafzimmer nicht gefunden, und sie hatte Luc nicht wecken wollen, indem sie das Licht einschaltete. Sie hatte ihren Slip zurückgelassen, und jetzt war ihre größte Sorge, dass die Putzfrau oder, noch schlimmer, Marie ihn finden könnte.

Nein, das stimmte nicht. Ihre größte Sorge galt nicht der Entdeckung ihres verlorenen Slips. Sie galt dem Umstand, dass sie an diesem Abend Luc sehen und das entsetzliche Sehnen und Drängen in ihrem Herzen spüren würde. Sie hatte auch in der Vergangenheit Freunde gehabt, und dies war nicht ihr erster One-Night-Stand. Sie war verletzt worden und hatte ihrerseits verletzt. Aber das war nichts im Vergleich zu dem Schmerz, den Luc ihr zufügen würde. Das wusste sie. Sie wusste, dass dieser Schmerz kommen würde, und doch konnte sie nichts tun, um es zu verhindern.

Alles war so grauenhaft und wunderbar, und mitten in all die Verwirrung mischte sich das schlechte Gewissen. Luc hatte ihr in der vergangenen Nacht bestätigt, was sie bereits geahnt hatte. Sie konnte sich nicht länger einreden, dass er die *Honey-Pie*-Episode schmeichelhaft finden würde. Dass er sich nicht daran stören würde. Er würde sich sehr wohl daran stören, und sie hatte keine Möglichkeit zur Wiedergutmachung. Das Wissen, dass er nie im Leben erfahren würde, wer hinter dem Artikel steckte, änderte nichts daran, dass das Schuldgefühl in ihren Eingeweiden rumorte.

Sie liebte ihn, und sie machte sich nicht mal mehr die Mühe, sich selbst zu belügen und sich einzureden, sie hätte sich nicht extra für ihn zurechtgemacht. Sie trug roten Lippenstift und eine rote Seidenbluse zu ihrem schwarzen Blazer und der schwarzen Hose. Sie war sich albern vorgekommen, als sie loslief und sich eine Bluse kaufte, weil er gesagt hatte, in Rot würde sie ihm gut gefallen. Als ob ihn das dazu bringen könnte, sie zu lieben.

Eine halbe Stunde vor dem Spiel machte sie sich auf den Weg in den Umkleideraum. »Lasst nicht gleich die Hosen runter, meine Herren«, begann sie, als sie eintrat. Während sie ihre Glück bringende Ansprache abspulte, spürte sie Lucs Blick auf sich, heiß und pulsierend, und sie weigerte sich strikt, in seine Richtung zu blicken. Nicht nach der vergangenen Nacht. Nicht nach allem, was sie in seinem Schlafzimmer miteinander getrieben hatten. Als sie fertig war, senkte sie das Kinn auf die Brust und strebte der Tür zu.

»Du hast etwas vergessen«, rief Luc ihr nach.

Nein. Sie hatte nichts vergessen. Sie hielt den Blick starr auf ihre Stiefelspitzen gerichtet, als sie sich umdrehte und den Raum durchquerte. Als sie vor ihm stand, löste sie schließlich doch den Blick vom Boden, ließ ihn hinaufgleiten über seine unförmigen Schutzpolster, über den Fisch auf seinem Trikot bis zu dem Mund, der sie in der Nacht zuvor so leidenschaftlich geküsst hatte. Am ganzen Körper. »Ich dachte, du spielst heute Abend nicht.«

»Ich spiele nicht, aber falls der Goalie ausfällt, muss ich für ihn einspringen.«

»Ach, schon gut«, seufzte sie. Mit übergroßer Willensanstrengung verhinderte sie, dass ihr die Glut in die Wangen stieg, und sah endlich auf in seine belustigt funkelnden blauen Augen. »Du großer, blöder Dodo.«

»Danke«, sagte er mit einem frechen Grinsen, »aber das meinte ich nicht, als ich sagte, dass du etwas vergessen hast.«

Sie hatte ihre Ansprache übers Hosenrunterlassen gehalten, hatte dem Kapitän die Hand geschüttelt und Luc einen Dodo genannt. Sie hatte nichts vergessen. »Wovon redest du eigentlich?«

Er beugte sich vor und flüsterte: »Du hast gestern Nacht deinen Slip in meinem Bett vergessen.«

Alles in ihr erstarrte, sie konnte nicht mehr atmen. Sie schaute sich um, um zu sehen, ob jemand ihn gehört hatte, aber alle Spieler schienen anderweitig beschäftigt zu sein.

»Ich habe ihn heute Morgen unter meinem Kopfkissen gefunden und mich gefragt, ob du ihn vielleicht absichtlich dorthin gelegt hast. Als eine Art Morgengabe.«

Ihr Gesicht war glühend rot, ein Kloß steckte ihr im Hals. Sie brachte keinen Ton hervor bis auf ein piepsiges »Nein«.

»Warum hast du mich nicht geweckt, bevor du gegangen bist?«

Sie ballte die Hand zur Faust und räusperte sich. »Du hast fest geschlafen.«

»Ich habe mich nur ausgeruht, um fit für die zweite Runde zu sein. Himmel, du warst so heiß gestern Nacht.« Er musterte sie eingehend und zog die Brauen zusammen. »Ist es dir peinlich?«, fragte er ehrlich erstaunt.

»Ja!«

»Warum? Keiner hat mich gehört.«

»O mein Gott«, flüsterte sie und ging, bevor sie vollends verglühte. Als sie in die Presseloge zurückkam, war Darby bereits da. Mit Caroline.

»Hallo, ihr zwei«, grüßte sie und setzte sich. »Wenn ich gewusst hätte, dass du noch ein Spiel sehen willst, Caroline, hätte ich dich eingeladen, mich zu begleiten.«

»Schon gut. Eigentlich bin ich kein großer Hockeyfan, aber Darby hat angerufen, und ich hatte nichts anderes vor.«

Sie zuckte mit den Schultern. »Ich habe gestern Abend versucht, dich anzurufen. Wo warst du?«

»Nirgends. Ich habe nur nicht abgenommen.«

»Ich hasse es, wenn du nicht abnimmst.« Caroline musterte sie kurz und neigte sich zu ihr. »Du lügst.«

»Nein, ich lüge nicht.«

»O doch, du lügst. Ich kenne dich, solange ich lebe. Ich weiß es, wenn du lügst.« Sie kniff die Augen zusammen. »Wo warst du?«

Jane beugte sich weit genug vor, um Darby sehen zu können. Er telefonierte auf seinem Handy. »Ich war aus.«

»Mit einem Mann?« Als Jane nicht antwortete, schnappte Caroline nach Luft. »Mit einem von den Hockeyspielern!«

»Pssst!«

»Mit wem?«, flüsterte sie und schaute sich um, als fürchtete sie, von der CIA belauscht zu werden. Caroline betrachtete sich als zweisprachig und griff auf die Sprache zurück, die sie und Jane seit der Grundschule beherrschten. Schweinelatein. »Sahalefags mihilefir.«

Jane verdrehte die Augen. »Später.« Sie klappte ihren Laptop auf, als unten auf dem Eis die Light-Show einsetzte. Während des Spiels machte sie sich Notizen und gab sich größte Mühe, jeden Blick auf Luc zu vermeiden, der, die Arme vor der Brust verschränkt, auf der Ersatzbank saß und das Spiel verfolgte. Mehrmals drehte er sich um und sah hinauf zur Presseloge. Über drei Abschnitte hinweg begegneten sich ihre Blicke, und Janes Herzschlag setzte aus.

Und sie wandte sich ab. In ihrem ganzen Leben hatte sie sich nie so unsicher gefühlt. Und als Frau, die gern das Kommando übernahm und sich entsprechend verhielt, hasste sie es, sich so unsicher zu fühlen. Es verursachte ihr Magengrummeln und Kopfschmerzen.

»Jane?« Caroline rüttelte ihre Schulter, als hätte sie schon länger versucht, ihre Aufmerksamkeit zu erringen.

»Was?«

»Ich habe dich schon dreimal angesprochen.«

»Entschuldige, ich denke über meinen Artikel nach«, schwindelte sie.

»Darby möchte sich nach dem Spiel auf einen Drink mit uns treffen.«

Jane beugte sich vor und sah den stellvertretenden Geschäftsführer an. Sie bezweifelte, dass Darby Wert auf ihre Gesellschaft legte. »Ich kann nicht«, sagte sie, was der Wahrheit entsprach und was Darby ihrer Meinung nach auch wusste. »Ich muss mit den Spielern reden und den Artikel rechtzeitig fertig schreiben.« Außerdem musste sie das Interview mit Luc überarbeiten. »Geht ihr zwei ohne mich.«

Darby bemühte sich, Enttäuschung zu heucheln. »Kannst du wirklich nicht?«, fragte er.

»Wirklich nicht.« Um ein Haar hätte Darby ihr Leid getan. Sie mochte Caroline, aber ihre Freundin würde Darbys Intelligenzbestienherz mit ihren Ferragamos zertreten. Wieder einmal erwog sie, Darby zu warnen, doch sie hatte schließlich genug damit zu tun, sich um ihr eigenes Herz zu kümmern.

Die Chinooks verloren drei zu zwei gegen die Bruins. Nach dem Spiel atmete Jane tief durch und suchte noch einmal den Umkleideraum auf. Lucs Schutzpolster hingen in seiner Nische, er selbst war jedoch nicht da. Mit einem merkwürdigen Gefühl von Erleichterung, gemischt mit Ärger, nahm sie es zur Kenntnis. Dieses grauenhafte Sehnen und Drängen, wenn man verliebt war. Luc hatte gewusst, dass sie nach dem Spiel im Umkleideraum auftauchen würde, und er war gegangen, ohne sie zu ärgern. Der Mistkerl.

Jane interviewte Coach Nystrom und den zweiten Torhüter, der von dreiundzwanzig Pucks aufs Tor zwanzig gehalten hatte. Sie redete auch mit Hammer und Fish, dann begab sie sich, Jacke und Aktentasche in einer Hand, in den Durchgang.

Luc stand beim Ausgang und blickte ihr entgegen. Er trug seinen marineblauen Hugo-Boss-Anzug und eine braune Seidenkrawatte, und er sah so gut aus, dass Jane das Wasser im Mund zusammenlief.

»Ich hab was für dich«, sagte er und stieß sich von der Wand ab.

»Was denn?«

Er blickte über ihre Schulter hinweg, als ein Reporter von Janes Konkurrenzblatt vorbeiging.

»Jim.« Luc nickte ihm zu.

»Martineau.«

Der Reporter musterte Jane im Vorbeigehen, und Jane musste nicht Gedanken lesen können, um zu wissen, dass bereits über die Beziehung zwischen ihr und dem berüchtigt schweigsamen Goalie spekuliert würde.

Luc vergewisserte sich noch einmal, ob hinter Jane die Luft rein war, dann zog er ihren roten Spitzenstring aus seiner Jacketttasche. »Das hier. Wenngleich ich überlege, ob ich es nicht lieber als Glücksbringer behalte«, sagte er und ließ den kleinen Slip von seinem Zeigefinger baumeln. »Vielleicht sollte ich ihn in Bronze gießen und über meinem Bett aufhängen.«

Jane haschte den Slip von seinem Finger und verstaute ihn in ihrer Aktentasche. Sie blickte hinter sich in den menschenleeren Durchgang hinein. »Er hat dir kein Glück gebracht. Du hast heute Abend ja gar nicht gespielt.«

»Ich dachte eher an eine andere Art von Glück.« Er streckte die Hand nach ihr aus und fuhr mit den Fingern durch ihr Haar. »Komm mit.«

O Gott. Sie stand reglos da, während sie doch am liebsten an seine Brust gesunken wäre. »Wohin?«

»Irgendwohin.«

Sie zwang sich, einen Schritt zurückzuweichen, und er ließ die Hand fallen. Dieses Drängen und Sehnen, ihr Herz fühlte sich an wie ein Gummiband. »Du weißt genau, dass ich nicht mit dir gesehen werden darf.«

»Warum nicht, zum Teufel?«

»Das weißt du doch.«

»Weil die Leute glauben sollen, du wärst ein Profi.«

Er hatte es tatsächlich begriffen. »Genau.«

»Du bist auch schon mit Darby gesehen worden.«

»Das ist etwas anderes.«

»Inwiefern?«

Sie liebte Darby nicht. Wenn sie Darby ansah, hatte sie nicht das Gefühl, in verschiedene Richtungen gezerrt zu werden. Und außerdem würde man ihr, wenn sie eine Beziehung mit Darby Hogue abstritt, vermutlich glauben. Falls sie in die Verlegenheit kam, eine Beziehung mit Luc Martineau abstreiten zu müssen, würde *kein Mensch* ihr glauben.

»Er hat nicht so einen schlechten Ruf wie du.« Und sobald die Märzausgabe von *Him* auf dem Markt war, würde Lucs Ruf sich noch verschlechtern.

Er starrte sie an, als könnte er nicht glauben, was sie eben gesagt hatte. »Wenn ich eine Tunte wäre, würdest du dich also mit mir sehen lassen?«

»Um Himmels willen. Darby ist keine Tunte.«

»Da irrst du dich, Süße.«

Süße. Jane wollte nicht wissen, wie viele Frauen in wie vielen Bundesstaaten Luc schon Süße genannt hatte. Sie wollte nicht wissen, wie viele von diesen Frauen sich dadurch hatten täuschen lassen und glaubten, sie wären anders als die anderen. Sie wollte nicht wissen, wie viele von ihnen so dumm gewesen waren, sich in Luc zu verlieben.

Als sie den Blick hob und die tiefe Einkerbung in seiner Oberlippe, seine blauen Augen und langen Wimpern sah, wusste sie es genau. Sie hatte keine Wahl gehabt und hatte auch jetzt keine, sonst hätte sie nicht *zugelassen*, dass sie sich verliebte. Mit wehem Herzen, das sie drängte, die Arme um seinen Nacken zu legen und ihn nie wieder loszulassen, zwang sie sich zu sagen: »Letzte Nacht, das war ein Fehler. Das darf nicht noch einmal passieren.«

»Okay.«

Okay! Ihr brach das Herz, und er sagte *Okay*. Sie wusste nicht, ob sie ihm einen Boxhieb in seine Glück bringende Tätowierung versetzen oder weglaufen sollte, bevor sie in Tränen ausbrach. Während sie noch überlegte, öffnete Luc eine Tür in seinem Rücken, ergriff Janes Hand und zog sie in eine Abstellkammer. Er schloss die Tür und schaltete das Licht ein.

»Was soll das, Luc?«

»Ich will mir den schlechten Ruf verdienen, den du mir andichtest.«

Sie hielt ihre Aktentasche in Brusthöhe vor sich. »Hör auf.« Er lächelte, und sie wusste nicht, ob es am Geruch der Putzmittel lag oder an Lucs Ausstrahlung, jedenfalls war ihr leicht schwindlig.

»Okay.« Er griff an ihr vorbei und verriegelte die Tür.

Jane sah zuerst den Türgriff, dann Luc an. »Luc!« Er konnte sie doch nicht jedes Mal, wenn ihm danach war, einfach packen. Oder? Nein! »Ich fürchte, ich habe gestern Nacht bei dir einen falschen Eindruck erweckt. Ich gehe gewöhnlich nicht … Ich meine, ich schlafe nie mit jemandem, den ich gerade interviewt habe.«

Er legte einen Finger auf ihre Lippen. »Dein Sexleben geht mich nichts an. Mir ist es egal, mit wem oder wie oder in wie vielen verschiedenen Stellungen du es getrieben hast.«

Dass es ihm egal war, schmerzte mehr als nötig. »Aber ich will …«

»Pssst«, unterbrach er sie. »Jemand könnte dich hören, und du willst doch nicht mit mir gesehen werden. Hast du das vergessen?« Er stemmte die Hände neben ihrem Kopf gegen die Tür, lehnte sich gegen Jane und zwang sie damit zurückzuweichen. Nur ihre Aktentasche verhinderte den direkten Körperkontakt. »Seit ich heute Morgen aufgewacht bin, denke ich nur an dich.«

Sie hatte zu viel Angst zu fragen, in welcher Hinsicht er an sie gedacht hatte. »Ich muss los«, sagte sie, wohl wissend, dass er sie, falls sie hinter sich griff und die Tür aufschloss, ohne weiteres gehen lassen würde. Und doch konnte sie sich nicht dazu bringen. »Ich muss noch einen Artikel schreiben.«

»Ein paar Minuten kannst du entbehren.«

Der Duft seines Parfüms vermischte sich mit dem Geruch der Putzmittel, und Jane fiel kein einziger Grund ein, warum sie nicht noch ein paar Minuten hätte bleiben können. Er schlang einen Arm um ihre Taille und näherte sein Gesicht dem ihren. Seine Stimme an ihrem Mund war ein raues Flüstern, als er sagte: »Was du auch tust, halte dir auf jeden Fall deinen Aktenkoffer vor die Brust.« Dann küsste er sie. Seine Lippen waren warm, sein Mund heiß und, wie alles an ihm, sexy und herausfordernd. Sein Kuss war zuerst aggressiv, dann nahm er sich zurück und überließ es Jane, seine Zunge zu jagen. Im Nu verstand sie, und das Wissen jagte ihr heiße Schauer über die Haut, und die Glut sammelte sich tief in ihrem Leib. *Nur noch ein paar Minuten*. Lucs Mund glitt über ihre Wange und seitlich an ihrem Hals entlang. Er schob den Kragen ihrer Bluse zur Seite und sog sanft an ihrer Haut. »Du bist so weich«, flüsterte er, als seine Lippen schon wieder auf dem Weg zu ihrem Ohr waren. »Innen wie außen.«

Auf der anderen Seite der Tür war Männerlachen zu hören; der Stromster sagte etwas mit seinem starken Akzent, und Luc sah Jane an. Seine Stimme war so rau wie sein Atem, als er sagte: »Du hältst doch deinen Aktenkoffer gut fest, Süße?«

Sie nickte und griff den Koffer fester.

»Gut. Lass ihn nicht los, und lass dich nicht von mir überreden, ihn mir zu geben«, warnte er. »Sonst liegst du im nächsten Moment am Boden, und ich liege auf dir.«

Ihrer beider Verhalten hätte Janes Empörung wecken müssen. Es war ausgesprochen dumm, Luc Martineau in einer Abstellkammer der Key Arena zu küssen, trotzdem sprudelte es glückselig in ihrem Herzen auf, so sehr, dass sie hätte lachen mögen. Luc begehrte sie. Sie erkannte es an der Art, wie er sie ansah, an dem tiefen, hungrigen Timbre in seiner Stimme. Vielleicht liebte er sie nicht, aber er wollte mit ihr zusammen sein.

Er trat ein paar Schritte zurück. »Das war wohl nicht gerade eine meiner besten Ideen.«

Vom Durchgang her drang noch mehr Lärm zu ihnen herein, und er sagte: »Ich schätze, wir sitzen hier noch eine ganze Weile fest.« Er griff nach einem leeren Eimer, drehte ihn um und bedeutete Jane, sich zu setzen. »Tut mir Leid.«

Ihr selbst hätte es auch Leid tun sollen. Sie hatte einen Termin einzuhalten. Sie saß mit Luc in einer Abstellkammer fest, und wenn sie entdeckt wurden, konnte es für sie beide schlimme Folgen haben. Und trotzdem tat es ihr nicht Leid.

Sie setzte sich auf den Eimer und blickte zu Luc auf, der sich dräuend über ihr erhob. Unter schweren Lidern sah er auf sie herunter, und sie ließ den Blick über seine braune Krawatte und über den schwarzen Gürtel zum Reißverschluss seiner Hose wandern. Er hatte eine ausgewachsene Erektion. Jane erinnerte sich in aller Deutlichkeit, wie er nackt aussah. Harter Körper, harter Penis und eine unwiderstehliche Glücksbringertätowierung. Plötzlich war sie nicht mehr so sicher, dass eine Wiederholung der vorangegangenen Nacht eine schlechte Idee wäre. Aber nicht in einer Abstellkammer, dachte sie und stellte den Aktenkoffer neben den Eimer. »Wie geht's deiner Schwester?«, fragte sie, um die Richtung ihrer Gedanken zu wechseln. »Gestern hat ihr ihre Frisur gefallen, aber ich weiß, dass ein neuer Haarschnitt am nächsten Tag immer ein Schock ist.«

»Was?« Luc blickte in Janes grüne Augen und konnte den abrupten Themenwechsel nicht fassen. Eben noch hatte sie seinen Schwanz angestarrt, und er hatte ihr Interesse keineswegs falsch verstanden. Und jetzt wollte sie über seine Schwester reden. »Als ich sie heute Mittag gesehen habe, ging es ihr gut.«

»Wir haben neulich ein bisschen über ihre Mutter geredet.«

Luc trat ein paar Schritte zurück und lehnte sich mit der Schulter gegen die Tür. »Was hat sie gesagt?«

»Nicht eben viel, aber das war auch nicht nötig. Ich weiß, wie sie sich fühlt. Meine Mutter ist gestorben, als ich sechs Jahre alt war.«

Er hatte nicht gewusst, dass Jane noch so jung gewesen war, als sie ihre Mutter verlor, aber es wunderte ihn nicht. Das Einzige, was er über sie wusste, war im Grunde nur, dass sie für die *Seattle Times* arbeitete, in Bellevue wohnte, schlagfertig war und Nerven wie Drahtseile hatte. Er mochte ihr Lachen und unterhielt sich gern mit ihr. Ihre Haut war genauso weich, wie sie aussah. Überall. Sie schmeckte gut. Überall. Er wusste, dass sie gut im Bett war, mehr noch als gut. Sie hatte ihn fertig gemacht, und seit er aufgewacht war, konnte er nur noch daran denken, wie er sie dazu bringen konnte, es noch einmal mit ihm zu tun. Wenn er es sich recht überlegte, wusste er doch mehr von Jane als von vielen anderen Frauen. »Das tut mir Leid, ich meine, die Sache mit deiner Mutter.«

Ein trauriges Lächeln zuckte in ihren Mundwinkeln. »Danke.«

Luc ließ sich an der Tür herabgleiten, bis er zu Janes Füßen auf dem Boden saß. Seine Knie berührten sie beinahe. »Marie macht eine schwere Zeit durch, und ich weiß nicht, wie ich ihr helfen soll«, sagte er, indem er seine Gedanken absichtlich auf seine Schwester und deren Probleme richtete. »Sie weigert sich, mit einem Therapeuten zu sprechen.«

»Hat sie es schon einmal versucht?«

»Natürlich, aber nach zwei Sitzungen hat sie aufgegeben. Sie ist launisch und unberechenbar. Sie braucht eine Mutter, aber die kann ich ihr nicht bieten. Ich dachte, sie würde sich in einem Internat mit gleichaltrigen Mädchen vielleicht wohler fühlen, aber sie glaubt, ich wollte sie nur loswerden.«

»Und? Stimmt das?«

Er knöpfte seinen Blazer auf, dann ließ er die Handgelenke locker von den Knien baumeln. Über sein Privatleben pflegte er nicht zu reden, jedenfalls nicht außerhalb der Familie, und er fragte sich, was ihn bewog, sich ausgerechnet Jane anzuvertrauen – einer Reporterin. Aber vielleicht, weil er ihr vertraute. »Ich glaube nicht, dass ich versuche, sie loszuwerden. Vielleicht ist es doch so. Wie auch immer, ich bin ein Scheißkerl.«

»Ich verurteile dich doch nicht, Luc.«

Er sah in ihre klaren Augen und glaubte ihr. »Ich will, dass sie glücklich ist, aber sie ist es nicht.«

»Nein, sie ist nicht glücklich und wird vorerst auch nicht glücklich sein. Ich bin überzeugt, dass sie Angst hat.« Sie neigte den Kopf leicht zur Seite, und die Locken fielen aus ihrem Gesicht. »Wo ist Maries Vater?«

»Unser Vater ist vor etwa zehn Jahren gestorben. Zu der Zeit wohnte ich mit meiner Mutter in Edmonton. Maries Mutter und mein Vater lebten in L. A.«

»Dann weißt du ja, wie es ist, einen Elternteil zu verlieren.«

»Eigentlich nicht.« Er nahm eine Hand vom Knie und strich mit den Fingerspitzen über die Bügelfalte in Janes Hosenbein. »Ich habe meinen Vater nur einmal im Jahr gesehen.«

»Ja, aber trotzdem fragst du dich sicher manchmal, wie dein Leben sich entwickelt hätte, wenn er noch lebte.«

»Nein. Mein jeweiliger Hockeytrainer war eher ein Vater für mich als mein leiblicher Vater. Maries Mutter war seine vierte Frau.«

»Hat Marie noch andere Geschwister?«

»Nur mich.« Er hob den Kopf. »Ich bin alles, was sie hat, und ich fürchte, das ist nicht genug.«

Das Deckenlicht verfing sich in ihren Locken, ein trauriges Lächeln umspielte ihre Lippen. Luc wollte es nicht sehen und zog ernsthaft in Erwägung, sie bei den Aufschlägen ihrer Jacke zu packen, ihren Mund zu sich heranzuziehen und sie zu küssen, bis sie nicht mehr traurig war. Doch ein Kuss würde weitere Dinge nach sich ziehen, und solche Dinge sollten nicht in einer Abstellkammer geschehen, vor deren Tür sich seine Mannschaftskameraden versammelt hatten.

»Ich hatte immerhin noch meinen Vater«, sagte sie. »Er hat mich in Jungenkleidung gesteckt, bis ich ungefähr dreizehn war, und er hat nicht den geringsten Sinn für Humor. Doch er liebte mich und war immer für mich da.«

Er hatte sie in Jungenkleidung gesteckt? Das war vielleicht eine Erklärung für ihren Kleidungsstil und ihre Stiefel.

Sie nagte an ihrer Unterlippe. »Nun ja, Maries Mutter ist nicht zu ersetzen. Selbst ich vermisse meine Mutter täglich, und ich wüsste gern, wie mein Leben sich gestaltet hätte, wenn sie länger gelebt hätte. Aber mit der Zeit flaut der Schmerz ab, und man denkt nicht mehr unentwegt daran. Aber du irrst dich, wenn du meinst, du wärst nicht genug für Marie. Wenn du genug sein willst, dann bist du es auch, Luc.«

Wie sie ihn ansah. Als ob das so einfach wäre. Als ob ihr Vertrauen darauf, dass er alles richtig machte, größer wäre als sein eigenes. Als ob er nicht der egoistische Scheißkerl wäre, der er nun mal war. Er schob seine Hand in ihr Hosenbein und stieß auf eine Socke. Er fuhr weiter hinauf bis zu ihrer Wade und fühlte ihre weiche Haut. In der vergangenen Nacht hatte er auf dem Weg zu ihren Schenkeln auch ihre Kniekehlen geküsst. Ihre Beine waren nass gewesen von ihm, und selbst in diesem Augenblick erregte ihn die Erinnerung daran.

»Ich bin sehr oft nicht zu Hause«, sagte er und streichelte mit dem Daumen ihr Schienbein. »Und wenn du Marie fragst, dann sagt sie dir wahrscheinlich, dass ich kein sonderlich guter Bruder bin.«

Jane schob sich das kurze Haar hinters Ohr und sah Luc ein Weilchen an, bevor sie sagte: »Wenn ich dich und Marie zusammen sehe, wünsche ich mir, einen Bruder zu haben.«

Sein Daumen hielt in der Bewegung inne. Über die kurze

Entfernung hinweg, die sie trennte, sah er in ihre grünen Augen. Alle Gedanken daran, sie zu küssen, verflüchtigten sich, und ihm war, als hätte sie ihm einen gewaltigen Puckschuss vor die Brust verpasst. Einen harten Schlag gegen das Brustbein, der ihn lähmte. Vom Durchgang her ertönten Männerstimmen, aber im Abstellraum hing Schweigen zwischen ihnen. Ein Schweigen, das sich spannte und ausdehnte, bis er an dem Kloß in seinem Hals vorbei ein Lachen herauszwängte. »Sag jetzt nicht, du wünschst dir mich als Bruder.«

»Nein, nicht dich als Bruder.« Ihre Mundwinkel bogen sich nach oben, und die Welt war wieder in Ordnung für ihn. »Wenn ich dich zum Bruder hätte, müsste ich wegen unzüchtiger Absichten bestraft werden.«

Er hatte das Gefühl, ihrem Lächeln entgegenzuschweben, und er umfasste ihr Bein fester, als wäre es ein Rettungsanker und nicht einer der Gründe für seinen Zustand. Sie schien es nicht zu bemerken, und er zwang sich loszulassen. Er stemmte die Füße auf und ließ sich an der Tür wieder hinaufgleiten. »Du solltest jetzt gehen. Du musst noch deinen Artikel schreiben.«

Eine Falte wurde zwischen ihren Brauen sichtbar, und sie blinzelte. »Ist alles in Ordnung mit dir?«

»Ja. Mir ist nur gerade eingefallen, dass ich mit Marie reden muss, bevor sie schlafen geht.«

»Meinst du, die Luft ist jetzt rein?«, fragte sie, während sie nach Aktentasche und Jacke griff und aufstand.

»Ich weiß nicht.« Er entriegelte die Tür und öffnete sie einen Spalt. Hammer ging vorüber, in ein Gespräch mit dem Ausrüster vertieft. Luc hob mahnend einen Finger, bis die beiden Männer verschwunden waren, dann steckte er den Kopf aus dem Türspalt und konnte zu seiner Beruhigung feststellen, dass der Durchgang menschenleer war. Er und

Jane schlüpften aus der Kammer, und Jane zog ihre Jacke an. Unter normalen Bedingungen wäre Luc ihr behilflich gewesen.

»Ich muss mit Nystrom reden«, log er und ging ein paar Schritte rückwärts. Mit jedem Schritt schien er ein wenig aufzuatmen.

»Ich dachte, du wolltest mit Marie reden.«

Hatte er das gesagt? »Später. Zuerst muss ich mit dem Trainer sprechen.«

»Ach so.« Sie sah ihn ziemlich lange an. »Auf Wiedersehen.« Sie hob die Hand und wandte sich zum Gehen. Luc fixierte ihren sich entfernenden Hinterkopf und öffnete sein Jackett. Er steckte die Hände in die Hosentaschen und schaute Jane nach, bis sie verschwunden war.

Was zum Kuckuck ist da passiert?, fragte er sich, als die Ausgangstür zufiel. Er überlegte, ob er vielleicht eine Krankheit ausbrütete oder in dieser Kammer zu viel Ammoniak eingeatmet hatte. Eben noch hatte er daran gedacht, ihre Kniekehlen zu küssen, und im nächsten Moment bekam er keine Luft mehr. Sie hielt ihn für einen guten Bruder. Und? Er hielt sich nicht für einen guten Bruder, und selbst wenn er der beste Bruder aller Zeiten wäre, sollte ihn Janes Meinung über ihn doch nicht die Bohne interessieren. Aus irgendeinem Grund war sie aber wichtig für ihn, und er wollte nicht darüber nachdenken, was das zu bedeuten hatte. Er hatte viel zu viel um die Ohren, um sich in eine kleine Reporterin mit einem niedlichen Po und harten rosa Brustspitzen zu verknallen.

In der letzten Nacht hatte Jane alle vorgefassten Meinungen, die er über sie hatte, ins Wanken gebracht. Sie war nicht verklemmt, und sie war ganz bestimmt nicht prüde. Je länger er mit ihr zusammen war, desto länger wollte er mit ihr zusammenbleiben. Seine Enttäuschung am Morgen, als er aufwachte und sah, dass sie schon gegangen war, war groß gewesen.

Andererseits stellte Jane genau die Art von Komplikation in seinem Leben dar, die er nicht brauchte. Als sie sagte, die vergangene Nacht wäre ein Fehler gewesen und dürfte sich nicht wiederholen, hätte er auf sie hören sollen, statt sie in die Kammer zu zerren, um ihr das Gegenteil zu beweisen.

»Lucky.« Jack Lynch schlug ihm auf den Rücken und blieb neben ihm stehen. »Ein paar von uns gehen was essen und ein Bier trinken. Komm doch mit.«

Luc sah den Verteidiger von der Seite her an. »Wo?«

»Hooters.«

Vielleicht war es genau das, was er jetzt brauchte. Irgendwohin zu gehen, wo die Frauen winzige Shorts trugen und knallenge kleine Tops. Wo sie große Brüste hatten und sich über ihn neigten, wenn sie ihm das Essen servierten. Wo sie mit ihm flirteten und ihm ihre Telefonnummer zusteckten. Wo die Frauen nichts von ihm erwarteten. Wo es nichts zu bedeuten hatte, wenn er sich entschloss, mit einer die Nacht zu verbringen. Wenn es vorbei war, würde er nicht mehr daran denken, das Geschehene nicht immer und immer wieder vor seinem inneren Auge Revue passieren lassen, wie es mit Jane der Fall war.

Er sah auf seine Armbanduhr. Noch blieb ihm ein bisschen Zeit. »Haltet mir einen Platz frei.«

»Mach ich«, sagte Jack und ging weiter.

Ja, er sollte ins Hooters gehen. Wie ein richtiger Kerl. Männersachen erleben. Er hatte schließlich keine Freundin, die sich darüber aufregen würde, wenn er zu Hooters ging.

Wenn ich dich und Marie zusammen sehe, wünsche ich mir dich als Bruder.

Verdammt. Jane war eine gefährliche Frau. Nicht genug damit, dass er viel zu oft an sie dachte, nein, wenn er nicht aufpasste, wurde sie noch zur Stimme seines Gewissens. Er wollte kein Gewissen, und ihm war gleichgültig, was über ihn geredet wurde. Alles war gut, so, wie es war.

Luc zog die Hände aus den Taschen und zückte seinen Autoschlüssel. Er sollte sich auf seinen früheren Plan besinnen und Jane ignorieren. Das hatte bisher freilich nicht geklappt.

Er musste sich eben mehr Mühe geben.

15. KAPITEL

Alles vermasselt: Streit

Am Dienstagmorgen betrat Jane das Büro des Sportredakteurs der *Seattle Times,* Kirk Thornton. Seit sie den Job übernommen hatte, war sie Kirk nur einmal begegnet. An diesem Tag saß er hinter einem Schreibtisch, auf dem sich Zeitungen, Layouts und Sportfotos stapelten. Mit einer Hand drückte er sich einen Telefonhörer ans Ohr, in der anderen hielt er einen Becher Kaffee. Er hob den Blick, und als er Jane sah, gruben sich tiefe Furchen in seine Stirn und zu beiden Seiten des Mundes. Er löste einen Finger von seinem Becher und wies damit auf einen freien Stuhl.

Jane fragte sich, ob er ohnehin schlechte Laune hatte oder ob sie diese Wirkung auf ihn ausübte. Plötzlich war sie nicht mehr sicher, dass es eine gute Idee gewesen war, ihn aufzusuchen. Sie litt unter Krämpfen und PMS, und sie hatte keine Lust, es sich völlig mit ihm zu verderben.

»Noonan berichtet über die Sonics«, sagte er in den Hörer. »Ich schicke Jensen zum Spiel der Huskies morgen Abend.«

Jane drehte sich um und blickte durch die Tür ins Redaktionsbüro, wo ein paar Sportreporter an ihren Schreibtischen saßen. Sie würde nie eine von ihnen sein. Das hatte man sie deutlich spüren lassen. Aber das war in Ordnung. Sie wollte nicht zu ihnen gehören. Sie wollte besser sein. Ihr Blick fiel auf Chris Evans' leeren Schreibtisch. Dieser Job war nicht für alle Zeiten; Chris würde zurückkommen. Doch wenn die Zeit abgelaufen war, hätte sie einen fantastischen Zusatz in ihrem Lebenslauf und würde etwas Besseres finden. Vielleicht beim *Seattle Post-Intelligencer.*

»Was kann ich für Sie tun?«, fragte Kirk.

Jane drehte sich um und sah den Redakteur mit dem schütteren Haar an. »Sie haben mein Interview mit Pierre Dion nicht gebracht?«

Er nahm einen Schluck Kaffee und schüttelte den Kopf. »Der *Post-Intelligencer* hat am Tag nach seiner Vertragsunterzeichnung ein Interview mit ihm abgedruckt.«

»Meines war besser.«

»Ihres war zu dem Zeitpunkt schon Schnee von gestern.« Er betrachtete die Papiere auf seinem Schreibtisch.

Sie glaubte ihm nicht. Hätte einer der Männer das Interview gemacht, wäre es als Leitartikel erschienen und nicht zwischen den alltäglichen Kolumnen vergraben worden.

»Sonst noch was?«

»Luc Martineau hat mir ein Interview gegeben.«

Das ließ ihn aufhorchen, und er hob den Kopf. »Martineau gibt niemandem ein Interview.«

»Aber mir.«

»Wie haben Sie das angestellt?«

»Ich habe ihn gebeten.«

»Alle anderen haben ihn auch gebeten.«

»Er war mir einen Gefallen schuldig.«

Er senkte den Blick auf ihre Füße und sah dann wieder hoch. Er war zu klug, um zu sagen, was er dachte, aber sie wusste es ohnehin. »Was für ein Gefallen war das denn?«

Sie war in Versuchung zu sagen, dass sie Luc einen geblasen hatte, aber erst *nach* dem Interview. Also hatte sie formaljuristisch betrachtet das Interview nicht als Gegenleistung für eine sexuelle Gefälligkeit erhalten. »Nachdem ich gefeuert worden war, habe ich nur unter der Bedingung, dass ich ein Exklusivinterview von Luc bekomme, eingewilligt weiterzuarbeiten.«

»Und er hat Ihnen das Interview gegeben?«

»Ja.« Sie reichte ihm den Ausdruck des Interviews und die dazugehörige CD. Sie hätte es ihm als E-Mail-Anhang schicken können wie alle anderen Kolumnen auch, doch sie wollte sein Gesicht sehen, wenn er es las. Sie war stolz auf ihre Arbeit und kannte jedes einzelne Wort auswendig.

MARTINEAU IN SEINEM TOR

Widersprüchlichkeiten sind Luc Martineau, dem Torhüter der Chinooks, nicht fremd. Sein Privat- wie auch sein Berufsleben sind so lange seziert und diskutiert und beschrieben worden, bis niemand mehr sicher sein konnte, was der Wahrheit entspricht und was nicht. Martineau selbst behauptet, der Großteil dessen, was über sein Privatleben veröffentlicht wurde, sei reine Erfindung und habe wenig mit den realen Tatsachen zu tun. Ob Tatsache oder Erfindung, er wird jedem, der ihn danach fragt, erklären, dass seine Vergangenheit nur ihn etwas angeht. Zurzeit konzentriert er sich voll und ganz auf das, was zwischen den Pfosten geschieht.

Als ich mich zu diesem Interview mit dem geheimnisvollen Torhüter zusammensetzte, stellte ich fest, dass er abwechselnd offen und verschlossen ist. Entspannt und verbissen. Kontraste, die diesen Conn-Symthe-Gewinner zu einem der besten Torhüter in der NHL machen.

Außer Frage steht, dass er vor zwei Jahren angeblich am Ende war, dass seine Tage in der NHL so gut wie gezählt wären. Oh, wie hatte man sich da getäuscht. Derzeit auf Platz zwei der Rangliste, führt Martineau in puncto Tore um 200 im Vergleich zum Durchschnitt. Flinke Hände und kühle Beherrschung sind die Markenzeichen dieses erstklassigen Torhüters. Er ist gut und sich dessen durchaus bewusst. Wenn er in seinem Tor steht, kann sein durchdringender Blick einschüchtern …

Während Kirk las, umspielte ein widerstrebendes Lächeln seine schmalen Lippen. Etwas wie Hochachtung, wenn auch ungern gezollt, glättete seine Falten ein wenig, und seine Laune veränderte sich schlagartig. Jane wollte angesichts des Umschwungs in Thorntons Einstellung ihr gegenüber nichts empfinden und sich auch nicht freuen. Sie tat es aber. Bis zu diesem Zeitpunkt hatte sie nicht geahnt, wie sehr sie sich freuen würde. Es strahlte auf wie ein Lämpchen in ihrer Brust und erfüllte sie mit Stolz.

Thornton warf einen Blick auf den Layoutplan. »Dieser Artikel erscheint in der übernächsten Sonntagsausgabe.«

Dann würde sie unterwegs sein. »Als Leitartikel, nicht wahr?«, fragte sie, um ganz sicherzugehen.

»Genau.«

Als Jane das Gebäude verließ, schien die Sonne, der Berg war zu sehen, und das Leben war richtig schön. Auf dem Weg die John Street entlang zu ihrem Honda gestattete sie es sich, einen Augenblick des Triumphs zu genießen. Ob die Jungs vom Sportteil es nun wollten oder nicht, sie mussten sie ernst nehmen. Zumindest konnten sie sie nicht mehr als die Ziege abtun, die die albernen *Singlefrau*-Episoden schrieb. Associated Press würde ein Interview mit Luc ganz sicher auch aufgreifen, und alle würden es erfahren. Sie gab sich nicht der Illusion hin, dass ihre Arbeit in der Redaktion dadurch einfacher würde. Vielmehr war das Gegenteil wahrscheinlicher, aber es störte sie nicht sonderlich. Sie hatte das Interview bekommen, für das so mancher von den anderen bereit gewesen wäre, einen Mord zu begehen.

Ja, heute war das Leben richtig schön. Was gestern war, war eine andere Geschichte. Gestern hatte sie zu Hause gesessen, das Telefon angestarrt und auf sein Klingeln gewartet wie eine Fünfzehnjährige. Als sie am Sonntagabend die Key Arena verlassen hatte, war sie überzeugt gewesen, dass Luc sie anrufen würde. Nachdem er sie in die Abstellkammer gezerrt und sie dazu gebracht hatte, ihren Entschluss, nie mehr Sex mit ihm zu haben, noch einmal zu überdenken, hatte sie stark damit gerechnet, dass er anrief oder plötzlich vor ihrer Tür stand. Sie hatte gedacht, sie wären sich persönlich näher gekommen, sie hätten über Bedeutungsvolles geredet, über Wichtigeres als ihre Dessous, und sie war sicher gewesen, dass er sich melden würde.

Er hatte sich nicht gemeldet, und als sie auf dem Sofa saß und auf dem Discovery Channel den Vögeln bei der Paarung zusah, war ihr eine Erkenntnis gekommen: Die Tatsache, dass sie sich in Luc verliebt hatte, war das Dümmste, was sie in ihrem ganzen Leben angestellt hatte. Wie dumm es war, hatte sie freilich schon Wochen, bevor es passierte, gewusst, doch sie war machtlos gegen ihre Gefühle gewesen.

Jane fuhr zum Waschsalon und stopfte ihre Wäsche in vier Waschmaschinen. Unter ihrem Hosenanzug trug sie einen Slip, auf den der Wochentag aufgedruckt war. Es war Dienstag, und sie hatte den Sonnabendslip angezogen. Unwichtig, sagte sie sich. Doch es warf ein gewisses Licht auf den Zustand, in dem sie sich zurzeit befand.

Während sie zusah, wie ihre Wäsche sich im Trockner drehte, rief Darby an und bat sie um Rat. Offenbar hatte auch er sich in eine Person verliebt, die für ihn unerreichbar war.

»Glaubst du, dass Caroline mit mir ausgehen würde?«, wollte er wissen.

»Ich weiß es nicht. Wie war es denn neulich, als ihr noch was trinken wart?«, fragte sie, obwohl Caroline gleich am Morgen darauf angerufen und ihr alle grausigen Einzelheiten berichtet hatte. Der Abend hatte sich recht gut angelassen, war dann aber irgendwann gekippt.

»Ich glaube nicht, dass ich Eindruck auf sie gemacht habe.«

»Du hast ihr von deiner Mitgliedschaft bei Mensa erzählt.«

»Und?«

»Davon habe ich dir doch dringend abgeraten. Wir durchschnittlich intelligenten Menschen hören nicht so gern von deinem Superhirn.«

»Warum nicht?«

Sie verdrehte die Augen. »Hörst du es gern, wenn Brad Pitt mit seinem guten Aussehen prahlt?«

»Das ist nicht das Gleiche.«

»O doch.«

»Nein. Brad hat es nicht nötig, mit seinem Aussehen zu prahlen. Jeder sieht es doch.«

Hm. Was Brad Pitt betraf, hatte er Recht. »Okay. Und wie steht's mit einem Pornostar? Willst du hören, wie ein Pornostar mit seiner Riesenausstattung prahlt?«

»Nein.«

Sie wechselte den Hörer zum anderen Ohr. »Sieh mal, wenn du Frauen beeindrucken willst, ganz besonders Caroline, dann erzähl ihnen nicht, wie klug du bist. Lass es unbemerkt einfließen.«

»Zurückhaltung ist nicht meine Stärke.«

Da hatte er Recht. »Caroline ist zum Beispiel sehr beeindruckt, wenn ein Mann weiß, welchen Wein er zu welchem Menü bestellen muss.«

»Ist das nicht irgendwie schwul?«

Das Hemd mit den Flammen und Totenschädeln etwa nicht? »Nein. Führ sie richtig schick aus.«

»Und du meinst, dann klappt's?«

»Schlag ihr ein echt vornehmes Lokal vor. Caroline donnert sich gern auf. Schon immer.« Sie überlegte kurz und fragte: »Bist du Mitglied im Columbia Tower Club?«

»Ja.«

Hatte sie es sich doch gedacht. »Lad sie in den Club ein. Dann hat sie einen Anlass, ihre neuesten Jimmy Choos zu tragen. Und wenn sie anfängt, über Schuhe und Mode zu reden, tu so, als wärst du brennend interessiert.«

»Ich stehe auf Designermode«, sagte er.

Jane lächelte. »Viel Glück.« Sie legte auf, dann rief sie Caroline bei Nordy an und teilte ihr mit, dass Darby anrufen würde. Verwundert nahm sie zur Kenntnis, dass ihre Freundin kaum etwas gegen ein Date mit Darby einzuwenden hatte.

»Ich dachte, er hätte dich mit seinem Mensa-Gerede auf die Palme gebracht«, erinnerte Jane ihre Freundin.

»Das schon, aber irgendwie ist er auch süß, so in der Art von *Die Rache der Intelligenzbestien*«, erklärte Caroline, und Jane hielt es für das Beste, sich aus dieser Sache herauszuhalten. Schließlich hatte sie, wie sie sich immer wieder erinnerte, genug eigene Probleme.

Am Abend, vor Beginn des Spiels der Chinooks gegen die Lightnings, beachtete Luc sie kaum, als sie ihn einen Dodo nannte. Er zog sie nicht auf und erinnerte sie auch nicht an die zusammen verbrachte Nacht. Im Tor war er nahezu perfekt, fing die Pucks mit seinen flinken Händen und seinem harten Körper ab. Das Spiel endete unentschieden, und hinterher fing er Jane nicht ab, um sie in eine Abstellkammer zu zerren und sie besinnungslos zu küssen.

Das tat er auch zwei Abende später nicht, als er gegen die Oilers sein sechstes Nullspiel der Saison verzeichnen konnte. Am folgenden Morgen, auf dem Flug nach Detroit, grüßte er sie kaum, als er an ihrem Platz vorbeiging, und es war nicht zu übersehen, dass er ihr so weit wie möglich aus dem Weg ging. Sie wusste nicht, was sie ihm Böses getan haben könnte, und ging ihre Unterhaltung im Abstellraum im Geiste immer und immer wieder durch. Der einzige Grund für seine offenkundige Nichtbeachtung schien der zu sein, dass er bemerkt hatte, was sie für ihn empfand. Und deshalb ergriff er die Flucht. Sie hatte nur für ihn roten Lippenstift aufgetragen und sich eine rote Bluse gekauft. Sie war geradezu rührend dumm. Er hatte gesagt, er hätte sich vorgestellt, sie inmitten von Dessertschälchen zu lieben, und sie hatte ihm geglaubt. Sie war dümmer, als die Polizei erlaubte.

Jetzt vermied er möglichst jeden Kontakt mit ihr, und es war erschreckend, wie sehr es schmerzte. Sie hatten miteinander geschlafen, und sie war der Meinung, sie hätten beide Spaß gehabt. Sie hatte keine Forderungen gestellt, und wenn überhaupt, dann hatte er, indem er sie in die Abstellkammer zerrte, sie glauben gemacht, er wolle mehr als einen One-Night-Stand.

Er hatte gesagt, er würde sie nicht mit den Groupies über einen Kamm scheren, und jetzt behandelte er sie, als wäre sie ein Luder der schlimmsten Sorte. Ein Groupie, um das er einen großen Bogen machen musste. Das tat nicht nur weh, es machte sie auch wütend. Mehr als wütend sogar, es weckte in ihr den Wunsch, ihm den Hals umzudrehen. Sie hatte schon mit dem Gedanken gespielt, den Job zu schmeißen, um nicht mehr seinem Desinteresse ausgeliefert zu sein. Doch das hatte sich rasch wieder gelegt. Sie hatte sich ermahnt, dass sie wegen eines Mannes niemals aufgeben würde. Auch nicht wegen eines Mannes, den sie mit der ganzen Kraft ihres wehen Herzens liebte. Auch nicht dann, wenn sie sich elend fühlte, sobald sie diesen Mann sah.

Später am Tag, in ihrem Zimmer, versuchte sie, einen ersten Entwurf für ihre neue *Singlefrau*-Episode zu Papier zu bringen, doch statt zu schreiben, blickte sie meistens nur aus dem Fenster über den Michigansee hinweg. Ihre Beziehung mit Luc wäre früher oder später sowieso zu Ende gewesen, versuchte sie sich zu trösten. Je früher, desto besser. So musste sie sich wenigstens wegen der *Honey-Pie*-Episode nicht schuldig fühlen. Pech, dass sie ihr Gewissen nicht überzeugen konnte.

Als das Telefon ein paar Stunden später immer noch nicht geklingelt hatte, versuchte Jane, sich einzureden, Luc wäre zu sehr im Team eingespannt, um sie anrufen zu können. So sehr, dass er nicht eine seiner Barbie-Puppen treffen könnte. Sie wollte ihn sich nicht mit einer anderen Frau vorstellen, konnte es aber doch nicht verhindern. Und der Gedanke, dass er eine seiner Frauen küsste und liebkoste, trieb sie an den Rand des Wahnsinns.

Abends um sechs Uhr traf sie Darby in einem der Hotelrestaurants. Beim Essen trank sie zwei Martinis und hörte seinen Ergüssen über Caroline zu.

Nach dem Essen gingen sie in die Sportlerbar des Hotels. Fünf Chinooks saßen an einem Tisch, aßen und tranken und schauten zu, wie Denver die Kings in Grund und Boden rammte. Luc war bei ihnen. Bei seinem Anblick wollte sich ihr Magen umdrehen vor bösen Vorahnungen und gleichzeitiger Erleichterung. Er hatte keine Barbie-Puppe bei sich.

»Hey, Sharky«, riefen die Spieler ihr zu. Alle außer Luc.

Seine zusammengezogenen Brauen und die kühle Musterung seiner blauen Augen verrieten ihr, dass er sich keineswegs freute, sie zu sehen. Ihr krankes Herz musste eine weitere Verletzung hinnehmen.

Sie setzte sich zwischen Daniel und Fish und gab sich Mühe, möglichst keinen Blickkontakt mit Luc aufzunehmen. Sie hatte Angst, dass jeder am Tisch erkennen würde, wie verliebt sie war. Und dass Luc es ebenfalls erkennen würde, sich noch mehr zurückzog, was im Grunde kaum möglich war.

Sie brachte es allerdings nicht fertig, ihn gänzlich zu ignorieren, und über den Tisch hinweg zog er ihren Blick immer mal wieder wie magisch an. Er saß zurückgelehnt auf seinem Stuhl, die Hände an den Seiten, entspannt, locker. Abgesehen von seinem durchdringenden Blick, der den Eindruck erweckte, als wolle er um jeden Preis bis in den tiefsten Winkel ihres Bewusstseins schauen. Er griff nach seinem Glas und trank einen Schluck Wasser. Er sog einen Eiswürfel in den Mund, und ein Wassertröpfchen blieb an seiner Oberlippe hängen. Er zerbiss das Eis, und sie wandte sich ab.

»Ich habe deine letzte *Singlefrau*-Episode gelesen«, bemerkte Fish. »Ich finde, du hast wirklich Recht, dass nette Jungs immer zu kurz kommen. Ich bin ein netter Junge, und ich muss mein Haus auf Mercer meiner Exfrau abtreten.«

»Aber nur, weil sie dich mit einer anderen Frau erwischt hat«, erinnerte Sutter ihn. »So was kann die Alte echt vergrätzen.«

»Ja, was du nicht sagst«, brummte Fish und sah Jane an. »Worüber schreibst du im Moment?«

Ihr war noch nicht viel eingefallen. Jedenfalls nichts, worüber sie hätte reden mögen, trotzdem öffnete sie den Mund,

und ungewollt platzte es aus ihr heraus. »Ob ein One-Night-Stand jemals eine gute Sache sein kann.« Im selben Augenblick wünschte sie sich, die Worte zurücknehmen zu können.

»Finde ich schon«, sagte Peluso vom anderen Ende des Tisches her.

»Ja.«

»Ich würde sagen, auf jeden Fall.«

»Es sei denn, man ist verheiratet«, fügte Fish hinzu. »Du planst doch nicht etwa einen One-Night-Stand, oder?«

Sie zuckte mit den Schultern und zwang sich zu einem kühlen, ausdruckslosen Tonfall. Distanziert. Wie ein Mann. »Ich spiele mit dem Gedanken. Einer von den Presseleuten aus Detroit ist echt scharf. Das letzte Mal, als wir hier waren, habe ich mit ihm gesprochen.«

Auf der anderen Seite des Tisches stand Luc auf, und Jane sah ihm nach, als er zur Bar ging. Ihr Blick wanderte an seinem blauweiß gestreiften Oberhemd herab bis zum Hosenboden seiner Levi's.

»Falls du mal Hilfe mit deiner Kolumne brauchen solltest, könnten wir dir erklären, wie Männer denken«, fügte Peluso hinzu. »Wie es wirklich ist.«

Im Grunde wollte Jane gar nicht wissen, wie es wirklich ist. Es war viel zu beängstigend. »Vielleicht komme ich mal darauf zurück, wenn ich genauer weiß, in welche Richtung ich diese Kolumne fortführen will.«

»Toll.«

Jane hob den Blick, als Luc mit zwei Garnituren Darts zurückkam. »Du schuldest mir noch eine Revanche. Ich will meine fünfzig Dollar zurückgewinnen«, sagte er. »Es gelten die gleichen Regeln wie beim letzten Mal.«

»Lieber nicht.«

»O doch.« Er packte sie am Arm und zog sie vom Stuhl

hoch. »Such dir die spitzesten Pfeile aus«, sagte er, ergriff ihren Arm und klatschte ihr die Darts in die Hand. Dicht an ihrem Ohr fügte er im Flüsterton hinzu: »Zwing mich nicht, dich zur Grenzlinie zu tragen.«

Er hatte die Brauen zusammengezogen, sein Blick war grimmig, als hätte *er* einen Grund, sauer zu sein. Schön. Es würde ihr gut tun, ihn abzuziehen. Da sie ihm körperlich nicht gewachsen war, würde sie ihn beim Dartsspiel fertig machen.

»Denk an die Regeln«, sagte er und prüfte die Spitzen. »Weinen wie ein Mädchen, wenn du verlierst, gilt nicht.«

»Du kannst mich nicht schlagen, nicht mal, wenn du in Topform bist.« Sie warf ihre Haare zurück wie ein Mädchen und reichte ihm die drei spitzesten Dartspfeile. »Das ist kein Sport für Zimperliesen, wie du sie gewöhnt bist, Martineau. Deine Kameraden können dir nicht helfen, und beim Dartsspiel kannst du dich auch nicht hinter Schutzpolstern und Helm verstecken.«

»Das ging unter die Gürtellinie, Sharky«, mahnte Sutter.

Sie vergaß, den Mund zu schließen. »Das ist ganz gewöhnliche Blödelei.«

»Das war wirklich fies«, fügte Fish hinzu.

»Beim letzten Mal habt ihr gesagt, ich wäre lesbisch«, erinnerte sie die Spieler. Alle zuckten mit den Schultern. »Hockeyspieler«, schnaubte sie und durchquerte den Raum, begleitet von Luc, bis zur Dartsscheibe. Ihre Schulter streifte seinen Arm, und sie spürte die Berührung am ganzen Körper. Sie rückte ein wenig von ihm ab.

»Wieso bist du mit ihm hier?«, fragte Luc, als sie an der Grenzlinie stehen blieben.

»Mit wem?«

»Mit Darby.«

»Wir haben zusammen gegessen.«

»Schläfst du mit ihm?«

Wäre sie nicht so wütend gewesen, hätte sie laut gelacht. »Das geht dich nichts an.«

»Was ist mit dem Reporter aus Detroit?«

Der existierte gar nicht, aber das würde sie ihm nicht verraten. »Was soll mit ihm sein?«

»Schläfst du mit dem?«

»Ich dachte, es wäre dir gleichgültig, mit wem oder wie oder in welcher Stellung ich es mit wem auch immer treibe.«

Er starrte sie an und stieß dann zwischen zusammengebissenen Zähnen hervor: »Wirf endlich die verdammten Darts.«

Sie sah ihn an. Sah sein kantiges Kinn, die Augen, die blaue Blitze schossen, als hätte sich jemand erdreistet, einen Puck in sein Netz zu schießen. Er war eindeutig sauer. Auf sie. Er war verrückt. »Geh aus dem Weg«, sagte sie und machte sich zum ersten Wurf bereit. »Ich mach dich fertig.« Mit dem nächsten Wurf verdoppelte sie, nach dem dritten verzeichnete sie achtzig Punkte.

Luc erzielte vierzig Punkte und klatschte ihr die Darts in die Hand. »Die Beleuchtung hier drinnen ist erbärmlich.«

»Nein.« Sie lächelte und verkündete mit großem innerem Vergnügen: »Du bist erbärmlich.«

Er kniff die Augen zusammen.

Der Zorn und die Kränkungen vieler Wochen brachen sich Bahn, und sie sagte lauter, als sie beabsichtigt hatte: »Schlimmer noch – du bist eine Heulsuse.«

Ein kollektives Luftschnappen erregte ihre Aufmerksamkeit; sie drehten sich beide um und sahen die Jungs an, die aus ein paar Schritt Entfernung dem Kampf zusahen.

»Lucky zieht Sharky das Fell über die Ohren«, orakelte Sutter.

In schweigender Übereinkunft nahmen beide ihre Plätze in ihrer jeweiligen Ecke ein. Jane heimste fünfundsechzig Punkte ein, Luc vierunddreißig.

»Apropos: Warum nennen sie dich Lucky?«, fragte sie und streckte die Hand nach den Darts aus.

Er brachte sie außerhalb ihrer Reichweite, und ein träges, eindeutig geiles Grinsen trat auf seine Lippen. Ein Grinsen, das ihr verriet, dass er daran dachte, wie sie vor ihm auf den Knien lag und seine Tätowierung küsste. »Wenn du gründlich nachdenkst, wird dir die Antwort auf diese Frage bestimmt einfallen.«

»Nein.« Sie schüttelte den Kopf. »Manche Dinge sind einfach nicht erinnerungswürdig.« Sie streckte die Hand aus, und er legte ihr die Dartspfeile hinein.

Statt sich zu seinen Kameraden zu gesellen, blieb er neben ihr stehen und sagte: »Ich könnte es dir ins Gedächtnis rufen.«

»Nein danke.« Sie warf eine Triple-Acht und zielte auf die Triple-Zwanzig. »Einmal hat mir gereicht.«

»Wenn das stimmt«, sagte er, »warum haben wir's dann dreimal getan?«

»Was ist mit dir?« Sie sah ihn über die Schulter hinweg an. »Verlangt dein Ego heute Abend so dringend nach Streicheleinheiten?«

»Ja. Unter anderem.«

Er hatte beschlossen, wieder mit ihr zu reden, und sie sollte ihm deswegen dankbar sein. Wahrscheinlich dachte er, sie würde auf die Knie fallen und noch einmal seine Tätowierung küssen. Keine Chance. »Kein Interesse. Such dir eine andere.«

»Ich will keine andere.« Seine Worte waren wie eine warme Liebkosung, als er hinzufügte: »Ich will dich, Jane.«

Ihr Zorn verflog, und was blieb, war das Gefühl tiefer Kränkung. Es rumorte in ihren Eingeweiden und drückte ihr das Herz ab. Bevor sie Gefahr lief, wie ein kleines Mädchen in Tränen auszubrechen, drückte sie ihm die Darts in die Hand. »Pech«, sagte sie, machte auf dem Absatz kehrt und verließ die Bar. Sie schaffte es bis zu ihrem Zimmer im einundzwanzigsten Stock, bevor die Tränen ihr den Blick vernebelten. Sie würde nicht wegen Luc Martineau weinen, rief sie sich zur Ordnung und tupfte sich die Augen mit einem Papiertaschentuch ab.

Zehn Minuten nachdem sie ihr Hotelzimmer betreten hatte, hämmerte er an ihre Tür. Aus Angst, dass der Aufruhr die Sicherheitskräfte auf den Plan rufen könnte, öffnete sie.

»Was willst du, Luc?« Sie verschränkte die Arme vor der Brust und wich nicht von der Stelle.

Er trat trotzdem ins Zimmer und zwang sie, ein paar Schritte zurückzuweichen. »Dich«, sagte er und schlug die Tür hinter sich zu.

»Kein Interesse.« Er rückte ihr so nahe, dass ihre Unterarme seinen Brustkorb berührten. Absichtlich verletzte er ihre Grenzen, und sie durchquerte das Zimmer, um Abstand zu gewinnen, um sein Parfüm nicht riechen zu müssen. »Du hast gesagt, du würdest kein Groupie in mir sehen, aber du gibst mir das Gefühl, eines zu sein.«

»Das tut mir Leid.« Er zog die Brauen zusammen und senkte den Blick auf den Boden zwischen seinen Füßen. »Ich wollte nicht, dass du dich wie ein Groupie fühlst.«

»Zu spät. Du kannst nicht einfach mit mir ins Bett gehen und mich dann links liegen lassen, als wäre ich ein Nichts.«

»Ich habe nie gedacht, du wärst ein Nichts.« Er sah sie wieder an, und der Blick seiner blauen Augen war offen und ehrlich, als er sagte: »Ich habe über dich nachgedacht, Jane.«

»Wann? Als du mit anderen Frauen zusammen warst?«

»Ich war mit keiner Frau außer dir zusammen.«

Sie war erleichtert, aber immer noch stinksauer. »Hast du vielleicht über mich nachgedacht, als du dir solche Mühe gegeben hast, mich zu ignorieren?«

»Ja.«

»Und mir aus dem Weg zu gehen?«

»Ja. Immer dann, und auch zu jedem anderen Zeitpunkt.«

»Genau.«

»Ich denke an dich, Jane.« Er kam auf sie zu, bis nur noch wenige Zentimeter sie voneinander trennten. »Sehr oft.«

Sie hatte ihm geglaubt, als er ihr vor wenigen Wochen das Gleiche gesagt hatte. Aber dieses Mal glaubte sie ihm nicht. »Das habe ich schon einmal von dir gehört, und es ist nicht wahr«, sagte sie, doch ein verräterischer Teil ihres Herzens wollte ihm nur zu gern glauben. Sie trat einen Schritt zurück und stieß mit den Waden gegen die Bettkante.

»O doch, es ist wahr. Ob ich wache oder schlafe, du gehst mir einfach nicht aus dem Sinn.« Er packte sie bei den Schultern und drückte sie aufs Bett hinab. »Du bist eine Komplikation, die ich nicht gebrauchen kann.« Er folgte ihr, stützte die Hände zu beiden Seiten ihres Kopfes auf und schob sein Knie zwischen ihre Schenkel. »Aber du bist auch eine Komplikation, die ich haben will. Und die ich bekommen werde.«

Sie stemmte ihre Hände gegen seine Brust, um ihn abzuwehren. Durch die Baumwolle seines Hemdes verströmte er Hitze wie ein glühender Ofen, und ihre Handflächen wurden warm. »Ich glaube, du weißt nicht, was du willst.«

»Doch. Ich weiß es. Ich will dich, und mit dir zusammen zu sein ist so viel schöner, als ohne dich zu sein. Ich will mich nicht mehr wehren.« Er gab ihr einen Kuss zwischen die Brauen. »Ich will mich nicht mehr gegen meine Gefühle wehren. Es ist ein aussichtsloser Kampf, und am Ende bin ich doch nur sauer.«

Seine Worte zerstreuten ihre Wut ein wenig, doch die Angst lastete immer noch schwer auf ihrem Herzen. »Was sind denn das für Gefühle?«, fragte sie, obwohl sie nicht unbedingt sicher war, dass sie es wissen wollte.

Mit den Lippen streichelte er ihre Stirn. »Es ist, als hättest du mir mit dem Hockeyschläger einen Hieb zwischen die Augen versetzt.«

Er sagte nicht, dass er sich in sie verliebt hätte, aber ein Hieb mit dem Hockeyschläger auf den Kopf war auch nicht schlecht. Statt ihn von sich zu stoßen, strich sie mit den Händen über seine Brust. »Ist das etwas Gutes?«

»Es fühlt sich nicht gut an. Du hast das totale Chaos in mein Leben gebracht.«

Schön, denn in ihrem eigenen Gefühlsleben herrschte ebenfalls Chaos. Sie gab sich Mühe, an ihrem Gekränktsein festzuhalten, während sie gleichzeitig das Hemd aus seiner Jeans zog. Sie sah ihm in die Augen, dann wanderte ihr Blick zu seinem Mund.

»Woher hast du die Narbe an deinem Kinn?«, fragte sie.

»Bin mit dem Fahrrad gestürzt, als ich ungefähr zehn war.«

»Und die Narbe auf deiner Wange?« Sie schob die Hände unter sein Hemd und berührte seine harten Muskeln und seine straffe Haut.

»Kneipenschlägerei, als ich dreiundzwanzig war.« Er sog tief den Atem ein. »Noch mehr Fragen, oder darf ich dich jetzt ausziehen?«

»Hat das Tätowieren wehgetan?«

»Das weiß ich nicht mehr.« Er senkte seinen Mund auf ihren. »Damals war ich ziemlich hinüber.« Alle weiteren Fragen verhinderte er mit einem Kuss, der unerträglich langsam immer intensiver wurde. Der Kuss war süß und sanft, doch Jane war nicht in der Stimmung für süße, sanfte Küsse. Sie wälzte Luc auf den Rücken und stieg auf ihn, als wäre er ein Berg, den sie schon einmal besiegt hatte und jetzt voller freudiger Erwartung erneut erforschen wollte. Sein Kuss wurde heißer, und sie knöpfte sein Hemd auf. Die Handgelenke über dem Kopf gekreuzt, beobachtete er Jane unter gesenkten Lidern hervor, während sie ihn mit Mund und Händen liebkoste. Als sie ihn in die Schulter biss, schob er ihr das Haar aus dem Gesicht und küsste sie abermals. Er rollte sie auf den Rücken und zog sie unter zahllosen kleinen Küssen aus. Wo immer seine Hand sie berührte, folgte ein Kuss: auf der Schulter, am Hals, auf der Brust. Nackt lagen sie in enger Umarmung, und als Jane es nicht mehr aushielt, streifte sie ein Kondom über seine heiße Erektion und setzte sich rittlings über ihn. Während sie sich niederließ, stieß er aufwärts tief in sie hinein.

»Jane«, keuchte er, »halte einen Moment still.«

Sie presste ihre inneren Muskeln um ihn zusammen, und tief aus seiner Brust kam ein grollendes Stöhnen. Er schloss die Augen, und als er sie wieder aufschlug, blitzte ihr unverfälschte Lust entgegen, heiß und berauschend. Er legte eine Hand in ihren Nacken, die andere an ihre Hüfte. Dann zog er ihren Kopf zu sich herab und hielt sie fest, während er unendlich sanft ihre Lippen küsste. Seine Zunge berührte ihre nur federleicht, und er schuf einen leisen Sog, als lutschte er den Saft aus einem Pfirsich. Als ob sie ihm sehr süß und sehr gut schmeckte. Er fuhr mit der Hand an ihrem Rücken und an ihrer Wirbelsäule hinauf, wieder zurück zu ihrer Hüfte, streichelte sie, schürte die innerliche und äußerliche Glut. Sie löste gewaltsam ihren Mund von seinem, als er das Tempo beschleunigte. Mit seinen blauen Augen, in denen Leidenschaft brannte, sah er sie an. Er flüsterte ihren Namen wie eine zärtliche Liebkosung. Die hitzige Spannung in ihr verschärfte sich und ballte sich zusammen, bis sie sich in heißen, unkontrollierbaren Wellen auflöste.

Ihr Orgasmus hielt ihn fest, und er grub die Finger in ihre Hüften, während er immer und immer wieder in sie hineinstieß, immer härter, bis er die gleiche Ekstase erreichte, die er ihr beschert hatte.

Jane sank über Luc in sich zusammen, und er hielt sie fest, schwer atmend. Er presste sie an seine schweißnasse Brust, als wollte er sie nie wieder loslassen.

»Mein Gott«, sagte er direkt an ihrem Ohr. »Das war noch besser als das letzte Mal. Und das war schon so fantastisch, dass es kaum zu ertragen war!«

Sie war ganz seiner Meinung, aber zu atemlos, um etwas sagen zu können. Da war eben etwas passiert. Etwas war anders gewesen. Noch besser irgendwie. Es ging über körperliche Lust hinaus. Es war etwas, das sie nicht genau benennen konnte.

»Jane.«

»Hmm?«

»Nichts.« Sie spürte, wie er ihr Haar küsste. »Ich wollte nur sichergehen, dass du noch bei Bewusstsein bist.«

Sie lächelte und barg ihr Gesicht an seinem Hals. Das, was anders war, bestand in der Art, wie er sie hielt, wie er sie berührte. Sie gab sich nicht der Illusion hin, dass es Liebe sein könnte. Aber da war was. Und das würde sie festhalten und mitnehmen, denn was immer es auch sein mochte, es war bedeutend besser als überhaupt nichts.

16. KAPITEL

Licht aus: Wie man dem Gegner das Trikot auszieht

Als Jane am folgenden Abend in den Umkleideraum der Joe Louis Arena kam, herrschte noch immer Chaos in ihrem Gefühlsleben. Luc hatte die Nacht in ihrem Hotelzimmer verbracht, und sie hatten im Bett gefrühstückt, bevor er zum Training aufbrechen musste. An der Tür hatte er sie geküsst und ihr übers Haar gestrichen und gesagt, sie würden sich später noch sehen. Aber würde er sich freuen, wenn er sie später sah?

»Hallo, Jungs«, sagte sie und trat in die Mitte des Raums.

»Hey, Sharky.«

Während die Spieler ihre Ausrüstung anlegten, haspelte sie ihre Hosenrunterlassen-Rede herunter. Sie warf einen Blick auf Luc, der in ein Gespräch mit dem Torhüter-Coach vertieft war und ihre Anwesenheit nicht einmal wahrzunehmen schien.

Sie schüttelte Bressler die Hand. »Viel Glück beim Spiel, Hitman.«

»Danke.« Bressler musterte ihr Gesicht. »Du siehst heute so anders aus«, sagte er.

Sie hatte ihre Wimpern getuscht, die dunklen Ringe unter ihren Augen überschminkt und pinkfarbenen Lipgloss aufgetragen. Hoffentlich war es nur das, was ihm auffiel, und nicht die wunderbare Nachwirkung des zuvor Erlebten. »Auf positive Weise anders?«

»Ja.«

Fish und Sutter gesellten sich zu ihrem Kapitän und machten ihr ebenfalls Komplimente. Als sie sich Luc näherte, vermischten sich all ihre grausigen Ängste und das wunderbare Hochgefühl der Verliebtheit und wälzten sich auf ihren Magen. Luc stand vor seiner Nische und redete immer noch mit dem Torhüter-Coach; als sie herankam, warf er ihr einen Seitenblick zu. Er hielt ihren Blick ein paar Herzschläge lang fest, bevor er sich wieder dem Coach zuwandte.

»Der Tscheche schießt immer in die obere Ecke«, sagte der Coach. »Wenn er eine Torchance bekommt, sei darauf gefasst.« Er schlug eine Seite auf seinem Klemmbrett um. »Und Federov stürmt übers Eis und zielt von seinem Lieblingspunkt aus der linken Zone im gegenüberliegenden Spielfeld.«

»Danke, Don«, sagte Luc und wandte sich Jane zu, als der Torhüter-Coach ging.

»Was haben Fish und Sutter zu dir gesagt?«, wollte er wissen.

In seiner Hockeymontur überragte er sie um einiges. »Sie finden, dass ich heute Abend verändert aussehe.« Sie hätte ihm von ihrer Nachwirkungstheorie berichtet, wollte ihn aber nicht auf das bewusste Thema lenken.

»Haben sie dich angemacht?«

»Nein. Du großer, blöder Dodo.«

Er sah sich um und wartete, bis Daniel vorübergegangen war, bevor er sagte: »Ich habe nachgedacht.«

»Oje.«

Er senkte die Stimme. »Ich finde, du solltest vor jedem Spiel meine Tätowierung küssen. Das würde mir Glück bringen.«

Sie zog die Brauen zusammen, um nicht lachen zu müssen. »Ich habe das Gefühl, sexuell belästigt zu werden.«

Er grinste. »Eindeutig. Na, was meinst du? Möchtest du meine Tätowierung küssen?«

»Ausgeschlossen«, sagte sie und machte kehrt, bevor jemand auf ihre Unterhaltung aufmerksam wurde. Sie ging zur Presseloge und setzte sich neben Darby. Er berichtete, dass er bei der Geschäftsleitung Fortschritte in ihrer Sache machte, und erzählte von einem Verteidiger, den der Verein noch vor dem Ultimatum am 19. März, also in vier Wochen, akquirieren wolle.

»Caroline sagt, sie würde sich mit mir treffen, wenn wir wieder in der Stadt sind«, sagte er, nachdem das Geschäftliche abgehakt war.

»Wohin willst du sie ausführen?«

»In den Columbia Tower Club, wie du mir geraten hast.«

Sie warf einen Blick auf seine Chilischoten-Krawatte, die ihm bis auf die halbe Brust hing, und lächelte. Falls Caroline sich entschied, Darby Hogue zu ihrem nächsten Betreuungsobjekt zu küren, stand ihr einiges an Arbeit bevor. Jane zückte ihren Post-it-Block, notierte verschiedene Dinge und klebte die Zettel in ihren Kalender. Und sobald der Puck eingeworfen worden war, klappte sie ihren Laptop auf.

Luc fühlte sich eindeutig wohl in seinem Tor, stoppte den Puck mit den Beinpolstern, ging in die Knie oder reckte sich nach hoch angesetzten Schüssen. Er spielte hervorragend, und es fiel Jane schwer, sich auf das Spiel zu konzentrieren und nicht nur auf den Goalie der Chinooks.

Abends im Flugzeug, auf dem Weg nach Toronto, saß Jane unter der Deckenbeleuchtung und schrieb ihre Kolumne für die *Seattle Times*. Während des gesamten Flugs spürte sie Lucs Blicke auf sich und sah immer wieder über den Gang hinweg zu ihm hinüber. Die Hände hinter dem Kopf, sah er ihr beim Arbeiten zu. Jane hätte gern gewusst, woran er dachte, kam jedoch zu dem Schluss, dass es wahrscheinlich besser war, es nicht zu wissen.

Ihr war immer noch nicht klar, was in der Nacht zuvor beim Sex anders als sonst gewesen war. Sie überlegte, ob sie es sich nur eingebildet haben könnte, doch als er an diesem Abend zu ihr ins Hotelzimmer kam, ihre Hand ergriff und sie in sein Zimmer führte, war sie sicher, dass sie es wieder spürte. Sie verbrachte mehrere Stunden in seinem Bett und versuchte, sich über diese Sache klar zu werden. Nachdem sie in dieser Nacht keinen Erfolg hatte, versuchte sie es erneut in Boston, New York und St. Louis. Als sie schließlich in Seattle landeten, hatte sie keine Lust mehr, der Sache auf die Spur zu kommen, und sie beschloss, künftig nicht jedes Wort und jede Berührung zu Tode zu analysieren. Sie würde es einfach hinnehmen und genießen, solange sie Gelegenheit dazu hatte.

Sie hatte sich dagegen gewehrt, sich in Luc zu verlieben, aber ohne Erfolg. Wider besseres Wissen schlief sie mit ihm. Und der Sex war erstklassig. Der Sex war fantastisch, und sie riskierte damit ihren Job, und doch wusste sie, dass sie nicht aufhören würde, ganz gleich, welche Folgen es für ihre Karriere und ihr Herz haben würde. Sie war verliebt in ihn und hatte keine andere Wahl, als mit ihm zusammen zu sein. Und im Laufe der nächsten Wochen wurde ihre Liebe immer größer und dehnte sich aus, bis sie sie völlig ausfüllte. Körper und Seele. Sie steckte zu tief drin, um sich noch befreien zu können.

Eines Morgens, kurz nach ihrer Rückkehr aus St. Louis, kam sie mit einem Korb Wäsche aus dem Waschsalon nach Hause. Luc stand auf der Veranda und wartete auf sie. Der Berg war deutlich zu sehen, und der Himmel wies das gleiche warme Blau auf wie Lucs Augen. Sein dunkelblondes Haar war zerzaust, und er sah aus, als müsste er ein Warnschild auf der Stirn tragen: *Gefährlich für Körper und Seele*. Er küsste sie zur Begrüßung und trug die Wäsche ins Haus. Dann führte er sie zu seinem Motorrad, das am Straßenrand geparkt war.

»So wird dich niemand erkennen«, sagte er und reichte ihr einen Helm. »Du brauchst dir also keine Sorgen wegen meines schlechten Rufs zu machen.«

Hätte sie es nicht besser gewusst, hätte sie angenommen, er wäre gekränkt. »Dein Ruf bereitet mir viel weniger Sorgen als die Tatsache, dass manche Leute denken, ich hätte mit dir geschlafen, um das Interview zu bekommen.«

»Ich wollte sowieso noch einmal mit dir über diesen Artikel reden.«

»Was ist damit?«

Er justierte ihren Kinnriemen und strich mit den Fingern über ihren Hals. »Du hast geschrieben, ich wäre verschlossen.«

»Und?«

»Ich bin nicht verschlossen. Ich gebe nur keine Interviews.«

Sie verdrehte die Augen. »Was hältst du vom Rest des Artikels?«

Er senkte den Kopf und küsste sie. »Wenn du das nächste Mal über meine Hände schreibst, könntest du auch erwähnen, wie groß sie sind. Und meine Füße auch.«

Sie lachte. »Große Füße. Große Hände. Großes … Herz.«

»Genau.«

Jane stieg hinter ihm auf das Motorrad, und sie schlugen den Weg zu den Snoqualmie-Fällen ein. Es herrschten 15° Celsius, und Jane war für die halbstündige Fahrt mit Jeans, Pullover und einem Navy-Jacket gut gewappnet. Die Fälle waren nichts Neues für sie. Sie hatte sie schon oft gesehen, zumeist auf Wandertagen in ihrer Grundschulzeit, doch an die gewaltige Kraft und Schönheit der achtzig Meter tief stürzenden Wassermassen hatte sie sich nie gewöhnen können.

Sie waren allein auf der Aussichtsplattform; Luc stand hinter Jane und schlang die Arme um sie. Die Mittagssonne zauberte Regenbögen über der Gischt, die sich am Fuß der Fälle wie Nebel erhob. Die Naturgewalt ließ die Plattform unter ihren Füßen erbeben. Auch Janes Herz erbebte unter Lucs Umarmung, hilflos der Naturgewalt ausgeliefert, die sie zu ihm hinzog. Sie schmiegte sich an seine Brust, als wäre dort, in seinen Armen, ihr angestammter Platz.

Er legte das Kinn auf ihren Scheitel, und sie sprachen über die Fälle und über die Hockeysaison. Die Chinooks hatten vierzig von einundsechzig Spielen gewonnen, und wenn sie sich vor dem 15. April nicht maßlos verschlechterten, hatten sie gute Aussichten auf die Teilnahme an den Entscheidungsspielen. Lucs Torrate war auf eindrucksvolle 1,96 angestiegen, das bisher beste Ergebnis in seiner Karriere.

Sie sprachen über Marie, die jetzt offenbar Freundinnen fand und sich ein wenig an das Leben in Seattle gewöhnte, an das Leben mit einem Bruder, den sie vor wenigen Monaten nur wenig gekannt hatte. Sie sprachen über das Internat, darüber, dass Luc in der Hinsicht immer noch keine Entscheidung getroffen hatte. Und sie sprachen über ihre eigene Kindheit und Jugend.

»Ich fuhr einen total verrosteten Pick-up«, erzählte Luc. »Ich habe ein ganzes Jahr gespart, um mir eine Stereoanlage und brandneue *Playboy*-Schmutzfänger zu kaufen. Ich dachte, ich wäre wer. Schade, dass ich mit dieser Einschätzung allein dastand.«

»Sag jetzt nicht, in der High School wäre es nicht ordentlich rundgegangen.«

»Ich habe zu viel Hockey gespielt, um davon etwas mitzubekommen. Na, jedenfalls nicht von den guten Dingen. Du hattest wahrscheinlich bedeutend mehr Dates als ich.«

Sie lachte. »Ich hatte eine blöde Frisur, blöde Kleidung und einen Mercury Bobcat mit einem Kleiderbügel als Antenne.«

Er drückte sie an seine harte Brust. »Ich wäre mit dir ausgegangen.«

Das bezweifelte sie. »Ausgeschlossen. Nicht einmal ich bin mit einem Loser mit *Playboy*-Schmutzfängern ausgegangen.«

Zu Mittag aßen sie in der Salish Lodge, die durch die Fernsehserie *Twin Peaks* ein gewisses Maß an Berühmtheit erlangt hatte. Unter dem Tisch hielt Luc ihre Hand, während er ihr unanständige Dinge ins Ohr flüsterte, nur um sie erröten zu sehen. Und auf der Heimfahrt schob Jane ihre Hand unter seine Lederjacke und spreizte die Finger auf seinem flachen Bauch. Durch sein Hemd hindurch fühlte sie seine Muskeln, durch seine Levi's spürte sie seine ausgewachsene Erektion.

Vor ihrer Wohnung angekommen, half er ihr beim Absteigen und zerrte sie förmlich ins Haus. Er warf die Helme und seine Jacke aufs Sofa. »Dir wird es noch Leid tun, dass du mich während der letzten halben Stunde so angemacht hast.«

Sie riss die Augen auf, schlüpfte aus ihrer Jacke und warf sie zu seiner aufs Sofa. »Was hast du vor? Willst du mir was auf die Fresse hauen?«

»Dumme Sprüche. Was jetzt kommt, ist viel besser.«

Sie lachte. »Besser als das Essen in der Salish Lodge?«

»Jetzt gibt es Nachtisch.«

»Tut mir Leid, ich will keinen Nachtisch. Nachtisch macht dick.«

»Aber ich will meinen Nachtisch.« Er legte seine Hände um ihr Gesicht. »Ich will deine süßeste Stelle.«

Und die bekam er. Mehrmals. Zwei Abende später lud er sie ein, um mit ihm und Marie zu Abend zu essen. Während er den Lachs zubereitete, half Jane seiner Schwester bei ihren Englischaufgaben. Den ganzen Abend über kam es nur zu einer kleinen Missstimmung, als Luc Marie zwang, ihre Milch zu trinken.

»Ich bin sechzehn«, protestierte sie. »Ich muss keine Milch mehr trinken.«

»Willst du klein und pummelig bleiben?«, fragte Luc.

Marie kniff die Augen zusammen. »Ich bin nicht klein und pummelig.«

»Noch nicht, aber schau dir doch mal deine Tante Louise an.«

Offenbar handelte es sich bei Tante Louise um den Wirklichkeit gewordenen Albtraum von Osteoporose, denn ohne weitere Widerrede griff Marie nach ihrem Glas und trank die Milch aus. Danach wandte Luc sich Jane zu. Sein Blick heftete sich auf ihr volles Milchglas, dann auf ihr Gesicht.

»Ich bin sowieso schon klein und pummelig«, sagte sie.

»Du bist nicht pummelig – noch nicht. Aber wenn du noch kleiner wirst, reichst du mir nur noch bis zur Taille.« Und dann trat ein hinreißendes Lächeln auf seine Lippen, und ohne ein weiteres Wort griff er nach ihrem Glas und trank ihre Milch aus.

Er war ein schlimmer Finger.

Am Abend vor der Abfahrt zu einer zehntägigen Tour besuchte er Jane. Als er an ihre Tür klopfte, steckte sie gerade mitten in der Arbeit an einer *Honey-Pie*-Episode, allerdings nicht sehr erfolgreich. In erster Linie deswegen, weil sie an Luc dachte und sich größte Mühe gab, ihn nicht schon wieder als Vorlage zu benutzen. Sie fuhr ihren Laptop herunter und öffnete Luc die Tür.

Heftiger Regen hatte sein Haar und die Schulter seiner Jacke durchnässt. Er schob eine Hand in die Tasche und zog eine weiße, etwa handtellergroße Schachtel hervor. »Ich hab's gesehen und musste an dich denken«, sagte er.

Sie hatte keine Ahnung, was sie erwartete, als sie den Deckel hob. Im Grunde hatte sie gar keine Erfahrung damit, Geschenke von Männern zu bekommen, abgesehen vielleicht von billigen Dessous. Die ihrer Meinung nach sowieso immer eher ein Geschenk für den betreffenden Mann als für sie waren.

In der Schachtel lag, auf weißes Seidenpapier gebettet, ein Hai aus geschliffenem Kristall. Weder essbar noch offen im Schritt, und es war das persönlichste Geschenk, das sie je von einem Mann bekommen hatte. Es rührte sie mehr, als Luc sich je würde vorstellen können.

»Das ist wunderschön«, sagte sie und hielt den Fisch ins Licht. Vielfarbige Prismen schossen über Lucs Jacke und seinen Hals.

»Es ist nichts Großartiges.«

Da täuschte er sich, und wie er sich täuschte! Sie schloss die Finger um das Licht sprühende Tierchen, doch die Liebe, die sie bis in die tiefste Seele hinein empfand, ließ sich nicht bannen. Während sie zusah, wie er den Reißverschluss seiner Jacke herunterzog und diese dann aufs Sofa warf, sagte sie sich, dass sie ihm von der *Honey-Pie*-Episode würde erzählen müssen. Sie musste ihn vorwarnen und die ganze Sache irgendwie zum Guten wenden. Aber wenn sie ihm davon erzählte, lief sie Gefahr, ihn zu verlieren. Auf der Stelle. Noch an diesem Abend.

Sie konnte nicht darüber reden. Tat sie es, würde er die Beziehung wahrscheinlich beenden, und sie konnte es sich nicht leisten, dass irgendwer so viel von ihr wusste. Also hielt sie den Mund. Verschloss es in ihrem Inneren, wo es an ihrem Gewissen nagte, während sie versuchte, sich einzureden, dass er sich vielleicht doch nicht so sehr über den Artikel ärgern würde.

Sie hatte keinen Blick mehr auf den Artikel geworfen, seit sie ihn abgeschickt hatte. Vielleicht war er gar nicht so eindeutig, wie sie ihn in Erinnerung hatte. Sie schlang die Arme um Lucs Nacken. Sie wollte ihm so gern sagen, dass es ihr Leid tat und dass sie ihn liebte. »Danke«, sagte sie, »ich finde dein Geschenk wirklich hinreißend.« Dann führte sie ihn ins Schlafzimmer und entschuldigte sich insgeheim auf die einzige Art, die ihr einfiel.

Als die erste Märzwoche gekommen und gegangen war und Luc die *Honey-Pie*-Episode nicht zu Gesicht bekommen hatte, wurde sie ruhiger. In Los Angeles ließ sie ihn wissen, dass sie nicht mit ihm schlafen konnte, weil sie Krämpfe hatte und unter PMS litt. Nach dem Training kam er in ihr Zimmer, einen Kübel Eis in der einen, ein Heizkissen und eine Tüte M&Ms in der anderen Hand.

»Ich habe den Trainer überredet, mir das hier zu besorgen«, sagte er und reichte ihr das Heizkissen. »Und ich habe dir die Süßigkeiten mitgebracht, die du am liebsten magst.«

An dem Abend, als er sie in ihrem Kuh-Pyjama gesehen hatte, hatte sie M&Ms gegessen. Er hatte es nicht vergessen. Sie fing an zu weinen.

»Was zum Kuckuck ist denn jetzt los?«, fragte er und wickelte das Eis in ein Handtuch.

»Ich bin einfach in weinerlicher Stimmung«, sagte sie, aber es war mehr. So viel mehr. Nebeneinander setzten sie sich aufs Bett, den Rücken ans Kopfende gelehnt, und Luc legte ein Kissen unter sein linkes Knie.

»Dein Knie macht dir zu schaffen«, sagte Jane überflüssigerweise und half ihm, es in Eis zu betten.

Er schluckte mehrere Schmerztabletten. »Heute ist es nur das linke, und auch nur ein bisschen.«

Augenscheinlich doch entschieden mehr, denn schließlich

hatte er sich Eis besorgt. Während des Interviews in seiner Wohnung hatte er ihr erklärt, dass die alte Verletzung ihn nicht mehr behelligte. Und jetzt vertraute er ihr so weit, dass er sie sehen ließ, was sie ohnehin schon geahnt hatte. Er hatte tatsächlich noch manchmal Probleme mit den Knien. Sie rückte dicht an ihn heran und nahm seine Hand.

»Was ist?«, fragte er.

Sie sah ihn von der Seite her an. »Nichts.«

»Diesen Blick kenne ich, Jane. Da ist etwas.«

Sie versuchte, ihr Fotografenlächeln abzustellen, was ihr aber nicht gelang. »Weiß sonst noch jemand von deinen Problemen mit diesem Knie?«

»Nein.« Sein Blick heftete sich auf ihren Mund und wanderte dann hinauf zu ihren Augen. »Und du verrätst es niemandem, oder?«

Sie legte ihre Wange an seine Schulter. »Dein Geheimnis ist bei mir gut aufgehoben, Luc. Ich werde niemals ein Wort darüber verlieren.«

»Ich weiß, sonst wäre ich nicht hier.« Er legte eine Hand an ihre Wange und hob ihren Kopf an seine Lippen. Er küsste ihr Haar, und sie schmiegte sich an ihn. Vielleicht würde zwischen ihr und Luc doch noch alles gut. Er vertraute ihr, und wenn es auch ihr Gewissen belastete, gab es ihr doch zum ersten Mal, seit sie diese Beziehung eingegangen war, etwas Hoffnung.

Vielleicht musste gar nicht alles zu Ende gehen. Vielleicht entschied Ken sich doch nicht immer für Barbie. Vielleicht würde er sich letztendlich für sie entscheiden.

Luc stopfte sich den Rest seiner Brezel in den Mund und lehnte sich in seinem Sessel zurück. Ihm gegenüber am Tisch hieb der Hitman in seine Chicken Wings, und Luc hob den

Blick vom Mannschaftskapitän und sah zum leeren Eingang der Hotelbar hinüber.

Vor dem Hotel stand die Sonne von Phoenix hoch am Himmel; es herrschten 25° Celsius. Ein paar von den Jungs saßen an der Bar, andere schlenderten umher, und Jane hockte in ihrem Zimmer und schrieb ihre *Singlefrau*-Kolumne. Sie hatte mit Luc vereinbart, ihn in der Bar zu treffen, wenn sie fertig war. Das lag bereits eine Stunde zurück, und er war versucht, in ihr Zimmer zu stürmen. Doch er tat es nicht, weil er nicht glaubte, dass es sie freuen würde, und trotz seiner Ungeduld akzeptierte er die Tatsache, dass sie arbeiten musste.

»Hast du gehört, dass Kovalchuk suspendiert ist?«, fragte der Hitman und wischte sich die Finger an der Serviette ab.

»Wie viel hat er gekriegt?«

»Fünf Spiele.«

»Es war ein ziemlich fieser Schuss«, fügte Fish vom Sessel neben dem Mannschaftskapitän her hinzu. »Aber ich habe schon Schlimmeres gesehen.«

Daniel Holstrom und Grizzell gesellten sich zu ihnen, und das Gespräch wandte sich den schauderhaftesten Spielen in der NHL zu, wobei Rob Sutter, der Mittelstürmer der Chinooks, das große Wort führte. Manchester und Lynch rückten ihre Sessel an den Tisch heran, und das Gespräch ging vom Hockey auf die Frage über, wer wen in einem Kampf fertig machen würde, Bruce Lee oder Jackie Chan. Luc hätte auf Bruce Lee gesetzt, doch er hatte andere Dinge im Kopf und beteiligte sich nicht an der Debatte. Wieder schweifte sein Blick zum Eingang.

Einzig und allein, wenn er im Tor stand, dachte er nicht an Jane. Als er mit ihr geschlafen hatte, hatte sie sich irgendwie in seinem Kopf eingenistet. Manchmal hatte er das Gefühl, als hätte sie sich darüber hinaus in seinem gesamten Körper breit gemacht, und zu seiner eigenen Verwunderung musste er sich eingestehen, dass es ihm gefiel.

Er wusste nicht, ob er in sie verliebt war. Sie liebte, bis dass der Tod sie schied. Mit einer Liebe, die dauerte und die in die behagliche Art von Liebe überging, die er sich wünschte. Die Art von Liebe, die seine Mutter nie gefunden und auf die sein Vater nie gewartet hatte. Luc wusste nur, dass er mit ihr zusammen sein wollte und dass er, wenn er nicht mit ihr zusammen war, unablässig an sie dachte. Er vertraute ihr genug, um sie in sein Leben und in das Leben seiner Schwester einzulassen. Er war überzeugt, dass er sein Vertrauen nicht der Falschen schenkte.

Er sah sie gern an, redete gern mit ihr und war einfach gern mit ihr zusammen. Er mochte ihre aberwitzigen Gedankensprünge, und es gefiel ihm, dass er in ihrer Gegenwart er selbst sein konnte. Er mochte ihren Humor, und er hatte gern Sex mit ihr. Er küsste sie gern, berührte sie gern, war gern in ihr und blickte dabei in ihr erhitztes Gesicht. Wenn er in ihr war, überlegte er bereits, wie er das nächste Mal dorthin gelangen konnte. Von allen Frauen, mit denen er je zusammen gewesen war, war sie die einzige, die ihn so empfinden ließ.

Er liebte ihr leises Stöhnen, und er mochte die Art, wie sie ihn berührte. Er mochte es, wenn sie die Führung übernahm und er ihr ausgeliefert war. Jane wusste, wie sie Mund und Hände einzusetzen hatte, und das liebte er an ihr.

Aber liebte er sie? Mit dieser Liebe, die ewig währte? Vielleicht, und es wunderte ihn, dass es ihn nicht in Angst und Schrecken versetzte.

»Luc?«

Er löste den Blick vom Bareingang und wandte sich den Jungs zu. Die meisten standen hinter dem Stromster und schauten in eine Zeitschrift, die aufgeschlagen auf dem Tisch lag.

»Was ist?«

Daniel hob sein *Him*-Exemplar in die Höhe. Er übte sich mal wieder im Englisch-Lesen.

»Hast du das schon gesehen?«, fragte Grizzell ihn.

»Nein.«

Daniel reichte ihm die Zeitschrift, aufgeschlagen auf der Seite mit seiner Lieblingslektüre. »Lies«, sagte er.

Die Jungs sahen ihn erwartungsvoll an. Also griff er nach der Zeitschrift und las:

DAS LEBEN DER HONEY PIE

Einer meiner liebsten Plätze auf der ganzen Welt ist die Aussichtsplattform der Space Needle in Seattle bei Nacht. Dort habe ich das Gefühl, dass mir die ganze Welt zu Füßen liegt. Und wer mich kennt, der weiß auch, dass ich es mag, wenn man mir zu Füßen liegt. Ich hatte gerade unten im Restaurant zu Abend gegessen und meinen Begleiter, einen veritablen Langweiler, am Tisch zurückgelassen, wo er auf meine Rückkehr von der Damentoilette wartete. Ich trug mein kleines rotes, schulterfreies Kleid mit dem goldenen Verschluss im Nacken und ein feines Goldkettchen, das mir über den Rücken hing. Ich trug außerdem meine höchsten Hacken und hatte Lust auf mehr als Pazifik-Schwertfisch. Mein Partner war umwerfend, wie alle Männer, mit denen ich ausging. Doch er weigerte sich, unter dem Tisch zu spielen, und ich war erregt und langweilte mich. Das war gefährlich für die Männer aus Seattle.

Luc hielt beim Lesen inne und warf einen Blick auf die Tür, als zwei Frauen eintraten. Mehr als eines flüchtigen Blicks bedurfte es nicht, um zu sehen, dass es sich um Groupies handelte. Desinteressiert wandte er sich wieder seiner Lektüre zu.

Zu meiner Linken öffneten sich die Türen des Aufzugs, und ein Mann im schwarzen Smoking trat aus der Kabine. Mein Blick wanderte an den vier Knöpfen seines Jacketts hinauf bis zu seinen blauen Augen. Sein Blick suchte meine perfekten Brüste, die das schulterfreie Kleid mehr enthüllte als verbarg. Seine Mundwinkel umspielte ein wohlgefälliges Lächeln, und plötzlich versprach diese Nacht doch noch ganz interessant zu werden.

Ich erkannte ihn auf Anhieb. Er spielte Hockey. Ein Torwart mit flinken Händen und, wie man munkelte, schmutziger Fantasie. So etwas gefiel mir an Männern. In der Fantasie von Millionen Frauen oder mehr spielte er die Hauptrolle. Ein- oder zweimal auch in meiner.

»Hallo«, sagte er. »Eine schöne Nacht, um den Lauf der Sterne zu beobachten.«

»Beobachten ist eine meiner Lieblingsbeschäftigungen.« Sein Name war Lucky, was ich für angemessen hielt, denn seinem Lächeln nach zu urteilen, würde er mir an diesem Abend Glück bringen.

Luc hielt inne und sah die Jungs an. »Du lieber Himmel«, sagte er. »Es kann doch nicht sein, dass ich gemeint bin.« Doch er hatte das unangenehme Gefühl, dass es so war.

Ich stützte mich mit den Händen auf einer der Lautsprecherboxen ab, aus denen man erfuhr, wie oft im Jahr die Needle vom Blitz getroffen wurde, und beugte mich ein wenig vor. Mein Kleid glitt an meinen sonnengebräunten Beinen hinauf, gefährlich weit, bis kurz vor die Pforten des Paradieses. Ich sah aus den Augenwinkeln zu dem Mann auf und lächelte. Er fiel beinahe in mein Dekolleté, und ich versuchte, etwas wie ein schlechtes Gewissen zu empfinden für das, was ich ihm antun wollte. Aber mein Gewissen und ich gingen schon seit etwa zwanzig Jahren getrennte Wege, und alles, was ich empfand, war ein Flattern in meiner Brust und ein Verlangen zwischen meinen Schenkeln. »Wie steht's mit dir? Siehst du auch gern zu?«

»Ich bin eher ein Mann der Tat.« Er streckte die Hand nach mir aus und schob eine Haarlocke aus meinem Gesicht. »So erlebt man bedeutend Interessanteres.«

»Ich habe eine Vorliebe für Männer der Tat, zumal ich selbst gern in den verschiedensten Positionen zur Tat schreite.« Ich leckte meine roten Lippen. »Ist das interessant für dich?«

Seine blauen Augen blickten träge und umflort, als er seine Hand über meinen Rücken gleiten ließ und mit den Fingerspitzen meine Wirbelsäule streichelte. Meine Haut erglühte unter seiner Berührung. »Wie heißt du?«

»Honey Pie.«

»Das gefällt mir«, sagte er und trat hinter mich. Von hinten legte er die Arme um mich, spreizte die Finger auf meinem Bauch und sagte direkt an mei-

nem Ohr: »Wie verrückt kannst du werden, Miss Honey Pie?«

Ich lehnte mich zurück und schmiegte mein rundes Hinterteil an etwas, das sich anfühlte wie mindestens zwanzig Zentimeter hartes Holz. Er ließ seine talentierten Hände zu meinen Brüsten wandern und umfasste sie durch den Stoff meines Kleides.

Ich schloss die Augen und bog den Rücken durch. Zwar wusste er es noch nicht, aber er war so gut wie tot. »Der letzte Mann, mit dem ich zusammen war, hat sich noch nicht wieder erholt.« Das lag zwei Tage zurück, und Lou lag noch immer im Koma, nachdem ich ihn im Serviceaufzug im Vier Jahreszeiten zurückgelassen hatte.

»Was hast du mit ihm gemacht?«

»Ich habe ihm den Kopf leer geblasen … unter anderem.«

Meine Brustspitzen stachen hart in seine heißen Handflächen, und ich war so erregt, dass eine ganze Busladung japanischer Touristen mich nicht daran hätte hindern können, diesen Hockeyspieler mit dem großen, harten Schwanz zu vernaschen. »Du machst mich verrückt mit deinen roten Lippen und deinem roten Fähnchen.« Er biss mich spielerisch in den Hals und fragte in einem rauen Flüstern: »Frierst du, oder bist du erregt?«

Lucs Blick blieb an der letzten Zeile haften; er musste sie ein zweites Mal lesen.

»Frierst du, oder bist du erregt?«

»Teufel auch«, flüsterte er und las weiter.

Ich war heiß und eindeutig erregt.

»Du weckst den Wunsch in mir, dir einen Knutschfleck zu machen, nur um ihn dann mit einem Kuss heilen zu können.«

»Wo?«, fragte ich, nahm seine Hand und schob sie zwischen meine Beine. »Hier?« Er legte durch mein Kleid und meinen String aus roter Spitze die Hand auf meinen Venushügel.

Verblüfft ließ Luc die Zeitschrift sinken und lehnte sich zurück. Ihm war, als hätte ihn ein Puck hart am Kopf getroffen. Das konnte doch unmöglich wahr sein! Er bildete sich Dinge ein, die nicht existierten.

»Kennst du *Honey Pie*?«, fragte Bressler und ließ Luc damit wissen, dass er sich nichts eingebildet hatte.

»Nein.« Doch einiges in dem Artikel kam ihm erschreckend bekannt vor. Sehr persönlich.

»Jetzt bist du berühmt«, scherzte der Mannschaftskapitän. »Lies weiter. *Honey Pie* hat dich ins Koma versetzt.«

Die anderen Jungs lachten, doch Luc fand die Situation überhaupt nicht lustig. Nein, er fand sie eher beunruhigend.

»Warum hat sie sich dieses Mal auf dich eingeschossen?«, wollte Fish wissen. »Vielleicht hat sie dich spielen gesehen und Lust bekommen, mal einen Blick auf deine Ausstattung zu werfen.«

»Vielleicht ist sie jemand, der seine Ausstattung schon gesehen hat«, fügte Lynch hinzu.

Wut kochte in ihm hoch, doch er kämpfte sie nieder und sagte: »Ich garantiere euch, dass sie die Ausstattung nicht gesehen hat.« Wut wäre jetzt nur störend. Das wusste er aus Erfahrung. Er brauchte einen klaren Kopf, um nachdenken zu können. Er hatte das Gefühl, ein Puzzlespiel vor sich zu haben, ein Puzzlespiel mit einem großen Bild auf dem Karton – einem Bild von seinem Leben –, dessen einzelne Stücke jedoch heillos durcheinander geraten waren. Und wenn es ihm gelänge, sie alle richtig zu sortieren, würde er das Bild auch wieder klar erkennen können.

»Ich glaube, ich fände es cool, wenn *Honey Pie* mich ins Koma bumsen würde«, sagte irgendwer.

»Es gibt sie nicht wirklich«, erklärte Lynch.

»Es muss sie geben«, widersprach Scott Manchester. »Irgendwer schreibt schließlich diese Artikel.«

Bald wandte sich das Gespräch der Frage zu, wo *Honey Pie* Luc gesehen haben könnte. Alle waren sich einig darüber, dass sie in Seattle lebte, doch über ihr Geschlecht waren sie geteilter Meinung. Sie überlegten, ob *Honey Pie* Luc wirklich getroffen hatte und ob sie ein Mann war. In einem Punkt waren sich alle einig: Wenn sie kein Mann war, dann dachte sie zumindest wie ein Mann.

Luc war es scheißegal, ob *Honey Pie* Männlein oder Weiblein war. In den letzten beiden Jahren hatte er sich darum bemüht, so zu leben, dass niemand auf die Idee kam, so etwas über ihn zu schreiben. Und jetzt fing das Ganze wieder an. Goss Öl auf das Feuer, das er zu löschen versuchte. Nur, dass es dieses Mal schlimmer war als je zuvor.

»Das ist doch alles erfunden«, sagte jemand. Aber Luc erschien es keineswegs wie eine pure Erfindung. Alles war so unheimlich vertraut, dass sich ihm die Nackenhaare sträubten. Das rote Kleid. Die Sache mit den harten Brustspitzen. Die Frage, ob sie fröre oder erregt sei. Der rote Stringtanga. Der Knutschfleck.

Ein Puzzleteil fand seinen richtigen Platz. Es war Jane. Jemand hatte ihn und Jane belauscht, aber das war unmöglich. *Am liebsten möchte ich dir einen Knutschfleck machen, nur um ihn dann mit einem Kuss heilen zu können.* Luc erinnerte sich, genau das gesagt zu haben, als er ihre weiche Haut berührte. An dem Abend, als sie das rote Kleid trug, hatte er ihr einen Knutschfleck machen wollen. Sein Zeichen. War ihnen jemand gefolgt? Im Geiste versuchte er, ein paar mehr Puzzleteile einzusetzen, doch das ergab immer noch kein klares Bild.

»Hallo, Jungs? Was treibt ihr so?«

Luc hob den Blick von der Zeitschrift und sah in Janes grüne Augen. Er würde es ihr sagen müssen. Sie würde ausflippen.

»Sharky«, wurde sie von den Jungs begrüßt.

Ein Lächeln umspielte ihre Lippen, als sie Luc ansah. Dann fiel ihr Blick auf die aufgeschlagene Zeitschrift, und ihr Lächeln erstarrte.

»Hast du schon mal vom *Leben der Honey Pie* gehört?«, fragte Sutter.

Jane sah Luc fest in die Augen. »Ja.«

»*Honey Pie* hat über Luc geschrieben.«

Alle Farbe wich aus ihrem ohnehin blassen Gesicht. »Bist du sicher, dass du gemeint bist?«

»Ganz sicher.«

»Es tut mir Leid, Luc.«

Luc erhob sich aus seinem Sessel. Sie verstand, was es bedeutete. Für ihn bedeutete. Sie verstand sogar das, was den anderen Jungs entging. Wenn jetzt noch einmal über ihn geschrieben wurde, käme der *Honey-Pie*-Artikel zur Sprache und böte einen weiteren Vorwand dafür, sein Privatleben unter die Lupe zu nehmen. Dinge auszugraben, die im Grunde unwichtig waren. Luc rückte näher an Jane heran und sah ihr in die Augen. »Ist alles in Ordnung?«

Sie nickte, schüttelte dann den Kopf.

Ohne nachzudenken, ergriff Luc ihren Arm, und zusammen verließen sie die Bar. Sie durchquerten das Foyer und stiegen in den Aufzug. »Es tut mir so Leid, Luc«, sagte sie; es war nicht mehr als ein Flüstern.

»Es ist nicht deine Schuld, Jane.« Er drückte den Knopf, der sie zu ihrer Etage hinaufbrachte, und warf ihr einen Blick zu. Sie stand in der Ecke des Aufzugs. Ihre Augen waren riesig und schwammen in Tränen, und plötzlich wirkte sie sehr klein. Als sie ihr Zimmer erreicht hatten, liefen ihr die Tränen über die Wangen. Er hatte ihr noch nicht einmal von seinen grotesken Vermutungen erzählt, und schon weinte sie.

»Jane«, setzte er an, nachdem er die Tür hinter sich geschlossen hatte. »Ich weiß, das muss in deinen Ohren verrückt klingen …« Er unterbrach sich, um zunächst einmal eine klare Linie in seine Gedanken zu bringen. »In diesem Scheiß-*Honey-Pie*-Artikel kommen ein paar Dinge zur Sprache, die ein bisschen zu deutlich sind, um nur Zufall sein zu können. Da werden Dinge über dich und mich geschrieben, die tatsächlich passiert sind. Ich weiß nicht, woher die Autorin das weiß. Es ist, als hätte uns jemand beobachtet und sich Notizen gemacht.«

Sie setzte sich auf die Bettkante und schob die Hände zwischen die Knie. Sie sagte kein Wort, und er fuhr fort in seinem Versuch, ihr zu erklären, was er doch selbst nicht verstand. »Da ist zum einen dein rotes Kleid. Sie hat dein rotes Kleid und das Kettchen auf deinem Rücken beschrieben.«

»O Gott.«

Er setzte sich neben sie und legte den Arm um ihre Schultern. Was der Autor oder die Autorin des Artikels über ihn wusste, war beunruhigend. Jane war so verstört, dass er nicht weiter ins Detail ging, denn er wollte nicht, dass sie sich unnötig ängstigte. »Ich kann es nicht fassen, dass dieser Mist jetzt von vorn anfängt. Ich habe mir solche Mühe gegeben, mich von solchem Unsinn fern zu halten.« Er drückte Jane an sich. Die Gedanken wirbelten durch seinen Kopf, ergaben aber keinen Sinn. »Ich habe das Gefühl, verrückt zu sein. Paranoid. Wahnsinnig. Vielleicht sollte ich einen Privatdetektiv anheuern, um der Sache auf den Grund zu gehen.«

Sie sprang auf, als hätte ihr Hosenboden Feuer gefangen, und ging zu dem Sessel am Fenster. Sie nagte an ihrer Unterlippe und starrte auf einen Punkt irgendwo über seinem Kopf. »Du fühlst dich nicht geschmeichelt?«

»Nein, zum Teufel! Ich habe das Gefühl, dass irgendein Fremder mich beobachtet hat. Uns. Um uns herumgeschlichen ist, im Schatten verborgen.«

»Wir hätten es gemerkt, wenn jemand uns gefolgt wäre.«

»Wahrscheinlich hast du Recht, aber ich weiß nicht, wie ich mir sonst erklären soll, was in dieser Zeitschrift steht. Ich weiß, wie verrückt das klingt.« Und es klang tatsächlich verrückt. Selbst für ihn, und er hatte den Artikel gelesen. »Vielleicht hat einer von den Jungs …« Er schüttelte den Kopf, während er laut dachte. »Ich möchte mir nicht vorstellen, dass einer von den Jungs mit der Sache zu tun hat, aber wer sonst?« Er zuckte mit den Schultern. »Vielleicht habe ich den Verstand verloren.«

Sie sah ihn eine ganze Weile an und stieß dann hastig hervor: »Ich habe den Artikel geschrieben.«

»Was?«

»Ich schreibe die *Honey-Pie*-Serie.«

»Was?«

Sie holte tief Luft und sagte: »Ich bin *Honey Pie*.«

»Genau.«

»Ich bin's wirklich«, sagte sie unter Tränen.

»Warum behauptest du das?«

»Verdammt noch mal! Ich kann nicht glauben, dass ich es dir beweisen muss. Ich habe nie gewollt, dass du es erfährst!« Sie wischte sich die Tränen von den Wangen und verschränkte die Arme vor der Brust. »Wer sonst konnte wissen, dass du mich gefragt hast, ob ich friere oder erregt bin? Wir waren allein in meiner Wohnung.«

Und dann fanden die Puzzleteile Stück für Stück ihren richtigen Platz. Die Dinge, von denen nur er und Jane wussten. Die Notizzettelchen, die er in ihrem Kalender gesehen hatte und die sie an irgendeine noch zu treffende »*Honey-Pie*-Entscheidung« erinnern sollten. Jane war *Honey Pie*. Das konnte nicht sein. »Nein.«

»Doch.«

Er stand auf und sah Jane über den Raum hinweg an. Sah die dunklen Locken, die er so gern berührte. Ihre zarte weiße Haut und den rosa Mund, den er so gern küsste. Diese Frau sah aus wie Jane, doch wenn sie tatsächlich *Honey Pie* war, dann war sie nicht die Frau, die er zu kennen glaubte.

»Du musst keinen Privatdetektiv anheuern«, sagte sie, als wäre das ein verdammter Trost. »Und du musst keinen von den Jungs verdächtigen.«

Er starrte ihr in die Augen, als könnte er dort die unfassbare Wahrheit lesen. Was er sah, war Schuldbewusstsein. Er fühlte sich plötzlich wie ausgehöhlt. Er hatte ihr so sehr vertraut, dass er sie in seine Wohnung und in sein Leben gelassen hatte. Und in das Leben seiner Schwester. Er kam sich vor wie der dümmste Esel aller Zeiten.

»Ich habe den Artikel an dem Abend geschrieben, als du mich zum ersten Mal geküsst hast. Man könnte sagen, du hast mich inspiriert.« Sie ließ die Hände schlaff herunterhängen. »Ich habe ihn geschrieben, lange bevor wir uns näher gekommen sind.«

»So lange nun auch wieder nicht.« Seine Stimme klang fremd in seinen eigenen Ohren. Hohl, wie sein Inneres, und er wartete darauf, dass seine Wut aufwallte und die Leere ausfüllte. »Du hast von Anfang an gewusst, wie ich über diesen Mist denke, der über mich geschrieben wird. Ich habe es dir gesagt.«

»Ich weiß, aber sei doch bitte nicht sauer. Oder vielmehr: Sei sauer, denn du hast jedes Recht dazu. Es ist nur so, dass ich …« Wieder füllten sich ihre Augen mit Tränen, und sie wischte sie mit den Fingern weg. »Ich fühlte mich so sehr zu dir hingezogen, und du hast mich geküsst, und dann habe ich darüber geschrieben.«

»Und hast den Artikel zum Abdruck in einer Pornozeitschrift freigegeben.«

»Ich hatte gehofft, du würdest dich geschmeichelt fühlen.«

»Du weißt, dass ich mich von so etwas nicht geschmeichelt fühle.« Die aufgestaute Wut ließ seine Brust anschwellen. Er musste raus hier. Er musste weg von Jane. Fort von der Frau, in die er sich verliebt hatte. »Du hast dich wohl köstlich amüsiert, als ich glaubte, du wärst ein bisschen prüde. Als ich dachte, meine Fantasien würden dich schockieren.«

Sie schüttelte den Kopf. »Nein.«

Nicht genug damit, dass sie sein Vertrauen missbraucht hatte, nein, sie hatte ihn auch noch zum Narren gemacht. »Was werde ich noch über mich lesen müssen?«

»Nichts mehr.«

»Schön.« Er stapfte zur Tür und streckte die Hand nach der Klinke aus.

»Luc, warte! Geh nicht.« Er hielt inne. Ihre Stimme klang erfüllt von Tränen und von dem gleichen stechenden Schmerz, der in seinen Eingeweiden wühlte. »Bitte, wir können das klären. Ich kann alles wieder in Ordnung bringen.«

Er drehte sich nicht um. Er wollte sie nicht sehen. »Das glaube ich nicht, Jane.«

»Ich liebe dich.«

Ihre Worte waren wie ein Messer in seinem Rücken, und die Wut, die er so lange beherrscht hatte, brach sich schließlich Bahn. Er hatte schon befürchtet, vor Wut platzen zu müssen. »Dann will ich lieber nicht wissen, wie du Menschen behandelst, die du nicht liebst.« Er stieß die Tür auf. »Bleib mir um Himmels willen vom Halse, und lass meine Schwester in Ruhe.«

Er hastete den Flur entlang. Das wirre Muster des Teppichs verschwamm vor seinen Augen. Jane war *Honey Pie*. Seine Jane. Obwohl er wusste, dass es die Wahrheit war, fiel es ihm furchtbar schwer, das zu glauben.

Er betrat sein Zimmer und lehnte sich gegen die geschlossene Tür. Während er sie für prüde hielt, hatte sie Pornos geschrieben. Während er sie für verklemmt hielt, wusste sie viel mehr über Sex als er selbst. In der ganzen Zeit, die sie zusammen verbrachten, hatte sie sich Notizen gemacht.

Sie hatte gesagt, sie würde ihn lieben. Er glaubte ihr nicht eine Sekunde lang. Er hatte ihr vertraut, und sie hatte ihm einen Dolch in den Rücken gestoßen. Sie hatte ihn für ihren Pornoartikel benutzt. Sie hatte gewusst, was er davon halten würde, und sie hatte es trotzdem getan.

Die ganze Zeit, in der er sich bemüht hatte, sie nicht wie ein Groupie zu behandeln, war sie im Grunde doch nur … Was war *Honey Pie*? Eine Nymphomanin?

War Jane Nymphomanin? Nein. Oder doch? Er wusste es nicht. Er wusste überhaupt nichts über sie.

Das Einzige, was er mit absoluter Sicherheit wusste, war, dass er ein verdammter Idiot war.

17. KAPITEL

Am Stock gehen: Verletzt

Wie dumm war sie gewesen. In vielerlei Hinsicht. Zunächst einmal, weil sie sich in Luc verliebt hatte, obwohl sie wusste, dass er ihr das Herz brechen würde. Und weil sie ihm ins Gesicht gesagt hatte, dass sie *Honey Pie* war. Er hatte es nicht gewusst. Es hatte noch die Chance bestanden, dass er es nie erfuhr.

Aber sie wusste es, und das Wissen brannte wie ein Brikett unter ihrem Brustbein. Letztendlich hatte sie es ihm gestanden, um ihn von seinen bedrückenden Gedanken zu befreien. Es hatte ihn so fertig gemacht, sich vorstellen zu müssen, dass jemand in den Schatten lauerte … und wahrscheinlich lauerte dort auch jemand. Sie. Und sie hatte es ihm gestanden, um ihr eigenes Gewissen zu erleichtern. Warum ging es ihr dann trotzdem nicht besser?

Jane warf ihren Koffer auf den Boden und brach in Tränen aus. Sie hatte grob geschätzt sieben Stunden in Taxis und Flughäfen und Flugzeugen verbracht, um nach Hause zu kommen. Sie konnte nicht mehr. Der Schmerz darüber, dass sie Luc verloren hatte, schüttelte sie. Sie hatte gewusst, dass es wehtun würde, ihn zu verlieren, doch sie hatte sich nicht vorstellen können, dass der Schmerz so allumfassend sein könnte.

Das Mondlicht fiel durch das kleine Fenster des Schlafzimmers in ihre Wohnung, und sie zog die Vorhänge zu. Verrammelte sich in der Dunkelheit. Am Nachmittag hatte sie von

Phoenix aus den erstbesten Flug nach Hause genommen. In San Francisco hatte sie zwei Stunden Aufenthalt gehabt, bevor es weiterging nach Seattle. Sie war körperlich und emotional ein Wrack. Sie musste fort. Ihr blieb keine andere Wahl. Sie hätte am folgenden Abend nicht in den Umkleideraum gehen können, wo sie Lucs Gesicht hätte sehen müssen. Daran wäre sie zerbrochen. Vor den Augen aller Anwesenden.

Sie hatte Darby angerufen und ihm erzählt, ein Notfall in der Familie riefe sie nach Hause. Sie würde zu Hause erwartet und sich wieder bei der Mannschaft melden, sobald diese zurück in Seattle war. Obwohl Darby nicht den geringsten Vorteil daraus ziehen konnte, hatte er ihr geholfen, den Flug zu buchen, und ihr war bewusst geworden, dass er doch mehr war als ein angeberischer Pfau. Unter den Tausend-Dollar-Anzügen und geschmacklosen Krawatten schlug ein Herz. Und vielleicht täte er sogar Caroline ganz gut.

Sie hatte auch Kirk Thompson angerufen. Er zeigte sich nicht so verständnisvoll wie Darby. Er wollte wissen, um welche Art von Notfall es sich handelte, und Jane sah sich gezwungen zu lügen. Sie erklärte ihm, ihr Vater hätte einen Herzanfall gehabt. Während es doch in Wirklichkeit ihr Herz war, das brach.

Sie warf sich aufs Bett und schloss die Augen. Immer wieder sah sie Lucs Gesicht, als sie die Sportlerbar betrat. Er hatte verblüfft ausgesehen, als hätte ihm jemand einen Backstein an den Kopf geworfen. Sie erinnerte sich an jede schmerzliche Einzelheit. Das Schlimmste war seine Sorge um sie. Und als er schließlich kapiert hatte, dass sie *Honey Pie* war, schlug seine Sorge in Verachtung um. In diesem Moment hatte sie gewusst, dass sie ihn für immer verloren hatte.

Jane wälzte sich auf die Seite und berührte das Kissen. Luc war der Letzte gewesen, der seinen Kopf auf dieses Kissen gelegt hatte. Sie strich mit der Hand über den weichen Baumwollbezug, dann drückte sie ihre Nase in das Kissen. Sie konnte ihn um ein Haar riechen.

Reue und Zorn vermischten sich mit dem Schmerz in ihrer Seele, und sie wünschte sich, ihm nicht verraten zu haben, dass sie ihn liebte. Sie wünschte sich, dass er es nicht wüsste. Am meisten wünschte sie sich, dass es ihm etwas bedeutete. Aber es bedeutete ihm nichts.

Dann will ich nicht wissen, wie du Menschen behandelst, die du nicht liebst, hatte er gesagt.

Sie richtete sich auf und wischte sich die Tränen von den Wangen. Sie schlüpfte in ein übergroßes T-Shirt und ging durch die dunkle Wohnung in die Küche. Dort öffnete sie den Kühlschrank und spähte hinein. Es war schon einige Zeit her, dass sie ihn gereinigt hatte. Sie griff nach einem Glas, in dem nur noch eine Gurkenscheibe schwamm, und stellte es auf die Arbeitsplatte. Es folgten ein leeres Senfglas und eine Milchtüte, die sie zu dem Gurkenglas stellte. Ein Schmerz wühlte in ihrer Brust, ihr Kopf schien mit Watte ausgestopft zu sein. Liebend gern hätte sie geschlafen, bis der Schmerz vorüber war, doch selbst wenn sie hätte schlafen können, wäre er beim Aufwachen doch wieder da gewesen.

Das Telefon klingelte, und als es aufhörte, legte sie den Hörer neben den Apparat. Sie holte den Abfalleimer und ein Scheuermittel unter der Spüle hervor, und stellte beides neben den Kühlschrank. Nur um eine Beschäftigung zu haben, machte sie sauber. Um zu verhindern, dass sie vollends den Verstand verlor. Es half jedoch nicht, denn trotzdem durchlebte sie jeden schönen und aufregenden und grauenhaften Moment, den sie mit Luc Martineau geteilt hatte, noch einmal. Sie erinnerte sich, wie er den Dartspfeil aufs Ochsenauge geworfen hatte, als könnte er den Treffer durch Muskelkraft erzwingen. Wie er Motorrad fuhr, und wie es gewesen war, hinter ihm auf der Maschine zu sitzen. Sie rief sich die Farbe seiner Augen und seines Haars ins Gedächtnis. Den Klang seiner Stimme und den Duft seiner Haut. Die Berührung seiner Hände und seines Körpers, wenn er sie an sich drückte. Seinen Geschmack in ihrem Mund. Wie er aussah, wenn sie miteinander schliefen.

Sie liebte alles an Luc. Doch er liebte sie nicht. Sie hatte gewusst, dass es einmal zu Ende sein würde. Irgendwann. Die *Honey-Pie*-Episode hatte das Unvermeidliche nur beschleunigt. Selbst wenn sie den Artikel nicht abgeschickt, wenn sie ihn gar nicht geschrieben hätte, wäre eine Beziehung zwischen ihr und Luc auf die Dauer nicht gut gegangen, sosehr sie auch aufs Gegenteil gehofft hatte. Ken tat sich mit Barbie zusammen. Mick ging mit Supermodels aus, und Brad heiratete Jennifer. Punkt, aus. So war das Leben. Das Ende ihrer Beziehung war nicht ihre Schuld. Er hätte sie so oder so verlassen. Wahrscheinlich war es gut, dass er jetzt schon gegangen war, versuchte sie sich einzureden, anstatt erst in ein paar Monaten, wenn sie noch mehr an ihm entdeckt haben würde, das sie liebte. Wenn es noch schmerzhafter gewesen wäre. Obwohl sie sich nichts vorstellen konnte, was noch schmerzhafter sein könnte als ihr derzeitiger Zustand. Sie hatte das Gefühl, dass ein Teil von ihr gestorben war.

Jane stellte ihr Scheuermittel auf die Arbeitsplatte und warf einen Blick quer durch die Wohnung auf ihren Aktenkoffer, den sie nachlässig auf dem Kaffeetisch abgelegt hatte.

*In diesem Scheiß-*Honey-Pie*-Artikel kommen ein paar Dinge zur Sprache, die einfach ein bisschen zu deutlich sind, um nur Zufall sein zu können,* hatte er gesagt.

Sie war von Anfang an davon ausgegangen, dass er sich in der Episode erkennen würde, war aber nicht auf die Idee gekommen, dass er auch sie erkennen könnte. Sie ging zum Sofa und setzte sich. *Da werden Dinge über dich und mich geschrieben, die tatsächlich passiert sind.* Sie zog ihren Laptop aus dem Koffer und fuhr ihn hoch. Sie öffnete ihren *Honey-Pie*-Ordner und klickte die Märzepisode an. Bis jetzt hatte Jane sich geweigert, sie noch einmal zu lesen. Aus Angst, die Story könnte grauenhaft sein, wenig schmeichelhaft und nicht so gut, wie sie geglaubt oder beabsichtigt hatte. Während sie las, erkannte sie verblüfft, wie deutlich sie hatte durchscheinen lassen, dass es tatsächlich um sie ging. Es wäre weitaus verwunderlicher gewesen, wenn er keinen Verdacht geschöpft hätte. Je länger sie las, desto deutlicher stellte sich ihr die Frage, ob sie womöglich mit Absicht Hinweise eingestreut hatte. Es war fast so, als würde sie auf den Seiten auf und ab hüpfen, mit den Armen fuchteln und schreien: *Ich bin's, Luc. Ich, Jane. Ich hab das geschrieben.*

Hatte sie gewollt, dass er herausfand, wer die Verfasserin der Kolumne war? Nein. Natürlich nicht. Das wäre ja dumm gewesen. Das würde bedeuten, dass sie die Beziehung absichtlich hintertrieben hatte.

Sie lehnte sich zurück und blickte über den Raum hinweg auf den Kaminsims. Betrachtete das Foto von sich und Caroline. Und den Kristallhai, den Luc ihr geschenkt hatte. Wann hatte sie sich in ihn verliebt? An dem Abend, als das Bankett stattfand? In der Nacht, als er sie zum ersten Mal geküsst hatte? Oder an dem Tag, als er ihr das mit einer pinkfarbenen Schleife verzierte Hockeybuch geschenkt hatte? Vielleicht hatte sie sich auch bei jeder dieser Gelegenheiten immer noch ein bisschen mehr in ihn verliebt.

Vermutlich war der Zeitpunkt nicht so wichtig wie die eigentliche Frage. War das, was Caroline von ihr behauptete, womöglich wahr? Ließ sie sich, wenn sie eine Beziehung einging, vorsorglich immer ein Schlupfloch offen? Behielt sie immer den Ausgang in einem Auge? Hatte sie den Artikel absichtlich so leicht durchschaubar geschrieben, damit ihre Beziehung zu Luc ein Ende fand, bevor sie allzu tief drinsteckte? Wenn das der Fall war, kam das Ende zu spät. Sie steckte tiefer drin als je zuvor in einer Beziehung. Sie hatte nicht gewusst, dass man so tief drinstecken konnte.

Es klingelte an der Haustür, und sie erhob sich vom Sofa. Es war schon nach zwei Uhr morgens, und sie hatte keine Ahnung, wer um diese Zeit vor ihrer Tür stehen mochte. Ihr Herz krampfte sich zusammen, als sie sich sagte, dass es nicht Luc war, dass Luc ihr nicht kreuz und quer über Land hinterherrasen würde wie Dustin Hoffman in *Die Reifeprüfung*.

Es war Caroline.

»Ich habe in sämtlichen Krankenhäusern angerufen«, sagte sie und drückte Jane fest an die Brust. »Nirgendwo habe ich Auskunft bekommen.«

»Worüber?« Jane befreite sich aus Carolines Umklammerung und trat einen Schritt zurück.

»Über deinen Vater.« Caroline senkte das Kinn und schaute Jane eindringlich in die Augen. »Über seinen Herzanfall.«

Jane schüttelte den Kopf und rieb durch das langärmelige T-Shirt hindurch ihre frierenden Arme. »Mein Dad hatte keinen Herzanfall.«

»Darby hat mich angerufen und gesagt, er hätte einen!«

»O nein. Das habe ich für die Redaktion erzählt, aber eigentlich wollte ich nur nach Hause und brauchte eine plausible Ausrede.«

»Mr. Alcott liegt nicht im Sterben?«

»Nein.«

»Ich bin natürlich froh, das zu hören.« Caroline ließ sich schwer aufs Sofa fallen. »Aber ich habe Blumen bestellt.«

Jane setzte sich neben sie. »Das tut mir Leid. Kannst du das noch rückgängig machen?«

»Ich weiß nicht.« Caroline wandte sich zur Seite und sah Jane an. »Wozu diese Lüge? Warum wolltest du nach Hause? Und warum hast du geweint?«

»Hast du die *Honey-Pie*-Episode in diesem Monat gelesen?«

Gewöhnlich las Caroline jeden Artikel aus Janes Feder. »Natürlich.«

»Das war Luc.«

»Dacht ich's mir. Und? Fühlt er sich geschmeichelt?«

»Absolut nicht«, antwortete Jane, und dann erklärte sie Caroline die Gründe. Während ihre Tränen unaufhaltsam flossen, erzählte sie ihrer Freundin alles. Als sie fertig war mit ihrem Bericht, sah Caroline sie mit gerunzelter Stirn an.

»Du weißt ja, was ich dazu zu sagen habe.«

Ja, Jane wusste es. Und zum ersten Mal hörte sie Caroline wirklich zu. Von ihnen beiden war Jane immer die Kluge gewesen, Caroline dagegen die Hübsche. An diesem Abend war Caroline die Hübsche *und* die Kluge.

»Kriegst du es wieder hin?«, fragte Caroline.

Jane erinnerte sich an den Ausdruck in Lucs Augen, als er ihr befahl, ihn und Marie in Ruhe zu lassen. Er hatte es sehr ernst gemeint. »Nein. Er wird mich nicht mehr anhören.« Sie lehnte sich ins Sofa zurück und blickte an die Decke. »Männer sind zum Kotzen.« Jane rollte den Kopf von einer Seite zur anderen und sah ihre Freundin an. »Schließen wir einen Pakt, den Männern für eine Weile abzuschwören.«

Caroline biss sich auf die Unterlippe. »Das kann ich nicht. Ich gehe jetzt gewissermaßen mit Darby.«

Jane richtete sich straff auf. »Tatsächlich? Ich wusste gar nicht, dass das so etwas Ernstes zwischen euch geworden ist.«

»Na ja, eigentlich ist er nicht mein Typ. Aber er ist nett zu mir, und ich mag ihn. Ich unterhalte mich gern mit ihm, und ich mag, wie er mich ansieht. Und, na ja, sehen wir den Tatsachen ins Auge: Er braucht mich.«

Ja, er brauchte sie dringend. Jane ahnte, dass Darby mit seiner Bedürftigkeit wahrscheinlich Carolines ganzes Leben ausfüllen konnte.

Am nächsten Morgen erhielt Jane Blumen von der Geschäftsleitung der Chinooks, als Ausdruck ihres Mitgefühls. Zu Mittag kamen Blumen von der *Times*, und um dreizehn Uhr erreichte sie Darbys persönlicher Blumengruß. Um fünfzehn Uhr wurde Carolines geliefert. Alle waren wunderschön und dufteten herrlich und legten sich schwer auf ihr Gewissen. Das Schicksal schlug zurück, und sie versprach Gott, nie wieder zu lügen, wenn er die Blumenlieferungen stoppte.

Am Abend verfolgte sie im Fernseher das Spiel der Chinooks gegen die Coyotes. Durch das Gittergeflecht seiner Maske sahen Lucs blaue Augen sie an, hart und kalt wie das Eis, auf dem er sich bewegte. Wenn er nicht gerade fluchte, dass die Luft vor seinem Tor nach Schwefel stank, pressten sich seine Lippen zu einem grimmigen Strich zusammen.

Er sah auf, und die Kamera fing den Zorn in seinen Augen ein. Er war nicht in Form. Sein Privatleben wirkte sich auf sein Spiel aus, und wenn Jane noch geheime Hoffnungen genährt hätte, die Beziehung retten zu können, so wären diese jetzt gestorben.

Es war wirklich aus.

Luc handelte dem Team drei Strafstöße ein, da er auf jeden, der dumm genug war, sich seinem Tor zu nähern, seinen geballten Zorn losließ.

»Was ist los mit dir, Martineau?«, fragte ihn ein Stürmer der Coyotes nach dem ersten Strafstoß. »Hast du deine Tage?«

»Du kannst mich mal am Arsch lecken«, antwortete er, hakte mit dem Schläger nach den Kufen des Mannes und brachte ihn zu Fall.

»Du bist ein Arschloch, Martineau«, sagte der Typ auf dem Eis liegend und sah zu ihm hoch. Der Schiedsrichter pfiff, und Bruce Fish wurde an Lucs Stelle auf die Strafbank verwiesen.

Luc griff nach seiner Wasserflasche und spritzte sich Wasser übers Gesicht. Mark Bressler trat zu ihm ans Tor.

»Hast du Probleme, deine Wut in den Griff zu kriegen?«, fragte der Mannschaftskapitän.

»Was denkst du denn, verdammt noch mal?« Wasser tropfte von seinem Gesicht und aus seiner Maske. Jane saß nicht in der Presseloge. Sie hielt sich nicht mal im selben Bundesstaat auf wie er, und trotzdem ging sie ihm nicht aus dem Kopf.

»Das denke ich, verdammt noch mal!« Bressler versetzte ihm mit seinem schweren Handschuh einen Schlag gegen die Schulter. »Versuch, uns nicht noch mehr Strafstöße einzubringen, dann können wir das Spiel vielleicht doch noch gewinnen.«

Er hatte Recht. Luc musste sich unbedingt besser auf das Spiel konzentrieren, statt unablässig daran zu denken, wer in der Presseloge saß und wer nicht. »Keine unnötigen Strafstöße mehr«, versprach er. Doch in der nächsten Spielzeit schlug er einen Gegner gegen das Schienbein, und der Typ holte heraus, was er konnte.

»Das hat nicht mal wehgetan, du Weichei«, sagte Luc mit einem Blick auf den Kerl, der am Boden lag, sein Schienbein umklammerte und sich in Schmerzen wand. »Steh auf, dann zeig ich dir, was wirklich wehtut.«

Wieder gellten die Pfiffe, und Bressler kam kopfschüttelnd übers Eis hinzu.

Nach dem Spiel herrschte im Umkleideraum gedämpftere Stimmung als üblich. Gegen Ende der dritten Spielzeit hatten sie noch zwei Tore erzielt, aber das reichte nicht. Sie hatten drei zu fünf verloren. Sportreporter aus Phoenix durchquerten den Raum auf der Suche nach etwas Zitierfähigem, doch die Spieler waren nicht sonderlich redselig.

Janes Vater hatte einen Herzanfall gehabt, und die Spieler spürten Janes Abwesenheit schmerzlich. Luc glaubte nicht an die Geschichte mit dem Herzanfall; er wunderte sich, dass sie den Schwanz eingezogen hatte und abgehauen war. Das passte nicht zu der Jane, die er kannte. Andererseits kannte er sie so gut wie gar nicht. Die wahre Jane hatte ihn belogen, ihn ausgenutzt und zum Narren gemacht. Sie wusste Dinge über ihn, von denen er nicht gern in der Zeitung lesen wollte. Sie wusste, dass er seine Knie mit Eis behandelte, weil durchaus nicht alles hundertprozentig war.

Er war ein Esel. Wie zum Teufel hatte er es zulassen können, dass eine kleine Reporterin mit lockigem Haar und einem losen Mundwerk in sein Leben eindrang? Anfangs hatte er sie nicht einmal leiden können. Warum hatte er sich bloß auf sie eingelassen?! Sie hatte sein Leben auf den Kopf gestellt, und jetzt war es an ihm, einen Weg zu finden, wie er sie wieder aus dem Sinn bekam. Wie er wieder zu Verstand kam. Er würde es schaffen. Er hatte sich schon früher seiner Haut wehren müssen, und er hatte gegen schlimmere Dämonen gekämpft als gegen Jane Alcott. Seiner Meinung nach benötigte er nichts als eiserne Entschlossenheit und ein bisschen Zeit. Darby hatte die Mannschaft informiert, dass sie erst in der folgenden Woche ihre Arbeit wieder aufnehmen würde.

Eine Woche blieb ihm. Nachdem sie nun körperlich nicht mehr in seinem Leben vorhanden war, dürfte es im Grunde auch nicht mehr lange dauern, bis er sie aus seinem Kopf vertrieben hatte und sich wieder voll aufs Spiel einstellen konnte.

Eine Woche später stellte sich heraus, dass er richtig kalkuliert hatte. Zum Teil wenigstens. Er war wieder in Topform. Spielte wieder mit Geschick statt mit brachialer Gewalt, aber noch war es ihm nicht gelungen, Jane endgültig aus seinen Gedanken zu verbannen.

Am Tag seiner Rückkehr nach Seattle fühlte er sich wund an Leib und Seele. Er wollte nur noch auf dem Sofa lümmeln, sich entspannen, unsinnige Sendungen im Fernseher ansehen, bis Marie von der Schule zurückkam. Dann konnten sie sich vielleicht etwas zu essen kommen lassen und ein nettes, entspanntes Abendbrot miteinander genießen.

Er hätte es besser wissen müssen. Es war doch immer so mit seiner Schwester. Eben war noch eitel Sonnenschein, im nächsten Moment ging alles den Bach hinunter. Eben noch erzählte sie ihm von ihrem Tag in der Schule, und dann zog sie ihr übergroßes Sweatshirt aus. Luc vergaß, den Mund wieder zu schließen, als er ihr enges T-Shirt und ihre Brüste genauer ansah. Sie wirkten bedeutend größer als bei seiner Abreise vor einer Woche. Es war nicht so, dass er sie anstarrte, aber der Unterschied stach ihm doch ins Auge.

»Was hast du da an?«

»Mein Bebe-T-Shirt.«

»Deine Brüste sind viel größer als letzte Woche. Trägst du etwa einen gepolsterten BH?«

Sie schützte ihren Busen mit gekreuzten Armen, als wäre er ein Sittenstrolch. »Das ist ein Push-up-BH.«

»So etwas kannst du außerhalb der Wohnung nicht tragen.« Er konnte sie doch nicht mit derart vergrößertem und betontem Busen draußen frei herumlaufen lassen.

»Ich habe ihn die letzte Woche in der Schule angehabt.«

Um Himmels willen, er war bereit, Gott weiß was darauf zu wetten, dass alle Jungs an ihrer Schule auf ihren Busen gestarrt hatten. Die ganze Woche lang. Während er unterwegs war. Herrgott, sein Leben war ein einziges Chaos. Ein einziger Misthaufen. »Möchte wetten, den Jungs an deiner Schule hat es Riesenspaß gemacht, deine Möpse zu beglotzen. Und du kannst darauf wetten, dass sie nicht viel Gutes von dir gedacht haben.«

»Möpse«, ächzte sie. »Das ist widerlich. Du bist so gemein zu mir. Immer sagst du so fiese Dinge.«

Möpse war kein schlimmes Wort, oder? »Ich sage dir nur, was die Jungs denken. Wenn du mit einem riesigen gepolsterten BH herumläufst, aus dem deine *Brüste* rausquellen, dann halten sie dich für billig.«

Sie sah ihn an, als wäre er ein notorischer Kinderschänder und nicht ihr Bruder, der sie vor den kleinen Lustmolchen an der Schule behüten wollte. »Du bist krank im Kopf.«

Krank im Kopf? »Nein, bin ich nicht. Ich versuche nur, dir die Wahrheit zu sagen.«

»Du bist weder mein Vater noch meine Mutter. Du hast mir überhaupt nichts vorzuschreiben.«

»Da hast du Recht. Ich bin weder dein Vater noch deine Mutter. Ich bin vielleicht auch nicht der beste aller Brüder, aber ich bin alles, was du hast.«

Tränen sprangen ihr in die Augen und ließen ihr Make-up zerfließen. »Ich hasse dich, Luc.«

»Nein, du hasst mich nicht. Du machst mir nur eine Szene, weil ich nicht will, dass du mit gepolsterten BHs herumläufst.«

»Möchte wetten, dir gefallen Frauen, die gepolsterte BHs tragen.«

Eigentlich hatte er eine Vorliebe für kleine Brüste entwickelt, war sogar nahezu besessen von kleinen Brüsten.

»Du bist ein Heuchler, Luc. Ich wette, deine Freundinnen tragen alle Push-ups.«

Von allen Frauen, die er kannte, trug ausgerechnet die, die ihn am meisten faszinierte, überhaupt keinen BH. Er hätte gern gewusst, was das über ihn aussagte. Es war ihm egal, dennoch stellte er sich die Frage. Der Misthaufen, der sein Leben war, stank noch etwas kräftiger zum Himmel.

»Marie, du bist sechzehn Jahre alt«, versuchte er es mit Vernunft. »Du kannst nicht mit einem BH herumlaufen, der die Jungs anmacht. Du musst was anderes anziehen. Vielleicht einen BH mit Sicherheitsschlössern.« Letzteres hatte er als Scherz gemeint. Wie immer verstand sie ihn nicht. Seine Schwester brach in Tränen aus.

»Ich will ins Internat«, jammerte sie und rannte in ihr Zimmer.

Die Erwähnung des Internats holte ihn auf den Boden der Tatsachen zurück. Er hatte schon ziemlich lange nicht mehr an ein Internat gedacht. Wenn er sie auf ein Internat schickte, müsste er sich keine Sorgen mehr darüber machen, ob sie Push-ups trug, wenn er unterwegs war. Sein Leben wäre sehr viel einfacher. Doch die Idee, sie wegzuschicken, hatte nicht mehr den geringsten Reiz für ihn. Sie war anstrengend und launisch, aber sie war seine Schwester. Er gewöhnte sich allmählich an ihre Anwesenheit, und der Gedanke an ein Internat erschien ihm längst nicht mehr so verlockend.

Er folgte ihr in ihr Zimmer und lehnte sich mit der Schulter gegen den Türrahmen. Sie lag auf dem Bett und starrte an die Decke, die Arme ausgebreitet wie ein Märtyrer am Kreuz.

»Möchtest du wirklich ins Internat?«, fragte er.

»Ich weiß doch, dass du mich loshaben willst.«

»Das habe ich nie gesagt.« Dieses Gespräch führten sie nicht zum ersten Mal. »Und es stimmt auch nicht.«

»Du willst mich loswerden«, schluchzte sie. »Dann gehe ich eben ins Internat.«

Er wusste, was sie jetzt hören wollte und was er sagen musste. Sowohl um seiner selbst als auch um ihretwillen. Lange genug war er unentschlossen gewesen. »Zu spät.« Er verschränkte die Arme über der Brust. »Du gehst nirgendwohin. Du wohnst hier bei mir. Wenn dir das nicht passt, hast du eben Pech gehabt.«

Da sah sie ihn schließlich doch an. »Auch, wenn ich gern ins Internat will?«

»Ja«, sagte er und staunte, wie überzeugt er selbst von dieser Antwort war. »Auch wenn du wegwillst, du sitzt hier fest. Du bist meine Schwester, und ich will, dass du bei mir wohnst.« Er zuckte mit den Schultern. »Du gehst mir ganz schön auf den Sack, aber ich mag es, wenn du bei mir bist und mich nervst.«

Sie blieb eine Minute still, dann flüsterte sie: »Gut, ich bleibe.«

»Na, dann ist's ja gut.« Er stieß sich vom Türrahmen ab und ging zurück ins Wohnzimmer. Er blickte aus den hohen Fenstern hinaus über die Bucht. Das Verhältnis zu seiner Schwester war nicht das beste. Die Art, wie sie ihr Zusammenleben gestalteten, war nicht eben ideal; er war genauso oft unterwegs, wie er zu Hause war. Aber er wollte sie kennen lernen, bevor sie aufs College ging und erwachsen wurde.

Er hätte sie in den vergangenen sechzehn Jahren öfter sehen müssen. Es wäre ihm durchaus möglich gewesen. Ausreden gab es nicht. Jedenfalls keine guten. Er war so sehr mit seinem eigenen Leben beschäftigt gewesen, dass er nur höchst selten an Marie gedacht hatte. Und deshalb beschämte ihn der Gedanke daran, wie oft er in L. A. gewesen war und nicht einmal ernsthaft versucht hatte, sie zu sehen. Sie kennen zu lernen. Ihm war schon lange klar, dass ihn das als einen egoistischen Mistkerl auswies. Im Grunde hatte er jedoch nicht gedacht, dass etwas daran auszusetzen wäre, wenn man egoistisch war – bis zu diesem Zeitpunkt.

Er hörte ihre leisen Schritte und drehte sich um. Die Wangen noch nass von Tränen und mit Spuren von verlaufener Wimperntusche im Gesicht, schlang sie die Arme um ihn und schmiegte den Kopf an seine Brust. »Ich bin gern bei dir und nerve dich.«

»Schön.« Er schloss sie fest in die Arme. »Ich weiß, dass ich dir nie die Mutter oder den Vater ersetzen kann, aber ich will doch versuchen, dich glücklich zu machen.«

»Heute war ich sehr glücklich.«

»Trotzdem ziehst du diesen BH nicht an.«

Sie schwieg eine Weile und stieß dann einen resignierten Seufzer aus. »Gut.«

Lange blickten beide zusammen zum Fenster hinaus. Sie sprachen über Maries Mutter, und sie erklärte Luc, warum sie die getrockneten Blumen auf ihrer Kommode behielt. Er glaubte zu verstehen, obwohl er die Sache für ziemlich morbide hielt. Sie erzählte ihm, dass sie auch mit Jane darüber gesprochen hatte und dass Jane gesagt hatte, eines Tages, wenn der richtige Zeitpunkt gekommen war, würde sie die Blumen wegtun.

Jane. Was sollte er in Bezug auf Jane denn tun? Er wollte doch nichts weiter als ein friedliches Leben. Das war alles, aber seit er Jane kennen gelernt hatte, kannte er keinen Frieden mehr. Nein, das entsprach nicht der Wahrheit. Während dieser wenigen Wochen mit ihr zusammen war sein Leben schöner gewesen als je zuvor. Bei ihr zu sein war, als wäre er zum ersten Mal, seit er nach Seattle gezogen war, richtig zu Hause. Doch es war nur eine Illusion gewesen.

Sie hatte gesagt, dass sie ihn liebte. Er war klug genug zu wissen, dass er es nicht glauben sollte, doch tief in ihm war eine Stimme, die sich nicht ignorieren ließ und die ihm sagte, dass er sich wünschte, es wäre die Wahrheit, keine Lüge. Er war ein Esel, er hatte einen Vogel. Morgen Abend würde er sie zum ersten Mal seit einer Woche wiedersehen, doch er hoffte, dass der Schmerz nach dem Brennen wie immer taub werden würde, dass er ihn dann nicht mehr spürte.

Das hoffte er zwar, aber so war es nicht, als sie am folgenden Abend den Umkleideraum betrat. Luc spürte ihre Nähe, noch bevor er den Blick hob und sie sah. Die Wirkung ihres Anblicks war so stark, dass sie ihn traf wie ein Schlag vor die Brust, der ihm den Atem raubte. Als sie sprach, drang ihre Stimme gegen seinen eisernen Willen in ihn ein, er saugte sie auf wie ein trockener Schwamm. Er liebte sie. Er konnte es vor sich selbst nicht mehr leugnen. Er hatte sich in Jane verliebt, und er hatte keine Ahnung, was er dagegen tun sollte. Während er dasaß, die Füße in den offenen Schlittschuhen, die Schnürsenkel in den Händen, sah er sie näher kommen, und mit jedem Schritt verstärkte sich das Gefühl, dass sein Herz seine Rippen zu zertrümmern suchte.

Schwarz gekleidet, mit ihrer zarten, weißen Haut, sah sie aus wie immer. Das dunkle Haar lockte sich um ihr Gesicht, und Luc zwang sich, seine Schlittschuhe zu schnüren, während er Jane doch am liebsten gepackt und geschüttelt hätte, um sie dann an sich zu pressen, bis sie völlig ineinander aufgingen.

Das Schwerste, was Jane in ihrem Leben je vollbracht hatte, war ihr Weg durch den Umkleideraum, um sich Luc zu stellen. Ein paar Sekunden lang sah sie zu, wie er seine Skates schnürte, und da er sich weigerte, sie anzusehen, sprach sie auf seinen Kopf hinunter: »Du großer, blöder Dodo.« Sie ballte die Hände zu Fäusten, um nicht die Hand auszustrecken und ihm übers Haar zu streichen. »Du sollst wissen«, sagte sie, »dass ich nicht die Absicht habe, jemals wieder etwas über dich zu schreiben.«

Endlich hob er den Kopf. Die Brauen waren zusammengezogen über dem Aufruhr in seinen blauen Augen. »Erwartest du, dass ich dir das glaube?«

Sie schüttelte den Kopf. Ihr Herz weinte nach ihm. Weinte um sie selbst. Weinte um das, was sie zusammen hätten haben können. »Nein. Das erwarte ich nicht, aber ich dachte mir, ich sag's dir trotzdem.« Sie sah ihn ein letztes Mal an, dann ging sie. Sie schloss sich Darby und Caroline in der Presseloge an und holte ihren Laptop hervor, um sich Notizen zu machen.

»Wie geht es deinem Vater?«, fragte Darby und häufte damit noch mehr Asche auf ihr Haupt.

»Schon sehr viel besser. Er ist wieder zu Hause.«

»Er hat sich erstaunlich schnell erholt«, fügte Caroline mit wissendem Lächeln hinzu.

Nach dem ersten Drittel erzielten die Chinooks einen Treffer gegen die Ottawa Senators, doch im zweiten Drittel schlugen die Senators zurück und holten ebenfalls ein Tor. Als der Schlusspfiff ertönte, hatten die Chinooks mit zwei Punkten Vorsprung gewonnen.

Auf dem Weg zum Umkleideraum überlegte Jane, wie lange sie diese Situation noch aushalten würde. Luc immer wieder sehen zu müssen war mehr, als ihr Herz ertrug. Sie wusste nicht, wie lange sie noch über die Chinooks würde berichten können, selbst wenn es der beste Job war, den sie je gehabt hatte, und eine einzigartige Chance für ein Weiterkommen auf der Karriereleiter.

Sie holte tief Luft und trat in den Umkleideraum. Wie üblich saß Luc vor seiner Nische. Von der Taille aufwärts war er nackt. Er hatte die Arme vor der Brust verschränkt und betrachtete sie, als versuchte er, ein Rätsel zu lösen. Sie stellte den Spielern so wenige Fragen wie möglich und trat eiligst den Rückzug an, um nicht vor versammelter Mannschaft in Tränen auszubrechen. Die Jungs hätten dann geglaubt, sie würde wegen ihres kranken Vaters weinen, und hätten ihr noch mehr Blumen geschickt.

Sie stürzte aus dem Raum, doch auf halbem Weg zum Ausgang blieb sie stehen. Falls es jemals etwas gegeben hatte, wofür durchzuhalten und zu kämpfen sich lohnte, dann war es Luc.

Sie drehte sich um und lehnte sich mit einer Schulter gegen die Wand, genau an der Stelle, wo Luc schon einmal auf sie gewartet hatte. Er war der Erste, der im Durchgang auftauchte, und sein Blick bohrte sich in ihren, als er auf sie zukam, unverschämt gut aussehend in seinem Anzug und mit der roten Krawatte. Das Herz klopfte ihr bis zum Halse, als sie sich straffte und sich ihm entgegenstellte. »Hast du einen Augenblick Zeit?«

»Wieso?«

»Ich will mit dir reden. Ich muss dir etwas sagen, und ich denke, es ist wichtig.«

Er warf einen Blick zurück in den leeren Durchgang, öffnete die Tür zu der Abstellkammer, in der sie schon einmal gesteckt hatten, und stieß sie hinein. Er knipste das Licht an und zog gleichzeitig die Tür hinter sich zu, isolierte sie beide im selben Raum, in dem er sie schon einmal leidenschaftlich geküsst hatte. Sie blickte in sein Gesicht und sah, dass er weder lächelte noch böse schaute, dass seine Augen müde wirkten, aber nichts preisgaben. Da war nichts von den Gefühlen, die sie vorher im Umkleideraum gesehen hatte.

»Ich dachte, du wolltest mir etwas sagen.«

Sie nickte und lehnte sich rücklings gegen die geschlossene Tür. Der Duft seiner Haut weckte ein heftiges Verlangen tief in ihrem Inneren. Nun, da der Zeitpunkt gekommen war, wusste sie nicht, wie sie beginnen sollte. So redete sie einfach drauflos. »Ich möchte dir noch einmal sagen, wie sehr ich den *Honey-Pie*-Artikel bereue. Ich weiß, dass du mir wahrscheinlich nicht glaubst, und ich kann es dir nicht mal verübeln.« Sie schüttelte den Kopf. »Damals, als ich ihn schrieb, fing ich gerade an, mich in dich zu verlieben. Ich habe mich einfach hingesetzt und von meiner Fantasie beflügeln lassen. Damals war ich noch nicht einmal sicher, ob ich den Artikel abschicken würde. Ich habe ihn einfach geschrieben, und als er fertig war, wusste ich, dass er das Beste war, was ich je geschrieben hatte.« Sie stieß sich von der Tür ab und zwängte sich in der engen Kammer an Luc vorbei. Sie konnte ihm nicht ins Gesicht sehen, wenn sie ihm alles sagte, was gesagt werden musste. »Als ich fertig war, war mir klar, dass ich ihn eigentlich nicht abschicken dürfte, denn ich wusste, dass es dir nicht recht sein würde. Ich wusste ja, was du davon hältst, wenn man erfundene Dinge über dich schreibt. Das hast du mir deutlich genug zu verstehen gegeben.« Sie kehrte ihm den Rücken zu und krallte die Finger um die Stangen der Metallregale. »Ich habe ihn trotzdem abgeschickt.«

»Warum?«

Warum? Das war der schwierigste Teil ihrer Erklärung. »Weil ich dich liebte, und du liebtest mich nicht. Ich bin nicht der Typ Frau, mit dem du dich einlässt. Ich bin klein und flachbrüstig und verstehe nicht viel von Mode. Ich habe nicht geglaubt, dass ich dir je so viel bedeuten könnte, wie du mir bedeutest.«

»Dann hast du es getan, um mir eins auszuwischen?«

Sie blickte über die Schulter zurück und zwang sich, sich umzudrehen und ihn anzusehen. Sich der Verachtung zu stellen, die sie womöglich wieder in seinen Augen sehen würde. »Nein. Wenn ich dir eins hätte auswischen wollen, weil du mich nicht liebst, dann hätte ich dafür gesorgt, dass ich unkenntlich blieb.« Sie verschränkte die Arme vor der Brust, als wollte sie verhindern, dass der Schmerz aus ihr herausströmte und sich auf den Boden ergoss. »Ich hab's getan, um die Beziehung zu beenden, bevor sie recht begonnen hatte. Damit ich dem Artikel die Schuld geben konnte. Damit es mir nicht so nahe ging.«

Luc schüttelte den Kopf. »Das macht keinen Sinn.«

»Nein. Für dich nicht, aber für mich schon.«

»Das ist die verdrehteste Entschuldigung, die ich je gehört habe.«

Ihr Mut sank. Er glaubte ihr nicht. »Ich habe in der letzten Woche viel nachgedacht, und mir ist klar geworden, dass ich mir in jeder Beziehung immer ein Hintertürchen offen gehalten habe, für den Fall, dass ich verletzt würde. Die *Honey-Pie*-Episode war in der Beziehung zu dir mein Hintertürchen. Mein Problem bestand allerdings darin, dass ich nicht früh genug hinausgeschlüpft bin.« Sie holte tief Atem und stieß ihn langsam wieder aus. »Ich liebe dich, Luc. Ich habe mich in dich verliebt, und ich hatte Angst, dass du mich niemals lieben würdest. Statt davon auszugehen, dass eine Beziehung mit dir zum Scheitern verurteilt wäre, hätte ich für sie kämpfen müssen. Ich hätte … Ich weiß nicht genau, was ich hätte tun müssen. Aber ich weiß, dass es ein böses Ende genommen hat. Die Schuld daran trifft allein mich, und es tut mir

Leid.« Als er nichts entgegnete, wurde ihr das Herz noch schwerer. Ihr blieb nichts mehr zu sagen außer: »Ich habe gehofft, wir könnten trotzdem Freunde bleiben.«

Er zog skeptisch eine Augenbraue hoch. »Du willst, dass wir Freunde sind?«

»Ja.«

»Nein.«

Sie hätte nie gedacht, dass ein kleines Wörtchen so wehtun könnte.

»Ich will nicht dein Freund sein, Jane.«

»Ich verstehe.« Sie senkte den Kopf und drückte sich an Luc vorbei in Richtung Tür. Sie hatte nicht geglaubt, dass sie noch Tränen hätte. Sie hatte geglaubt, längst alle geweint zu haben, doch sie hatte sich getäuscht. Es war ihr gleichgültig, ob die anderen Chinooks noch im Durchgang waren, sie musste raus aus der Abstellkammer, bevor sie völlig die Fassung verlor. Sie drehte den Türgriff und zog, aber nichts rührte sich. Sie zog heftiger, doch die Tür gab nicht nach. Sie drehte die Verriegelung, trotzdem ließ sich die Tür nicht öffnen. Sie hob den Blick und sah Lucs Hände über ihrem Kopf, die die Tür geschlossen hielten.

»Was soll das?«, fragte sie. Er stand so dicht vor ihr, dass ihre Nase nur Zentimeter von seiner Brust entfernt war und sie die Mischung aus dem sauberen Geruch seines Baumwollhemdes und seines Deodorants riechen konnte.

»Spiel nicht mit mir, Jane.«

»Das tu ich nicht.«

»Warum sagst du dann erst, dass du mich liebst, und gleich darauf, dass du dir wünschst, wir blieben Freunde?« Er legte die Finger unter ihr Kinn und hob ihr Gesicht, sodass sie ihn ansehen musste. »Ich habe Freunde. Von dir will ich mehr als Freundschaft. Ich bin ein egoistischer

Kerl, Jane. Wenn ich nicht dein Lover sein kann, wenn ich dich nicht ganz und gar bekomme, dann will ich überhaupt nichts.« Er senkte sein Gesicht über ihres und küsste sie, nur ein leichter Druck seiner Lippen auf den ihren, und die mühsam zurückgehaltenen Tränen drängten in ihre Augen. Sie krallte die Finger in seine Hemdbrust und hielt sich fest. Sie würde seine Geliebte sein, und dieses Mal würde sie keine Gründe für einen Rückzug erfinden. Sie wünschte sich ihn viel zu sehr.

Er strich mit dem Mund über ihre Wange und flüsterte ihr ins Ohr: »Ich liebe dich, Jane. Und du hast mir gefehlt. Ohne dich war mein Leben ein Haufen Dreck.«

Sie rückte ein Stückchen von ihm ab und sah ihm ins Gesicht. »Sag das noch mal.«

Er legte die Hände um ihr Gesicht und strich mit den Daumen über ihre Wangen. »Ich liebe dich, und ich will mit dir zusammen sein, weil du mein Leben schöner machst.« Er schob ihr das Haar hinter die Ohren. »Du hast mich einmal gefragt, was ich sehe, wenn ich mir meine Zukunft vorstelle.« Seine Hand glitt über ihre Schulter zu ihrer Hand. »Ich sehe dich«, sagte er und küsste ihre Fingerknöchel.

»Du bist nicht sauer auf mich?«, fragte sie.

Er schüttelte den Kopf, und seine Lippen streiften ihren Handrücken. »Ich dachte, ich wäre sauer auf dich. Ich dachte, ich müsste bis in alle Ewigkeit sauer auf dich sein, aber ich bin's nicht. Die Gründe dafür, dass du den Artikel abgegeben hast, verstehe ich zwar nicht ganz, aber es ist mir inzwischen egal. Ich glaube, dass ich mir wie ein Esel vorkam, hat mich viel mehr geärgert als der Artikel selbst.« Er legte ihre Hand auf seine Brust. »Als ich dich auf mich warten sah, ist meine Wut schlagartig verschwunden, und ich begriff, dass ich ein noch viel größerer Esel wäre, wenn ich dich gehen ließe. Ich möchte den Rest meines Lebens damit verbringen, deine Geheimnisse zu ergründen.«

»Mehr Geheimnisse habe ich nicht.«

»Bist du sicher, dass du nicht wenigstens noch eines vor mir verbirgst?« Er legte den Arm um ihren Rücken und küsste ihren Hals.

»Welches denn zum Beispiel?«

»Zum Beispiel, dass du eine Nymphomanin bist?«

»Ist das dein Ernst?«

»Hm … ja.«

Jane schüttelte den Kopf und brachte ein piepsiges »Nein« heraus, bevor sie in ein lautes Lachen ausbrach.

»Pssst.« Luc wich ein wenig zurück und blickte ihr ins Gesicht. »Jemand könnte uns hören und uns hier erwischen.«

Sie konnte nicht aufhören zu lachen, und er musste sie mit einem Kuss zum Schweigen bringen. Seine Lippen waren warm und einladend, und sie gab sich dem Kuss so hemmungslos hin wie eine echte Nymphomanin. Denn manchmal im Leben kam es vor, dass Ken sich nicht für Barbie entschied. Und dafür musste er belohnt werden.

EPILOG

Sie schießt!
Und Tor!

Luc trat aus dem Aufzug auf die Aussichtsplattform der Space Needle und blickte nach rechts. Eine Frau in einem roten Kleid betrachtete die glitzernde Skyline von Seattle. Das Haar fiel ihr in weichen dunklen Locken bis auf die Schultern, und eine warme Augustbrise wehte ihr ein paar Strähnchen ins Gesicht. Sie hatten gerade unten im Restaurant zu Abend gegessen, und während Luc auf die Rechnung wartete, hatte sie sich auf die Plattform geschlichen.

Sie blickte ihm entgegen, als er auf sie zuging, und ein verführerisches Lächeln umspielte ihren roten Mund.

»Eine schöne Nacht, um den Lauf der Sterne zu beobachten«, sagte er.

Sie nagte an ihrer Unterlippe und sagte dann kaum lauter als im Flüsterton: »Wie steht's mit dir? Siehst du auch gern zu?«

»Ich bin eher ein Mann der Tat.« Er schlang die Arme um sie und zog sie an seine Brust. »Und jetzt möchte ich gern zur Tat schreiten, und zwar mit meiner Frau.«

»Das steht nicht im Drehbuch«, sagte Jane und schmiegte sich an ihn.

Inzwischen waren sie seit fünf Wochen verheiratet. Fünf Wochen, in denen er jeden Morgen mit Jane aufgewacht war. In denen er ihr am Mittagstisch gegenübergesessen hatte, in denen sie gemeinsam die Geschirrspülmaschine eingeräumt hatten. In denen er ihr beim Zähneputzen und beim Anziehen ihrer Socken zugesehen hatte. Nicht einmal in seinen kühnsten Träumen hätte er sich vorstellen können, dass diese alltäglichen, gewöhnlichen Aktivitäten so sexy sein könnten.

Am liebsten sah er ihr bei der Arbeit zu. Wenn sie all diese erotischen Geschichten erfand. Dann sah er hinter dem ungeschminkten Gesicht des naturbelassenen Mädchens die wahre Frau.

Seit sie offiziell ein Paar waren, schrieb sie nicht mehr über das Leben einer Singlefrau in Seattle. Und Chris Evans war aus seinem Genesungsurlaub zurück und arbeitete wieder für den Sportteil. Die *Times* hatte sich vollständig von Jane getrennt, und jetzt war sie die neueste Sportreporterin beim Konkurrenzblatt, dem *Seattle Post-Intelligencer*.

Die Hochzeit mussten sie in Abstimmung mit den Endspielen um den Stanley Cup planen, und da Luc meistens unterwegs war, hatten Jane, Marie und Caroline die Planung weitgehend allein übernommen. Was Luc nur recht gewesen war. So beschränkte sich seine Mitwirkung auf seinen Auftritt im Smoking, um sein »Ja« zu sagen. Das war einfach gewesen. Beim Hochzeitsempfang zusehen zu müssen, wie Jane mit jedem einzelnen verdammten Chinook tanzte, war weit schwieriger gewesen.

Ein paar Monate vor der Hochzeit hatten die Chinooks es bis ins Finale geschafft, doch sie wurden in der dritten Runde von Colorado Avalanche rausgeworfen und mussten auf den Cup verzichten. Luc senkte den Kopf und barg sein Gesicht in Janes Haar. Im nächsten Jahr bot sich eine neue Chance auf den Stanley Cup.

»Möchtest du noch irgendwo hingehen?«, fragte Jane.

Sie hatten viel Zeit damit verbracht, sich mit Seattle vertraut zu machen. Luc und Jane und Marie. Jane kannte alle schönen Ecken und wusste, welche Gegenden man meiden sollte. »Ich möchte nach Hause«, sagte er. Marie übernachtete bei Hanna, und Luc wollte die sturmfreie Bude mit seiner Frau nutzen. »Was meinst du?«

Sie drehte sich um und schlang die Arme um ihn. »Zu Hause bin ich am liebsten.«

Auch Luc war am liebsten zu Hause. Für ihn bedeutete zu Hause jedoch jeder Ort, an dem sich Jane gerade aufhielt. Nie im Leben hatte er einen Menschen so sehr geliebt wie Jane. Er liebte sie mit solcher Inbrunst, dass es ihm manchmal Angst machte.

Er zog sie an sich und blickte über die Stadt hinweg. Er war verliebt in seine Frau, und er wusste, was das über ihn aussagte. Dass er verloren war. Lebenslänglich gebunden. Von einer kleinen Frau mit einer großen Klappe eingefangen.

Ja, genau das sagte es über ihn aus, und es war ihm völlig egal.

Janet Evanovich bei Goldmann

Mehr Informationen unter www.goldmann-verlag.de

GOLDMANN